임화문학연구

7

『임화문학연구』 7 필자

황지영 충북대학교 국어교육과 부교수
이종호 고려대학교 민족문화연구원 연구교수
홍승진 서울대학교 국어국문학과 조교수
최병구 경상국립대학교 국어국문학과 부교수
서영인 국립한국문학관 자료구축부장
류진희 덕성여자대학교 차미리사교양대학 강사
최은혜 고려대학교 민족문화연구원 연구교수
김학중 경희대학교 후마니타스칼리지 강사
다카하시 아즈사 니가타현립대학 강사

임화문학연구 7

초판인쇄 2023년 10월 15일 **초판발행** 2023년 10월 31일
지은이 임화연구회 **펴낸이** 박성모 **펴낸곳** 소명출판 **출판등록** 제1998-000017호
주소 서울시 서초구 사임당로14길 15 서광빌딩 2층
전화 02-585-7840 **팩스** 02-585-7848 **전자우편** somyungbooks@daum.net
홈페이지 www.somyong.co.kr
값 38,000원
ⓒ 임화연구회, 2023
ISBN 979-11-5905-762-5 93810

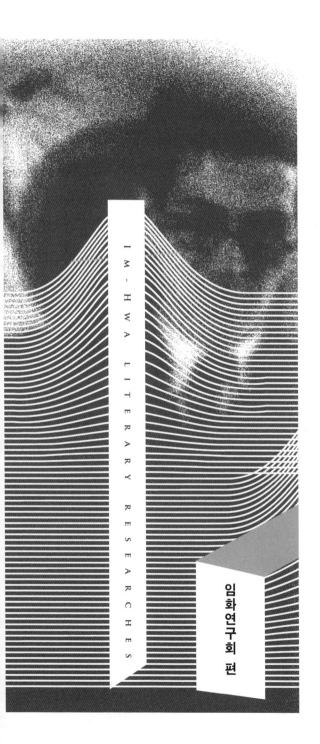

임화문학연구 7

IM-HWA LITERARY RESEARCHES

임화연구회 편

책머리에

2007년 창립한 임화연구회가 올해로 15주년을 맞이했다. 연구회는 2017년, 창립 10주년을 맞아 그동안의 성과를 기반으로 한 단계 더 조직을 체계화시켜 활동을 넓히는 제2기 집행부를 시작했다. 그리고 2019년에는 '문학'이란 범주에 한정되지 않고 전방위적 활동을 펼친 임화의 삶에 좀 더 부합하고자, 임화문학연구회에서 '문학'을 떼어냈다. 제2기 활동기간에는 기존에 진행하던 하반기 심포지엄에 더해, 내부 회원 중심의 집중토론회를 상반기에 개최하고 학문 후속 세대의 연구 진작을 위해 '임화학술논문상'을 제정하여 현재에 이르고 있다.

이번 호는 2기 활동기간의 후반부인 2019년부터 2021년에 있었던 콜로키움과 심포지엄의 발표문, 제3회 논문상 수상작으로 구성하였다. 제3회 콜로키움은 2019년 5월 25일 서울대에서, 황지영(충북대), 이종호(고려대), 홍승진(서울대)의 발표와 손유경(서울대), 방민호(서울대), 최은혜(고려대) 등의 토론이 있었다. 한편 12회 심포지엄은 2019년 10월 12일 성균관대학교에서, '프로문학과 여성작가'란 주제로 최병구(경상국립대), 서영인(국립한국문학관), 류진희(한국여성인권진흥원)의 발표와 이경림(충북대), 김영미(홍익대), 장영은(성균관대)의 토론이 이어졌다. 13회 심포지엄은 2020년 10월 10일 온라인으로 진행되었으며, '프로문학과 일본'이란 주제로 최은혜(고려대), 김학중(경희대), 다카하시 아즈사(고려대)의 발표와 유승환(서울시립대), 전철희(한양대), 이용범(원광대)의 토론이 있었다. 14회 심포지엄은 2021년 10월 16일 온라인으로 진행되었으며, '일본학자가 본 임화와 프로문학'이란 주제로 가게모토 츠요시(리츠메이칸대), 와다 요시히로(연세대), 야나가와 요스케(도쿄외국어대)의 발표와 최병구(경상국립대), 배상미(와세다대), 홍승진(서울대) 등의 토론이 있었다. 이 모든 활동은 그간 연구회를 이끌어 주신 염무웅, 임규찬 선생님과 매년 연구회를 후원해주신 ㈜호진플라텍 김판수 회장님의 노고와 후의, 소명출판 박성모 사장님의 헌신이 있기에 가능했다. 이 지면을 통해 다시 한 번 감사의 말씀을 드린다.

지난 3년은 코로나 19의 영향으로 모든 학술활동이 중단되거나 비대면으로 이루어진 시간이었다. 우리 연구회도 2020~2021년 콜로키움 운영을 하지 못하고 하반기 심포지엄만 비대면으로 진행하였다. 그만큼 회원 간 교류가 제대로 이루어질 수 없었던 것이 사실이다. 그리고 2022년 젊은 연구자 중심의 제3기 집행부가 시작되었다. 신임 집행부는 '임화'가 상징하는 진보문학 후속세대 연구(자)의 버팀목으로서 연구회를 이끌어나가고 문학 연구에 한정되지 않는 다양한 활동을 수행해야하는 과제를 안고 있다. 회원 간 교류 활성화를 통해 연구회의 내실을 다지는 작업도 게을리 해서는 안 될 것이다. 이를 위해서 연구회 내부에 '이론읽기세미나'를 시작하고 상반기 콜로키움도 재개하였다. 앞으로 임화연구회는 진보적 활동을 수행하는 다양한 사람들과 연대하며 묵묵히 우리의 길을 가고자 한다. 비슷한 문제의식을 공유한 많은 사람들이 '연구회'에서 함께 하기를 희망한다.

2022년 10월
임화연구회 운영위원회

차례

제3회 임화학술논문상 수상작

3 · 1운동의 경험과 심훈의 대중*

황지영

1. 3 · 1운동 이후 경합하는 '대중'들

1914년에 제1차 세계대전이 발발하고, 1917년 러시아 혁명이 성공하는 등 3 · 1운동 직전의 세계정세는 급변하고 있었다. 특히 제1차 세계대전이 끝난 후 소비에트의 레닌과 미국 대통령 윌슨의 민족자결주의 선언으로 식민지 조선의 지식인들은 고무되었다. 서구 열강의 도움을 받아 새로운 시대를 맞이할 수 있다는 기대가 생겨났고, 더불어 10년간 무단통치를 자행한 일본에 대한 분노는 커져만 갔다. 이와 같은 정세 속에서 1919년 3월 1일에 거국적인 봉기가 일어났다.

* 이 글은 2019년 5월 25일 '임화문학연구회 콜로키움'에서 발표하고, 『구보학보』 2019년 8월호에 수록된 논문을 수정 보완한 것입니다. 논문을 수정하는 데에 도움을 주신 토론자 선생님과 심사위원 선생님들께 감사 인사 드립니다.

3·1운동에 3개월간 참여한 인원은 공식적으로 2,02,089명이었고, 이 과정에서 사망자 7,509명과 부상자 15,961명이 발생하였으며 46,948명이 체포되었다.[1] 각계각층에서 수많은 사람들이 참여하였고 출혈도 적지 않았던 3·1운동의 효과는 국내외에서 다양한 양상으로 나타났다. 그 중 본고에서 주목하는 것은 사회주의의 확산과 대중 운동의 활성화, 그리고 그 기반이 되었던 집합적인 정치주체의 출현이다.

조명희가 「낙동강」1927에서 주인공 박성운을 그려낸 것처럼 3·1운동에 참여했던 많은 사람들이 사회주의자가 되었다. 특히 서울과 평양을 중심으로 시작된 3·1운동이 전국으로 퍼지는 데 견인차 역할을 했던 청년 학생들이 이 운동을 겪은 후 사회주의를 주도적으로 수용하였다.[2] 이들에게 민족해방과 사회주의는 분리된 것이 아니었기에, 이들은 이 중첩의 자장 어딘가에 무게중심을 두고 자신의 이상을 담은 정치적 지향을 만들어갔다.

또한 3·1운동을 통해 조선인들은 의식적 각성을 이루었고, 문화통치가 시작되면서 사회적·문화적 제도가 확대·개방되어 대중 운동이 활발하게 전개되었다. 또한 3·1운동 이후 민중의

---

1 천정환, 『대중지성의 시대-새로운 지식문화사를 위하여』, 푸른역사, 2008, 227면.
2 전상봉, 『한국 근현대 청년운동사-청년운동 개념·역사·전망』, 두리미디어, 2004, 90~91면.
   총독부 자료에 따르면 3·1운동에는 200여 개의 중등학교와 전문학교 학생 12,880여 명이 참가하였다.

심리는 훨씬 대담해져서 관청에 민원을 넣는 행위, 당국자의 부당행위에 대한 고발, 지주/고용주에 대한 소작농/노동자의 저항, 일본인 관리와 평등한 대우를 요구하는 조선인 관리 등이 증가하였다.[3] 이처럼 3·1운동은 자유와 평등을 비롯한 인간의 기본적인 권리에 대한 감각을 깨우치는 데 일조하였고,[4] 조선인 다수가 사회적 현안에 대해 자신의 의견을 제시하는 '정치적 주체'로 거듭나도록 도왔다.[5]

사회주의와 대중운동의 확산은 정치 영역에서 적극적으로 행위하는 집합적 주체의 출현과 함께 가는 것이었다. 정치적 주체의 출현이 자유·평등·정의처럼 보편성을 함의한 기표들이 작용한 효과라면,[6] 3·1운동은 정치적 주체의 탄생과 더불어 정치의 변혁을 촉발할 수 있는 시공간이 열리는 순간이었다. 그래서 식민권력과 조선의 지식인들은 모두 이 정치적 주체들이 지닌 힘에 주목하면서 자신들의 사상과 실천의 방향을 가늠하였다.

3 편집인, 「격변 又 격변하는 최근의 조선 인심」, 『개벽』 37호(창간 3주년 특별호), 1923.7, 8면.
4 김현주, 「'다수'의 정치와 수평적 상호작용으로서의 '사회'」, 『사회의 발견 ― 식민지기 '사회'에 대한 이론과 상상, 그리고 실천(1910~1925)』, 소명출판, 2013, 325~326면.
5 허수, 「1920~30년대 식민지 지식인의 '대중' 인식」, 한국역사연구회, 『역사와 현실』 77, 2010, 322면.
6 강경덕, 「인민의 민주주의? 라클라우의 '인민주의'와 발리바르의 '자유-평등 명제'의 비교연구」; 충남대 인문과학연구소, 『인문학연구』 통권 111호, 2018, 272~273면.

식민지 시기의 집합적 주체를 가리키는 개념으로는 '계급', '국민', '군중', '대중', '민족', '민중', '인민'[7] 등을 떠올릴 수 있다. 이 중 3·1운동 당시에 주로 사용되었던 '민중'을 대신하여, 3·1운동 이후 여러 진영에서 반복적으로 사용된 개념은 계급, 대중, 민족이었다. 사실 계급-대중-민족은 완전히 구별되지 않으며, 서로 착종되고 전이되는 양상을 보인다. 그러므로 문제는 이들을 개별적으로 검토하는 것이 아니라 계급과 대중, 민족과 대중, 계급과 민족이 서로 길항하면서 어떻게 상호작용하는가를 살피는 것이다.[8]

이 셋 중 식민지 조선에서 가장 큰 힘을 발휘한 것은 단연 '민족'이었고, '대중'은 민족에 근거하면서 동시에 민족에서 벗어나는 힘을 지닌 것이었다. 민족-대중이 서로 다른 지향과 정체성

---

7 박명규, 『국민·인민·시민—개념사로 본 한국의 정치주체』, 소화, 2009, 21면. 코젤렉에 따르면 정치적·사회적 개념어에는 여러 '시층(time strata)'이 중첩되어 있다. 그는 세 가지 시간성을 첫째 'democracy'처럼 오래 전에 존재하던 용어가 지금도 그 의미를 어느 정도 유지하는 개념, 둘째 'civil society'와 같이 이전에도 단어로서 존재했으나 사회적으로 재구성되고 재번역된 이후 의미가 현저하게 달라진 개념, 셋째 'Fascism', 'Maxism'처럼 새로운 시대에 만들어진 개념으로 구분한다. 이런 분류는 이념형적인 것이어서 실제로는 혼합적인 형태들이 많다.
집합적인 정치주체들에 대한 개념은 코젤렉의 분류방식에 따르면 두 번째 유형에 해당하는 어휘들이다. 다시 말해 이것들은 근대 이전부터 사용되고 활용되던 단어인데 근대에 접어들면서 서구로부터 새로운 개념이 소개되고 그 번역어로 사용되면서 의미에 큰 전환이 일어난 것들이다. 또 한국사회의 역사적 격변과 맞물리면서 한국만의 독특한 함의도 내포하게 된 개념어들이다.

8 천정환, 앞의 책, 130면.

을 지닌 계급의 소속원들을 포괄하면서 사회를 평균화할 때, 이에 대한 반작용으로 '계급'이 등장하였다. 3·1운동은 민족-대중의 융합이 저항민족주의로 발현된 사건이었으며, 노동계급이 사회의 전면으로 부상하는 시발점이었다. 그래서 3·1운동 이후 계급-대중은 민족-대중만큼이나 중요성을 지니게 되었고, 사회주의자들은 민족-대중을 계급-대중으로 바꾸기 위한 운동을 이어갔다.[9] 이처럼 이미장 안에서 민족과 계급이 대결구도를 만들어가는 중에도, '대중'은 민족과도 연결되고 계급과도 연동되면서 복합적인 의미체계를 만들었고 시간이 흐름에 따라 그 의미작용이 변화해 갔다.[10]

1920년대 초에 사회주의 세력에 의해 주도적으로 사용된 '대중'은 '민중'보다 훨씬 정치성을 띤 용어였다. 김기진과 박영희를 비롯한 사회주의자들은 '대중'을, 마르크스적 정치 혁명의 주체가 되는 노동자와 농민 계급을 가리키기 위해 사용하였다.[11]

---

9 위의 책, 272~273면.
10 허수, 앞의 글, 365~366면.
   1920~30년대에 발간된 잡지들에 나타난 '대중' 개념의 용례들을 분석해 보면 이 시기의 대중에 대한 견해는 식민권력의 지배 대상이나 (민족)사회주의 운동의 동원 대상으로 파악하는 입장과 도시대중문화의 형성과 관련된 문화적 주체로 보는 입장이 양분된다. 전자는 1920~25년 사이에 '무산대중', '노농대중', '대중운동' 순으로 나타났으며, 1926~33년에 '대중'은 '민중'으로 대체되어 사용되기도 하였다. 1934년 이후에 본격화된 후자는 '대중소설', '대중문학', '대중공론' 순으로 사용되었는데, 이것은 대중매체의 발달과 맞물리면서 나타난 현상이었다.
11 김지영, 「1920년대 대중문학 개념 연구」, 우리문학회, 『우리文學研究』 48,

하지만 시간이 지나면서 사회주의 진영, 특히 카프 안에서도 '대중' 혹은 '대중화'에 대한 의견은 통일되지 못하고 분열되어 '대중화 논쟁'[12]이 벌어지기도 하였다. 정치적 영역에서 대중이 어떤 기표들을 매개로 집합화하고 주체화하는지가 중요했던 만큼[13] 카프 안팎에서 대중을 둘러싸고 벌어졌던 의미 투쟁들은 아직 공백에 가까웠던 '대중'이라는 기표를 어떤 의미들로 채워 나갈지를 고민하는 정치적 과정이었다.

그렇다면 '대중'에 대한 의미를 만들어가던 시기에 의견이 하나로 모아지지 않은 이유는 무엇일까? 혹시 그 기원에 불균질적이고 유동적인 대중을 직접 목도한 경험의 유무가 존재하는 것

2015, 230~232면.

12 홍석춘, 임성춘, 『동아시아의 문화와 문화적 정체성』, 한울, 2009, 123~124면. 문예 대중화는 누구를 위한 문학을 창작할 것인지의 문제부터 작품의 수준을 규정하는 보급과 제고의 문제를 거쳐, 궁극적으로는 창작 방법 및 조직 문제로 귀결된다. 이러한 문제는 대중성과 당파성의 관계, 즉 대중의 진정한 이해를 대변하고 휴머니즘적·민주주의적 지향을 대중이 쉽게 이해할 수 있는 대중의 언어로 표현하는 대중성의 원리를 프로문학의 원리인 당파성과 결합하는 문제에 기초한다. 그러므로 문예대중화는 미학의 중심 범주인 대중성과 당파성을 결합하는 조직적 운동의 형태라고 할 수 있다.

13 강경덕, 앞의 글, 275면.
"라클라우는 대중이 어떤 특정한 표상들을 매개로 집합화하고 주체화하는 과정을 정치의 핵심 동학으로 파악한다. 대중은 근본적으로 불균질적이며 그 이름 아래 다양한 차이를 지닌 개인과 집단이 공존하고 있다. 따라서 집합으로서 대중은 근본적으로 불균등한 차이의 논리에 의해 규정된다. 하지만 어떤 사회적 변혁을 이끄는 대중운동이 나타나기 위해서는 대중 내의 개별적·집단적 차이들은 통합(억압)되고 여러 주체들이 하나의 집합적 주체로 응집(통일화)되어야 하는데, 그러한 통일화는 어떤 특정한 세력이나 집단이 자신을 보편적 주체로 규정하면서 대중을 대표하게 될 때 나타난다."

은 아닐까? 또한 대중에 대한 의견을 피력하는 발화 주체가 자신을 대중과의 관계에서 어디에 위치시키는지가 중요했던 것은 아닐까? 더 나아가 이러한 경험의 유무가 대중에게 다가가는 방법을 다르게 설정하게 만든 것은 아닐까?

본고에서는 이러한 질문들에 대한 답을 찾기 위해 염군사에 관여하였고 초창기 카프에 몸을 담갔지만, 이후에는 카프와 거리를 두면서도 사회주의적 지향을 포기하지 않았던 심훈에게 주목해 보려고 한다. 카프의 '대중'과 심훈의 '대중' 사이에 놓인 거리[14] 그리고 그 거리의 이유를 3·1운동을 중심으로 추적해 본다면, 대중과 자신을 분리하지 않았던 심훈과 자신이 놓인 상황과 접촉의 대상에 따라 그 성격이 변하는 대중의 속성에 대해 살필 수 있을 것이다. 또한 심훈의 정치적 무의식 속에 남아 있는 3·1운동과 그 환희의 시공간 속에서 만난 대중의 경험이 그의 문학에서 어떻게 현현되고 그의 문학관에 어떤 영향을 끼쳤는지도 밝힐 수 있을 것이다.[15]

---

14 박정희, 「심훈 문학과 3·1운동의 '기억학'」, 명지대 인문과학연구소, 『인문과학연구논총』 37권 1호, 2016, 90면.
　박정희는 기존의 논의들을 수용하면서 심훈이 김기진의 예술대중화론의 자장 안에 있으며, 카프의 밖에서 '프로문학의 대중적 회로'를 개척하기 위해 고투했다고 평가한다.
15 정은경, 「심훈 문학의 연구현황과 과제」, 국어문학회, 『국어문학』 67, 2018, 248면.
　정은경은 최근 이루어지고 있는 심훈에 대한 연구들이 심훈의 정치성과 대중성의 간극을 메우려는 시도의 일환이라고 평가하면서, 이러한 경향의 연구로

2. 반복되는 3·1운동의 기억과 대중의 무리

　심훈에 대한 연구는 작가론, 장르론, 개별 작품론 등 다양한 측면에서 계속 이루어지고 있다. 그 중 심훈 문학의 기원을 3·1운동에서 찾는 연구로는 권보드래, 박정희, 조선영, 한기형 등의 논문을 들 수 있다.[16] 권보드래는 3·1운동을 소설의 주요 모티프로 수용한 식민지 시기의 소설들이 후일담의 형태로 재현됨에 주목하였다. 그러면서 심훈의 「찬미가에 싸인 원혼」은 숭고의 정조로 기울고, 장편소설인 『영원의 미소』와 『동방의 애인』은 3·1운동의 정신을 계승한 것이라고 평가하였다. 박정희는 열정의 언어로 가득 찬 심훈 문학의 기원에 3·1운동이 있을 뿐 아니라 심훈의 문학 자체가 "'신성한 3·1운동'을 '기억'하는 행위"임을 강조하면서 의미를 부여하였다. 조선영은 심훈의 생애를 바탕으로 심훈의 문학세계를 조명하면서 심훈의 문학이 3·1운동에서 비롯되었다고 분석하였다. 마지막으로 한기형은 심훈이 습작기에 창작한 「찬미가에 싸인 원혼」에서 "한국 근대문학의

　한기형, 하상일, 박정희, 권철호의 논문을 언급하고 있다.

16　심훈에 대한 연구는 작가론, 장르론, 개별 작품론 등 다양한 측면에서 지금까지 계속되고 있다. 그 중 심훈 문학의 기원을 3·1운동에서 찾는 논문들은 다음과 같다.; 권보드래, 「3·1운동과 "개조"의 후예들-식민지시기 후일담 소설의 계보」, 민족문학사학회·민족문학사연구소, 『민족문학사연구』 58, 2015, 219~254면.; 박정희, 앞의 글, 87~119면.; 조선영, 앞의 글.; 한기형, 「습작기(1919~1920)의 심훈 : 신자료 소개와 관련하여」, 민족문학사학회, 『민족문학사연구』 22, 2003, 190~222면.

필연적 화두인 정치성·사회성·문학성의 통일이라는 과제가 3·1운동을 통해 구체적으로 시작"되었다고 논평하였다.

3·1운동과 관련하여 이러한 평가를 받는 심훈은 3·1운동 1주년이 다가오는 1920년 2월 29일자 일기에 내일이 3월 1일이라 경비가 심하다는 말과 함께 "아! 내일이 3월 1일이로구나! 아! 내일이 3월 1일이로구나!"라는 감격을 드러낸다. 심훈은 삶의 좌표를 바꿔준 3·1운동[17]을 일 년 후에도 벅찬과 설렘을 담아 기억한다. 그리고 다음날인 3월 1일의 일기에서는 3·1운동의 속성에 '거룩함'과 '신성함'이 더해지면서 이러한 감정이 더욱 고조된다. 아래의 인용문에서 확인할 수 있듯이 심훈은 「기미독립선언서」의 내용을 일부 차용하면서 이 역사적인 순간을 '조령祖靈'들과 '수만의 동포'와 '옥중에서 신음하는 형제'들이 힘을 합쳐 계승하기를 기대한다.

3월 1일(월요일)

오늘이 우리 단족檀族에 전천년 후만대에 기념할 3월 1일! 우리 민족이 자주민임과 우리나라가 독립국임을 세계만방에 선언하여

---

17 류시현, 「1920년대 삼일운동에 관한 기억 – 시간, 장소 그리고 '민족/민중'」, 한국역사연구회, 『역사와 현실』 74, 2009, 184면.
　　3·1운동 이후 3·1운동 당시 '나는 학생이었다.', '나는 직장에 다니고 있었다.' 등의 표현이 자주 등장한다. 이것은 조선인들에게 3·1운동이 개인의 지위와 역할이 무엇인지를 밝히며, 이전과 이후의 삶의 변화를 가늠하는 시간적 기준점이었음을 뜻한다.

무궁화 삼천리가 자유를 갈구하는 만세의 부르짖음으로 2천만의 동포가 일시에 분기, 열광하여 뒤끓던 날―오―3월 1일이여! 4252년 3월 1일이여! 이 어수선한 틈을 뚫고 세월은 잊지도 않고 거룩한 3월 1일은 횡성橫城을 찾아오도다. 신성한 3월 1일은 찾아오도다. 오! 우리의 조령祖靈이시여, 원수의 칼에 피를 흘린 수만의 동포여, 옥중에 신음하는 형제여, 1876년 7월 4일 필라델피아 독립각에서 우러나오던 종소리가 우리 백두산 위에는 없으리잇가? 아! 붓을 들매 손이 떨리고 눈물이 앞을 가리는도다.[18]

심훈의 기억 속에서 3·1운동은 "무궁화 삼천리가 자유를 갈구하는 만세의 부르짖음으로" 가득 찬 날이자, "2천만의 동포가 일시에 분기, 열광하여 뒤끓던 날"이었다. 이날의 기억을 구성하는 두 가지 핵심 인자는 '그날'로 대변되는 시간과 '무리'의 이미지이다. 심훈 문학에서 '그날'은 과거에 경험한 '3·1운동의 날'이라는 의미와 앞으로 도래할 '해방의 날'이라는 이중적 의미를 동시에 지닌다. 이 두 날 모두 억압 받던 우리 민족이 해방의 지점과 연결된다는 공통점이 있다. 그리고 '2천만의 동포'이자 '우리'로도 호명되는 무리들은 심훈이 3·1운동의 현장에서 만난 대중들의 모습을 재현한다. 이러한 무리의 이미지들은 심훈의 시

---

18 김종욱·박정희 편, 『영화평론 외―심훈 전집』 8, 글누림, 2016, 450면.

세계 전반을 관통하면서 우리 민족의 역사적 상징성과 결합한다.

심훈은 십대 후반부터 삼십대 초반까지 거의 십오 년 동안 창작한 시를 묶어서 1932년에 『심훈 시가집—1919~1932』[19]을 발행하였다. 이 시집의 '머릿말씀'에는 "미칠 듯이 파도치는 정열에 마음이 부대끼면" "서글픈 충동으로 누더기를 기워서 조각보를 만들어 본 것"이 시가 되었다는 설명이 나온다. 심훈에게 시는 "솔직한 내 마음의 결정結晶"이며 "정감情感의 파동波動"이나. 이 시집의 '서시序詩'인 「밤」 1923에서 이것은 "무거운 근심에 짓눌려 깊이 모를 연못 속에서 자맥질"하는 마음으로 표현된다. 그래서인지 마음에 휘몰아치는 격랑을 다스리기 위해 심훈의 시들에는 현재의 비참함과 미래의 지향이 함께 담겨 있다.[20]

많은 조선인들이 3·1운동의 실패로 무기력에 빠져있던 1920년대에 심훈이 창작한 시들에는 자신과 같은 무리에 속한 사람들에게 침강하는 마음에 휩쓸려서는 안 된다고 외치는 목소리가 자주 출현한다. 「통곡痛哭 속에서」 1926의 화자는 큰 길에 넘치는 백의白衣의 물결 속에서 울음소리가 들리더라도, 무력에 의해 "쫓겨가는 무리"는 쓰러져버린 한낱 우상 앞에 무릎을 꿇어서는 안 된

---

19 김종욱·박정희 편, 『심훈 시가집 외—심훈 전집』 1, 글누림, 2016, 15~187면.
20 『심훈 시가집』은 '봄의 서곡(序曲)', '통곡(痛哭) 속에서', '짝 잃은 기러기', '태양(太陽)의 임종(臨終)', '거국편(去國篇)', '항주유기(杭州遊記)' 등 총 6개의 장으로 구성되어 있으나, 본고에서는 특수성을 지닌 중국에서 창작된 시들과 시조는 분석의 대상에서 제외하였다.

다고 역설한다. 현실이 '통곡'으로 대변되더라도 우상에게 굴복하지 않는다면 재기의 가능성은 아직 남아 있기 때문이다.

그리고 「거리의 봄」1929의 화자는 죽은 줄 알았던 늙은 거지가 다시 돌아온 봄에 살아있다면 그는 이 땅의 선지자가 될 수 있음을 이야기한다. 그러면서 젊은 벗들에게 눈물을 거두고 탄식의 뿌리를 뽑아버리자고 요청한다. "분격憤激한 무리는 몰리며 짓밟히며 / 땅에 엎디어 마지막 비명을"지르지만 그래도 절대 물러서서는 안 된다. 살아남은 늙은 거지처럼 우리 역시 새봄을 맞이하기 위해 불굴의 정신을 절대 잃지 말아야 한다.

두 시의 화자가 간절히 바라는 것처럼 고통의 시간을 버텨야 하는 이유는 인고의 시간을 보낸 후에야 '즐거운 봄'을 향유할 수 있기 때문이다. 「봄의 서곡」1931에서는 가슴이 찢어질 듯한 아픔이 지금을 대표하는 감각으로 제시되지만, 이것은 "새로운 우리의 봄을 빚어내려는 창조의 고통"임이 밝혀진다. 그래서 우리는 "심금心琴엔 먼지 앉고 줄은 낡았으나마"'노래'를 부르고 '어깨춤'을 출 수 있는 것이다. 앞으로 올 '우리 봄'은 탄식만 한다고 알아서 오는 것이 아니기에, 그대와 나는 우리의 역사가 눈물에 미끄러져 뒷걸음치지 않게 하기 위해 "개미떼처럼 한데 뭉쳐"폐허를 지키고, "퇴각을 모르는 전위의 투사"「필경筆耕」, 1930가 되어야 한다.

심훈이 시 속에서 반복해서 호명하는 '우리'는 대중을 형상화한 무리와 심훈의 관계를 짐작케 한다. 열아홉 살의 청년 학생으로 3·1운동에 참여하였던 심훈은 그곳에서 집합적 정치주체인 거대한 대중의 무리를 경험하였고, 자신과 그들이 공동의 목표를 지녔다는 사실을 발견하였다. 또한 시인은 의지를 담은 화자와 겹쳐지는 동시에 통곡하고 있는 청자의 위치에도 자리한다. 3·1운동을 함께 경험한 '우리' 모두는 시 속의 화자이자 청자가 될 수 있으며, 무리로서의 대중이라는 정체성을 공유한다. 이처럼 '무리로서의 대중'이 등장하는 심훈의 시들은 심훈이 대중의 중심에 자신을 놓고 대중을 상상했다는 사실을 보여준다.

심훈의 시 속에 명멸하듯 등장하는 무리의 이미지는 '나'와 '너', 그리고 '우리'에 빛, 열기, 운동성 등이 결합하여 3·1운동의 현장을 환기시킨다. 여기에 당위의 어조와 투쟁에 대한 호소가 결합되면 심훈의 자유에 대한 열정뿐 아니라 이를 획득하기 위한 저항으로서의 열정도 드러난다.[21] 특히 다가오는 미래의 희망을 노래하는 1930년대 이후에 창작된 시들에 포함된 '봄', '노래', '창조', '춤', '불굴', '전진', '역사', '무리' 등의 단어들을 조합하면 다음과 같은 문장이 만들어진다. '무리들이 역사 앞에서 불굴의 정신을 갖고 전진할 때 우리는 다가오는 창조의 봄에 기쁨의 노래와 춤을 만끽할 수 있을 것이다.'

---

21 박정희, 앞의 글, 91면.

3. 감옥에서 만난 실체적 개인들

3·1운동이 일어나자 심훈뿐 아니라 김기진·박영희·박종화·송영·채만식 등 서울 시내 중등학교의 많은 학생들이 만세를 부르고 격문을 돌렸다.[22] 그 중 심훈은 경성고등보통학교 4학년에 다니던 열아홉 살 때 3·1운동에 참여했다가 1919년 3월 5일 밤 해명여관 앞에서 헌병에게 체포되어, 가족에게 상황을 알리지도 못한 채 서대문 형무소에 수감되었다. 그리고 같은 해 8월 30일 경성지방법원의 예심종결결정을 거쳐 정식 재판에 회부되었고, 11일 6일 '보안법 및 출판법 위반'으로 징역 6개월에 집행유예 3년을 선고받았다. 그는 미결 기간까지 포함해 약 8개월 동안 옥고를 치렀다.[23]

출소 후 심훈은 감옥 생활의 경험을 담아 단편소설 「찬미가讚

---

22 권보드래, 『3월 1일의 밤―폭력의 세기에 꾸는 평화의 꿈』, 돌베개, 2019, 481~485·519면.
   권보드래는 '3·1운동 세대'로서의 『백조』 동인을 분석하면서 이들의 '학생 기질'에 의미를 부여한다. 그의 논의에 따르면 빙허·석영·월탄·회월·팔봉 등 『백조』 동인은 주로 고등보통학교 재학 중에 3·1운동을 경험하면서, 일종의 '성인식'을 경험한 세대이다. 배재고보의 김기진과 박영희는 1919년 3월 1일 서울 시내를 행진했고, 3월 5일 학생 시위에 참여했으며 선언이나 격문류를 배포하기도 했다. 그러나 심훈과 달리 이 둘은 단순 가담자로 분류되어 유치장에서 곧 풀려났다.
23 조선영, 「심훈의 삶과 문학 창작과정 연구」, 중앙대 박사논문, 2018, 11~12면.
   심훈의 수감 기간에 대해서는 의견이 분분한데, 11월 6일 출소는 국가보훈처의 자료에 따른 것이다.

美歌에 싸인 원혼冤魂」1920을 발표하고 본격적으로 문학가의 길을 걷기 시작하였다. 이 소설은 감옥 안에서 죽음을 맞이한 칠십이 넘은 "천도교의 서울대교구장"의 죽음을 애도하는 내용으로, 편지글인 「감옥에서 어머니께 올린 글월」1919과 거의 유사한 구조를 지니고 있으나 약간의 변주도 이루어지고 있다. 그러므로 심훈 문학의 기원에 3·1운동이 있음을 이야기하기 위해서는 이 두 작품에서 단서를 찾아나가야 한다.

심훈의 이 두 글은 3·1운동의 현장에서 봤던 집합적 정치주체이자 '무리로서의 대중'이 소분되어 식별 가능한 개인이 되었을 때 나타나는 모습들을 담고 있다. 우선 「감옥에서 어머니께 올린 글월」은 막내아들의 생사를 몰라 애를 태우는 어머니로 독자가 특정되어 있는 편지글이기 때문에, 친근감을 표시하는 감정적인 수사들이 자주 등장한다. 또한 검열을 고려하지 않은 만큼 3·1운동을 떠올리게 만드는 서술들도 직접적으로 제시되고 있다. 그런데 이 글에서 가장 중요한 것은 심훈이 감옥을 거치면서 3·1운동에 참여했던 대중들이 '실체적 개인'임을 깨닫는다는 사실이다.

이 글에 따르면 심훈은 서대문 형무소 28호에서 2007번으로 불리면서 목사, 상투쟁이, 천도교 도사, 학생 동무 등 열아홉 명과 함께 수감되어 있었다. 거리에서 "한데 뭉쳐 행동을 같이 하"던 무리로서의 대중들은 이곳에서 각각의 사연을 지닌 '특정인'

으로 전환된다. 특히 임종을 맞이한 시골 노인은 선지피를 토하며 죽기 전, 떨리는 손으로 심훈의 손을 굳세게 잡았던 존재였다.

심훈은 3·1운동의 현장에서 "여럿이 떼 지어 부르던 노래" 속에 담긴 조선인들의 소망과 집단행동의 위대함을 인식하고, 덥고 비좁아 '생지옥'을 방불케 하는 감옥 안에서 "샛별과 같이 빛나"는 눈을 지닌 사람들을 만났다. 이 만남은 심훈이 자진해서 "가시밭을 밟기 시작"하는 데, 다시 말해 "어머님보다도 더 크신 어머님을 위하여 한 몸을 바치"겠다는 의지를 굳히는 데 결정적인 역할을 한다.

한편 「찬미가讚美歌에 싸인 원혼冤魂」은 「감옥에서 어머니께 올린 글월」을 소설 형식으로 재구성한 글이다. 1920년 3월 16일 자 심훈의 일기에는 종일 들어앉아 "감옥 안에서 천도교 대교구장서울이 돌아갈 때와 그의 시체를 보고 그 감상을 쓴 것"[24]이 이 소설이 되었다는 구절이 등장한다. 이를 통해 한기형은 소설 속에 등장하는 천도교 서울 대교구장이 실존인물이며, 3·1운동 당시 67세였던 장기렴임을 밝히기도 하였다.[25]

실제 경험을 바탕으로 하는 이 소설 속에서 감옥 안에 있는 "팔십 명의 동고同苦하는 젊은 사람들"은 함께 "옛날이야기도 하고 가는 소리로 망향가"도 부르며, 병든 노인을 가족처럼 간호한

---

24 김종욱·박정희 편, 『영화평론 외 ─ 심훈 전집』 8, 글누림, 2016, 457면.
25 한기형, 앞의 글, 196면.

다. 조국의 독립을 위해 만세를 불렀던 대중들은 감옥 안에서 '노인 간호'라는 공동의 목표를 위해 다시 힘을 모은다. 쇠약해진 노인의 몸은 검푸른 피가 엉긴 '발', 우묵하게 들어간 '두 눈', 앓는 / 신음하는 '소리', 혈기 없고 주름살 잡힌 '얼굴', 높았다 얕았다 하는 '가슴', 식어가는 '몸', 벌벌 떨리는 찬 '손' 등으로 분절되어 제시된다. 시간이 흘러가면서 병든 노인의 신체 부위에 대한 서술이 하나씩 늘어갈 때마다 노인의 죽음은 기정사실이 된다.

하지만 노인의 이마를 냉수로 축여주는 K군이 있고, K군의 등을 두드려주는 노인이 있는 한 노인의 죽음은 비극이라고만은 할 수 없다. "노인의 흐릿한 눈과 소년의 샛별 같은 눈"이 마주치면서 둘의 정신은 이어진다. 이처럼 소설 속에서 노인으로 대변되는 3·1운동에 참여했던 대중들은 자신만의 몸과 정신을 지닌 존재로 재창조되고, 노인의 정신은 소년에게로 이어져 투쟁의 역사가 멈추지 않을 것임을 암시한다.

검열로 인해서 임종 직전 노인이 남긴 말은 삭제되었지만 살아남은 말들인 '여러분의 자손'과 '공부 잘……'을 통해서도 노인이 하려던 말은 충분히 짐작할 수 있다. 계속해서 공부하며 투쟁의 의지를 이어간다면 여러분의 자손은 반드시 독립을 이룰 것이라는 '예시豫示의 말'은 죽은 노인을 설명하는 '화평한 기운', '낙원', '자유의 천국' 등의 말들과 연결되면서 조선 민족의 미래가 밝을 것임을 시사한다.

이처럼 이 작품에서 감옥은 민족의 지도자가 죽음을 맞이하는 공간이자, 유사가족 구조가 만들어지는 공간이며, 민족의 미래가 점쳐지는 공간이다. 또한 죽어가는 천도교 서울 대교구장의 곁을 지키며 '성경'을 읽고, 그가 죽은 후에는 "상제께 기도"를 하면서 기독교의 '찬미가'를 부르는 공간이기도 하다. 이것은 조선인들을 규율화하기 위한 감옥이 본연의 기능을 수행하지 못할 뿐 아니라 조선인들이 일제에 대한 저항을 도모할 수 있는 곳으로 역전되었음을 보여준다. 또한 다양한 성향의 사람이 모여 있는 감옥은 상이한 가치들이 교차하면서 공존하는 곳이자, 새로운 질서와 관계가 만들어지는 곳이다. 이곳에서 대중은 실체적 개인들이 모여 만들어지는 것이지만, 그 결합은 산술적인 방식을 넘어서서 이질적인 것들의 융합과 변화까지를 포괄한다는 것이 밝혀진다.

3·1운동에 참여하기 전에도 심훈은 반항아적인 기질이 있는 청년 학생이었다. 그는 일본인 수학 선생이 마음에 들지 않아서 시험 때마다 백지를 냈다. 그래서 그의 '학생 성향 조사서'에는 "영리하나 경솔하여 모든 명령 등을 확실하게 실행하지 않는다. 게으른 편이어서 결석·지각 등이 많고 평소부터 훈계를 받아온 자이다."[26]라는 구절이 담겨 있다. 근대교육이 지향하는 규율화에 순응하지 않으면서 독서와 글쓰기를 통해 내면을 가다듬었던

심훈은 대중의 한사람으로서 감옥에서 다양한 대중들과 접촉하였다. 그리고 이 체험을 통해 멀리에서 보면 대중은 '무리'의 형상을 지니지만, 가까이서 관찰하면 그 무리를 이루는 요소들은 자신만의 독특한 내력을 지닌 '실체적 개인'이라는 사실을 터득한다.

대중과 실체적 개인의 상관관계를 이해한 심훈은 1921년 중국으로 향한다. 그가 중국으로 떠난 표면적인 이유는 "북경대학의 문과를 다니며 극문학을 전공하"[27]는 것이었다. 하지만 그가 중국에서 보인 행적은 극문학 공부보다는 이동녕, 이시영, 신채호 등 민족 지도자들 및 엄항섭, 염온동, 유우상, 정진국 등 임시정부의 청년들과 교류하면서 3 · 1정신을 이어가는 것에 좀 더 무게가 실려 있다. 그래서 하상일은 심훈의 중국행은 식민지 청년인 심훈이 "역사적 주체로서의 자각과 새로운 시대를 열어나가기 위한 실천적 방법을 찾고자 한 정치적 목표의식의 결과였다"고 평가한다.[28]

심훈은 중국에서 대중의 한 사람인 자신을 따뜻하게 맞아 주는 투사들을 만나고, 대중을 이끄는 지도자의 역할과 그들의 정

---

26 국사편찬위원회 편, 『한민족독립운동사자료집』 15권, 국사편찬위원회, 1994; 김종욱 · 박정희 편, 『심훈 연구 자료─심훈 전집』 9, 글누림, 2019, 21면.
27 심훈, 「무전여행기 : 북경에서 상해까지」, (출처 미상); 김종욱 · 박정희 편, 『심훈 시가집 외─심훈 전집』 1, 글누림, 2016, 340면.
28 하상일, 「심훈과 중국」, 한국비평문학회, 『批評文學』 55, 2015, 204~206면.

신에 대해 생각하였다. 그리고 이러한 생각은 산송장이 되어 옥문을 나서는 박 군을 보고 그가 당한 고초를 갚아줄 것을 다짐하는 「박 군의 얼굴」1927, 옥에 계신 선생님을 생각하며 안타까워하는 「선생님 생각」1930, 샛별처럼 빛나는 R씨의 눈동자를 그림으로 남기고 싶어 하는 「R씨의 초상」1932 등 그의 시 작품 속에서 다시 한 번 확인할 수 있다. 또한 중국에서의 경험은 3·1정신과 함께 이어져, 이후의 소설 작품들에서 3·1정신을 계승한 지도자와 잠재적 대중으로서의 아이들로 이분되어 형상화되었다.

4. 3·1정신의 계승과 잠재적 대중의 형상화

그럼 이제 심훈의 영화소설과 장편소설들에서 3·1운동과 대중이 어떤 방식으로 형상화되었는지 알아보자.[29] 우선 영화소설인 「탈춤」1926은 연재 전부터 '조선 최초의 영화소설'로 소개된 점,[30] 당시에는 흔하지 않았던 역순행적 구성을 사용한 점, 연재

---

29 제4장에서는 주인공이 3·1운동과 직간접적으로 관련이 있는 「탈출」, 『동방의 애인』, 『직녀성』, 『상록수』에 대해서만 구체적으로 다룬다. 3·1운동과의 관련성이 적어 이 장에서 다루진 않았지만 「먼 동이 틀 때」, 『불사조』, 『영원의 미소』 역시 불의에 저항하는 주인공들이 등장하는 작품들이다.

30 조선영, 「심훈의 삶과 문학 창작과정 연구」, 중앙대 박사논문, 2018, 74면. 1926년 11월 9일부터 12월 14일까지 34회에 걸쳐 「탈춤」이 연재되기 전 신문 예고에는 이 작품이 조선 최초의 영화소설이라고 소개되고 있지만, 지금까지 밝혀진 바로는 조선 최초의 영화소설은 1926년 4월 4일부터 5월 16일까

될 때 삽화 대신에 소설의 장면을 스틸 사진으로 찍어서 제공한 점, 이후에 시나리오로 각색된 점 등으로도 많은 사람들의 관심을 모았다.

이런 점들도 물론 중요하기는 하지만 본고에서 이 작품이 중요한 이유는 대중에 대한 심훈의 인식이 이 작품에서 변곡점을 맞이했기 때문이다. 심훈은 3·1운동의 현장에서 대중의 한 사람으로서 무리로서의 대중을 경험했고, 감옥 안에서 대중을 이루는 실체적 개인들을 만났다. 그러다 이 작품에 오면 3·1운동을 경험한 인물은 일반적인 대중이기를 멈추고 불의에 맞서 싸우는 존재로 거듭난다.[31]

중학교 삼학년 때 "온 조선의 젊은 사람의 피를 끓게 하던 사건"에 참여했던 「탈춤」의 강흥렬은 감옥 안에서 온갖 고초를 겪으면서도, 같이 일하던 동지들의 정보를 말하지 않기 위해 혀를 깨물어서 반벙어리가 되었다. 삼 년 후 출옥했지만 이미 그의 몸과 마음은 망가졌고 가족들은 파산한 상태였다. 게다가 그는 불만 보면 발작을 일으켰다. 그렇지만 의협심이 많은 그는 여전히 악행을 저지르는 친일 부르주아와 대결하는 존재로 그려진다.

지 총 7회에 걸쳐 연재된 김일영의 「삼림에 섭언」이다.

31 엄상희, 「심훈의 서사텍스트와 남성 영웅의 형상」, 고려대학교 한국어문교육 연구소, 『한국어문교육』 22, 2017, 161~188면.
이 논문에서는 강흥렬이 펼치는 활극적 요소가 시각적 스펙터클을 창출한다는 점에 주목하였다. 그리고 악한과 대결하는 그의 영웅적 면모는 심훈의 이후 장편소설들에서도 '민족영웅의 형상'으로 반복된다는 사실을 고찰하였다.

그의 삶은 평탄치 않았으나 그는 살아있는 동안 3·1정신을 끝까지 계승하였다.

한편 장편소설인 『동방의 애인』1930에서 3·1운동은 주요 인물들이 만나는 계기가 되고, 서사가 진행되면서 3·1운동의 현장에서 만났던 대중들이 개별적인 목소리를 지닌 정치주체로 복원된다. 이 장편소설에서 3·1운동의 경험을 공유한 주요 인물들은 유사한 삶의 지향을 지니고 살아간다. 이들이 삶의 방향을 찾지 못해 헤맬 때 3·1운동의 경험은 인생의 나침판과 같은 역할을 하여 이들이 올바른 삶을 지속하도록 돕는다.

『동방의 애인』은 "연애소설의 형식으로 사회주의 혁명"[32]을 그리는데, 이 작품의 주인공인 박진과 김동렬은 서울에 있는 사립중학교의 동창생이자 막역한 사이이다. 이들은 '기미년'에 둘이 함께 ××공보의 원고를 쓰고 등사판질을 하고 그것을 배달하다가 같이 경찰서를 거쳐 감옥에 갔다. 그리고 호송되어 가는 도중에 ××학당의 시위운동을 지휘했던 여학생 강세정을 만난다. 3·1운동과 이 만남을 계기로 "보다 더 크고 깊고 변함이 없는 사랑"[33]을 추구하는 동렬과 세정은 결혼을 하고, 진이와 동렬은 "넓은 무대를 찾자"는 공동의 목표를 가지고 더 깊은 우정을 나눈다.

---

32 하상일, 앞의 글, 219면.
33 김종욱·박정희 편, 『동방의 애인·불사조─심훈 전집』 2, 글누림, 2010, 15면.

진이와 동렬이는 일 년이 넘는 형기를 마치고 옥문을 나섰다. 그 동안에 치른 가지가지의 고초는 한 풀이 꺾이기는커녕 그들로 하여금 도리어 참을성을 길러주고 의기를 돋우기에 가장 귀중한 체험이 되었던 것이다.

"넓은 무대를 찾자! 우리가 마음껏 소리 지르고 힘껏 뛰어볼 곳으로 나가자!"

하고 부르짖은 것은 서대문 감옥 문을 나서자 무학재를 넘는 시뻘건 태양 밑에서 두 동지가 굳은 악수로 맹세한 말이었었다. 그들의 가슴 속에는 정의의 심장이 뛰놀고 새로운 희망은 그들의 혈관 속에서 청춘의 피를 끓였다.[34]

『동방의 애인』은 "아리따운 여학생이 3·1운동을 겪으면서 사회와 정치에, 그리고 자주적 사랑에 눈뜨는 장면"에서 시작한다. 이 소설에서 3·1운동은 주요인물들의 "타락에 대한 항체로 작용"[35]하고, 투쟁 의지를 담은 3·1정신은 개개인들의 삶 속에서 사라지지 않고 남아 정치적 무의식으로 자리 잡는다. 대중을 이끄는 지도자가 될 이들은 3·1정신을 사회주의 운동으로 이어가면서 대중을 위한 투쟁을 멈추지 않는다.

다음으로 『직녀성』1934~35과 『상록수』1935~36[36]에는 "배우고

---

34 김종욱·박정희 편, 『동방의 애인·불사조 – 심훈 전집』 2, 글누림, 2016, 36면.
35 권보드래, 앞의 책, 407~416면.

야 무슨 일이든지 한다."[37]라는 세계관을 가진 3·1운동의 후속 세대들[38]이 등장한다. 『직녀성』에서 가장 긍정적으로 그려지는 세철은 강단 있고 적극적이며 사회주의를 표방하는 인물이다. 그는 지금은 고아이지만 3·1운동에 참여했던 부모님의 저항 정신을 이어받았다. 그의 어머니는 학교의 선생이었는데 만세통에 감옥에 갔다가 사망하였고, 아버지는 망명해서 시베리아로 떠났다. 그래서 고학을 하면서 어렵게 자란 세철은 지금보다 나은 조선을 만들기 위한 준비를 한다.

이런 세철을 중심으로 소설 속의 주요인물들은 원산에 모여 가정교육이 미비한 조선의 현실을 보완하기 위해서 성심성의껏 "사람의 꽃송이들"인 "수많은 아들딸"들을 키울 공동체를 만든

---

36 김지영(2015), 앞의 글, 251면.
   이 두 작품은 지식·문화의 하방에 있는 최대 다수의 대중들의 취향 속에 숨어 있는 사회적 잠재력과 가능성을 견인하기 위해 전통적인 서사와 재래적 소설의 독서 관습을 활용하고 있다.

37 김종욱·박정희 편, 『상록수─심훈 전집』 6, 글누림, 2016, 159면.

38 김남천, 「삼일운동」, 이재명 편, 『해방기 남북한 극문학 선집』, 평민사, 2012, 11면.
   3·1운동 후속세대인 김남천은 해방 후에 창작한 희곡 「삼일운동」의 '헌사(獻詞)'에서 3·1운동을 다음과 같이 기억하고 있다.
   "내가 태극기(太極旗)를 우러러 처음 보기는 1919년 기미년(己未年) 삼월 일일 보통학교(普通學校) 일학년 나이 아홉 살 때였다. 아침 햇발이 유난히 빛나고 아름답던 그날 수 십 군중(群衆)의 선두에서 천천히 펴득이며 방선문(訪仙門)을 거쳐 고을로 행진해 들어오는 태극기(太極旗)─이 농민군중(農民群衆)의 선두(先頭)에 선 최초의 태극기 밑에서 내 고향 수 백 동포(同胞)가 왜군헌(倭軍憲)의 총(銃)칼에 피를 뿌리고 쓰러졌다. ○래(○來) 이십 수년 간 고향 젊은이로서 태극기와 붉은 기를 사수(死守)하여 혹은 넘어지고 쓰러진 이 혹은 총칼에 몰려서 옥(獄)에 갇힌 이 그 수를 헤아릴 길이 없다."

다. 이것은 교육을 통한 사랑의 실현이자 확대된 모성의 새로운 발견[39]이며, 조국의 미래를 위해서 자신들의 오늘을 희생하겠다는 의지의 변용이다.[40] 그러므로 이들이 꿈꾸는 공동체는 각기 다른 개성을 지닌 조선의 아이들이 공동의 지향을 지닌 집합적 정치주체로 커나갈 준비를 하는 곳이다.

『직녀성』의 이 부분과 유사한 모습은 『상록수』에서 영신이 청석골에 만든 강습소에서도 재현된다. 주재소에서 공간의 협소함과 그로 인한 위험성을 이유로 130명인 학생 수를 80명으로 줄이라고 하자, 영신이 교실에서 50명의 아이들을 내보내려고 하면서 아이들과 선생들 사이에서 실랑이가 벌어졌다. 결국 쫓겨난 아이들은 "예배당을 에두른 야트막한 담"에 매달려서 담 안을 넘겨다보는 "사람의 열매"로 묘사된다. 이들을 위해 칠판의 위치를 옮기고 교실 안팎의 아이들이 함께 독본의 구절을 외울 때 그 소리는 "누구에게 발악하는 것"[41]처럼 들린다.

심훈이 살아있는 동안 3·1정신은 그의 내면에서 정치적 무의식으로 작동하며 삶과 문학의 길잡이가 되어 주었다. 혁명의 시간을 경험한 3·1운동 세대답게 심훈은 새로운 문명을 진취적

---

39 이상경, 「근대소설과 구여성 : 심훈의 『직녀성』을 중심으로」, 『민족문학사연구』 19, 2001, 198면.

40 황지영, 「실패한 가족로망스와 고아들의 공동체―심훈의 『직녀성(織女星)』(1934~1935)을 중심으로」, 『한국고전연구』 45집, 2019, 124~127면.

41 김종욱·박정희 편, 『상록수―심훈 전집』 6, 글누림, 2016, 160면.

으로 수용하였고 낯선 환경을 향해 나아가는 것에 주저하지 않았다. 또한 대중들을 위해 3·1운동의 현장과 3·1운동의 주체들이 이후에도 투쟁의 주체로 살아가는 모습이 담긴 작품들을 꾸준히 창작하였다.

이러한 노력은 그가 의도했든 의도하지 않았든 문학 작품 속에서 3·1정신이 다음 세대들에게로 이어지는 모습으로 나타났다. 『동방의 애인』이 3·1운동에 직접 참여한 세대를 주인공으로 한 작품이라면, 『직녀성』과 『상록수』의 주인공들은 3·1운동을 알기는 하지만 직접 참여하지는 않은 3·1운동 후속세대이다. 이들은 3·1정신을 이어받아 사회를 변혁하기 위해 사회주의자로 활약하기도 하고, 농촌 계몽을 위해 투신하기도 하며, 아이들의 교육에 전념하기도 한다. 그리고 이러한 활동들은 최종적으로 조선의 미래를 책임질 다음 세대를 육성하는 것으로 이어진다.

그러므로 심훈이 마지막으로 창작한 두 장편소설에서 아이들을 위한 공동체의 서사가 펼쳐지는 것은 시사하는 바가 적지 않다. 시에서도 확인할 수 있었듯이 십대 말에 3·1운동에 참여한 심훈은 이십대에는 무기력에 저항하는 모습을 보였다면, 삼십대에는 3·1운동의 기억을 곱씹으며 미래의 희망을 이야기하였다. 삼십대 중반에 창작한 『직녀성』과 『상록수』에서 발견되는 아이들을 위한 공동체 역시 미래에 대한 희망을 무리의 이미지와 버

무려서 제시하고 있다. 그러니 3·1정신을 이어받은 희생적인 계도자들이 대중의 잠재태인 아이들을 교육하는 모습은 저항성을 지닌 '집합적 정치주체의 재생산'이라고 적극적으로 해석할 수 있을 것이다.

5. 대중을 둘러싼 접촉과 변이의 상상력

지금까지 살펴본 것처럼 3·1운동을 경험하고 감옥과 중국을 다녀오면서 심훈은 끊임없이 대중(性)에 대해 고민하였다. 그래서 그의 소설은 당대의 지식인들로부터 대중성에 천착한 통속소설이라는 평가[42]를 듣기도 하였고, 계급적 각성을 위한 도구이길 거부한 그의 영화는 "고린내 나는 신흥예술"[43]이라는 비판을 받기도 하였다. 하지만 심훈의 마지막 작품인 『상록수』[44]가 『동아일보』의 현상공모에 당선되고 엄청난 인기를 끌었던 점, 그리고 이 작품의 영화화에 천 명 이상의 인원이 참여하기로 한 점

---

42 임화, 「통속소설론」, 『동아일보』, 1938.11.17~11.27.; 임화문학예술전집 편찬위원회 편, 『문학의 논리-임화 문학예술 전집』 3, 소명출판, 2009, 315면. 심훈 사후에 임화는 심훈이 "예술소설의 불행을 통속소설 발전의 계기로 전화시킨 일인자"라며 그의 문학적 성과를 부분적으로나마 인정하였다.

43 만년설(萬年雪, 한설야), 「영화예술에 대한 관견」, 『중외일보』, 1928.7.2.

44 「본보 창간 15주년 기념 오백원 장편소설, 심훈 씨 작 『상록수』 채택」, 『동아일보』, 1935.8.13.; 김종욱·박정희 편, 『심훈 연구 자료-심훈 전집』 9, 글누림, 2010, 253~255면.

등은 그가 대중들의 관심과 흥미를 정확히 파악하고 있었음을 짐작케 한다. 또한 영화에 대한 심훈의 관심은 선구적인 근대 문물에 대한 감각과 대중적 확산력을 지닌 매체에 대한 활용 욕망을 보여준다.

본고에서는 심훈이 대중에게 관심을 갖게 된 기원에 수많은 대중들을 실제로 목도했던 경험, 즉 3·1운동이 있음을 가정하고 논의를 진행하였다. 강렬한 집합적 정치주체로서의 무리를 목격한 3·1운동의 경험은 그의 무/의식에 남아서 창작 활동에 영향을 미쳤고, 3·1운동의 현장 속에서는 거대한 흐름이었던 대중의 형상은 그의 문학 작품들 속에서 장르의 특이성을 반영하며 다채롭게 재구성되었다. 그리고 심훈은 이 무리에 대한 기억을 반복 소환하여 현재의 무기력에 저항하고 미래의 희망을 직조해 나갔다.

심훈이 활동하던 시기에 심훈만큼 대중에 대해 적극적으로 사유한 것은 카프 출신의 작가들이었다. 그러나 문학/예술의 대중화를 추구하면서도 사회주의에 대한 관심을 놓지 않았던 심훈도 계급의식의 확대를 최우선 과제로 설정한 카프와 오랫동안 함께할 수는 없었다. 그래서 카프와 갈라선 후 심훈은 조선 대중의 현실은 도외시하면서 외국에서 들어온 이론만을 반복하는 카프를 비판하였고, 임화는 심훈이 유해한 "소부르조아적 반동의 역할을 수행"[45]한다고 비판하였다.

물론 심훈과 카프가 상호 비판을 거듭했다고 해서 심훈의 문학은 대중성만, 카프의 문학은 계급성만을 지녔다고 보긴 어렵다. 오히려 이 둘의 차이는 대중성과 계급성을 아우르는 방식의 차이로 이해할 때 보다 설득력을 갖는다. 심훈이 대중성을 중심에 두고 계급성을 끌어안는 방식을 사용하면서 대중에게 다가가는 전략을 사용했다면, 카프는 대중성과 계급성을 일치시키면서 자신들이 있는 곳으로 대중들을 끌어올리는 전략을 시용했다. 계급-대중 혹은 무산대중을 유사한 형태로 반복해서 재현하는 카프의 작가들과 달리 심훈은 계급성이 녹아든 대중성을 바탕으로 문학 작품 속에서 대중의 다양한 속성들을 제시하였다. 또한 시간이 흐름에 따라 자신과 대중이 맺는 관계가 변하고 있음을 간파하고 그 변화들도 작품 속에 녹여냈다.

　　심훈의 시 속에서 대중의 무리는 봄, 빛, 열기, 행렬 등과의 연쇄 속에 놓이면서 3·1운동의 현장을 상기시켰다. 그리고 3·1운동 후 감옥에 들어간 경험을 바탕으로 창작된 글들에서는 무리로서의 대중은 각각의 특성을 지닌 개인들의 집합임이 밝혀진다. 다음으로 중국에서 민족의 지도자들과 교류한 심훈은 대중을 이끄는 지도자들의 형상에도 관심을 갖는다. 마지막으로 장편소설에서는 3·1운동의 정신이 운동에 직접 참여한 세대뿐 아

---

45 임화, 「조선영화가 가진 반동적 소시민성의 말살－심훈 등의 도량에 항하야」, 『중외일보』, 1928.7.28~8.4.; 백문임, 『임화의 영화』, 소명출판, 2015, 222면.

니라 그 후속세대들에게까지 이어지는 모습이 발견된다. 이러한 변주들은 대중 속에 자신을 포함시키고 그 무리 안에서 자신의 역할에 변화를 가하면서 대중성을 사유했던 심훈의 특징을 잘 보여준다.

심훈에게 3·1운동의 현장에서 처음 만난 대중은 이질적인 개인들의 군집이면서 동시에 공동의 지향을 지닌 집합적 정치주체였다. 고정되지 않고 변화하는 과정 중에 있는 이들은 새로운 상황이나 사람과 접촉하면 기존과는 다른 존재로 변신할 수 있다. 이들은 일정한 흐름을 지니고 있지만 어떤 것과 접속하느냐에 따라서 혹은 어떤 상황에 놓이느냐에 따라서 그 규정 양상이 달라질 수도 있다. 그러므로 심훈이 마지막 작품들에서 어떤 형태로든 변신할 수 있는 아이들을 대중의 잠재태로서 제시한 것은 그가 대중에 대해 가지고 있는 '접촉'과 '변이'의 상상력을 단적으로 보여준 것이자, 아이들이 3·1운동의 정신을 이어가기를 바라는 소망이 담긴 것이라고 평가할 수 있다.

참고문헌

1. 기본 자료

김종욱·박정희 편,『심훈 전집』1~8권, 글누림, 2016.

_____,『심훈 전집』9권, 글누림, 2019.

2. 논문 및 단행본

강경덕,「인민의 민주주의? 라클라우의 '인민주의'와 발리바르의 '자유-평등 명제'의 비교연구」, 충남대 인문과학연구소,『인문학연구』111, 2018.

국사편찬위원회 편,『한민족독립운동사자료집』15권, 국사편찬위원회, 1994.

권보드래,「3·1운동과 "개조"의 후예들-식민지시기 후일담 소설의 계보」, 민족문학사학회·민족문학사연구소,『민족문학사연구』58, 2015.

_____,『3월 1일의 밤-폭력의 세기에 꾸는 평화의 꿈』, 돌베개, 2019.

김지영,「1920년대 대중문학 개념 연구」, 우리문학회,『우리文學硏究』48, 2015.

김현주,『사회의 발견-식민지기 '사회'에 대한 이론과 상상, 그리고 실천(1910~1925)』, 소명출판, 2013.

류시현,「1920년대 삼일운동에 관한 기억-시간, 장소 그리고 '민족/민중'」, 한국역사연구회,『역사와 현실』74, 2009.

만년설(萬年雪, 한설야),「영화예술에 대한 관견」,『중외일보』, 1928.7.2.

박명규,『국민·인민·시민-개념사로 본 한국의 정치주체』, 소화, 2009.

박정희,「심훈 문학과 3·1운동의 '기억학'」, 명지대 인문과학연구소,『인문과학연구논총』37(1), 2016.

박헌호,『1919년 3월 1일에 묻다』, 성균관대 출판부, 2009.

윤기정,「최근 문예 잡감」,『조선지광』74, 1927.12.

엄상희,「심훈의 서사텍스트와 남성 영웅의 형상」, 고려대 한국어문교육연구소,『한국어문교육』22, 2017.

이상경,「근대소설과 구여성-심훈의『직녀성』을 중심으로」, 민족문학사학회,『민족문학사연구』19, 2001.

이재명 편,『해방기 남북한 극문학 선집』, 평민사, 2012.

임화, 「통속소설론」, 『동아일보』, 1938.11.17~11.27.

임화문학예술전집 편찬위원회 편, 『문학의 논리－임화 문학예술 전집』 3, 소명출판, 2009.

전상봉, 『한국 근현대 청년운동사－청년운동 개념·역사·전망』, 두리미디어, 2004.

정은경, 「심훈 문학의 연구현황과 과제」, 국어문학회, 『국어문학』 67, 2018.

조선영, 「심훈의 삶과 문학 창작과정 연구」, 중앙대 대학원, 박사논문, 2018.

차승기, 「프롤레타리아 문학과 대중화 또는 문학운동과 외부성의 문제」, 인하대 한국학연구소, 『한국학연구』 37, 2015.

천정환, 『대중지성의 시대－새로운 지식문화사를 위하여』, 푸른역사, 2008.

편집인, 「격변 又 격변하는 최근의 조선 인심」, 『개벽』 37, 1923.

하상일, 「심훈과 중국」, 한국비평문학회, 『批評文學』 55, 2015.

한기형, 「습작기(1919~1920)의 심훈－신자료 소개와 관련하여」, 민족문학사학회, 『민족문학사연구』 22, 2003.

＿＿＿, 「서사의 로칼리티, 소실된 동아시아－심훈의 중국체험과 『동방의 애인』」, 성균관대 대동문화연구원, 『大東文化硏究』 63, 2008.

허 수, 「1920~30년대 식민지 지식인의 '대중' 인식」, 한국역사연구회, 『역사와 현실』 77, 2010.

＿＿＿, 「식민지기 '집합적 주체'에 관한 개념사적 접근－『동아일보』 기사제목 분석을 중심으로」, 역사문제연구소, 『역사문제연구』 14(1), 2010.

홍석춘·임성춘, 『동아시아의 문화와 문화적 정체성』, 한울, 2009.

황지영, 「실패한 가족로망스와 고아들의 공동체－심훈의 『직녀성(織女星)』(1934~1935)을 중심으로」, 한국고전연구학회, 『한국고전연구』 45, 2019.

3·1운동 이후, 염상섭의 미디어 활동과 운동의 방략*

『신생활』과 『동명』을 중심으로

이종호

1. 3·1운동 이후, 염상섭과 미디어

1919년 3·1운동을 계기로, 염상섭은 유년기부터 계속된 약 8년간의 일본 유학 생활을 정리하고 조선으로 귀국한다.[1] 간단히 그 사정을 간추려보면 이러했다. 염상섭은 '3·19 오사카 독

---

* 이 글은 '임화문학연구회 콜로키움' '3·1운동과 프로문학'(서울대, 2019.5.25)에서 "포스트 3·1, 운동의 분기와 사회주의의 향방―염상섭과 『동명』을 중심으로"라는 제목으로 발표된 이후 『한국연구』 5(한국연구원, 2020.10)에 게재된 「3·1운동 이후, 염상섭의 미디어 활동과 운동의 방략―『신생활』, 『동명』을 중심으로」를 수정·보완한 것입니다. 이 자리를 빌려 콜로키움 토론자 선생님과 심사위원 선생님께 감사드립니다.
1 염상섭은 1912년 9월 13일 무렵부터 1920년 2월을 전후한 시기까지 일본에 체류한 것으로 보인다. 이에 대해서는 다음을 참조. 김종균, 『염상섭연구』, 고려대 출판부, 1974, 23~28면; 김윤식, 『염상섭연구』, 서울대 출판부, 1987, 23~68면; 김경수, 「1차 유학 시기의 문학 활동」, 『한국 현대소설의 형성과 모색』, 소나무, 2014, 246~277면 등.

립선언'으로 체포된 뒤 감옥에서 「조선이 독립하지 않으면 안 될 이유서」를 작성하여 『오사카아사히신문大阪朝日新聞』에 투고한 바가 있었는데, 그 원고는 마침 그 신문사에 재직하고 있었던 진학문秦學文의 눈에 띄게 되었다. 진학문은 그 문장 솜씨에 감탄을 하여 감옥으로 염상섭을 찾아가기도 하였다.[2] 이 일을 계기로 염상섭은 진학문과 인연을 맺게 되었다. 출옥 후 요코하마복음인쇄소橫濱福音印刷所 노동자로 일하던 염상섭은 『동아일보』 창간에 참여하고 있었던 진학문의 요청에 의해 정경부政經部 기자로 임명됨에 따라 1920년 2월 무렵에 귀국하게 된다. 이런 변화 속에서, 잡지 『삼광三光』1919.2.10~1920.4.15 동인 활동으로 시작된 그의 글쓰기 작업[3]이 본격화되기에 이른다.

이후 1920년대 염상섭의 삶과 활동은 크게 보자면, 1926년 제2차 도일渡日을 기준으로[4] 전반기와 후반기로 구분된다. 그리

---

2 「내가 겪은 대로·본 대로·들은 대로─본보 창간 당시를 말하는 좌담회」, 『동아일보』, 1960.4.1, 4면. 참석자 '진학문'의 발언 참조.

3 『삼광(三光)』 동인으로서 염상섭의 활동과 그 사상적 경향에 대해서는 다음을 참조. 한기형, 「초기 염상섭의 아나키즘 수용과 탈식민적 태도: 잡지 『삼광』에 실린 염상섭 자료에 대하여」, 『한민족어문학』 43, 한민족어문학회, 2003.12.

4 염상섭은 1926년 1월부터 1928년 2월까지 일본에 체류하면서 다수의 소설을 발표하였고, 그런 가운데 소설적 기법 및 식민지 조선에 대한 현실 인식의 측면에서 심화를 보여주었다. 김경수, 『염상섭과 현대소설의 형성』, 일조각, 2008, 93~116면 참조. 또한 프로문학자들과 논쟁을 통해 염상섭은 독특한 사회주의 인식을 보여주기도 했다. 이종호, 「염상섭의 자리, 프로문학 밖, 대항제국주의 안 : 두 개의 사회주의 혹은 '문학과 혁명'의 사선(斜線)」, 『상허학보』 38, 상허학회, 2013.6 참조.

고 1920년대 전반기 또한 개인적인 활동과 정세의 변화에 따라 다시 몇 국면으로 나누어 볼 수 있다. 먼저 그가 『동아일보』 기자로 활동1920.4.1~7.31하며[5] '폐허' 동인을 결성하여 동인지 『폐허』를 창간1920.7.25한 이후, 평안북도 정주 오산학교 교사로 근무1920.9~1921.6 무렵한 시기(A)가 있다. 두 번째는 1921년 7월 무렵 다시 경성으로 돌아와 「표본실의 청개구리」, 「암야闇夜」, 「제야除夜」 등 소위 '초기 3부작'을 『개벽』에 잇달아 발표하고, 『신생활』 객원기자로 활동1922.7~9하다가 『동명』의 창간에 합류하여 기자로 활동1922.9.3~1923.6.3한 뒤 계속해서 『시대일보』 사회부장으로 그 활동1924.3.31~1925.4 무렵[6]을 이어간 시기(B)이다.

(A)와 (B) 두 시기 사이에는, 염상섭 개인적인 차원에서는 짧은 휴지기가 놓여있다. 그는 진학문이 『동아일보』에서 물러난 후, 한 달 뒤에 기자를 그만두고 "동경 재유再遊라는 계획"을 세우고 "법리학 연구라는 꿈"을 꾸기도 하였으나, 결국은 "정주 오산학교로 유배 가듯이 붙들려가서는" 교사로서 "북국北國의 벽촌僻村"에서 "무사분주無事奔走하면서도 단조한 생활을" 경험하게 된다.[7] 이때 염상섭은 「표본실의 청개구리」를 썼고, 이를 계기로

---

5   『동아일보사사』 제1권, 동아일보사, 1975, 418~419면 참조.
6   1925년 4월 홍명희, 한기악, 이승복 등의 새로운 경영·편집진이 『시대일보』를 인수하면서, 염상섭은 『시대일보』를 사직하게 된 것으로 보인다. 박용규, 「일제하 시대·중외·중앙·조선중앙일보에 관한 연구―창간 배경과 과정, 자본과 운영, 편집진의 구성과 특성을 중심으로」, 『언론과 정보』 2, 부산대 언론정보연구소, 1996.2, 117~120면 참조.

본격적인 소설가로서의 삶을 시작하게 된다.

(A)와 (B) 시기를 가로지르며, 염상섭의 개인의 삶도 변화를 겪었지만, 시대의 흐름도 역동적으로 변화했다. 3·1운동 이후 (다소간의 시차는 있지만) 첫 번째 시기에서 두 번째 시기로 접어들면서 점차 즉각적인 독립에의 기대가 사그라들기 시작했다. 만세 시위는 1919년 4월을 지나면서 그 빈도가 급감하기는 했지만 당해 8~9월 정도까지도 그 여파가 이어졌으며,[8] 그 이후에도 지속적인 영향을 끼쳤다.[9] 그런 가운데 윌슨의 민족자결주의에 매료된 일부 독립운동자들은 제1차 세계대전 전후 처리를 논의하는 파리강화회의1919.1.18~6.28와 워싱턴회의1921.11.12~1922.2.6 등에 큰 기대를 품고 조선의 독립을 청원하는 대표단을 파견하기도 했지만, 결과적으로는 아무런 성과도 거두지 못했다. 이러한 일련의 사건들 속에서 워싱턴회의 이후 즉각적인 조선의 독립은 현실적으로 불가능하다는 인식이 자리잡았으며, 이에 독립운동 진영은 새로운 방법론을 준비하기 시작했다.[10]

---

7   염상섭, 「처녀작 회고담을 다시 쓸 때까지」(『조선문단』, 1925.3), 한기영·이혜령 편, 『염상섭 문장 전집』 I, 소명출판, 2013, 348~349면 참조.

8   최우석, 「3·1운동의 마지막 만세시위 검토」, 『사림』 67, 수선사학회, 2019.1 참조.

9   고태우, 「3·1혁명의 여진과 조선 사회-『조선소요사건관계서류(朝鮮騷擾事件關係書類)』를 중심으로」, 『한국학연구』 52, 인하대 한국학연구소, 2019.2 참조.

10 전상숙, 「제1차 세계대전 이후 국제질서의 재편과 민족 지도자들의 대외 인식」, 『한국정치외교사논총』 26(1), 한국정치외교사학회, 2004.8; 고정휴,

염상섭은 3·1운동을 전후한 시기부터 제2차 도일 전까지 『삼광』, 『동아일보』, 『폐허』, 『동명』, 『시대일보』 등 모두 5개사의 인쇄미디어에 직간접적으로 관여했다. 그가 (A) 시기에 주로 관여했던 『삼광』, 『동아일보』, 『폐허』는 식민지라는 조건을 넘어 독립을 즉시 꾀하고자 했던 3·1운동의 열기가 여전히 남아 있는 가운데 발간되었다. 이와 달리 (B) 시기에 참여한 『신생활』, 그리고 『동명』과 『시대일보』는 '3·1운동 이후 식민지'라는 조건을 현실로 인정하는 가운데, 새로운 전략과 전술을 모색하던 때에 발간된 인쇄미디어였다.

또한 (B) 시기에 염상섭은 고려공사에서 단행본 『만세전萬歲前』1924을 출간했다. 주지하듯이 『만세전』은 단행본으로 출판되기 전까지 『신생활』과 (『동명』의 후신인) 『시대일보』를 경유했으며, 그 과정에서 제목도 '묘지'에서 '만세전'으로 변경되었다.[11] 즉 이 작품은 1922년 7~9월3회에 「묘지」라는 제목으로 『신생활』에 일부가 연재되었으며, 이후 1924년 4월 4일~6월 4일총 59회 연재에 「만세전」이라는 제목으로 『시대일보』에 연재되고 나서, 1924년 8월 10일에 출판사 고려공사에서 단행본으로 출간

「워싱턴회의(1921~22)와 한국민족운동」, 『한국민족운동사연구』 35, 한국민족운동사학회, 2003.6; 임경석, 「워싱턴회의 전후 한국 독립운동 진영의 대응」, 『대동문화연구』 51, 성균관대 대동문화연구원, 2005.9 참조.

11 박현수, 「「묘지」에서 「만세전」으로의 개작과 그 의미―「만세전」 판본 연구」, 『상허학보』 19, 상허학회, 2007.2 참조.

되었다. 다시 말해 『만세전』은 1922년 7월부터 1924년 8월에 이르는 2년간의 시간동안 두 개의 인쇄미디어를 거쳐 비로소 단행본으로 출간되었던 것이다.[12]

단행본 『만세전』 출판 경위를 통해서도 확인되듯이, (B) 시기 염상섭에게 있어서 『신생활』과 『시대일보』는 각별한 의미를 지닌다. 물론 여기에는 『시대일보』의 전신이자 모태라고 할 수 있는 『동명』의 존재도 추가되어야 할 것이다. 1922년 9월을 전후한 시기에 염상섭은 『신생활』 객원기자에서 『동명』 창간 기자로 자리를 옮긴다. 3·1운동 이후 새로운 모색을 가늠해야 했던 1922년 염상섭에게 있어서, 『신생활』과 『동명』은 생활의 문제를 해결하는 동시에, 문학적·사상적·실천적 글쓰기 작업의 토대가 되는 매우 중요한 인쇄미디어였다.[13] 염상섭은 양쪽 모두

---

12 고려공사판 단행본 『만세전』의 서문이 작성된 시점은 1923년 9월로 명기되어 있다. 즉 염상섭은 『시대일보』 연재 이전에 『만세전』을 완결 짓고 단행본 출간을 계획했던 것으로 보인다. 「묘지」 및 「만세전」의 연재와 단행본 출간에 대해서는 다음을 참조. 이종호, 「염상섭 문학과 사상의 장소─초기 단행본 발간과 그 맥락을 중심으로」, 『한민족문화연구』 46, 한민족문화학회, 2014.6.

13 이와 관련된 기존 논의의 경향은 다음과 같이 몇 가지로 정리해 볼 수 있다. 먼저 염상섭과 『신생활』의 관련성에 대한 논의는 주로 「묘지」의 연재 및 검열의 측면에서 이루어졌다(이재선, 「일제의 검열과 『만세전』의 개작─식민지 시대 문학 해석의 문제」, 『염상섭문학연구』, 민음사, 1987; 최태원, 「〈묘지〉와 〈만세전〉의 거리─'묘지'와 '신석현 사건'을 중심으로」, 『한국학보』 27(2), 일지사, 2001.6; 박현수, 앞의 글 등 참조). 둘째, 염상섭이 견지한 아나키즘 및 범사회주의적 경향에 주목하여 '『신생활』의 객원기자'가 지니는 사상적 의미를 고려하는 논의들이 있었다(황종연, 「과학과 반항─염상섭의 『사랑과 죄』 다시 읽기」, 『사이間SAI』 15, 국제한국문학문화학회, 2013.11, 114면; 권철호, 「『만세전』과 초기 염상섭의 아나키즘적 정치미학」, 『민족문학사연

에서 미디어 발간 등에서 일정한 역할을 담당했고, 글쓰기를 통해 의미 있는 성과를 남겼다. 말하자면, 3·1운동의 급진적 기운이 가라앉기 시작하고 그 이후의 새로운 경로를 구상해야 하는 시기에, 염상섭은 『신생활』과 『동명』에서의 글쓰기를 통해 그 방향성을 모색해 나갔다고 해도 좋을 것이다.

그럼에도 두 미디어 전체에서 보자면 염상섭은 주변적이거나 부차적인 존재였다. 객관적으로 보면, 『신생활』에서는 '객원기자', 말 그대로 손님으로 참여한 셈이었으며, 『동명』에서는 미디어의 편집과 발간과 관련하여 실무를 담당했지만 최남선과 진학문의 그림자에 가려져 있었다고 할 수 있다. 이런 조건으로 말미암아 두 미디어의 전반적인 성격 및 지향을 논의하는 기존 연구들에서도 염상섭의 위치와 역할은 비중 있게 다루어지지는 못했다.

1922년 당시 『신생활』과 『동명』은 3·1운동 이후의 새로운 전략을 모색한다는 동일한 조건 속에 놓여있었지만, 발행 주체

구』 72, 2013.8, 민족문학사학회·민족문학사연구소, 175~180면 등 참조).
셋째, 『동명』과 염상섭의 관계를 고찰하는 작업들은 『동명』 창간을 주도했던 최남선과 진학문의 자장 속에서 이를 주로 의미화했다(김종균, 앞의 책, 30면; 김윤식, 앞의 책, 246~253면 등 참조). 최근 들어서는 잡지 『동명』과의 관련 속에서 염상섭의 번역 작업과 '문인회' 결성을 다루는 논의 등이 더해졌다(정선태, 「시인의 번역과 소설가의 번역―김억과 염상섭의 「밀회」 번역을 중심으로」, 『외국문학연구』 53, 외국문학연구소, 2014.2; 박현수, 「1920년대 전반기 '문인회'의 결성과 그 와해」, 『한민족문화연구』 49, 한민족문화학회, 2015.2; 손성준, 「번역문학의 재생(再生)과 반(反)검열의 앤솔로지―『태서명작단편집(泰西名作短篇集)』(1924) 연구」, 『현대문학의 연구』 66, 한국문학연구학회, 2018.10 등 참조).

의 성격과 구체적인 사상적 지향점에서는 많은 차이를 지니고 있었다. 이 무렵은 1919년 3·1운동을 통해 봉인 해제된 다층적인 사상과 운동의 흐름이 분화를 거치고 쟁점을 형성하기 시작하는 역동적 시기였다. 크게 보면, 아나키즘과 볼셰비즘이 이론적·조직적인 측면에서 각각 그 정체성을 뚜렷이 하면서 분화를 이루기 시작했다. 1922~1923년 무렵 조선노동공제회와 원산지역 등을 중심으로 아나키스트와 볼셰비키 사이에서 이론적·조직적 충돌이 발생하기 시작했으며,[14] 1922년 하반기에는 일본에서 시작된 '아나·볼' 논쟁이 조선의 아나키즘 운동과 볼셰비즘 운동의 분화에도 영향을 주었다.[15] 그리고 '김윤식 사회장 사건'1922과 '사기 공산당 사건'1922 등을 거치면서 사회주의 운동 진영과 민족 운동 진영 간의 분화와 대립이 뚜렷해지기 시작했다.[16] 그리고 이러한 분화와 대립은 당시의 미디어와 문화 진영에도 큰 영향을 주었다. 특히 『신생활』과 『동명』은 이러한 사상적 지형도의 변동을 보여주는 대표적인 미디어였다. 『신생활』은 '김윤식 사회장'을 반대한 상해파 고려공산당 국내 조직

---

14 이호룡, 「일제강점기 국내 아나키스트들의 공산주의에 대한 비판적 활동」, 『역사와 현실』 59, 한국역사연구회, 2006.3, 262~263면 참조.

15 아나·볼 논쟁을 거치면서 이루어진, 재일조선인 아나키즘 사상단체의 조직적·이념적 분화에 대해서는 다음을 참조. 김명섭, 「1920년대 초기 재일 조선인의 사상단체-흑도회·흑우회·북성회를 중심으로」, 『한일민족문제연구』 1, 한일민족문제학회, 2001.2.

16 최선웅, 「1920년대 초 한국공산주의운동의 탈자유화 과정」, 『한국사학보』 26, 고려사학회, 2007.2 참조.

의 일부가 분리하여 만든 '신생활사그룹'이 발간한 범사회주의 경향의 미디어로 알려져 있다.[17] 그리고 『동명』의 경우, 민족의 완성을 통해 근대로 나아가고자 했던, 민족주의에 기초한 최남선의 계몽적 기획으로 이해된다.[18] 즉 3·1운동 이후 1920년대 초반, 사회주의 경향과 민족주의 경향을 각각 대별하는 잡지미디어로 『신생활』과 『동명』을 거론할 수 있을 것이다.[19]

그렇다면 1922년 8·9일 무렵, 염상섭이 사회주의 경향으로 간주되는 『신생활』의 객원기자에서 민족주의 경향으로 논의되는 『동명』의 창간 기자로 그 자리를 옮기는 과정 및 그 의미를 어떻게 이해할 수 있을까. 기존의 염상섭 연구들에서 이 과정은 온전히 주목받거나 해명되지 못했다. 그러한 이유를 다음과 같이 살펴볼 수 있다. 먼저 『신생활』은 최종적으로 15호까지 발간되었다는 기사[20]가 확인되지만 실물을 확인할 수 있는 것은 「묘지」의 3회 연재분이 삭제된 9호까지였으며,[21] 그 이후 잦은 검

---

17 박종린, 「'김윤식사회장' 찬반논의와 사회주의세력의 재편」, 『역사와현실』 38, 한국역사연구회, 2000.12, 263~267면 참조.

18 류시현, 『최남선 연구』, 역사비평사, 2009, 149~167면; 이경돈, 「1920년대 초 민족의식의 전환과 미디어의 역할-『개벽』과 『동명』을 중심으로」, 『사림』 23, 수선사학회, 2005.6 등 참조.

19 정진석, 『한국언론사』, 나남출판, 1990, 272~273면 참조.

20 「신간소개」, 『동아일보』, 1922.12.30, 4면 참조. 실물을 확인할 수 없는 관계로, 『신생활』이 통권 11호로 폐간을 당했다는 서술(최덕교 편, 『한국잡지백년』 2, 현암사, 2004, 343~345면 참조)도 있지만, 최종적으로는 주보(週報) 형태로 15호까지 발간된 것으로 보인다.

21 『신생활』 9호에 염상섭이 연재한 「묘지」의 3회분은 전문 삭제를 당했다. 하지

열 처분으로 인해 실질적인 역할을 하지 못했다고 판단되었다.[22] 이러한 여건 속에서 검열 등으로 인해 염상섭이 『신생활』 활동을 그만 두게 되었고,[23] 그 뒤에 순차적으로 『동명』으로 옮겨간 것으로 여겨졌다. 두 번째는, 「묘지」 연재『신생활』에서 「만세전」 연재『시대일보』로 이어지는 텍스트의 연속적인 과정에 주목하여, 염상섭이 『신생활』에서 『동명』으로 이동한 것에는 큰 의미를 부여하지 않았다. 세 번째는 미디어적 이동을 염상섭 개인 차원의 인간관계에 한정하여 논의하고자 했다. 즉 염상섭의 삶의 궤적에 적지 않은 영향을 끼쳤던 진학문의 영향 관계에서 『동명』에서의 활동을 의미화하고자 했다.[24] 그러나 이러한 관점들은 염상섭의 행보에 놓인 의미를 온전히 해명하지는 못한다. 그런데 최근 『신생활』 10호를 발굴하여 논의한 박현수의 연구는, 3·1 운동 이후 국내외 운동 진영의 변화 및 미디어 진영의 변동과 연관지어 염상섭의 행보를 다각적으로 논의할 수 있는 토대를 제공하고 있다. 박현수는 '신생활사 그룹'이 운동의 방향을 놓고 사회주의적 관점에서 민족운동을 비판하는 구도를 구축하여 다시 '민족의 일치와 완성'을 내세웠던 『동명』을 직접 겨냥하여 대

만 납본용 자료가 남아 있어 그 전모를 확인할 수 있다.

22 박종린, 『사회주와 맑스주의 원전 번역』, 신서원, 2018, 83~89면 참조.

23 염상섭 연구 초기에는 검열로 인해 「묘지」 3회가 전문 삭제당하고 『신생활』이 9호로 폐간되었으며, 그 과정에서 「묘지」의 연재가 중단될 수밖에 없다는 논의가 이루어지기도 했다. 이재선, 앞의 글, 앞의 책, 283면 참조.

24 김윤식, 앞의 책이 대표적인 사례라고 할 수 있다.

립선을 형성하였고, 그러면서 『동명』의 기자로 활동하고 있었던 염상섭이 자연스럽게 「묘지」 연재를 중단할 수밖에 없게 되었으리라 논의하였다.[25]

따라서 본 논문에서는 새롭게 학계에 보고된 『신생활』 10호 및 박현수의 연구를 발판으로 삼아, 1922년 염상섭이 『신생활』과 『동명』을 가로질렀던 삶의 궤적을 실증적으로 검토하면서, 그가 3·1운동 이후 미디어 활동을 하면서 체계적이거나 정형화되지 않은 형태로지만 모색하고자 했던 방략들을 검토해 보고자 한다. 이 과정에서 1920년대 초반 운동의 분화와 더불어 형성된 사상적 논쟁점이 당대 전세계를 가로지르고 있었던 반제국주의 운동의 전략·전술의 측면에서 어떠한 의미를 지니고 있었는지도 가늠해 보고자 한다.

---

25 박현수, 「신문지법과 필화의 사이-『신생활』 10호의 발굴과 연구」, 『민족문학사연구』 69, 민족문학사학회·민족문학사연구소, 2019.4 참조. 박현수는 『신생활』 10호를 발굴하여 운영상의 변동과 간행사의 특징, 게재된 내용 등을 총체적으로 분석하여, 그 구체적인 논점을 1) 볼셰비즘과 프롤레타리아 국제주의에 대한 소개, 2) 민족주의와 『동명』에 대한 비판 3) 염상섭에 대한 비판 등으로 제시하였다. 본 논문에서 『신생활』 10호와 관련된 내용은 박현수의 논문으로부터 많은 시사를 받았음을 밝힌다.

2. 염상섭과 『신생활』

1) 『신생활』 객원기자로서의 활동

염상섭이 『신생활』의 객원기자로 활동하는 시점은 7호부터였다. 『신생활』은 사고社告를 내고 염상섭이 "본사의 객원으로 우리와 같이 일하게 되"었음을 알리고 그의 "문명文名"과 "달필達筆"이 "일대 이채異彩를 발發할 것"이라는 기대를 밝혔다.[26] 7호의 인쇄일과 발행일은 각각 1922년 6월 26일, 7월 5일이었다. 즉 염상섭은 정주 오산학교에서 경성으로 다시 올라와서 소설 「표본실의 청개구리」1921.8~10, 「암야」1922.1, 「제야」1922.2~6와 산문 「남궁벽 군의 사死를 앞에 놓고」1921.12, 「개성과 예술」1922.4을 『개벽』에 잇달아 게재한 뒤, 바로 『신생활』에 합류했던 것이다. 염상섭이 『신생활』 7~9호 게재한 글은 [표-1]과 같이 정리해 볼 수 있다.

[표-1] 『신생활』에 염상섭이 게재한 글

게재 호수	글제목	비고
7호	「묘지」(1회)	
(1922.7.5)	「지상선(至上善)을 위하여」	1922.6.3. 심야 작성, 검열로 일부 삭제

---

26 「사고」, 『신생활』, 1922.7, 113면. 본 논문에서 인용하는 자료는 특별한 경우를 제외하고 현대어 표기법과 띄어쓰기 기준에 맞추어 수정하였다.

게재 호수	글제목	비고
8호 (1922.8.5)	「묘지」(2회)	
	「여자 단발문제와 그에 관련하여 ―여자계에 여(與)함」	1922.7.14. 작성
	「별의 아픔과 기타」	고(故) 남궁벽 글에 대한 해설 1922.6.25. 변영로와 공동으로 작성
9호 (1922.9.5)	「묘지」(3회)	전문 삭제, 납본용 원고 존재
	「이끼의 그림자」	고(故) 남궁벽 글에 대한 해설 1922.7.6. 작성

　　염상섭이 게재한 글은 크게 세 종류로 구분된다. 소설 『만세
전』의 첫 판본인 미완의 「묘지」, 헨릭 입센Henrik Ibsen과 막스
슈티르너Max Stirner에 기초한 자기혁명 담론 및 여성해방 논의,
『폐허』 동인 남궁벽에 대한 추모와 애도 작업 등이 그것이다. 전
반적인 경향은 "진구陳舊한 자기에게 대하여 반역하고 새로운 자
아를 확충하며 완성"한다는 "자기혁명"으로부터 시작하여 "제4
계급프롤레타리아-옮긴이의 자각과 대두로 말미암"은 "일대 신개벽新
開闢"을 예감하며, "금일의 시대사조 내지 그 정신"을 "전제로부
터 민주民主에, 계급적 차별로부터 평등에, 인습으로부터 해방에,
'개個'의 부정으로부터 '개'의 고조에"서 구하는 "사회개조·생활
개조"론을 기반으로 삼았다.[27] 그 사상적 기반은 헨릭 입센과 막
스 슈티르너,[28] 오스기 사카에大杉栄와 레닌[29] 등 개조론 및 아나

27　염상섭, 「지상선을 위하여」(『신생활』, 1922.7), 『염상섭 문장 전집』 Ⅰ,
　　2013, 205·209·210면 참조.
28　염상섭, 앞의 글 참조.
29　염상섭, 「묘지」(3회), 『신생활』 9호, 1922.9(납본용 판본), 151면 참조.

키즘을 포괄하는 넓은 의미의 사회주의에 걸쳐 있었다. 염상섭은 그러한 논의를 담론적 차원에서 언급하는 것에 그치지 않고, 식민지 조선이라는 구체적인 현실에서 사유하고자 했다. 가령 그는 제국주의 체제에서 감시와 검열에 긴박된 식민지 지식인의 일상과 노예적인 이주노동에 착취당하는 프롤레타리아의 삶을 형상화하고,[30] 당대 조선에서 봉건적인 관습과 자본주의적 질서 양쪽 모두를 지양하는 "여자해방운동"과 "이상적 생활"을 고민하기도[31] 하였다.

　염상섭이 『신생활』에 게재한 글들의 경향은, 당대 러시아 볼셰비즘에 기반을 둔 단일한 사회주의적 경향으로는 수렴되지 않은 다양한 개조론, 범사회주의적 담론을 기반으로 했다. 그런데 이러한 범사회주의적 경향은 『신생활』에도 해당되는 것이었다. 염상섭이 참여한 제9호까지는 크로포트킨Kropotkin, 막스 슈티르너 등에 기초한 아나키즘 담론과 윌리엄 모리스William Morris의 논의까지도 포괄하는 개조론 및 범사회주의적 경향의 다양한 글들이 폭넓게 게재되었다.[32] 그런 의미에서 『신생활』의 전체적인

30　위의 글 참조.
31　상섭(想涉), 「여자 단발문제와 그에 관련하여－여자계(女子界)에 여(與)함」(『신생활』, 1922.8), 『염상섭 문장 전집』 I, 226~243면 참조.
32　이성태 역, 「사회생활의 진화」, 『신생활』 2, 1922.3.21; 이성태 역, 「적자의 생존」, 『신생활』 3, 1922.4.1; 크로포트킨, 이성태 역, 「청년에게 소함」, 『신생활』 6, 1922.6.6; 이성태, 「크로포트킨학설연구」, 『신생활』 7, 1922.7.5; 路草, 「이상향의 남녀생활」, 『신생활』 8, 1922.8.5; 이성태, 「想片」, 『신생활』 9, 1922.9.5; 정백, 「유일자와 그 중심사상」, 『신생활』 9, 1922.9.5 등 참조.

논조와 염상섭의 사유는 대체로 부합했다고 할 수 있다. '사회주의'적 경향을 대표하는 잡지로 분류되는『신생활』은, 적어도 9호까지는 그 '사회주의'가 단성적인 것은 아니었음을 알 수 있다.[33]

『신생활』은 상해파 고려공산당 국내 지부에서 탈퇴한 김명식金明植 중심의 사회주의자들이 만든 '신생활사그룹'을 모태로 하여 반간되었다.[34] 1922년 1월 15일 "월간 잡지『신생활』을 발행"할 목적으로 "신생활사"가 창립되었다.[35] 그들은 "세계 인류의 공통한 표어"인 '개조와 혁신'을 내세우고, '사회 개조를 위한 인간 개조, 인간 개조를 위한 생활 개조'를 그 과정으로 제시하며, "인습의 질곡에서 위력의 압박에서 경제의 노예에서 이탈하고 신생활의 신운동을 개척"하고자 했다. 그리고 신생활, 평민문화, 자유사상을 주지主旨로 내걸었다. 창간 당시 박희도朴熙道, 이병조李秉祚, 강매姜邁, 김명식金明植, 이경호李京鎬, 김원벽金元璧, 이승준李承駿, 원한경元漢慶, 이강윤李康潤, 민관식閔寬植, 백아덕白雅悳 등이 이사진을 구성했고, 박희도가 사장을 겸했다. 그리고 김명식을 주필로 하여 편집국장 강매, 기자 신일용辛日鎔, 이성태李星

---

33 이는 다양한 사회주의적 기획의 가능성을 보여주는 것이기도 하지만, 달리 보면『신생활』필진들이 당대 사회주의 운동의 흐름 및 이론을 정확하게 인지하지 못했음을 방증하는 것이기도 하다.

34 박종린, 앞의 글,『역사와 현실』38, 263~267면 참조. 1921년 말 김명식 중심의 사회주의자들은 장덕수(張德秀) 세력에 반대하여 상해파 고려공산당 국내 지부에서 탈퇴한 뒤, '신생활사그룹'을 만들었다.

35 「신생활사 창립」,『동아일보』, 1922.1.19, 2면 참조.

泰, 정백鄭栢 등으로 필진이 구성되었다.[36] 박종린의 연구에 따르면, 이사진은 "민족운동 관련자들이 다수를 차지"했는데, 경영·재정은 이사진이 담당하고 내용과 편집은 기자들이 담당하는 구조였기에 전반적인 논지는 필진들에 의해 좌우되었다고 한다.[37] 발간 형식은 원래 월간으로 하려고 했으나 "빈약한 느낌이 있는 까닭"으로 순간旬刊으로 변경하여[38] 1922년 3월 11일 창간호를 발간하였다.[39] 그러나 창간호는 납본 검열 과정에서 치안방해로 압수당하였고[40] 다시 3월 15일에 임시호가 발간되었다. 이후 5호까지는 순간으로 발간하였으나 계속된 "검열에 곤란을 당하"여[41] 내용과 경영상의 어려움을 겪게 되자, "월간으로 해서 책의 내용과 분량만 상당하게 해가지고 내"고자 했다.[42] 그리하여 6~9호까지는 월간으로 발행되었다.

염상섭이 어떤 경위와 과정을 통해 『신생활』의 객원기자로 합류하게 되었는지를 알려주는 자료는 없다. 하지만 다음과 같은 사정을 통해 합류의 맥락과 계기를 추정해 볼 수 있다. 먼저

---

36 「취지서 급(及) 조직」, 『신생활』 1(임시호), 1922.3.15, 68~70면.
37 박종린, 앞의 책, 77~82면 참조.
38 「편집을 마치고」, 『신생활』 1(임시호), 71면 참조.
39 「『신생활』 발행 계획」, 『매일신보』, 1922.2.22, 2면 참조.
40 「신생활 창간호 압수」, 『동아일보』, 1922.3.9, 2면 참조.
41 4호는 발매금지 처분을 당하였다. 「신생활 발매금지」, 『동아일보』, 1922.4.13, 1면; 「『신생활』 필화」」, 『동아일보』, 1922.4.13, 3면. 이외에도 검열 과정에서 크고 작은 삭제 처분을 받았다.
42 「사고」, 『신생활』 5, 1922.4.20 참조.

염상섭은 3·1운동 무렵부터 노동운동의 자장 속에서의 활동을 지속하고 있었다. 즉 당시 염상섭의 활동은 좁은 의미의 문학 범주를 넘어서 노동운동 및 사상적 맥락에서 수렴되는 지점들이 많았다.[43] '3·19 오사카 독립선언'은 '한국노동자'라는 정체성을 바탕으로 도모되었고[44] 이후 그는 요코하마복음인쇄소에서 노동자로의 전신轉身을 시도하기도 했다. 그러면서 사상적으로 봉건적·근대적 질서 속에서 억압받은 모든 주체들을 불러내면서 철저한 민주주의에 기초한 해방론을 정초하고,[45] 나아가 중요한 흐름으로 부상하기 시작한 노동운동의 원인·경향·목적 등을 폭넓게 개괄하는 가운데 예술로서 노동이라는 독특한 지향을 보여주기도 하였다.[46] 구체적인 활동의 차원에서는, 1920년 5월 1일 '조선노동공제회'가 주최한 메이데이 기념 강연회에서, 당시 사회주의 활동가였던 정태신과 『신생활』의 주필이 되는 김명식 등과 함께 연사로 출연하여 「노동조합의 문제와 이에 대한

---

43 이하 3·1운동을 전후한 시기, 염상섭이 전개한 노동운동에 대한 논의와 그 사상적 의미에 대해서는 다음을 참조하였다. 이종호, 「일제시대 아나키즘 문학 형성 연구―『근대사조』『삼광』『폐허』를 중심으로」, 성균관대 석사논문, 2006, 67~122면; 이종호, 「염상섭의 자리, 프로문학 밖, 대항제국주의 안―두 개의 사회주의 혹은 '문학과 혁명'의 사선(斜線)」, 『상허학보』 38, 상허학회, 2013.6, 18~29면.
44 「독립선언서」(1919.3.19), 『염상섭 문장 전집』 I, 43~44면 참조.
45 염상섭, 「이중해방」(『삼광』, 1920.4), 『염상섭 문장 전집』 I, 72~75면 참조.
46 염상섭, 「노동운동의 경향과 노동의 진의」(전7회, 『동아일보』, 1920.4.20~4.26), 『염상섭 문장 전집』 I, 102~122면 참조.

세계의 현상」이라는 주제로 강연을 진행하였다.[47] 그리고 염상섭이 『동아일보』 창간 당시 김명식과 함께 기자 생활을 한 인연도 참조할 수 있을 것이다.[48] 또한 결과적으로 『신생활』에서 이광수가 빠진 자리를 염상섭이 들어가게 된 정황도 있다. 창간호부터 지속적으로 『신생활』에 글을 게재한 이광수[49]는 「민족개조론」[50]으로 인한, 『신생활』 내부의 비판으로 6호를 끝으로 활동을 중단했고,[51] 7호부터는 염상섭이 「묘지」 등을 통해 여러 글을 게재하기 시작한다. 요컨대 필진 구성의 변화, 인적 네트워크, 그리고 무엇보다 사상적 지향 및 활동의 이력이 바탕이 되어, 염상섭은 사회주의 성향의 미디어로 간주된 『신생활』의 객원기자로 참여하게 되었을 것이다.

---

47 「모임」, 『동아일보』, 1920.5.1 참조. 애초에 이 강연회에는 장덕수, 정태신, 김명식이 연사로 나서기로 되어 있었다. 그런데 사고로 장덕수가 출석을 할 수 없게 되어 염상섭이 그 자리를 대신한 것이었다. 이는 당시 염상섭이 직간접적으로 범사회주의 활동가들과 네트워크를 형성하고 있었음을 짐작케 한다.
48 「본사 사원 씨명(氏名)」, 『동아일보』, 1920.4.1, 3면 참조. 권철호는 '염상섭과 『신생활』의 네트워크'를 해명함에 있어, 『동아일보』 시절 김명식과의 인적 네트워크에 주목하였다. 권철호, 앞의 글, 179~180면 참조.
49 춘원(春園), 「금강산유기(金剛山遊記)」, 『신생활』 1~6(연재 미완), 1922.3.15~6.6; 타골[타고르], 노아[이광수] 역, 「기탄자리」, 『신생활』 6, 1922.6.6, 103~115면.
50 이춘원(李春園), 「민족개조론」, 『개벽』, 1922.5.
51 박종린, 앞의 책, 87면 참조.

2) 염상섭에 대한『신생활』진영의 비판

그러나 염상섭의『신생활』에서의 활동은 오래 지속되지 않았다.「묘지」의 3회분 연재가 검열로 전문 삭제된 무렵에 그의 객원기자 활동은 마무리된 것으로 보인다. 1922년 11월 14일 주보週報 형태로 발간된『신생활』10호에는「묘지」의 연재본이 실려 있지 않다. 그 대신 염상섭을 비판하는「분명한 사실에 대한 상섭 군의 오해」라는 글이 게재되었다. 장을 달리해서 다시 논하겠지만, 당시 염상섭은『동명』의 기자로 활동하고 있는 상황이었다. 이 글은 염상섭이『신생활』8호에 게재한「여자 단발문제와 그에 관련하여—여자계에 여興함」의 내용을 표면적으로 문제 삼는다. 하지만 보다 근본적으로는 '민족'을 둘러싼 염상섭의 태도와 입장을 비판하고자 한 것이었다. 그 글의 마지막 대목은 다음과 같이 마무리된다.

    ⊙그런데 상섭 군도 현금 사회를 관찰할 적에 어떠한 일편에서 어떠한 일편이 해방되고자 하는 사실까지는 보았다. (…중략…) 그리고 또 인간사회에 기사飢死의 참상과 주종의 부자연한 뇌옥牢獄을 옹호하는 마도魔徒 계급에게 그 필봉이 미칠 때에는 거의 반광적半狂的으로 그 계급을 이도를倒하였으며 그 계급의 타파를 절규하였다. 이것은 상섭 군이 유산계급을 사갈蛇蝎 같이 증오한 명문려구名文麗句를 보아도 알 수 있다. 그대는 진정개혁론자인가? ○그러면

그대는 인류를 말할 적에 의식적으로든지 혹은 무의식적으로든지 동포同胞라는 말로 불러본 적이 있었는가 없었는가? 하여간 그대는 인류 가운데에도 특히 동혈족同血族인 우리 조선민족을 부를 때에는 반드시 동포라고 말하였으리라.

　나는 동군의 논문을 읽을 때에 처처處處에서 우와 같은 의미의 말이 쓰여 있는 것을 알았다. 뿐만 아니라 ⓒ 동군이 압박에서 신음하는 동포를 위하여 어떻게 열렬한 희생행동을 취한 것은 천구백십팔 년 봄에 일본 오사카大阪에서 증명된 적이 있었다고 기억한다. 그럼으로 나는 동군이 이와 같이 말하였다고 단언한다 하더라도 허언도 아닐 뿐 아니라 명예 있는 동군에게 대하여서도 불명예까지는 아니 되리라고 믿는다. 따라서 동군은 조선 여성을 말할 때에 자매라고 말하였으리라. 미완**52**

이 글에는 제목 다음에 "일日, 도쿄東京에서"라는 구절이 덧붙여져 있는데, 필자는 이정윤李廷允이었다. 이정윤은 1년 전인 1921년 11월 5일 '워싱턴회의'를 겨냥하여 도쿄 조선기독교청년회관에서 개최된 학우회 석상에서 '제2회 조선독립선언'을 결의하였고, 결의문과 선언서를 일어와 영어로 번역하여 대사관 및 언론기관에 배포한 바가 있었다. 그 사건으로 인해 출판법 위반으

---

52 이정윤, 「분명한 사실에 대한 상섭 군의 오해」, 『신생활』 제10호, 1922.11.4, 12면(강조는 인용자).

로 도쿄 감옥에서 복역한 뒤 1922년 11월 1일 만기 출소한 상황이었다.[53] 그러니까 이 글은 이정윤이 출소하자마자 작성한 것이었다. 그는 장차 '북성회', '고려공산동맹'의 가입 및 활동을 통해 사회주의자로 성장해 갈 인물이었다.[54] 이정윤과 염상섭은 모두 1897년생으로 동갑내기였다. 그러나 서로 교류가 있던 사이는 아니었다. 염상섭이 문학장 내에서 비판과 논쟁을 주고받은 것은 예사로운 일이었지만, 사상운동 진영에서 비판을 받은 것은 이례적인 사건이었다.

이정윤의 글은 미완의 형태에 머물고 있어서[55] 궁극적으로 주장하는 바가 명확하게 드러나지는 않는다. 다만 그는 염상섭을 크게 세 층위에서 논평하였다. 첫째는 ©과 같이 염상섭이 1919년 오사카에서 전개한 3·19 독립선언에 대한 평가이다.[56] 이정

---

53 警保局,「朝鮮人近況槪要(大正十一年一月)」,『在日朝鮮人關係資料集成 第一卷』, 朴慶植 編, 東京: 不二出版, 1975, 122~123頁;「동경유학생 선언서 사건 공판」,『동아일보』, 1922.01.18, 3면;「제이차독립을 선언한」,『동아일보』, 1922.11.2, 3면 참조.

54 강만길·성대경 편,『한국사회주의운동 인명사전』, 창작과비평사, 1996, 368~369면 참조.

55 『신생활』 11호는 발매금지를 당했고, 현재 그 실물을 확인할 수 없다.「『신생활』 발매금지」,『동아일보』, 1922.11.16, 3면 참조. 따라서 이정윤의 글이 11호에 이어서 게재되었는지는 알 수 없다.

56 원문에는 "千九百十八年 봄에 日本 大阪"으로 되어 있으나 "千九百十九年 봄에 日本 大阪"의 오식으로 보인다. 염상섭은 1918년 3월 교토부립(京都府立) 제2중학을 졸업하고, 4월에는 게이오기주쿠(慶應義塾) 예과에 입학하여 10월까지 재학하였다(김윤식,『염상섭 연구』, 서울대 출판부, 1987, 41면; 김윤식,「『염상섭 연구』가 서 있는 자리」, 문학사와비평연구회 편,『염상섭 문학의 재조명』, 새미, 1998, 13면 등 참조). 따라서 이정윤이 가리키는 사건은 염상

윤은 '동포를 위한 희생'으로 상찬을 하면서도, 전체적으로는 그러한 희생이 '조선 동포'에만 한정되었지 인류 전체에 해당된 것은 아니었다는 비판을 가한다. 둘째 ㉠과 같이 당대 염상섭의 해방론 및 사상에 대해 논평하였다. 그는 염상섭이 지배계급으로부터 피지배계급의 해방, 혹은 유산계급으로부터 무산계급의 해방이라는 사유를 전개·공유했음을 부분적으로 인정한다. 그런데 셋째, 그러한 염상섭의 해방론이 지닌 한계를 ㉡과 같이 비판한다. 즉 이정윤은 염상섭이 '동포'라는 용어를 조선 민족에 한정하여 사용하는가 아니면 인류 전체에도 사용하는가 하는 논법을 통해, 해방적 주체성의 범위를 문제 삼는다. '민족동포의 해방 대對 사해동포의 해방'(혹은 '민족' 대 '계급')이라는 이분법적 사유를 통해, 염상섭의 해방론을 조선 민족에 한정된 것이라고 미리 재단하고 그 한계에 대해서 비판을 하는 방식으로 논지를 전개한 셈이다.

이정윤의 염상섭에 대한 비판은 표면적으로 개인적 차원에서 이루어진 것이다. 하지만 비판의 관점, 민족과 인류계급라는 이분법적 도식, 그리고 『신생활』의 이정윤과 『동명』의 염상섭이라는 미디어적 지형도 등을 고려할 때, 그 비판과 대립은 3·1운동 이후 식민지 조선에서의 전체 운동의 분화 및 그 쟁점을 제유하고

섭의 '3·19 오사카 독립선언'을 의미한다고 볼 수 있다.

있었다고 볼 수 있다.[57] 염상섭과 이정윤, 두 사람 모두 "3·1운동의 후예들"[58]이었다. 두 사람은 제1차 세계대전 이후 구축될 새로운 국제질서에 기대를 품었다가 그것을 철회하거나 좌절한 경험을 지니고 있었다. 염상섭은 베르사유체제를 성립시킨 파리강화회의 및 국제노동기구ILO 총회가 지닌 한계를 지적하고 "'해방'을 의미하는 개조"를 주장하며 논의를 급진화하였다.[59] 한편 이정윤은 워싱턴회의를 통한 조선의 독립을 기내하면서 다시 한 번 독립선언을 추진하였지만, 정작 그 회의를 통해 일본의 조선에 대한 지배는 국제적으로 승인되고 말았다. 즉 "1919년 3월 이래 지속되어 오던 혁명적 정세가 워싱턴회의를 계기로 하여 퇴조기로 전환되었다."[60] 제1차 세계대전 전후 처리와 3·1운동을 통해 한층 고무되었던 새로운 세계 질서 및 조선의 탈식민화에 대한 기대는 더 이상 유효하지 않은 것이 되었다. 새로운 방략과 운동이 요청되고 있었고, 운동의 지향 및 자원을 놓고 '민족'과 '계급'이 주요한 개념으로 부상하였다. 이정윤의 염상섭에 대한 비판도 그러한 맥락 속에서 이루어진 것이었다.

---

57 박현수는 "『신생활』의 입장에서는 9호까지 '객원'으로 일했던 염상섭의 음영을 지워내는 일이 필요했을 것"이라며 이정윤의 염상섭에 대한 비판을 당시 미디어와 운동의 맥락을 고려하면서 논의했다. 박현수, 앞의 글, 295~296면 참조.
58 정병준, 『현앨리스와 그의 시대』, 돌베개, 2015, 제2장 참조.
59 염상섭, 「이중해방」(『삼광』, 1920.4), 『염상섭 문장 전집』 I, 72~75면 참조.
60 임경석, 앞의 글, 293면.

3)『신생활』의 변화―대중의 동무에서 신흥계급의 전위로

식민지 조선의 운동 지형의 변화를『신생활』10호는 일정 정도 반영하고 있다.『신생활』은 9호 발간 이후, 보증금 3백원을 납부하고 1922년 9월 12일 조선총독부로부터 신문지법에 의한 순간 발행허가 지령을 받음으로써 정치나 시사도 다룰 수 있게 되었다.[61] 이후 신생활사는 당국과 교섭하여『신생활』의 발간을 다시 주간으로 변경하였고 합자회사로 사업의 규모도 확장하였다.[62] 신생활사는 10호 발간을 앞두고 다음과 같은 광고를 통해 변화된 사항을 공지했다.

본보는 현대사상의 최고 기조인 ㉮사회주의의 입지에서 세계적으로 우짖는 현하 조선에서 수시 발생하는 ㉯사회문제 급及 정치문제의 이론과 실제를 연구, 소개, 비평, 보도하는 것을 주지로 하고 전진하려는 조선 유일의 언론기관이외다.

본보는 최초에 순간으로 출세出世하였다가 검열 관계로 경영이 곤란하여 월간으로 인속引續 발행하던 바 금번 신문지법의 출판허가가 출出하여 주간신문형으로 변경하고 ㉰갱更히 진용陣容을 정제整齊하여 충실한 내용으로 새로운 원기元氣로서 ㉱신흥계급의 전위를

---

61 「잡지 4종 허가」,『동아일보』, 1922.9.16, 2면; 「주목할 언론계 전도」,『동아일보』, 1822.9.16, 3면; 「언론 취체에 대하여」,『동아일보』, 1922.9.18, 1면.
62 「신생활 사업 확장」,『동아일보』, 1922.10.18, 3면.

작作하려 합니다.[63]

약 8개월 사이에 '신생활'이라는 제호만 제외하고 모든 것이 변화했음을 알리는 공지였다. 창간호에서 제시했던 '개조와 혁신', '신생활, 평민문화, 자유사상' 등으로 표현되었던 사상적 지향은 ㉮ '사회주의'로 단일하게 정리되었다. 신문지법을 통해 ㉯ '사회문제와 정치문제'를 다룰 수 있게 됨에 따라 식민지 조선에 대한 직접적인 현실 개입이 가능하게 되었다. 이런 변화 속에서 ㉰와 같이 조직과 구성원을 정비하는 작업은 자연스러운 일이었을 것이다. 창간호에서 수평적인 "대중의 동무"[64]를 자처했던 『신생활』은 이제 조직적이고 수직적인 "신흥계급의 전위"로 그 목적을 명확하게 했다. 급격한 변화였다. 확실히 이러한 변화와 지향, 그리고 그 언어 속에서 염상섭이 손님객원으로라도 머물 자리를 찾기란 쉽지 않았을 듯하다. 『신생활』 10호는 다음과 같이 「주보週報 발간에 임하여」라는 발간사를 통해 그간의 사정을 좀 더 상세하게 해명하고 정리했다.

본지가 창간된 후의 세월은 많지 아니한 8개월간이외다마는, (…중략…) 실로 많은 곤란이 있었고 심한 위험이 있었습니다. 원래

---

63 「주보 신생활」, 『동아일보』, 1922.10.22, 1면(강조는 인용자).
64 「창간사」, 『신생활』 1(임시호), 1922.3.15, 9면.

ⓒ 자본주의와 전제정치가 적이 된 것은 물론이오, 그 외에 ⓜ종교가, 교육가, 매법자賣法者들도 적이 되었으며 심하여서는 ⓗ동일한 주의와 주장으로 우리와 보조를 같이할 동지까지도 또한 적이 되었습니다. 그 우에 ⓐ경제는 항상 곤궁하여 (…중략…) ⓞ당국으로부터 최후 처분을 행한다는 추상秋霜 같은 경고를 수수受하였으며 이뿐 아니라 ⓩ동지자 간에서 발생한 의혹은 해외에서까지 선전이 되어 마침내 국제적으로 본지의 불온한 것을 취체하라는 교섭까지 모처某處에 있게 되었던 모양이외다. (…중략…) 그리하여 일시는 유탕遊蕩한 기분에 포로된 연문학자軟文學者와 여여如히 제국주의에 위협된 소약민족小弱民族의 국수주의자의 기력氣力과 여여如히 실망과 낙담으로 한갓 자폭자기自爆自棄한 적도 있었으며 또 일방으로는 ⓩ석일昔日의 라인신문의 최후 운명을 연상하여 고적孤寂과 비애를 규眦하면서 스스로 이것을 조상弔喪한 적도 없지 아니하였습니다.[65]

인용문을 통해서 확인할 수 있듯이, 신생활사 그룹은 창간 후 다양한 어려움에 봉착했던 것으로 보인다. 기본적으로 ⓒ과 같이 '자본주의'와 '전제정치'라는 제국주의가 부과하는 어려움을 비롯하여, 보다 세부적으로 ⓜ과 같이 자연스레 종교·교육·사업 등의 이른바 이데올로기적 국가장치라고 할 만한 영역 등과

---

65 「주보 발간에 임하여」, 『신생활』 10호, 1922.11.04, 1면(강조는 인용자).

도 갈등을 겪었다. 구체적으로는 ⓞ과 같이 조선총독부의 검열과 탄압이 잡지의 발간을 위태롭게 했으며 그리하여 ⓢ처럼 지속적인 경영난에 시달렸던 것으로 보인다. 다만 이러한 곤경은 식민지 조선의 운동 집단 대부분에 부과되는 상수와 같은 조건이었다고도 할 수 있다. 더 큰 어려움은 ⓗ과 ⓩ처럼 운동의 내부적인 갈등과 노선의 차이, 그리고 뜻하지 않게 "동지자 간에 발생한 의혹"으로 말미암은 곤란함에 있었던 것으로 보인다. 뜻을 같이한다고 믿었던 동지들 간의 갈등과 적대는 심각한 상황이었으며, 이로 인한 국제적 차원에서의 사상적 심판이 큰 압박으로 작동했던 것으로 보인다. 이와 관련하여 발간사에서 구체적인 사건이 언급되지는 않는다. 다만 여러 정황을 고려할 때 1922년 1월 '김윤식 사회장 사건'과 1922년 4월 '사기 공산당 사건'을 거치면서 조직적으로는 '상해파 고려공산당 국내지부'가 분열되어 '신생활사 그룹'이 만들어지고, 이념적으로는 비공산주의적 요소를 배제하고 볼셰비즘 경향으로 수렴되는 일련의 과정을 지시하는 듯하다.[66]

실제로 『신생활』은 9호1922.9.5에서 10호1922.11.4로 넘어오는 과정에서 전체적인 논조는 크게 달라졌다. 앞서도 언급했듯이 9호까지는 다양한 개조론 및 아나키즘을 포함하는 다양한 논

---

66 최선웅, 앞의 글; 박종린, 앞의 글; 임경석, 「1922년 상반기 재 서울 사회단체들의 분규와 그 성격」, 『사림』 25, 수선사학회, 2006 등 참조.

의가 게재되었으나, 10호에 이르러서는 러시아와 레닌 그리고 볼셰비키 등과 관계된 논의로 수렴되는 단일한 노선으로 정리가 이루어졌다.[67] 불과 두 달 사이의 이러한 급격한 변화에는 마치 제삼자에게 사상적 선명성을 증명해야 한다는 성마름이 묻어나기도 한다. 그리하여 '발간사'에서는 논의의 근거로 "볼셰비키의 승리"와 "레닌의 선견先見"이 제시되고, "노동자의 위력, 신흥계급의 천하, 이것은 우리의 판정하는 바이오 우리가 확신하는 바"이다는 식으로 전체적인 입장과 지향이 정리된다. 『신생활』의 발간을 ㉧ 과 같이 맑스Karl Marx의 『라인 신문Die Rheinische Zeitung』의 발간에 비견하는 대목에 이르면, 신생활사 그룹이 염두에 두고자 했던 사상의 토대가 명료하게 드러난다. 이러한 미디어의 재편과 논조의 변화는, 잠정적으로 신생활사 그룹의 전체적인 방향 전환을 의미하는 것이었다. 3·1운동 이후, 그들의 노선은 계급과 사회주의에 초점이 맞추어졌으며, 그 조직화 모델은 러시아 볼셰비즘에 기초하게 되었던 것이다. 그리하여 이러한 노선에 이견을 가지고 있거나 함량이 미달될 경우, 조직에서 축출되거나 비판을 받는 것은 예견된 일이었다. 이정윤에게 비판을 받은 염상섭도 그러한 사례 가운데 하나였던 것이다.

---

67 예외적으로 크로포트킨 관련 단편 기사가 게재되기는 했다. 크로포트킨, 「노동자의 선언」, 『신생활』 10호, 1922.11.4 참조.

3. 염상섭과 『동명』

1) 『동명』 창간 기자로 합류

1922년 늦은 여름, 염상섭은 진학문의 주선으로 최남선을 처음 만났다. 진학문은 "『동명』지를 창간하니 덮어놓고 같이 시작하자"고 염상섭에게 제안했다.[68] 이를 계기로 염상섭은 『신생활』 9호를 끝으로 하여, 『동명』 창간1922.9.3에 참여하게 된다. 염상섭은 큰 시차 없이 연속적으로 『신생활』에서 『동명』으로 이동했다.

진학문의 회고에 따르면, 최남선은 출옥1921.10.18[69] 후 그에게 편지를 보내어 이광수와 함께 『청춘靑春』을 속간하자고 제안했는데, '청춘'이라는 제호를 총독부가 허가하지 않아 '동명'으로 제호를 바꾸어 신청했다고 한다. 그리고 사전 검열을 피할 요량으로 월간지 대신 주간지라는 형식을 선택하였다.[70] 이형식의 연구에 따르면, 『동명』의 허가 과정에는 당시 조선총독부 사이토 마코토齋藤實의 개인 고문이었던 아베 미쓰이에安部充家의 도움이 적잖이 작용했다.[71] 1921년 말 무렵까지만 해도 최남선은

---

68 염상섭, 「최육당(崔六堂) 인상」(『조선문단』, 1925.3), 『염상섭 문장 전집』 I, 351~352면 참조.
69 「최남선 씨 가출옥」, 『동아일보』, 1921.10.19, 3면.
70 진학문, 「신문·잡지에 쏟은 정열」, 『신동아』 44, 동아일보사, 1968.4, 248~ 249면; 진학문, 「나의 문화사적 교유기」, 『세대』 118, 1973.5, 203면 참조.
71 아베 미쓰이에는 최남선의 가석방에도 큰 역할을 하였고, 이후 최남선이 창간

『동명』을 자신과 진학문, 홍명희 3인 체제로 하고, 나중에 공식적으로 이광수를 합류시키는 방식을 통해 운영할 계획이었다.[72] 『동명』은 1921년 겨울에 발행허가를 신청하였는데, 1922년 5월 27일에서야 비로소 신문지법에 의해 허가를 받았으며 6월 6일에 지령을 교부받았다.[73] 이는 영향력 있는 일본인 아베를 매개해야 할 정도로 쉽지 않은 일이기도 했다.

창간이 임박한 시점에서 최남선의 애초에 계획한 주요한 인적 구성은 실현되지 못했다. 이광수와 홍명희의 참여가 이루어지지 않았기 때문이다.[74] 창간호 발행 직전 동명사는『동아일보』1면에 절반이 넘는 대형 광고를 게재했다.[75] 광고 상단에 "시사주보

한『동명』과『시대일보』허가에도 큰 영향력을 발휘하였다고 한다. 이형식, 「'제국의 브로커' 아베 미쓰이에(安部充家)와 문화통치」,『역사문제연구』 37, 역사문제연구소, 2017.4, 450~462면; 이형식,「『동명』·『시대일보』창간과 아베 미쓰이에(安部充家)」,『근대서지』18, 근대서지학회, 2018.12, 723~732면 참조.

72 이형식, 위의 논문, 2018.12, 725면의 이형식이 번역한「1921년 12월 26일자 아베 앞 최남선 서한」(『安部充家關係文書』190) 참조.

73 「잡지『동명』허가」,『동아일보』, 1922.6.8, 3면.

74 이광수가『동명』에 참여하지 못한 사정에 대해서는 견해가 엇갈린다. 이광수는『동명』의 경영을 진학문이 맡고 편집을 자신이 담당하기로, 애초에 최남선으로부터 제안을 받았다고 회고한다. 그런데 정작 자신에게 "아무 말도 없이『동명』이 나왔다"고 하며 당시 분개했다. 이광수는 그러한 사정의 원인을「민족개조론」으로 인한 여론의 악화에서 찾는다. 이광수,「문단 생활 30년의 회고─무정을 쓰던 때와 그 후(3)」,『조광』, 1936.6, 120면 참조. 그러나 진학문은 이광수가 "작가 생활만을 하겠다는 본인의 거절"로 참여하지 않았다고 서술한다. 진학문,「신문·잡지에 쏟은 정열」,『신동아』44, 동아일보사, 1968.4, 248면 참조.

75 이하 '1)『동명』창간 기자로 합류' 절에서 논의하고 있는『동명』의 발행 취지

時事週報 동명"이라는 제호 양쪽에 "감집監輯 최남선", "주간 진학문" 표기를 통해 2인 체제로 운영됨을 밝혔고, 그 하단에 특별히 염상섭에 대해 다음과 같이 언급하면서 그 역할을 강조했다.

『동명』은 현문단의 효장驍將 염상섭 군의 안배按排 하에 소설, 시가 등 문예 기사에 특색을 정呈할 것이며, 더욱 소설은 순예술적, 전기적傳奇的, 정탐적偵探的, 골계적 각각을 장단長短 수편數篇 씩式 내호 게재하여 항상 신미新味 충일充溢한 관조경觀照境과 아취雅趣 풍만豐滿한 환소歡笑 건件을 독자에게 제공합니다.[76]

염상섭의 역할은 어쩌면 애초에 최남선이 염두에 두었던 이광수의 자리를 대신한 것인지도 모른다. 『동명』은 당시 미디어에서 문예물이 지닌 위상을 잘 인지하고 있었던 것 같다. 최남선과 진학문 이외에 언급된 고유명은 염상섭이 유일했으며, 그가 문예 기사 및 문예물을 담당한다고 지정함으로써 전문성을 표출하고자 했다. 그리고 순수 예술에서 대중적 흥미를 유발하는 전기물, 정탐물, 골계물 등에 이르기까지 문예물을 고루 배치하고자 했고, 그럼으로써 문예 독자에서 대중 독자까지 다양한 독자층을

와 관련한 인용과 분석은 다음의 자료에 기초했다. 『동아일보』, 1922.8.24, 1면 『동명』 관련 광고.
76 『동아일보』, 1922.8.24, 1면 『동명』 관련 광고.

포괄하고자 했다. 이 3인 이외에도 현진건玄鎭健, 이유근李有根, 권상노權相老 등이 기자로 참여했다.[77] 그리고 "만중萬衆의 상망想望하는 각 방면 명사 공동 집필"을 강조하며 대중에게 영향력을 행사할 수 있는 다양한 필진을 확보함으로써, 『동명』의 위상을 강화하고자 했다. 즉 "각 방면의 대표적 명사를 객원으로 연청延請하여 각 방면의 고명한 의견을 매호에 교체 소개"할 작정이었다.

그런데 창간 이후 틀이 어느 정도 잡히자 최남선은 『동명』의 일간지로의 전환을 위해 동분서주했기 때문에, 염상섭과 현진건이 대부분의 편집 실무를 담당하게 되었다.[78] 『동명』은 3~4천 부 정도를 판매했지만 주간지 형식으로 인해 광고 수입에는 한계가 있었고, 곧 심각한 재정난에 시달리자 일간지로의 전환을 통해 자본금을 확보하고자 했다.[79] 이는 동명사의 사활이 걸린 문제였고, 최남선은 일간지로의 전환을 위해 총독부와 교섭하고 명사들과 접촉하여 발행 자금을 확보하는 등 분주할 수밖에 없는 상황이었다.

『동명』은 "조선에서 최초로 시험하는 시사주보時事週報"라는 형식을 통해, "일간신문에 비하여는 기사를 정선하고 보도를 정확

---

77 진학문, 앞의 글, 1968.4, 같은 면.
78 염상섭, 「아까운 그의 조세(早世)」(전2회, 『국도신문』, 1949.11.18.~11.19), 『염상섭 문장 전집』Ⅲ, 163면; 「육당과 나―현대사의 비극을 몸소 기술한 육당의 편모(片貌)」(『신태양』, 1957.12), 『염상섭 문장 전집』Ⅲ, 376면 참조.
79 진학문, 앞의 글, 1968.4, 248~249면 참조.

하게" 하며, "월간잡지에 비하면 청신淸新한 재료와 신속한 기재로써 시시時時 변천하는 내외 형세를 적시適時 보지報知"하고자 했다. 즉 "신문 겸 잡지"를 표방하여 "양자의 특장特長"을 두루 취하려고 했다. 그리고 '시사주보'라 해서 정치기사나 시사평론에만 주력하는 것이 아니라 사회 보도 및 취미, 건강, 생활, 육아 등의 생활 전반의 내용 등도 포괄하여 지식인, 여성, 청년 학생 등 폭넓은 독자를 포괄하려고 했다.

또한 다양한 지식과 소식을 망라한다는 의욕으로 정치, 경제, 군사, 교육, 학술, 사회 등 여러 분야를 다루고자 하였다. 그리고 특히 경제생활의 문제와 나아가 노자勞資 문제, 경제적 신이상新理想, 사회적 신운동新運動 등의 문헌들을 망라하고자 하는 의욕을 보여주었다. 그리하여 "활동 약진하는 세계 만상"을 종합적으로 담아내어, "개조세계, 신생조선"의 교차로에 선 "광탑光塔"의 면모를 갖추고자 했다. 요컨대 "일반사회의 감조鑑照"로서의 역할을 수행함으로써 "전체 민중의 붕우朋友"가 되고자 했던 것이다.

주지하듯이, 『동명』 창간호에는 별도의 이른바 '발간사'가 실리지 않았다. 하지만 『동아일보』 광고에서, 최남선은 자신을 '동인 대표'라고 지칭하면서 『동명』의 '발간사'에 해당하는 글을 덧붙어 게재했다. 2,400자 정도의 규모가 있는 글인데, 그 내용을 간추려 인용해 보면, 다음과 같다.

㉮ 현하의 조선인은 오직 한 가지 직무가 허여許與되어 있습니다. 무엇이고 하니 최근에 이르러 새삼스럽게 '발견된 민족'을 '일심일치一心一致'로 '완성'하는 일이외다. (…중략…) ㉯ 우리가 '민족'이라는 귀중한 '발견'을 이루기 위하여 어떻게 참담한 도정途程을 지냈습니까, 어떻게 거대한 희생을 바쳤습니까. (…중략…) ㉰ 이 '발견'을 다치지 않고 잘 보지保持하며 잘 장양長養하여 그 내용의 충실과 그 외연의 확고確固를 '완성'함으로 말미암아 비로소 오인의 민족적 생명을 발휘하고 세계적 사명을 수행할 것이외다. (…중략…) ㉱ 오인은 온갖 신이상, 신경향에 대하여 경의와 열심을 가지는 자者외다. (…중략…) ㉲ 일체의 신이상新理想에 실현상 가능성을 주기 위하여 먼저 민족완성운동에 전력하여야 할 줄을 신신信하며 일체의 신경향新傾向에 가속적 원동력을 주기 위하여 첫째 민족완성운동에 진심盡心하여야 할 줄을 신신信합니다.[80]

전체적인 내용이 다소 추상적인 지시어를 통해 전개되고 있어서 구체적인 내용이 명료하게 전달되지는 않는다. 하지만 여기에는 최남선이 생각하는 3·1운동의 의의, 이후의 구체적인 과제와 전략, 당시 사회주의운동에 대한 견해 등이 함의되어 있다. ㉯ 와 같이 3·1운동은 "참담한 도정"이기도 했고 "거대한 희생"

---

80 『동아일보』, 1922.8.24, 1면 『동명』 관련 광고(강조는 인용자).

이기도 했지만, 한편으로 '민족의 발견'을 가능하게 했던 사건으로 의미화된다. 그리고 이후의 과제는 ㉕와 같이 발견된 민족의 내용과 외연을 온전히 지키고 양성하여 '완성'하는 것으로 제시된다. ㉗의 '일체의 신이상'과 '일체의 신경향'은 당시 노선을 선명하게 하고 크게 약진하고 있었던 사회주의운동 및 사회주의적 이상이라고 볼 수 있다. 『동명』을 대표해서 최남선은 ㉑와 같이 "오인은 온갖 신이상, 신경향에 대하여 경의와 열심을 가지는 자"라고 언급하면서, 사회주의운동에 대하여 긍정적인 견해를 피력한다. 그런데 ㉗와 같이 그 순서에 있어서 '민족완성운동'이 먼저 이루어져야 한다고 보았다. 다시 말해 '민족완성'독립이 선행되어야 한다는 것이었으며, 그 토대 위에서 사회주의가 구체화되거나 실현될 수 있다는 입장이었다. 민족주의운동과 사회주의운동에 대한 이러한 관점 및 입장은 대체로 『동명』 전체를 관통하는 것이었다.

2) 『동명』에서의 글쓰기 활동

염상섭의 회고에 따르면, 『동명』에서의 생활은 분주하고 고단했다. 창간 후 편집 실무는 염상섭과 현진건이 담당하였는데, 타블로이드 판형의 편집 및 발행은 "전속인쇄소를 옆에 끼고 앉았어서도 수월치 않은 일"이어서 "손이 모자라서 그날그날을 안비막개眼鼻莫開로 지내고 툭하면 철야도" 해야 했기 때문이다. 이러한 상황 속에서 1922년 9월 3일 창간부터 1923년 6월 3일 종간까지, 만 9개월 동안 염상섭은 다음의 [표-2]와 같이 『동명』을 중심으로 글쓰기 작업을 전개하였다.[81]

[표-2] 『동명』에 염상섭이 게재한 글

글 제목	게재 호수
「니가타현(新潟縣) 사건에 감(鑑)하여 이출노동자에 대한 응급책」	통권 1~2호(1922.9.3~9.10)[전 2회]
「구(舊) 7월 1일 오전 5시 홍수로 탁랑(濁浪)에 해백(駭魄)된 수원 화홍문(華虹門)」	통권 1호(1922.9.3)
「E선생」(소설)	통권 2호~15호(1922.9.10~12.10) [전 13회, 14호 휴재]
「민중극단의 공연을 보고」	통권 6호(1922.10.8)
「죽음과 그 그림자」(소설)	통권 20호(1923.1.14) [1923.1.11 작성]

「E선생」은 「표본실의 청개구리」, 「암야」, 「제야」의 초기 3부작과는 결을 달리한다. 이 무렵 염상섭의 작풍은 크게 바뀌었으며[82] 인물의 현실에 대한 인식 및 대응 방법이, 광증·기도·죽음 등과 같은 초월의 형식을 넘어서 객관적·논리적인 현실의 언어로 변화했다.[83] 특히 오산학교 경험과 맞물려 있는 「표본실

---

81 그 외는 다음의 2편이 유이(唯二)했다. 염상섭, 「문인회 조직에 관하여」, 『동아일보』, 1923.1.1; 「자서(自序)」(1923.5.30 야(夜) 작성), 『견우화(牽牛花)』, 박문서관, 1923.
82 박월탄(朴月灘), 「문단의 일년을 추억하여 현상과 작품을 개평(槪評)하노라」, 『개벽』 31, 1923.1.1, 13~14면 참조.

의 청개구리」의 인물들은 3·1운동 이후의 침체와 권태 속에서 우울과 광증에 휩싸여 있다. 그들은 "세계 평화 유지 사업"을 위한 "동서친목회"[84]로의 도약을 제기해보지만 현실로 쉽게 안착되지 못한다. "민족주의에 코즈모폴리터니즘 비슷한 이상향을 가미한" 그것은 「E선생」에 이르면 보다 객관적이고 현실적인 언어를 획득하기 시작한다. 'E선생'이 학생들에게 말하는 '군국주의'와 '침략주의'에 대한 비판은 제국주의와 식민지 현실에 대한 거부로 의미화되고, 대안으로 발화는 '사회주의'와 '공산주의'라는 기표는 자본주의 비판과 지향하는 정체政體를 암시한다. 여기까지는 크게 새롭지 않은 내용이다. 염상섭의 특이성을 드러내는 것은, "사람다운 사람이 사는 세계에는 없지 못할 최대한 근본 요소"로 강조하는 "자각 있는 봉공심奉公心"에 대한 강조이다.[85] 즉 물질적 변화를 통한 체제의 변화와 더불어 정신적 변화를 통한 인간성의 변화를 제기한 셈인데, 이는 앞으로는 슈티르너를 참조한 자기혁명자기해방의 개념[86]과, 뒤로는 사회주의의 이행에서의 새로운 인간형의 창출의 문제[87]와 연결되는 것이다.

---

83 김종균, 앞의 책, 92면 참조.

84 염상섭, 「표본실의 청개구리」, 『개벽』 16, 1921.10, 121면.

85 상섭(想涉), 「E선생」, 『동명』 12, 1922.11.19, 13면.

86 염상섭(廉尙燮), 「지상선(至上善)을 위하여」(『신생활』, 1922.7), 『염상섭 문장 전집』 I, 200~224면 참조.

87 염상섭(廉想燮), 「계급문학을 논하여 소위 신경향파에 여(與)함」(전7회, 『조선일보』, 1926.1.22~2.2), 『염상섭 문장 전집』 I, 441~473면 참조.

낡은 어법으로 말하자면 상부구조의 중요성을 드러내는 인식이라고도 할 수 있다.

염상섭이 『동명』에 게재한 글들은 『신생활』 및 그 이전에 게재했던 글들과 일정한 연속성을 지니고 있었다. 「죽음과 그 그림자」는 소설의 형식을 취하고 있지만, 이는 염상섭이 『신생활』을 통해 추모하고자 한 남궁벽의 죽음과 연결되어 있는 작품이다. 소설 속 화자는 잦은 음주와 "매일 극무劇務에 피로한 신경" 상태 속에서 목격한 'P의 고모'의 자동차 사고사를 계기로 '죽음의 그림자'에 붙들리게 되고, 다음과 같이 친구 N군의 죽음을 떠올린다.

> 그러나 N도 지금 나 같은 생각을 하며 죽었을까? (…중략…) "응 아까 보이던 것은 그때 R이 왔을 때 N군의 묘墓를 찾아가던 생각을 한 게로군."하며 혼자 생각하였다. 이것은 N군은 생시生時에 친교가 있던 어떤 일본 학자가 작년에 왔을 때 같이 수철리水鐵里로 N의 안면安眠하는 양을 보러 갔던 기억에서 나왔단 말이다.[88]

염상섭의 자전적인 사실을 고려하면, 여기서 'N군'은 '남궁벽'을 염두에 둔 것이며, '일본 학자'는 '야나기 무네요시柳宗悦'를

---

88 상섭(想涉), 「죽음과 그 그림자」, 『동명』 20, 1923.1.14, 8~9면.

가리키는 것이다. 실제로 『폐허』 동인이었던 남궁벽과 야나기는 각별했다.[89] 야나기는 1922년 1월 16일 무렵 염상섭을 비롯한 『폐허』 동인들과 함께 수철리에 있는 남궁벽의 묘지를 방문했다. 염상섭은 1920년 귀국 전에 남궁벽의 소개로 야나기를 만났고, 『동아일보』를 매개로 하여 야나기의 부인 야나기 가네코(柳兼子)의 음악회를 조선에서 개최하기도 했다. 야나기의 조선예술 및 민족문화 연구는 「개성과 예술」을 비롯하여 염상섭에 많은 영향을 끼쳤다.[90] 야나기는 미학적 아나키즘의 경향과 조선민족예술 연구의 측면에서 『폐허』 동인들과 사상적으로 공명하였다.[91] 우연이었을 테지만, 1922년 8월 24일 『동명』 발간을 알리는 대형 광고가 실린 『동아일보』 1면에는 조선총독부의 광화문 철거 방침에 반대하는 야나기의 「장차 잃게 된 조선의 한 건축」이라는 기고 원고가 연재되기 시작했다.[92]

야나기가 경성의 광화문이 사라질까 걱정하고 있을 때, 염상섭은 홍수로 유실된 수원 화성의 화홍문華虹門을 애도하는 글을

89 야나기 무네요시는 남궁벽과 긴밀하게 교류했는데 이에 대해서는 다음을 참조. 다카사키 소지(高崎宗司), 「야나기 무네요시와 조선 관계 연보」, 야나기 무네요시, 심우성 역, 『조선을 생각한다』, 학고재, 1996, 393~397면.
90 염상섭, 「남궁벽(南宮璧) 군」(『신천지』, 1954.9), 『염상섭 문장 전집』 III, 283~284면 참조.
91 이종호, 「일제시대 아나키즘 문학 형성 연구─『근대사조』『삼광』『폐허』를 중심으로」, 성균관대 석사논문, 2006, 158~166면 참조.
92 柳宗悦, 「장차 잃게 된 조선의 한 건축을 위하여」(전5회), 『동아일보』, 1922.8.24~8.28.

『동명』창간호에 실렸다.[93] 야나기가 "아! 광화문이여, 광화문이여, 웅대하도다 너의 자태"라고 감탄할 때, 염상섭은 "아아, 화홍아, 화홍아, 너는 만고에 변함없는 우리 민족의 예술적 보패寶貝"라고 탄식했다. 염상섭은 홍수로 사라져버린 '화홍문'의 '128년의 일생애'를 마치 가전체로 이야기하듯이 서술한다. 즉 정조 19년1795 화려하고 영화롭게 출생한 이후 누린 장수와 번화繁華를 묘사하면서도 '비참한 최후'와 '기구한 팔자'를 안타까워했다. 특히 '(구)한국은행' 일원권 지폐를 사진으로 함께 제시하면서 그 도안으로 사용된 화홍문의 처지를 "뜬 세상 재화를 탐내어 은행이란 부호가富豪家에 서슴없이 몸을 팔아" "궁도窮途에 우는 사람 주린 장자腸子를 끊어 놓고" "충효열절忠孝烈節의 거룩한 영혼을 울리었"다고 일갈하는 대목은, 염상섭 특유의 번뜩이는 날카로움이 드러난다. 그 지폐의 도안1910.12.21은 일본 제일은행권의 원판1908.8.1을 거의 그대로 가져온 것이었고[94] 그 시기는 식민지화를 전후한 때였다. 즉 염상섭은 식민지가 무엇인지를, 조선 후기 영화롭던 건축물전통·예술이 식민지 자본주의의 화폐 도안으로 전락하는 과정을 통해 대유代喩하고 있다.

3·1운동의 혁명적 열기가 사그라드는 1922년은 위태로운

---

93 상섭(想涉), 「구(舊) 7월 1일 오전 5시 홍수로 탁랑(濁浪)에 해백(駭魄)된 수원 화홍문(華虹門)」, 『동명』 1, 1922.9.3, 7면.

94 『한국의 화폐-고대부터 대한제국 시대까지』, 한국은행, 2006, 80~81·150~151면 참조.

시절이었다. 조선의 개국을 상징하는 광화문은 헐리기 직전이었고, 조선 후기의 중흥과 이상을 보여준 화성의 화홍문은 홍수로 떠내려가 식민지 자본주의의 화폐로만 남게 되었다. 즉 '조선의 전통'이라고 할 만한 것들은 제국주의에 의해 사라지거나 그것에 포섭될 운명이었다. 그리고 식민지 조선에서 과거의 전통을 넘어 새로운 전통을 창출할 소위 신흥계급은 온전한 모습을 갖추지 않은 상태였다. 염상섭이 「묘지」에서 형상화하고 있듯이, 식민지의 토지에서 분리된 농민들은 현해탄을 건너 제국으로 이주하더라도 온전한 노동자-프롤레타리아가 될 수 없었다. 그들에게 강제된 것은 브로커들의 사기와 수탈에 기초한 노예 노동에 불과했다. 그것을 여실하게 보여준 것이 『동명』 창간호가 비중 있게 다루었던 '니가타현新潟縣 사건'이었다. 일본 니가타현 수력발전소 현장에서, 일본인은 자본주의적 형태의 임금 노동을 수행했지만 조선인은 인신이 자유롭지 못한 노예 노동을 강요받았다.[95] 이 사건에 대해서 염상섭은 「니가타현 사건에 감하여 이출노동자에 대한 응급책」이하 「니가타현」이라는 글을 통해 현실적인 대책을 강구하고자 했다. 최태원이 지적하듯이, 조선인 노동자가 브로커에게 사기를 당해 부당한 조건으로 일본의 공장으로

---

95 이종호, 「혈력(血力) 발전(發電/發展)의 제국, 이주노동의 식민지—니가타현(新潟縣) 조선인 학살사건과 염상섭」, 『사이間SAI』 16, 국제한국문학문화학회, 2014.5 참조.

건너가게 되는 상황을 묘사하는 「묘지」 3회와 당대 현실의 '니가타현 사건', 그리고 염상섭의 「니가타현」은 서로 긴밀하게 연결되어 있다.[96] 「니가타현」에서 염상섭은 "조선노동자의 이출移出 문제와 재일노동자의 조합조직의 양대 문제"로 구분하여 '응급책'을 구하고자 했는데, 여기서 염상섭이 주목한 것은 식민지 조선의 자본주의적 관계의 미성숙과 조선인 노동자의 낮은 기술적 구성이었다. 이런 이유로, 염상섭은 이출노동자에 의한 전투적 노동조합의 결성은 시기상조로 보았으며 그들의 노동 계약을 책임일 '중개기관'의 운용을 주장했다. 그리고 재일노동자의 경우, 일본인 노동자와의 기술적 격차를 고려하여 노동조건과 차별적 대우를 개선하면서 계급적 자각을 유도하는 조합의 조직을 주장했다. 즉 염상섭은 제국과 식민지, 일본과 조선 사이의 자본주의 관계의 성숙도를 고려하는 가운데, 조선인 노동자의 활로와 일본 노동운동과의 연대 가능성을 타진하고자 했던 것이다.[97]

---

96 최태원, 앞의 글, 121~130면 참조.

97 상섭, 「니가타현(新潟縣) 사건에 감(鑑)하여 이출노동자에 대한 응급책」(전2회, 『동명』 1~2, 1922.9.3~9.10), 『염상섭 문장 전집』Ⅰ, 248~263면 참조. 염상섭의 이 글에 대한 연구로는 박헌호, 「염상섭과 '조선문인회'」, 『한국문학연구』 43, 동국대 한국문학연구소, 2012.12, 248~251면; 이종호, 앞의 글, 2014.5, 37~44면 참조.

4. 민족과 계급 사이에서

3·1운동 이후 1922년 무렵, 계급과 민족을 둘러싸고 여러 운동들이 재편·분화될 때『신생활』과『동명』은 각 운동의 흐름을 대표하는 주요한 미디어로 자리 잡았다. 다음은 그 당대에, 조선 민족의 중심 세력을 형성해야 함을 촉구하면서 식민지 조선에서 구축되어 있었던 주요한 사상 및 운동의 흐름을 누의하는『개벽』의 논설이다.

조선에는 정치적 또는 사회적 중심 세력이 없다. 중심 세력이 없는 민중은 민족도 아니다. 더구나 한 국민은 아니다. (…중략…) 조선에서는 엄정한 의미에서 아직까지 이러한 중심세력이 될 단체가 없다. (…중략…) 조선 민족의 의사를 누구에게 물으랴. 이완용李完用에게 물으랴, 김명준金明濬에게 물으랴. 또는 독립주의란 동아일보 사장이나 동명 주간에게 물으랴 또는 사회주의라는 신생활 잡지 사장에게 물으랴. 물으면 각각 대답은 하리라. (…중략…) 더욱이 조선 민족은 민족적 의사를 충분히 표시하여야 할 시대에 있다. 그것이 동화주의든 자치론이든지 독립주의든지 사회주의든지를 물론하고 조선인은 이 중심에 어느 것 하나를 취하여 민족적 의사를 만들어야 할 것이다.[98]

글쓴이는 당시 식민지 조선의 사상적·운동적 흐름을 동화주의, 자치론, 독립주의, 사회주의 등의 네 가지로 분류하고, 이완용, 김명준, 『동아일보』와 『동명』, 『신생활』을 각각 대표적인 사례로 꼽았다.[99] 이 분류법에 따르면 일본 제국주의하의 식민지라는 조건을 극복하고자 했던 흐름은 '독립주의'와 '사회주의'로 모아졌으며, 『동명』과 『신생활』이 그러한 흐름을 대표하는 인쇄미디어로 인식되었다. 두 미디어는 3·1운동이 지향했던 탈식민이라는 전제 조건을 공유하고 있었지만, 그 구체적인 노선에서는 뚜렷한 차이를 보여주었다. 두 미디어는 정도의 차이는 있었지만, 서로를 강하게 의식하고 있었고 그것을 상황에 따라 논쟁적 언어로 표출하기도 했다.

『신생활』 10호는 내부적으로는 '신생활사 그룹' 내의 방향전환을 선명하게 드러내는 한편, 『동명』에 대한 집중 비판을 통해 그것을 조선의 미디어 지형도 속에서 쟁점화하고자 했다. 그 중심에는 '민족'과 '계급'이라는 개념이 자리하고 있었다. 신생활사 그룹은 『동명』에 대한 비판을 경유하면서, 3·1운동 이후 운동의 흐름을 만들어가고자 했던 것 같다. 유진희兪鎭熙는 다음과

---

98 「곧 해야 할 민족적 중심 세력의 작성」, 『개벽』 34, 1923.4, 4~6면(강조는 인용자).
99 1920년대 초반, 이와 같은 네 가지 사상적·운동적 흐름에 대한 보다 상세한 논의로는 다음을 참조. 윤덕영, 「1920년대 전반 민족주의 세력의 민족운동 방향 모색과 성격-동아일보 주도세력을 중심으로」, 『사학연구』 98, 한국사학회, 2010.6, 378~386면.

같이 『동명』에 대한 직접적인 비판을 가했다.

방금 조선에 있어서 가장 선명하게 ㉠민족일치를 절창絶唱하는 신문이나 잡지가 있다하면 이것은 위선 『동명』에 제일 지指를 꼽을 수가 있을 듯하다. ㉡『동명』이 착취계급을 옹호하는 사명을 다하기 위하여 의식적으로 이것을 창도하는지 혹은 이에 대한 이해와 자각이 없이 다만 열熱에 띄운 섬어譫語를 중얼거리는 셈인지는 알 수 없으나 하여간 ㉢『동명』이 의식적이고 무의식적임을 무론하고 약탈군略奪群의 진문陣門을 고수하는 용감한 태도는 자타自他가 다 부인할 수 없는 사실이다.[100]

앞서 살펴봤듯이, 『동명』은 3·1운동을 통해 발견된 민족을 완성하기 위해 표지에서부터 '조선민족의 일치'를 강조했다. 유진희에 따르면, 그러한 '민족 일치'가 결과적으로 민족 내부의 '정복군·착취군·약탈군'과 '피정복군·피착취군·피약탈군' 사이의 대립적 관계지배와 피지배를 은폐하게 된다는 것이다. 즉 ㉠의 '민족일치'는 자본주의 내 부르주아와 프롤레타리아 사이의 착취 관계를 감추는 것으로 귀결되기 때문에, 궁극적으로 ㉡과 같이 착취계급이나 부르주아 계급을 옹호하는 것으로 귀결된다

---

100 유(兪)[유진희], 「민족·계급 소위 민족일치의 활자 마술」, 『신생활』 10, 1922.11.04, 2면(강조는 인용자).

는 것이다. 이 같은 맥락에서 유진희는 ㉕과 같이 『동명』이 부르주아의 문지기 노릇을 하고 있다고 비판을 가하는 것이다.

민족을 둘러싼 이러한 논리는 『신생활』 10호의 거의 모든 필진이 공유하고 있었던 내용이었다. 『폐허』 창간호에 詩를 게재하며 염상섭과 더불어 필자로 참여했던 이혁로李赫魯[101]의 경우, 글의 부제에서부터 "『동명』의 조선민시론朝鮮民是論을 박박駁함"이라고 그 비판의 대상을 명확히 하면서 민족 관념의 배타성과 민족주의자의 부르주아적 성격을 비판하였다. 나아가 그는 "그 이해가 상이하고 그 생활의 내용이 상이한 계급이, 다만 동일한 민족, 동일한 역사, 동일한 언어, 동일한 습관 등의 역사적 망삭網索으로 일치단결을 행키 난難"하리라 주장하였다.[102] 김명식의 경우도 국제주의와 민족주의의 대립이라는 구도를 통해, 민족주의 논의와 운동에 비판을 더했다.[103] 이런 맥락에서 『신생활』 10호는 '민족 관념'이 대외적으로는 그 배타적 성격으로 인해 제국주의로까지 나아가게 된다고 보았다.[104] 또한 대내적인 차원에서 민족의 단일성은 지배계급의 이익으로 귀결되는 것에 불과하기에[105] 오히려 민족 내부에 자리하고 있는 계급적 차이에 주목해

---

101 보성(步星)[이혁로], 「네 발자국 소리」, 『폐허』 창간호, 1920.7.25.
102 이혁로(李赫魯), 「민족주의와 프롤레타리아운동─『동명』의 조선민시론을 박함」, 『신생활』 10, 참조.
103 솔뫼[김명식], 「민족주의와 코스모폴리타니즘(1)」, 『신생활』 10, 참조.
104 위의 글, 위의 책, 3면.
105 이혁로(李赫魯), 앞의 글, 앞의 책, 4면.

야 함을 강조했다.[106]

민족, 민족주의, 계급에 대한 이러한 이해는, 신생활사 그룹의 독창적인 사유라기보다는 맑스주의의 논의, 특히 레닌이 구체적인 당대 현실 속에서 전개했던 민족을 둘러싼 논의에 기댄 것이었다. 그리고 그것은 "세계대전이 발기되었을 당시에, 인간 생활의 진리추구를 간판으로 한 사회당원이 불국佛國에서나 독일에서나 다 같이 민족적 일치의 니밍美名에 마취되어서, 인인隣人의 살육비를 무조건으로 승인"[107]한 사실로부터 비롯된 것이었다. 즉 신생활사 그룹이 『동명』을 비판하는 근거로 삼았던 것은 '제국주의 국가의 민족주의사회배외주의'[108]에 대한 레닌의 비판이었다.

그런데 주지하듯이, '식민지의 민족・민족주의・민족해방운동'에 대해서는 레닌은 다른 입장을 가지고 있었다. 러시아 혁명 직후, '전러시아 노동자・병사 대의원 소비에트대회'에서 채택된 「러시아 제 민족의 권리 선언」1917은 "러시아에 사는 모든 민족의 진정한 자결권의 보장을 약속했고", 「노동하고 착취당하는 인민의 권리 선언」1918은 "식민지와 소국小國의 노동자에 대한 부르주아 문명의 야만적 정책과의 결별과 민족자결권을 선언"했다.[109]

---

106 유(兪)[유진희], 앞의 글, 앞의 책, 2면.
107 이혁로, 앞의 글 참조.
108 강신준, 「제2인터내셔널 시기의 마르크스주의」, 『이론』 3, 이론, 1993.1; 황동하, 「제1차 세계대전기 독일 사회민주당의 '방어전쟁'과 로자 룩셈부르크」, 『마르크스주의 연구』 11(3), 경상대 사회과학연구원, 2014.8 등 참조.
109 稲子恒夫, 「ロシア諸民族の権利の宣言」(1917); 「勤労し搾取されている人民

이후 레닌은 식민지의 민족(해방)운동에 대해서 지지하는 입장을 견지했다. 코민테른 제1차 총회1920.7~8에서 레닌은 「민족 및 식민지문제에 대한 테제」를 제출한다. 그 테제에서 레닌은 "모든 공산당은 이들 국가에서의 부르주아 민주주의적 해방운동을 도와야만 한다."[110]고 주장했다. 즉 "레닌의 견해는, 공산주의들은 가능하다면 제국주의에 대한 공동 투쟁에서 식민지의 부르주아 민주주의 운동을 지지하거나 협력해야만 한다는 것이었다."[111]

1922년 코민테른집행위원회가 주최한 '극동민족대회'1922.1.21~2.2에서는 코민테른 집행위원인 사파로파는 "후진국·식민지의 민족해방운동을 돕겠다고 천명"하면서 "식민지 한국의 민족혁명운동은 부르주아적 성질을 띠고 있"음에도, "그것이 제국주의에 반대하는 요소이기 때문에 공산주의자들이 지지해야 한다는 점을 명백히 했다."[112] 이런 맥락 속에서 '한국문제에 관한 결의'도 채택되었다. "조선에 있어서는 아직 공업이 발달하지 않고 또 계급의식이 유치함으로 계급운동은 시기상조이며 조선은 농업

の権利の宣言」(1918),『人権宣言集』, 岩波書店, 1955, 272~280頁.
110 그리고 레닌은 이어 다음과 같은 내용도 덧붙였다. "코민테른은 후진 식민국에서의 부르주아 민주주의와 일시적인 동맹을 맺어야만 하나, 이것과 통합되어서는 안되고 모든 조건하에서, 비록 프롤레타리아운동이 맹아 형태에 있다 해도, 독립성을 유지해야만 한다." 편집부 편역, 「민족·식민지 문제에 대한 테제」,『코민테른과 통일전선-코민테른 주요문건집』, 백의, 1988, 336면.
111 로버트 J. C. 영, 김택현 역,『포스트식민주의 또는 트리컨티넨탈리즘』, 박종철출판사, 2005, 234면.
112 임경석,『한국사회주의의 기원』, 역사비평사, 2003, 527~529면.

국으로서 일반 대중은 민족운동에 동참하고 있기 때문에 계급운동자는 독립운동을 후원지지하라는 방침"이 골자를 이루었다. 즉 조선은 사회주의 혁명 이전에, 부르주아 민주주의 혁명 혹은 민족해방운동 혹은 탈식민 독립운동을 수행할 것을 결의한 것이었다.[113]

1920년대 초 거의 같은 시기에 전개되었던 국제 공산당 운동의 흐름에 비춰볼 때, 『신생활』 10호가 보여주었던 민족 비판의 논리와 관철하고자 했던 계급적 선명성은 현실 운동의 양상과는 다소 동떨어져 보이기까지 한다. 그들의 '민족'을 둘러싼 논의에는 식민지라는 문제의식이 빠져 있기 때문이다. 즉 당시 '신생활사 그룹'은 이론에서나 정세분석에서나 그리 면밀하거나 재빠르지는 못했다고 볼 수 있을 것이다.[114]

그러나 『동명』은 '신생활 그룹'의 비판에 즉각적으로 응대하지는 않았다. 오히려 『신생활』 필화사건을 비중 있게 다루면서

---

113 임경석의 연구에 따르면 이 결의안은 문서로 남아있지 않고, 그 내용은 여운형의 경찰 신문조서를 통해서만 확인할 수 있다. 임경석, 앞의 책, 536면; 여운형, 『몽양 여운형 전집』 1, 한울, 1991, 413~414면 참조.

114 사소한 예에 불과할지 모르지만, 『신생활』 10호 1면 하단에 게재되어 있는 크로포트킨의 「노동자의 선언」이라는 짧은 글은 전체적인 지면 구성상 보자면 이질적인 성격을 지닌 것이다. 부연하면 1917년 러시아로 돌아간 크로포트킨은 1921년 2월 8일 사망 전까지 볼셰비키들과 불화했다. 혁명 이후 많은 러시아 아나키스트들 대부분이 탄압을 받았고 세력을 상실해갔다. 이문창, 「(해설) 크로포트킨과 그의 시대」, 『크로포트킨 자서전』, 우물이 있는 집, 2003, 635~656면 참조.

조선총독부의 언론 탄압에 여타의 언론사들과 연대하여 대응하는 모습을 보여주기도 했다.[115] 이와 더불어 『동명』은 '민족 일치'를 통한 '민족 완성'을 전체 기획으로 내세웠음에도, 다양한 사회주의 관련 기사를 비중 있게 다루는 광범위한 편집 역량을 표출하기도 했다.[116] 이러한 작업들을 바탕으로 6개월 정도가 지난 후, 『동명』은 민족(주의)운동과 사회(주의)운동에 대한 입장을 밝혔다. 필자가 표기되어 있지 않은 무기명의 글이지만 다음은 『동명』의 사회주의에 대한 논의를 직접적으로 밝히고 있다는 점에서 흥미로운 글이다.

다시 말하면 전인류 전세계에 향하여 안색이나 지방이나 언어나 혈통의 여하와 혹은 정치적으로써 인류의 일부를 차별시하여, 인

---

115 「동명시단」, 『동명』 13, 1922.11.26, 3면; 「당국의 준엄한 언론계 압박-불안한 공기의 창일(漲溢)」, 『동명』 13, 1922, 11.26, 10면; 「언론은 압박할 수 있는 것인가?」, 『동명』 14, 1922.12.3, 3면; 「언론 압박에 대하여 여론이 비등-법조계 언론계 분기」, 『동명』 14, 1922.12.3, 10면; 「일주일별(一週一瞥)」, 『동명』 20, 1923.1.14, 3면 등 참조.

116 『동명』은 다양한 형식의 사회주의 관련 기사를 실었다. 가령 「적색세계(赤色世界)」라는 코너를 통해 사회주의 관련 짧은 소식과 단평을 전했고, 토마스 커컵(Thomas Kirkup) 사회주의 입문서 *A PRIMER of Socialism*을 일본어 중역을 통해 12회에 걸쳐 연재했다.(「사회주의 요령(要領)」, 『동명』 6~15, 1922.10.8~12.10) 이와 유사한 기획으로 다음의 번역글도 있다. 「사회주의의 실행 가능 방면」, 『동명』 16~17, 1922.12.17~12.24. 그리고 에드워드 벨라미(Edward Bellamy)의 *Looking Backward : 2000-1887*을 일본어 중역을 통해 10회에 걸쳐 연재했다(「이상(理想)의 신사회」, 『동명』 19~28, 1923.1.7~3.11). 민족의 완성을 추구했던 『동명』의 사회주의 기획이 지니는 의미에 대해서는 지면을 달리 하여 논의하고자 한다.

류의 공존과 공영이라는 대의를 저버리고 인류권 내에서 제외된 우리의 현상을 타파하려는 노력이 소위 민족운동이라는 소극적 태도요, 결코 적극적으로 제국주의나 침략주의를 예상하거나 자본주의와 및 계급주의를 시인하는, 혹은 이러한 주의에 의하여 발달된 민족적 우월관념이나 민족적 유아독존주의를 주장하려는 것은 아니다.

오늘날 우리의 이르는 바 민족주의와 재래의 민족주의 간에 그 내용적 차이가 있을 뿐 아니라, 얼마나 민족의식을 고조하는 자일지라도 자본주의의 폭위暴威를 시인하리만치 그 정신이 거세되지도 않았을 것이요, 계급의식이 몽롱하리만치 건망증에 실신하지도 않았을 것이다. 민족적 자본주의 민족적 계급주의가 배태한 제국주의, 침략주의에 참담한 경험과 세례를 받은 지가 이미 오랜 우리다. 그러므로 우리가 아무리 민족적 자립 민족적 자결을 역설하고 이에 혼신의 노력을 바칠지라도 결코 자본주의나 계급주의를 시인할 수 없을 것은 물론이다. 자본주의 소멸과 계급의 타파를 세계에 향하여 선언하는 동시에 자민족간에 있어서도 이것은 투쟁의 대상이라 아니 되는 것은 아니다. 우리는 이러한 견해로써 민족운동과 사회운동의 일치점을 멱출覓出할 수 있어도 아무 모순을 감感하지 않는 바이다.[117]

이 글에서 말하는 민족운동의 전제 조건은 계급주의, 즉 자본

---

117 「오직 출발점이 다를 뿐−민족운동과 사회운동의 합치점」, 『동명』 32, 1923.4.8, 3면(강조는 인용자).

주의를 인정하지 않는 것이다. 자본주의 소멸과 계급의 타파는 제국주의에도 해당되는 것이며, 자민족적 내부에서도 이루어져야 하는 것으로 서술된다. 말하자면 민족을 인정하는 가운데 자본주의를 폐절하고 그와는 다른 세상으로 나아가겠다는 맥락에서 민족운동과 사회운동의 일치를 구하고 있는 것이다. 이런 맥락에서 보면 『동명』이 사회주의의 사상과 체제를 부정하는 것은 아님을 알 수 있다. 앞서 살펴보았듯이 『동명』은 탈식민을 지향하는 독립주의로 분류된다. 그렇다면 '민족의 완성'이란 바로 '민족의 독립'을 의미하는 것일 테다. 독립 이후 사회주의의 이행, 그것이 『동명』이 사유하고 있었던 방략 가운데 하나였다. 그리고 중요한 점은 이러한 사유와 입장이 최남선보다는 염상섭에 의해 오랫동안 이어졌고 발전되었다는 것이다. 1925년 무렵 최남선은 여전히 사회운동과 민족운동의 일치점을 찾았지만, 민족의 독립 이후 구축할 정체政體에 대해서는 군주정, 공화정, 사회주의체제 등 다양하게 열어놓는 서술로 한발 물러섰다.[118] 그러나 염상섭의 경우, 1926년을 지나면서 사회주의에 대한 나름의 심화를 통해 이행기의 문제를 고민했고, 이후 해방기에도 자본주의 없는 통일민족국가에 대한 의견을 피력하기도 했다.[119]

---

[118] 1925년의 최남선은 여전히 사회운동과 민족운동의 일치점을 찾지만, 민족의 독립 이후 구축할 정체(政體)에 관해서는 제왕정치, 공화정치, 볼세비키정치 등으로 다양하게 열어놓는다. 최남선, 「사회운동과 민족운동(4) – 차이점과 일치점」, 『동아일보』, 1925.1.6, 2면.

5. 식민지에서 횡보하기

1922년은 식민지 조선에서 3·1운동을 통해 형성되었던 혁명적 정세와 봉기의 흐름이 일단락 지어지는 시기였다. 제1차 세계대전 이후의 국제질서를 결정한 '워싱턴회의1921~1922'에서 조선에 대한 일본의 지배가 국제적으로 승인되면서, 3·1운동을 계기로 발산된 급진적 흐름은 퇴조하였다. 그러면서 '3·1운동 이후'의 현실을 인정하는 다른 방식의 담론과 운동이 요청되기 시작했다. 당시 반제국주의 경향의 운동들은 분화하면서 각각의 정체성과 노선을 형성해 나갔다. 개조론과 분화되지 않은 범사회주의의 흐름 속에서는 아나키즘과 사회주의가 분화하는 가운데, 점차 사회주의운동이 주도권을 쥐기 시작했다. 그리고 민족운동 진영도 그 흐름을 분명히 드러냈고, 1922년 거치면서 운동의 흐름은 사회주의 진영과 민족주의 진영으로 양분되었다.

오사카 독립선언을 노동운동의 자장 속에서 감행한 염상섭은, '조선노동공제회' 등과 인연을 맺으면서 미분화 상태의 범사회

---

119 염상섭은 「민족, 사회운동의 유심적 고찰-반동, 전통, 문학의 관계」(전7회, 『조선일보』, 1927.1.4~1.16), 『염상섭 문장 전집』 I, 510~539면 참조. 해방기 염상섭은 "구래(舊來)의 민족주의에서 자본주의 요소나 제국주의 요소를 제거한 것이라는 의미"에서 자신의 지향을 제시한 바 있다. 이에 관해서는 다음을 참조. 염상섭, 「'자유주의자'의 문학」(『삼천리』, 1948.7), 『염상섭 문장 전집』 III, 88~89면; 이종호, 「해방기 염상섭과 『경향신문』」, 『구보학보』 21, 구보학회, 2019.4, 445면.

주의 잡지 『신생활』의 객원기자로 활동했으며, 거기에 「묘지」를 연재했다. 그런데 신생활사 그룹이 명료한 볼셰비즘으로 방향 전환을 시도하자, 최남선이 창간을 준비하고 있던 『동명』의 기자로 합류한다. 신생활사 그룹은 민족운동의 배타적 특성과 계급 착취적 성격을 들어 『동명』을 전면적으로 비판하였다. 이에 『동명』은 '민족의 완성독립' 이후 사회주의라는 정치체제를 사유하자는 형태로 두 운동을 포괄하고자 했다. 이때 코민테른에서는 식민지의 민족해방운동을 공산당이 지지해야 한다는 테제를 발표했고, 조선에 대해서는 자본주의 발전의 미성숙을 이유로 제국주의에 반대하는 민족(독립)운동을 지지할 것을 결의했다.

『신생활』과 『동명』을 거치면서 민족운동과 사회주의운동을 일치시키고자 했던 1922년 염상섭의 입장은, 신생활사 그룹과는 변별되는 것이었을 뿐만 아니라 사회주의 체제에 대해 다소 미온적이었던 최남선과도 구분되는 것이었다. 염상섭이 미디어 활동을 통해 주목한 것은, 저발전의 식민지 조선, 제국주의 일본과 식민지 조선 사이에서 작동하는 자본주의 시스템이었다. 『신생활』의 「묘지」에서는 식민지 조선의 농민이 현해탄을 건너 제국주의 일본의 이주노동자로 포섭되는 형상을 그려내면서 그러한 자본주의 시스템에 대해서 문제를 제기했다. 그리고 그에 대한 나름의 응답은 『동명』을 통해 내놓았다. 조선의 자본주의 발달 정도와 노동자의 기술적 성숙도를 고려하며, 즉각적인 계급운동보다는 그러한 운동이 가능한 조건을 마련하자는 응답이었다. 이는 물질적 토대의 변화와 더불어 '자기혁명'과 같은 유심적 변화도 포함되는 것이었다. 달리 말해 3·1운동을 거치면서 염상섭이 목도하며 발견한 것은 제국주의와 식민지 사이에서 작동하는 비대칭성이었다고 할 수 있다. 즉 염상섭은 식민지라는 조건에 대한 숙고를 통해 민족이라는 방법에 천착하게 되었으며, 더불어 사회주의적 지향을 견지할 수 있었던 것이다. 이 무렵의 염상섭은 민족이라는 자원資源을 포기하지 않는 가운데 자본주의에 반대하며 사회주의를 지향하고자 하는 독특한 입장의 단초를 보여주었다. 염상섭의 이러한 사유, 입장, 방략은 1920년대 중후반 프로문학 진영과의 논쟁을 통해 뚜렷한 형상을 드러낼 예정이었다.

참고문헌

1. 기본자료

『개벽』, 『동아일보』, 『매일신보』, 『삼광』, 『세대』, 『신동아』, 『신생활』, 『조광』, 『조선
문단』, 『폐허』

강만길·성대경 편, 『한국사회주의운동 인명사전』, 창작과비평사, 1996.

한기형·이혜령 편, 『염상섭 문장 전집』 I·III, 소명출판, 2013·2014.

朴慶植 編, 『在日朝鮮人關係資料集成 第一卷』, 東京 : 不二出版, 1975.

2. 논문

강신준, 「제2인터내셔널 시기의 마르크스주의」, 『이론』 3, 이론, 1993.1.

고정휴, 「워싱턴회의(1921~22)와 한국민족운동」, 『한국민족운동사연구』 35, 한국민족
운동사학회, 2003.6.

고태우, 「3·1혁명의 여진과 조선 사회 − 『조선소요사건관계서류(朝鮮騷擾事件關係書
類)』를 중심으로」, 『한국학연구』 52, 인하대 한국학연구소, 2018.11.

권철호, 「『만세전』과 초기 염상섭의 아나키즘적 정치미학」, 『민족문학사연구』 72, 민족
문학사학회·민족문학사연구소, 2013.8.

김명섭, 「1920년대 초기 재일 조선인의 사상단체 − 흑도회·흑우회·북성회를 중심으
로」, 『한일민족문제연구』 1, 한일민족문제학회, 2001.2.

김윤식, 「『염상섭 연구』가 서 있는 자리」, 문학사와비평연구회 편, 『염상섭 문학의 재조
명』, 새미, 1998.

박용규, 「일제하 시대·중외·중앙·조선중앙일보에 관한 연구 − 창간 배경과 과정, 자
본과 운영, 편집진의 구성과 특성을 중심으로」, 『언론과 정보』 2, 부산대 언론정
보연구소, 1996.2.

박종린, 「'김윤식사회장' 찬반논의와 사회주의세력의 재편」, 『역사와현실』 38, 한국역
사연구회, 2000.12.

박헌호, 「염상섭과 '조선문인회'」, 『한국문학연구』 43, 동국대 한국문학연구소, 2012.12.

박현수, 「「묘지」에서 「만세전」으로의 개작과 그 의미 − 「만세전」 판본 연구」, 『상허학
보』 19, 상허학회, 2007.2.

_____, 「1920년대 전반기 〈문인회〉의 결성과 그 와해」, 『한민족문화연구』 49, 한민족 문화학회, 2015.2.

_____, 「신문지법과 필화의 사이－『신생활』 10호의 발굴과 연구」, 『민족문학사연구』 69, 민족문학사학회·민족문학사연구소, 2019.4.

손성준, 「번역문학의 재생(再生)과 반(反)검열의 앤솔로지－『태서명작단편집(泰西名 作短篇集)』(1924) 연구」, 『현대문학의 연구』 66, 한국문학연구학회, 2018.10.

윤덕영, 「1920년대 전반 민족주의 세력의 민족운동 방향 모색과 성격－동아일보 주도세 력을 중심으로」, 『사학연구』 98, 한국사학회, 2010.6.

이경돈, 「1920년대초 민족의식의 전환과 미디어의 역할－『개벽』과 『동명』을 중심으 로」, 『사림』 23, 수선사학회, 2005.6.

이문창, 「(해설) 크로포트킨과 그의 시대」, 『크로포트킨 자서전』, 우물이 있는 집, 2003.

이재선, 「일제의 검열과 『만세전』의 개작－식민지 시대 문학 해석의 문제」(『문학사상』 84, 1979.11), 『염상섭문학연구』, 민음사, 1987.

이종호, 「일제시대 아나키즘 문학 형성 연구－『근대사조』『삼광』『폐허』를 중심으로」, 성균관대 석사논문, 2006.

_____, 「염상섭의 자리, 프로문학 밖, 대항제국주의 안: 두 개의 사회주의 혹은 '문학과 혁명'의 사선(斜線)」, 『상허학보』 38, 상허학회, 2013.6.

_____, 「혈력(血力) 발전(發電/發展)의 제국, 이주노동의 식민지－니가타현(新潟縣) 조선인 학살사건과 염상섭」, 『사이間SAI』 16, 국제한국문학문화학회, 2014.5.

_____, 「염상섭 문학과 사상의 장소－초기 단행본 발간과 그 맥락을 중심으로」, 『한민 족문화연구』 46, 한민족문화학회, 2014.6.

_____, 「해방기 염상섭과 『경향신문』」, 『구보학보』 21, 구보학회, 2019.4.

이형식, 「'제국의 브로커' 아베 미쓰이에(安部充家)와 문화통치」, 『역사문제연구』 37, 역 사문제연구소, 2017.4.

_____, 「『동명』·『시대일보』 창간과 아베 미쓰이에(安部充家)」, 『근대서지』 18, 근대 서지학회, 2018.12.

이호룡, 「일제강점기 국내 아나키스트들의 공산주의에 대한 비판적 활동」, 『역사와현 실』 59, 한국역사연구회, 2006.3.

임경석, 「1922년 상반기 재 서울 사회단체들의 분규와 그 성격」, 『사림』 25, 수선사학회,

2006.6.

_____, 「워싱턴회의 전후 한국 독립운동 진영의 대응」, 『대동문화연구』 51, 성균관대
학교 대동문화연구원, 2005.9.

전상숙, 「제1차 세계대전 이후 국제질서의 재편과 민족 지도자들의 대외 인식」, 『한국정
치외교사논총』 26(1), 한국정치외교사학회, 2004. 8.

정선태, 「시인의 번역과 소설가의 번역 - 김억과 염상섭의 「밀회」 번역을 중심으로」,
『외국문학연구』 53, 외국문학연구소, 2014.2.

최선웅, 「1920년대 초 한국공산주의운동의 탈자유화 과정」, 『한국사학보』 26, 고려사학
회, 2007.2.

최우석, 「3·1운동의 마지막 만세시위 검토」, 『사림』 67, 수선사학회, 2019.1.

최태원, 「〈묘지〉와 〈만세전〉의 거리 - '묘지'와 '신석현 사건'을 중심으로」, 『한국학보』
27(2), 일지사, 2001.6.

한기형, 「초기 염상섭의 아나키즘 수용과 탈식민적 태도: 잡지 『삼광』에 실린 염상섭 자
료에 대하여」, 『한민족어문학』 43, 한민족어문학회, 2003.12.

황동하, 「제1차 세계대전기 독일 사회민주당의 '방어전쟁'과 로자 룩셈부르크」, 『마르크
스주의 연구』 11(3), 경상대 사회과학연구원, 2014.8.

황종연, 「과학과 반항 - 염상섭의 『사랑과 죄』 다시 읽기」, 『사이間SAI』 15, 국제한국문
학문화학회, 2013.11.

3. 단행본

김경수, 『염상섭과 현대소설의 형성』, 일조각, 2008,

_____, 『한국 현대소설의 형성과 모색』, 소나무, 2014.

김윤식, 『염상섭연구』, 서울대 출판부, 1987.

김종균, 『염상섭연구』, 고려대 출판부, 1974.

류시현, 『최남선 연구』, 역사비평사, 2009.

박종린, 『사회주와 맑스주의 원전 번역』, 신서원, 2018.

여운형, 『몽양 여운형 전집』 1, 한울, 1991.

임경석, 『한국사회주의의 기원』, 역사비평사, 2003.

정병준, 『현앨리스와 그의 시대』, 돌베개, 2015.

정진석, 『한국언론사』, 나남출판, 1990.

최덕교 편, 『한국잡지백년』 2, 현암사, 2004.

편집부 편역, 『코민테른과 통일전선－코민테른 주요문건집』, 백의, 1988.

『동아일보사사』 제1권, 동아일보사, 1975.

『한국의 화폐－고대부터 대한제국 시대까지』, 한국은행, 2006.

로버트 J. C. 영, 김택현 역, 『포스트식민주의 또는 트리컨티넨탈리즘』, 박종철출판사, 2005.

야나기 무네요시, 심우성 역, 『조선을 생각한다』, 학고재, 1996.

稲子恒夫, 「ロシア諸民族の権利の宣言」(1917); 「勤労し, 搾取されている人民の権利の宣言」(1918), 『人権宣言集』, 岩波書店, 1955.

양차 세계대전과 임화 비평의 데칼코마니*

평론집『문학의 논리』를 중심으로

홍승진

1. 문제 제기

본 논문은 임화의 평론집『문학의 논리』가 양차 세계대전의 리듬에 따라 구성됨을 밝힘으로써, 임화 비평이 이론주의를 반성하고 조선문학사 고유의 자산에 주목하는 데 있어 전쟁의 요소가 중요했음을 고찰하는 데 있다. 임화의 비평에 관한 기존의 연구 중에서 그의 유일한 평론집만을 대상으로 논의한 경우는 찾아보기 어렵다.[2] 일제 강점기에 평론만을 묶은 단행본으로는

---

* 이 논문은 2019년 5월 25일에 열린 3·1운동 100주년 기념 2019년 '임화문학 연구회 콜로키움'에서 발표한 글을 수정·보완한 것이다. 당시 토론을 맡아주셨던 최은혜 선생님께 감사드린다.
2 이에 관한 선구적이고 거의 유일한 연구로는 임규찬의 논의가 있다. 이 연구는 "『문학의 논리』는 마치 비평이 수행할 수 있는 모든 형태를 배열한 것처럼 목차의 체계가 풍요롭다"고 주목한다는 점에서 본고의 기본 발상과 궤를 같이한다. 하지만 이 연구는 『문학의 논리』의 구성 방식이 여러 혼란스러운 개념들이나 테마들을 "임화의 문학 체계에 지속적인 영향력과 의미망을 가진" 리

『문학의 논리』이외에 최재서의 1938년 평론집 『문학과 지성』과 김문집의 1939년 평론집 『비평문학』 정도가 있다. 임화의 평론집은 일제 강점기에 문학평론만을 단행본 형태로 출간한 소수의 사례에 속한다는 점에서 중요한 의미를 띤다.

또한 임화의 평론집은 '단행본 구성 방식'의 측면에서도 여타 외 일제 강점기 평론집과 변별되는 특징이 있다. 예를 들어 최재서의 『문학과 지성』은 전반부에는 16편의 평론을 수록했으며, 후반부에는 「단평집短評集」, 즉 '짧은 평론의 모음'이라는 제목 아래에 18편의 평론을 묶어놓았다.[3] 반면 『문학의 논리』는 10개의 장에 각각 3~6개의 평론을 세분화하여 배치시켰다는 점에서, 평론집의 형식적 측면에 훨씬 더 세밀한 주의를 기울였다고 볼 수 있다. 다른 한편 김문집의 『비평문학』은 모두 7개의 챕터로 구성되어 있다. 이 챕터들은 각각 문학평론, 비평예술, ACADEMY, 문예춘추, 산문예술, 문예시평, 문단시론이라는 명확한 제목 및 범주를 드러낸다.[4] 하지만 『문학의 논리』를 구성하는 10개의 장이 구체적으로 어떠한 범주를 나타내는지에 대해서는 저자 자신이 직접 밝히지 않았을 뿐만 아니라 그 이후에도 충분히 규명되

얼리즘론으로 통합시킨다고 본다(임규찬, 「임화(林和)와 『문학의 논리』 – 임화 속의 '임화'가 보여주는 1930년대 후반」, 임화문학연구회, 『임화문학연구』5, 소명출판, 2016, 93~96면). 반면 본고는 『문학의 논리』의 통합성보다도 역동성에 주목한다는 점에서 임규찬의 연구와 논점을 달리한다.

3 崔載瑞, 『文學과 知性』, 人文社, 1938.
4 金文輯, 『批評文學』, 靑色紙社, 1939.

지 않았다고 할 수 있다.

임화는 책의 형태로 자신의 글을 구성함에 있어서 다분히 섬세하고 치밀한 의도를 관철시켰다. 해방 이전의 유일한 임화 시집 『현해탄』1938도 그 단적인 사례라 할 수 있다. 이 시집의 「후서後書」는 『현해탄』이라는 시집의 구성 방식을 상세히 논하는 데 거의 대부분의 분량을 할애한다. 이처럼 시집 구성에 신중을 기한 까닭은 임화 자신이 "작품 위에서 걸어온 정신적 행로"를 보여주기 위함이었다.[5] 임화는 자신의 시 중에서도 당대에 주목을 받은 작품 「우리옵바와 화로」1929. 2를 이 시집에 수록하지 않았지만, 거의 같은 시기에 발표한 작품 「네거리의 순이」1929.1는 『현해탄』의 맨 처음에 배치시켰다. 시집 제목을 『현해탄』이라고 붙인 이유도 "개화조선으로 금일의 조선에 이르는 오륙십년간의 「현해탄」 상을 왕래한 청년을 한 개 시집으로 하고" 싶다는 일전의 계획에 따른 것이다.[6] 이처럼 임화의 저작들은 고유한 배치 원리에 따라 구성된 것이다.

『현해탄』의 「후서」에서 확인할 수 있듯이, 임화의 책 구성 방식에서 매우 중요한 측면 중 하나는 발표 시기다. 서로 다른 시기에 발표된 비평들이 특정한 배치를 이룸으로써 임화 문학의 "정

5　林和, 「後書」, 『玄海灘』, 東光堂書店, 1938, 1면. 이하 모든 원문의 인용에서는 의미 혼동의 여지가 있을 때에만 한자를 표기한다.
6　林和, 「今年에 하고 십흔 文學的 活動記」, 『三千里』, 1936.2, 225면.

신적 행로"를 드러내줄 수 있기 때문이다. 책의 구성에 있어 발표 시기를 중시하는 특성은 『문학의 논리』 서문의 첫 번째 문장에서 부터 뚜렷이 나타난다. "본서는 소화구년으로부터 소화십오년일 월에 이르기까지에 신문과 잡지에 기고했든 문장을 추려 모아서 된것이다."[7] 지금까지 밝혀진 바에 따르면, 임화는 일찍이 1926년 무렵부터 지속적으로 비평 활동을 펼쳐나갔다. 그럼에도 『문학의 논리』는 1926년부터 1933년에 이르는 8년간의 평론을 제외하고, 1934년부터 1940년 1월에 이르는 6년 여 간의 평론만을 선별적으로 수록해놓은 것이다. 어째서 1934년부터이며 왜 1940년 1월까지인가?

물론 1934년은 일제가 카프를 탄압한 시기이기도 하다. 이 시기에는 카프 2차 검거가 자행되었다. 이는 이듬해의 카프 해산으로 귀결되었다. 하지만 카프 탄압이라는 하나의 측면에만 주목한다면, 『문학의 논리』가 1934년 이후의 평론으로 구성된다는 문제를 단순화하기 쉽다. 필자가 살핀 바에 의하면, 임화의 비평에서 제1차 세계대전을 본격적으로 언급하기 시작한 것은 1933년 8월부터다. 1933년에는 아돌프 히틀러가 독일 수상의 자리에 오르고, 나치가 독일 정권을 지배하기 시작하였다. 임화는 1933년 6월에 잡지 『가톨릭 청년』이 창간된 것과 같이 조선에서 가톨리

---

7   林和, 「序」, 『文學의 論理』, 學藝社, 1940.

시즘 문학이 대두하는 현상을 비판하면서, 가톨릭이 히틀러의 나치당과 같은 제국주의 파시즘에 야합하는 경향을 지적한 바 있다.[8] 임화는 카프에 대한 탄압과 가톨리시즘 문학의 대두와 같은 현상을 조선 문단 내부의 사정으로만 간주한 것이 아니라, 전 세계적 차원에서 대두하는 파시즘과 그로 인해 짙어가는 세계전쟁의 암운暗雲을 직감하며 세계사적인 관점을 마련하였던 것이다. 그러므로 임화의 비평에서 제1차 세계대전을 언급하는 시점이 곧『문학의 논리』에 수록된 평론의 기점이라는 사실은 단순한 우연의 일치라고 보기 어렵다. 가톨리시즘을 비판하는 논법에서도 나타나듯이, 이 시기에 임화는 다가오는 세계대전을 감지하며 지난 세계대전을 돌아보기 시작하였기 때문이다.

제2차 세계대전이 발발한 때는 1939년 9월이다. 조선 내부의 사정을 제1차 세계대전이라는 세계적 맥락 속에 위치시킨 것처럼, 임화 비평은 1937년 중일전쟁 발발이라는 동아시아의 정치적 사태를 제2차 세계대전이라는 맥락 속에서 이해하고자 한다.[9] 이와 같이『문학의 논리』에 수록된 평론들은 제2차 세계대전으

---

8 林和,「카톨릭文學批判 (四) - 反平和의『이데오로기-』인 카톨리시슴」,『朝鮮日報』, 1933.8.15.
9 1937년에 시작된 중일전쟁(지나사변)에 대해 언급한 임화의 평론으로는 임화,「동경문단과 조선문학」,『인문평론』, 1940.6; 임화문학예술전집 편찬위원회 편,『임화문학예술전집 5 - 평론』2, 소명출판, 2009, 212~213쪽; 임화,「조선 민족문학 건설의 기본과제에 관한 일반보고」,『건설기의 조선문학』, 조선문학가동맹, 1946; 임화문학예술전집 편찬위원회 편,『임화문학예술전집 2 - 문학사』, 소명출판, 2009, 501~502면 등을 참조.

로 접어드는 과정에서 제1차 세계대전을 회고하는 방식으로 선별된 것이라 할 수 있다. 이에 본고는 임화 평론집의 구성 방식이 곧 양차 세계대전에 대한 문학적 대응이었다는 전제에서 출발하고자 한다.

2. 데칼코마니 구조와 비평 문학의 예술성

자신의 평론 활동을 결산하는 자리에서, 임화가 비평의 형식적·예술적 측면에 주의를 기울인 까닭은 무엇일까? 임화의 비평이 사상성과 예술성의 이원론을 일관되게 비판한 것이었다면, 이러한 평론집의 예술적 형식 속에는 어떠한 사상성이 내포되어 있을까? 또한 평론집에 담긴 사상은 어떠한 예술적 형식을 통하여 표현되고 있을까? 이 물음들에 관한 실마리를 찾기 위하여서는 평론집의 장별 구성 방식을 면밀하게 살펴볼 필요가 있다. 먼저 각 장에 실린 평론 목록과 발표 시기를 살펴보도록 하자.

	「낭만적 정신의 현실적 구조」	1934.4.14~25
	「위대한 낭만적 정신」	1936.1.1~4
I	「주체의 재건과 문학의 세계」	1937.11.11~16
	「사실주의의 재인식」	1937.10.8~14
	「현대문학의 정신적 기축」	1938.3.23~27

	「사실의 재인식」	1938.8.24~28
II	「르네상스와 신휴머니즘론」	1937.4
	「문예이론으로서의 신휴머니즘론에 대하여」	1937.4
	「휴머니즘 논쟁의 총결산」	1938.4
III	「방황하는 문학정신」	1937.12.12~15
	「문단적인 문학의 시대」	1938.7.17~23
	「작가의 '눈'과 문학의 세계」	1937.6
	「소화 13년 창작계 개관」	1939
	「중견 작가 13인론」	1939.12
	「생활의 발견」	1940.1
IV	「세태소설론」	1938.4.1~6
	「본격소설론」	1938.5.24~28
	「통속소설론」	1938.11.17~27
	「현대소설의 주인공」	1939.9
	「현대소설의 귀추」	1939.7.19~28
V	「신인론」	1939.1~2
	「소설과 신대대의 성격」	1939.6.29~7.2
	「시단의 신세대」	1939.8.18~26
VI	「송영론」	1936.5
	「유치진론」	1938.3.1~2
	「한설야론」	1938.2.22~24
VII	「언어의 마술성」	1936.3
	「언어의 현실성」	1936.5
	「예술적 인식 표현의 수단으로서의 언어」	1936.6
	「담천하의 시단 1년」	1935.12
	「기교파와 조선 시단」	1936.2
	「수필론」	1938.6.18~22
VIII	「조선적 비평의 정신」	1935.6.25~29
	「비평의 고도」	1939.1
	「의도와 작품의 낙차와 비평」	1938.4

	「역사·문화·문학」	1939.2
IX	「가톨리시즘과 현대 정신」	1939.2.18~3.3
	「전체주의의 문학론」	1939.2.26~3.2
	「19세기의 청산」	1939.5.12~14
	「『대지』의 세계성」	1938.11.17~20
	「일본 농민문학의 동향」	1940.1
X	「신문학사의 방법」	1940.1.13~20

위의 목차에서 손쉽게 파악할 수 있는 내칭 관게로는 첫째로 5장과 6장을 꼽을 수 있다. 5장에 배치한 평론들은 공통적으로 신인 또는 신세대에 관한 문제를 다루고 있다. 이와 대조적으로 6장에 수록된 평론들은 신세대가 아니라 기성세대의 문인들에 관한 것이다. 『문학의 논리』가 출간될 무렵의 임화는 이미 자신을 신세대와 비교하여 기성세대의 문인으로 간주하고 있었다. "그러한 가운데 …… 나의 『현해탄』의 일부분이 씨워젓다. 이것은 낡은 시대의 아들 들이 새시대에서 제 영토를 발견하려는 의욕이라 할수 잇섯고 또한 구시대를 연장 하려는 희망의 반영이기도햇다"[10] 따라서 『문학의 논리』 6장에서 논의의 대상으로 삼은 송영 1903~1977, 유치진 1905~1974, 한설야 1900~1976 등은 1908년생 임화보다 먼저 태어난 문학적 선배이자 기성세대의 범주에 해당한다.

---

10 林和, 「詩壇의 新世代 — 交替되는 時代潮流 — 近刊詩集을 中心으로 (一)」, 『朝鮮日報』, 1939.8. 18면; 林和, 『文學의 論理』, 앞의 책, 494면.

다음으로 눈에 쉽게 띄는 대칭 관계를 4장과 7장에서도 찾을 수 있다. 4장에 실린 평론은 모두 그 제목만 보더라도 소설론의 성격을 지닌 것이다. 4장이 소설론에 해당한다면, 7장은 시론에 해당한다고 볼 수 있다. 7장에 배치시킨 「담천하의 시단 1년」과 「기교파와 조선 시단」은 당대 시단에서 큰 반향을 불러일으킨 소위 '기교주의 논쟁'의 산물이다. 혹자는 7장에 실린 「언어의 마술성」 등의 언어론 세 편이나 「수필론」도 시론이라는 범주로 묶일 수 있는 것인지에 대해서 의문을 제기할 수도 있다. 그러나 추후에 상술할 예정이지만, 이 장에 수록된 언어론 및 수필론은 '시=언어=정신사상의 표현'이라는 임화 비평의 일관된 논리적 구도 속에 놓여 있으며, 언어 외의 세계·현실·사회라는 측면에 까지 결부되는 소설론의 구도와 대비를 이룬다.

이처럼 5장과 6장이 대칭을 이루며 4장과 7장이 대칭을 이룬다는 규칙성을 발견하고 나면, 나머지 장들에도 동일한 규칙이 적용되리라는 예상이 가능하다. 3장이 여러 작가의 개별 작품에 대한 현장 비평의 성격을 나타낸다면, 8장은 비평 자체의 역할과 의미를 탐문하는 메타비평의 성격을 드러낸다. 요컨대 1~10장의 전체 구조 중에서 정확히 절반, 즉 1~5장과 6~10장의 사이를 기준으로 5·6장, 4·7장, 3·8장이 대칭을 이루는 것이다. 이를 데칼코마니 구조라 부를 수 있다. 종이를 절반으로 나눠서 한쪽에만 물감을 칠한 뒤에 접었다가 펼치면 그 면과 정확히 대칭적인 무

늬가 나머지 면에 찍히는 데칼코마니처럼,『문학의 논리』는 정중

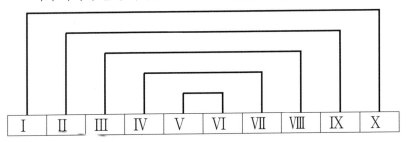

| I | Ⅱ | Ⅲ | Ⅳ | Ⅴ | Ⅵ | Ⅶ | Ⅷ | Ⅸ | Ⅹ |

앙을 기준으로 아래의 그림과 같은 데칼코마니 구조를 형성한다.

『문학의 논리』가 위의 그림과 같은 데칼코마니 구조의 규칙성으로 이루어진다고 전제하면, 이 구조는 다시 데칼코마니의 안쪽과 바깥쪽으로 나눠서 고찰될 수 있다. 데칼코마니의 안쪽에 해당하는 5·6장과 4·7장이 문학의 구체적·창작적 특성을 다루는 데 가깝다면, 데칼코마니의 바깥쪽에 위치하는 1·10장과 2·9장은 문학의 논리적·비평적 특성을 조명하기 때문이다. 이처럼 문학을 두 가지 특성으로 구분하는 사고방식은『문학의 논리』서문에서도 잘 나타난다. "서명書名을 특히 문학의 논리라 부친것은 평론이란 형상적인 의미의 문학에 대하야 논리적인 의미의 문학이라 생각되기 때문이다. 그럼으로『장르』로서의 문학의 특성이 문학의 형상이라면 평론으로서의 문학의 특성은 문학의 논리라고 말할수있지않을가?"[11]

임화는 '형상'과 '논리'라는 이항二項의 변증법적 결합체로서

11 林和, 「序」, 앞의 글.

문학을 사유했다. 논리 없이 진정한 의미의 형상은 존재할 수 없으며, 형상은 언제나 논리의 투철한 구현으로서만 성립될 수 있는 것이라고 임화는 생각하였다. 문학의 논리적 특성이 두드러지는 평론은 문학의 형상적 특성이 두드러지는 시·소설·희곡 등의 장르와 변증법적으로 교섭해야만 하는 것이다. 이와 같은 변증법적 사유에 비춰본다면, 데칼코마니의 바깥쪽과 안쪽은 각각 논리와 형상의 이항을 극화極化한 구조라 할 수 있다.

안쪽과 바깥쪽으로 구분되는 데칼코마니 구조는 독자의 수용과정을 통과함으로써 독특한 효과를 발생시킬 수 있다. 독서 행위는 책의 앞에서 뒤로 읽어나가는 방식을 따르는 경우가 일반적이다. 이에 따라『문학의 논리』를 이루는 데칼코마니 구조는 '바깥쪽→안쪽→바깥쪽'의 순서로 수용될 것이다. 그러므로『문학의 논리』의 데칼코마니 구조에서 일차적으로 발생하는 효과는 이 평론집을 순서대로 읽어나가는 독자들에게 '논리 바깥쪽→형상 안쪽→논리 바깥쪽'의 역동적 리듬을 체험시킬 수 있다. 이러한 평론집의 예술적인 형식은 임화 비평의 핵심적 논리를 정확히 구현한다. 임화 비평의 핵심적인 입장 가운데 하나는 논리＝정신＝사상이 문학 속에서 형상화되어야 하며, 그 형상 속에서 다시 논리＝정신＝사상이 파악되어야 한다는 것이기 때문이다. 이처럼『문학의 논리』의 데칼코마니 구조는 논리와 형상의 변증법적 결합을 통해, 비평도 하나의 문학 장르로서 예술성이 담보될 수 있음을 입증하는 것이다.

3. 한국 근대 문학사의 자산에 대한 재인식

『문학의 논리』에 나타나는 데칼코마니 구조의 가장 두드러지는 효과는, 한국 근대문학사에 대한 임화의 거시적 관점을 훨씬 더 뚜렷하게 나타낸다는 점이다. 예컨대 이 평론집의 5장과 6장은 개별 작가론을 묶어놓은 것이다. 이때 5장과 6장은 각각 신세대와 기성세대라는 대칭적 관계를 이룬다. '기성세대 작가'와 '신세대 작가'라는 틀에서 한국 근대문학사를 바라보는 임화의 거시적 안목은 작가론을 여러 지면에 산발적으로 발표했을 때보다 평론집의 대칭적 챕터 구성 속에 배치시킬 때 더욱 선명히 드러난다.

먼저 기성세대론인 6장 속에는 송영, 유치진, 한설야, 이렇게 세 작가 각각에 관한 포괄적 논의가 담겨 있다. 그렇다면 6장 속에 세 작가를 묶었을 때 어떤 효과가 발생하는가? 세 평론의 공통점은 세 작가의 특성을 낭만주의적인 것으로 이해한다는 점이다. 임화 비평은 낭만주의와 자연주의, 주관과 객관, 인물(성격)과 환경의 짝을 예술의 양대兩大 원리로 간주했다. 그에게 한설야는 "아직도 회월懷月, 송영宋影, 이후에 신경향파가 고지固持하고 있는

주관적 경향주의의 전통을 번복飜覆하고있는 한 사람"이었다.[12]
한설야의 문학은 "새 성격의 의의를 깨닫고, 그 가치를 평가하고
그 가운데 쇄침鎖沈해가는 시대의 의지를 바로잡을려는 존귀한
의도를 품음에도 불구하고, 그 인간들이 서식할 진정한 세계를
찾지 못하고 말았"기 때문이다.[13] 요컨대 임화에게 한설야의 소
설은 성격이라는 주관적 측면을 창조하는 데 성공하지만, 그와
조화될 만한 객관적 환경까지 창조하는 데에는 이르지 못한 문
학이었다.

임화가 바라보는 유치진의 문학 세계도 송영의 경우와 크게
다르지 않았다. 「유치진론」의 서두에서 임화는 1937년 12월 15
일 『동아일보』 신년좌담회에서 직접 듣게 된 유치진의 발언으로
부터 적지 않은 정신적 충격을 받았다고 고백한다. 임화는 유치
진의 그 발언을 다음과 같이 기록해두었다. "『레알리즘』은 현재
우리에게 있어 절망을 찾아내게 하는 방법은 될지언정, 희망을
차자내는 길은 아니된다…… 그러므로 나는 어떤 낭만정신이란
것을 생각하고싶다." 현실은 더 이상 어떠한 가치도 내포하지 않
기에 절망스럽기만 하다. 이러한 현실로부터 벗어나 낭만적 정
신을 지향하고 싶다는 유치진의 낭만정신론은 임화가 사회주의
리얼리즘의 한계를 극복하고자 주창하였던 낭만정신론과 맥을

---

12 林和, 「韓雪野論」, 『文學의 論理』, 앞의 책, 556면.
13 위의 글, 566면.

같이 한다. 임화는 한편으로 이 발언에 공감을 표하면서도, 다른 한편으로 "현실의 가치를 의심하기 전에……제 자신이 얼마만한 정도의 『레알리스트』이었는가를 음미의 제일대상으로 삼지 않으면 아니된다"고 말한다.[14]

또한 임화는 송영에 대해서도 "민촌民村의 사실과 형모은 극도의 『낭만』을 가지고 전형적으로대립하게 되었다고 생각"한다. 이에 그는 송영에게 "형모의 소설에서 보는 나분히 개념적이 낭만주의가 이롭지 않게 작용했으므로 나와 더불어 형모도 잊지 말아주시기 바랍니다"라고 당부의 말을 전한다.[15] 이처럼 『문학의 논리』 6장은 객관적 환경의 사실적 인식이 부족하며 주관적 낭만에 기울어진 문학을 경계한다.

여기서 중요한 점은 낭만적 경향에 대한 그의 비판이 임화 자신의 낭만적 경향에 대한 반성과 밀접하게 연관되어 있다는 사실이다. 그가 지적한 유치진의 "낭만정신"은 사실 「유치진론」의 발표 이전인 1934~36년에 「낭만적 정신의 현실적 구조」나 「위대한 낭만적 정신」 등을 통하여 임화가 이미 제시하였던 개념이기도 하다. 때문에 그는 자신과 비슷한 사유와 개념을 드러내는 유치진의 발언에 공감하였을 것이다. 또한 위의 인용에서 나타나듯이, 임화는 송영이 "나와 더불어" 낭만주의에 대해 지속적

---

14 林和, 「柳致眞論」, 위의 책, 544~545면.
15 林和, 「宋影論」, 위의 책, 538~540면.

으로 거리를 둬야 한다고 주문했다. 송영의 낭만주의는 임화 자신의 문학에도 공통되므로, 송영의 낭만주의에 대한 비판은 다름 아닌 자신의 낭만주의에 대한 반성이 된다. 이와 같은 임화의 자기반성은 『문학의 논리』 1장에서 낭만적 정신을 주장하던 경향이 낭만의 반성과 사실의 재인식을 주장하는 경향으로 전환되는 과정과 긴밀하게 상통한다.

6장이 기성세대의 문학을 현실로부터 괴리된 낭만주의로 이해하려 한다면, 5장은 신세대의 문학을 낭만주의와 반대되는 무이상주의로 파악하고자 한다. 임화에 따르면 신세대가 "구세대로 부터 근본적으로 다른 특징"은 "『아이데알리즘』이른바 『레아리즘』에 대립하는 창작방법으로서가 아니라 정신으로서의 결여"에 있다고 한다.[16] 'idea'라는 낱말을 '관념'과 '이상'이라는 두 가지 뜻을 지닌다. 여기에서 임화가 말하는 아이디얼리즘idealism은 후자의 의미와 연관된다.

임화가 바라보기에 무이상주의는 소설계뿐만 아니라 시단의 신세대에게서도 공통적으로 나타나는 특징이다. 필자는 중일전쟁 이후의 임화 비평이 신세대 시인의 공통점을 페시미즘으로 보았다고 밝힌 바 있다. 이때 임화에게 신세대 시의 페시미즘은 희망이 부재하는 문명의 위기를 드러낸 것이었다.[17] 임화의 비

---

16 林和, 「新世代論 – 새 "제네레이슌"의 性格」, 『朝鮮日報』, 1939.7.1; 林和, 「小說과 新世代의 性格」, 『文學의 論理』, 앞의 책, 486면.

평에서 신세대 시의 페시미즘으로 육화되었다고 본 문명의 위기는 "『토탈리즘』의 도도한 파도", 즉 당대에 심화되어가던 전체주의 파시즘의 폭력과 그에 따른 세계전쟁의 위협이었다.[18] 임화 비평은 파시즘하의 현실 속에서 더 이상 어떠한 희망도 이상도 찾아낼 수 없는 시대를 신세대 시인들의 체화된 페시미즘, 즉 비관주의 속에서 읽어냈던 것이다.

임화는 기성세대의 한계를 비판했듯이, 이상과 희망 없이 절망적 현실을 있는 그대로 묘사하거나 체화하는 신세대 문학에 대해서도 "수동적인 『포―즈』를 취하는것만이 문학의 사실적인 혹은 인생긍정의 본의本意가 아닌데 있다"고 지적했다.[19] 임화가 기성세대 문학의 낭만적 경향을 비판한 것은 현실과 괴리된 꿈을 비판한 것이지, 꿈꾸기 자체를 포기한 것은 아니다. 다만 그는 현실로부터 초월한 꿈이 아니라, 현실에 내재하는 꿈을 찾아야 한다고 생각했다. 그가 일제 말기 자신의 『찬가讚歌』 시편에 담긴 구상을 밝히면서 "언제나 지상은 아름답다"고 선언한 것도, 초월을 지향하고 현실을 부정하는 사유에 맞서 내재성immanence을 긍정하기 위함이었다.

---

17 홍승진, 「해방 전 임화 시의 문명 비평적 애도」, 서울대 석사논문, 2015. 2, 106면.

18 林和, 「詩壇의 新世代 ―交替되는 時代潮流―近刊詩集을 中心으로 (一)」, 앞의 글; 林和, 『文學의 論理』, 앞의 책, 494면.

19 林和, 「新世代論―自然主義의 再生」, 『朝鮮日報』, 1939.7.2; 林和, 「小說과 新世代의 性格」, 앞의 글, 487면.

인생人生이 암흑暗黑한 골작이란 말을 결決코 미더선 아니된다. 그런 설교자說敎者는 인간人間가운데 신神을 데려올랴는 음모陰謀를 감추고 잇다······ 사라잇다는 하나의 사실事實 속에 온갓 창조創造의 비밀秘密이 드러잇다 / 그럼으로 인생人生이란 세계世界의 행복幸福과 환락歡樂에 대對한 아름다운 생명生命들의 부절不絶한 운동運動이엇다. / 이 운동運動의 진정眞正한 표현表現이 한갓 암담暗澹한 세계世界엿을 때 나는그속이야말로 모든 것이 만들어지는 세계世界란 것을 노래하고 십다.[20]

기성세대의 (현실과 괴리된) 낭만적 경향과 신세대의 (현실을 받아들이기만 하는) 무이상주의 및 페시미즘은 '현실 속에서 이상과 희망의 가능성을 발견할 수 있는가'의 문제를 중심으로 정확히 대칭 관계를 이룬다. 기성세대 문학 중에서도 임화가 자기 문학과 더욱 가깝게 느꼈던 것은 청년기의 열정에 근원이 되어준 꿈을 버리지 않되, 그 꿈이 이후의 현실과 더 이상 조화를 이루지 못하는 경우였다. 반면에 신세대의 문학은 절망뿐인 현실을 유일한 현실로서 체험했기에, 애초부터 꿈꾸는 법을 알지 못하는 것이다. 임화 비평의 고민은 기성세대로 머물 수도 없으며 신세대로 만족할 수도 없는 틈새에 끼어 있었다. 시대의 변화에 맞지 않는 꿈꾸기

---

20 林和, 「이 時代의 내 文學 (5) 언제나 地上은 아름답다－苦痛의 銀貨를 歡喜의 金貨로」, 『朝鮮日報』, 1938.3.5.

와도 거리를 두는 동시에, 꿈꾸기가 불가능해진 새 시대에 어떻게 다시 꿈을 찾을 것인가?

5장의 평론 중 하나인 「신인론」에서 그 질문에 대한 답변의 실마리를 찾을 수 있다. "조선문학에 대한 일편一片의 지식과 교양이 없어 의기만이 장한 응용가應用家는 악성의 무능자라 아니할 수 없다…… 그것은 물론 우리 문학의 역사가 짧은 곳에도 있고, 전통이 권위를 갖지 못한 데 그타他 여러 곳에 있을 수 있으나, 주요한 의거점의 하나는 외국문학의 나쁜 모방이라 아니할 수 없다."[21] 임화에게 있어서 진정한 신인이란 생물학적 연령과 무관하게 새로운 세계를 개진하기 위하여 새로운 문학을 창조해내는 주체를 의미했다. 조선문학의 전통에 대한 재인식 없이 수입산 문학을 모방하는 작가는 결코 새로운 문학의 창조를 통해 새로운 세계를 개진할 수 없으리라고 임화는 사유했다.

이 지점에서 "페시미즘을 조직하는 것은 도덕적 은유를 정치로부터 몰아내는 것, 그리고 정치적 행위의 공간 속에서 100퍼센트의 이미지 공간을 발견해내는 것을 의미한다"는 발터 벤야민의 말을 떠올려볼 수 있다.[22] 'A와 같은 B'의 형식을 기본으로 취하

---

21 林和, 「新人論－그 序章」, 『批判』, 1939.1~2; 林和, 『文學의 論理』, 앞의 책, 472면.

22 Walter Benjamin, "Surrealism: The Last Snapshot of the European Intelligentsia", *Walter Benjamin: Selected Writings* vol. 2, part 1 (1927~1930), ed. Michael W. Jennings, Howard Eiland and Gary Smith, trans. Rodney Livingstone and Others, Cambridge, Massachisetts, and London,

는 은유에서는, 비유하는 A와 비유되는 B 사이의 일대일 관계가 고정화된다. 사회주의 리얼리즘과 같은 특정 이론을 절대적 진리처럼 간주하는 태도, 임화가 철저하게 극복하고자 했던 프로문학의 공식주의적인 경향이 그러한 도덕적 은유에 속한다. 이와 달리 벤야민에게 '이미지'는 현재적 위기와 그 위기 속에서 절박하게 회상되는 과거의 일회적 관계, 즉 현재적 위기와의 성좌형세속에서 과거의 역사에 새롭게 의미가 부여되는 방식을 가리킨다.[23] 임화 비평이 파시즘 체제와 같이 일상과 전쟁의 구분이 무화된 정치적 행위의 공간 속에서 도덕적 은유 대신에 발견해내고자 했던 이미지 공간은 조선문학의 전통이었다.

『문학의 논리』 5·6장에서는 신세대와 기성세대의 대비를 통해, 파시즘 권력에 맞서 꿈을 포기하지 않되 그 꿈을 어떻게 현실 속에서 찾을 수 있을 것인가라는 임화의 문제의식이 강렬하게 나타난다. 이 문제에 대하여 임화 고유의 대응 방식을 구축하는 과정이 곧 『문학의 논리』 1·10장의 대칭에 해당한다. 먼저 1장은 현실과 분리되어 있던 임화의 '낭만 정신'이 반성되어 '사

England : The Belknap Press of Harvard University Press, 2005, p.217. 이하 모든 번역은 인용자의 것.

23 "역사적 유물론의 중요한 과제는 위험의 순간에 역사적 주체에게 예기치 않게 나타나는 과거의 이미지를 붙드는 일이다(Walter Benjamin, "On the Concept of History" VI, trans. Harry Zohn, *Walter Benjamin: Selected Writings* vol. 4(1938~1940), ed. Howard Eiland and Michael W. Jennings, Cambridge, Massachisetts, and London, England : The Belknap Press of Harvard University Press, 2006, p.391)."

실의 재인식'으로 전환되는 정신적 도정을 보여준다. 이때 1장과 대칭 관계를 이루는 10장은 신문학사新文學史, 즉 제1차 세계대전 종전과 3·1운동을 원천으로 하는 조선 문학사의 인식 방법을 정초하기 위한 것이다. 이때 임화가 희망의 발견을 위해 재인식되어야 한다고 본 '현실=사실'은 제2차 세계대전 직전의 절망적인 당대 현실이라기보다도, 조선 신문학의 중요 원천이 되는 과거의 사실史實, 즉 제1차 세계대전과 3·1운동 진후前後의 문학사적 사실事實이었음이 드러난다.

기존의 논의에서 낭만정신론은 1930년대 후반을 거쳐 해방 이후에까지 임화 비평에 있어 불변의 상수였다고 설명되기도 한다.[24] 물론 최근 연구에서 지적한 바와 같이 임화의 비평은 1920년대 후반부터 낭만적 정신의 자질들을 염두에 두었다고 볼 수 있다.[25] 1930년대 후반의 비평에서도 낭만정신의 속성을 검출해내는 것이 얼마든지 가능하다. 그러나 임화의 비평 세계를 낭만주의로 포괄하는 연구 시각은 낭만정신에 관한 모색 과정에서 ― 하나의 과정에서는 상수보다 변수가 더 중요함에도 ― 변하지 않은 점을 지나치게 강조한 나머지, 변화한 점을 섬세하게 고찰하지 못할 위험이 있다. 임화 비평이 '무엇을' 주장했는

24 이도연, 「박영희·임화 비평의 사유 체계와 인식소들」, 우리어문학회, 『우리어문연구』 62집, 2018.9, 121~135면.
25 최은혜, 「저변화된 낭만, 전면화된 사실―1920년대 후반~30년대 중반 임화 평론에 나타난 '낭만성' 재검토」, 우리문학회, 『우리文學硏究』 51집, 2016.7.

지에 대해 많은 논의가 축적되었다면, '어떻게' 주장했는지에 대해서도 주목할 필요가 있을 것이다. 1930년대 중반의 평론과 1930년대 후반 이후의 평론에서는 낭만정신이라는 내용이 공통되지만, 그 지향하는 방식이 확연하게 변별된다. 또한 '어떻게'의 문제를 돌아보는 작업은 '무엇을'에 관해서 새로운 해석의 지평을 열어줄 수 있다는 점에서도 중요하다. 이론주의적 낭만정신론이 반성된 1930년대 후반 이후 비평은 임화에게 있어서 이론주의로부터 벗어난 낭만정신이 무엇이었는지를 밝혀주기 때문이다.

『문학의 논리』1장의 앞쪽에 놓인 두 편의 평론 「낭만적 정신의 현실적 구조」와 「위대한 낭만적 정신」은 1934~36년 사이에 발표되었다. 이 평론들은 공통적으로 리얼리즘이 낭만적 정신을 견지해야 한다고 주장한다. 하지만 임화는 자신의 낭만정신론을 1937년 7월 중일전쟁 발발 이후에 발표된 일련의 평론들을 통하여 스스로 비판한다. 낭만정신론을 반성하는 가장 주된 이유는 그것이 현실에 토대를 두지 않은 이론주의에 불과하다는 인식 때문이었다. "낭만주의,『휴매니즘』, 우리는 손에 잡히는 일체의 철편鐵片을 들어 통로를 천착하였으나 손끝은 용이하게『팡』우에 도달치 않았다……우리는 이론이란것이 대뇌의 일부에만 아니라 나의 육체, 나의 모세관의 세부까지를 충만시킬 한사람의 순화된 사상인으로서의 자기를 갈망하고있다."[26] 그렇다면 임화는 자신이 1년 전까지 주창했던 낭만정신론을 어째서 육체화되지 않은 이론주의라고 비판했을까? 그가 낭만정신 자체를 포기하지 않았다면, 어떻게 육체화된 낭만 정신을 모색했을까?

임화는 자신의 낭만정신론이 사회주의 리얼리즘 수입의 실패 위에서 제출되었다고 술회한다. "『쏘시알리즘적레알이즘』은 …… 수입되어 문학활동의 통일적표지로 수립되려 하였든것이다 …… 그러나 문학활동의 공동형태와 통일석방향이 상실된 이후 『로맨티시즘』혹은 『휴매니즘』기타의 대두는 모두가 …… 서투른 창의의 소산이었다."[27] 김윤식에 따르면, 사회주의 리얼리즘은 1932년에 소비에트에서 제기되어 1933년에 백철·안막 등의 논의를 통해 조선으로 도입되었다고 한다.[28] 이 수입 과정이 심각한 혼란을 겪자, 임화는 사회주의 리얼리즘이라는 텅 빈 기표 속에, 자신이 진정 올바르다고 생각하는 리얼리즘으로서의 낭만 정신론이라는 기의를 채워 넣고자 했던 것이다. 프롤레타리아 리얼리즘, 변증법적 리얼리즘, 사회주의 리얼리즘은 모두 '소비에트 → 일본 → 조선'이라는 일방적 통로를 거쳐 수입된 세계관이었다. 이에 비하여 임화의 낭만정신론은 그 일방적 수입 과

---

26 林和, 「主體의 再建과 文學의 世界 – 現存 作家와 文學의 새로운 進路 (二)」, 『東亞日報』, 1937.11.12; 林和, 『文學의 論理』, 앞의 책, 48~50면.

27 林和, 「寫實主義의 再認識 – 새로운 文學의 探求에 寄하야 (一)」, 『東亞日報』, 1937.10.8; 林和, 『文學의 論理』, 앞의 책, 71면.

28 金允植, 『韓國近代文藝批評史硏究』, 一志社, 1976, 85~93면.

정으로부터 벗어난 자생적 리얼리즘론이었다는 점에서 중요한 의의가 있다.

하지만 1936년까지의 낭만정신론은 임화 자신에 의해 이론주의의 일종으로서 철저히 비판된다. 낭만정신론이 현실과 동떨어져 있다고 할 때의 그 현실이란 구체적으로 무엇을 가리키는가? 이에 관해서는 『문학의 논리』 5·6장의 대칭 구조, 즉 신세대와 기성세대의 대비를 통해 충분히 짐작해볼 수 있다. 여기에서 임화는 신세대가 현실을 당연시하는 반면, 기성세대는 현실에 당황하고 있다고 보았다. 기성세대에게 익숙한 현실은 제1차 세계대전 이후부터 중일전쟁 이전까지의 현실이라 할 수 있다. 반면에 신세대에게는 당연하며 기성세대에게는 낯선 현실이란 다름아닌 중일전쟁 이후 제2차 세계대전로 나아가는 상황을 가리키는 것이다. 『문학의 논리』가 양차 세계대전의 리듬으로 구성된다는 사실에 주목할 때, 중일전쟁 및 제2차 세계대전 직전이라는 세계사적 맥락이 낭만정신론의 반성에 있어 중요한 계기였음을 훨씬 더 섬세하게 해석해낼 수 있다.

현실에 대한 이론의 패배는 낭만정신론을 반성하는 『문학과 논리』 1장의 또 다른 평론 「사실의 재인식」에서도 언급된다. 이 평론에서 임화는 20세기의 사실 앞에 19세기의 지성뿐만 아니라 20세기의 지성까지도 모두 패배했다고 지적했다. "십구세기적지성과 이십세기적사실과의 구救할 수 없는 모순을 인정할뿐

더러 이십세기적지성이 이십세기적사실에게 격퇴당한 또 한개의 사태가 반성되어야한다."[29] 차승기에 따르면, 20세기적 사실에 관한 임화의 논의는 제1차 세계대전이 끝난 뒤에 유럽 문명의 위기를 진단한 폴 발레리의 논의가 중일전쟁을 계기로 조선 및 일본에 유포되었다는 사실과 연관된다고 한다.[30] 임화는 자신이 겪은 20세기를 '제1차 세계대전-중일전쟁-제2차 세계대전'으로 이어지는 전쟁의 세기로서 인식했다. 이때 그는 사회주의 리얼리즘을 비롯하여 외국으로부터 수입된 지성 모두가 전쟁의 역사 앞에 패배했다고 비판하는 것이다.

파시즘이라는 사실 앞에 낭만정신론의 이론주의적 한계가 노정되었음에도 불구하고, 논리의 수입에 대한 비판의식과 자생적 논리를 창조해내려는 임화의 고민은 멈추지 않았다. 20세기 지성의 패배가 지성 자체에 대한 불신으로 이어져서는 안 되며, 다만 새 지성의 발견으로 이어져야 한다고 그는 생각하였다. 이를 위해서 그는 "먼저 우리자체가 가졌던 지적재산의 총목록을 상세히 또한 신중히 재검토하지 아니하면 안된다"고 사유하였다.[31] 20세기적 사실에 대응하는 새 지성의 수립을 위해서는 우선적

---

29 林和, 「事實의 再認識 (下)——切를 試鍊의 마당으로」, 『東亞日報』, 1938.8.26; 林和, 『文學의 論理』, 앞의 책, 129면.
30 차승기, 「'사실의 세기', 우연성, 협력의 윤리」, 민족문학사학회·민족문학사연구소, 『민족문학사연구』 38, 2008.12, 268~269면.
31 林和, 「事實의 再認識 (下)——切를 試鍊의 마당으로」, 앞의 글; 林和, 『文學의 論理』, 앞의 면.

으로 과거의 지적 유산에 대한 재검토가 필요하다고 판단했던 것이다.

지적 재산의 재검토는『문학의 논리』1장 내에서 낭만 정신론의 반성과 더불어 요청된 '사실의 재인식'과 연관성을 지닌다. 앞서 5·6장의 대비에서 고찰했듯이, 임화의 문제의식은 현실＝사실로부터 초월하지 않고 그 속에서 낭만＝꿈을 획득해야 한다는 원칙을 고수하면서도, 어떻게 아무런 희망도 남아 있지 않은 파시즘의 현실 속에서 꿈을 발견해낼 수 있는가 하는 점이었다. 이러한 고민 속에서 임화의 1930년대 후반 이후 비평은 '지적 재산의 재검토'라는 방법론에 도달할 수 있었다. 일반적으로 '사실'이라고 하면 현재적인 사실만을 떠올리기 쉽다. 하지만 1930년대 후반의 임화에게 현재의 사실은 파시즘의 폭력에 의해 일체의 꿈과 희망이 소멸된 상태만을 보여줄 뿐이었다. 이처럼 현실이 아무리 절망적일지라도, "현실이란 암흑 가운데 광명"은 미약하게나마 분명히 살아남는 것이라고 믿었기에,[32] 임화는 현재적 사실보다도 과거적 사실 속에서 꿈을 발굴해내고자 했던 것이다. 요컨대 임화가 낭만적 정신을 반성하며 사실을 재인식하고자 한 것은 현재적 사실뿐만 아니라 과거적 사실까지 재인식해야 한다는 사유의 발로라 할 수 있다.

---

32 林和,「主體의 再建과 文學의 世界－現存 作家와 文學의 새로운 進路 (四)」,『東亞日報』, 1937.11.14,『文學의 論理』, 앞의 책, 61면.

1장의 평론 가운데에는 낭만정신론과 같은 이론주의 또는 (현실과 동떨어졌다는 의미에서의) 비실천주의를 극복하기 위한 임화 나름의 구상이 인상적으로 기록되어 있다. "우리들의 이론적 사업은 모름직이 비실천주의非實踐主義를 청산하지 않으면 아니된다. / 지도적비평, 문학사, 문예학의건설."[33] 이론주의 내지 비실천주의를 극복하기 위해서 임화는 지도적 비평, 문학사, 문예학의 건설이라는 세 가지 영역에 주목했다. 『문학의 논리』에서 지도적 비평은 현장 비평의 성격을 지닌 평론들에 해당하고, 문예학은 신휴머니즘이나 르네상스 등의 문예사조를 논의하는 평론들에 해당할 것이다. 세 영역 중에서 문학사를 본격적으로 다룬 평론은 『문학의 논리』의 가장 마지막 장인 10장이 유일하다. 1장에서 새로운 지성 수립의 우선적 과제로 제기되는 지적 재산의 재검토는 1장과 대칭 관계에 놓인 10장 전체, 즉 「신문학사의 방법」과 밀접하게 연관된다. 이처럼 임화 비평이 모색한 사실의 재인식은 과거적 사실 중에서도 특히 문학사적 사실에 초점을 맞추고 있는 것이다.

10장 「신문학사의 방법」에서 임화가 정초하는 조선 신문학사의 연구 시각은 1장에 나타나는 임화 비평의 정신적 도정과 거의 정확히 일치한다. "동양제국東洋諸國과 서양의 문화교섭은 일

---

33 林和, 「寫實主義의 再認識－새로운 文學的探求에 寄하야 (四)」, 『東亞日報』, 1937.10.12 (조간); 林和, 『文學의 論理』, 앞의 책, 84면.

견그것이 순연한 이식문화사를 형성함으로 종결하는것같으나, 내재적으로는 또한 이식문화사자체를 해체할냐는 과정이 진행되는것이다. 즉 문화이식이 고도화되면 될수록 반대로 문화창조가 내부로부터 성숙한다."[34] 문학사가 문화 이식의 내재적 해체 및 그에 따른 새 문화의 창조를 밟았다는 10장의 문학사적 관점은 경향문학의 이식성으로부터 벗어나 새로운 논리를 창조하고자 했던 1장의 정신적 도정과 상응한다.

실제로 임화는 1930년대 후반의 평론에서 "경향문학의 강한 이식성"에 대해 문제를 제기한 바 있다. "경향문학에 있어서는 …… 이식문화 그것을 이식문화라 생각하느니보다 오히려 자기를 외래문화에로 동화시켜 버리려고 한 경향까지 있었다." 과거 조선의 경향문학이 지닌 한계는 이식문화를 해체하여 새로운 문화를 내부로부터 창조하지 않았다는 데 있는 것이다. 나아가 임화는 "주체화란 곧 개성화"라고 규정하면서, 이러한 주체화·개성화가 "특히 경향문학 말기에 일어난 것은" 그 이전의 이식성에 대한 반성과 연관된다고 성찰했다.[35] 『문학의 논리』 1장 가운데에서, 낭만정신론을 반성한 이후, 즉 중일전쟁이 발발한 이후의 평론들이 '주체의 재건'이나 '주체화'라는 화두를 제기한

---

34 林和, 「朝鮮文學 研究의 一 課題―新文學史의 方法論 ㈃」, 『東亞日報』, 1940.1.16, 「新文學史의 方法」; 林和, 『文學의 論理』, 앞의 책, 832면.

35 林和, 「敎養과 朝鮮文壇」, 『人文評論』, 1939.12; 임화문학예술전집 편찬위원회 편, 『임화문학예술전집 5-평론』 2, 앞의 책, 184면에서 재인용.

것도 이와 같은 맥락 위에 놓여 있다. 「신문학사의 방법」에서 외래문화에로의 완전한 동화가 "문명인과 야만인과의 사이에서만 가능한것"이라고 말한 대목은, 일제 파시즘의 동화 정책에 대한 비판이자 경향문학의 이식성에 대한 반성이기도 하다.[36] 이처럼 10장과 겹쳐서 독해한다면, 임화의 주체론은 단순한 리얼리즘론의 범주를 넘어, 조선 신문학사의 재인식을 통해 경향문학의 이식성을 주체화하려는 시도로서 새롭게 해석될 수 있다.

4. 전쟁의 서막에서 전쟁의 종막을 회고하기

지금까지 『문학의 논리』의 5·6장과 1·10장에 나타나는 데칼코마니 구조와 그 의미를 살펴보았다. 평론집의 가장 안쪽에 위치한 5·6장의 데칼코마니는 파시즘 체제하에서의 절망적 현실을 직시하면서도, 현실 너머가 아니라 현실 속에 내재해 있는 변혁과 생성과 창조의 가능성을 타진하려는 임화 비평의 근본적 문제의식을 드러낸다. 이와 같은 문제의식에 근간하여, 평론집의 가장 바깥쪽을 이루는 1장과 10장은 현실과 괴리된 문학론의 이식성을 반성하면서도 새로운 비전의 제시라는 의무를 포기

---

36 林和, 「新文學史의 方法」, 앞의 글, 832면.

하지 않기 위해 현실로서 존재하는 한국 근대문학사 속에서 창조적 역량을 재인식하고자 한다. 임화 비평의 이러한 작업이 양차 세계대전을 인식하고 거기에 대응하는 세계사적 관점과 맞물려 있음은 평론집의 2장과 9장에 나타난다. 그 세계사적 관점이 한국 근대문학에 대한 실제 비평 속에서 어떻게 구체화되는지를 이해하기 위해서는 3장과 7장의 데칼코마니를 살펴볼 필요가 있다.

『문학의 논리』2·9장은 제2차 세계대전의 박두 속에서 제1차 세계대전을 회고한다는 공통점을 지닌다. 먼저 2장은 1930년대 후반에 제기된 휴머니즘론과의 논리적 공박으로 채워져 있다. 임화에 따르면, 이 시기 휴머니즘의 부흥은 "최근 고조된 『팟시즘』의 세계적위기하"에서 "개성의 자유옹호"를 부르짖은 것이라고 한다. 하지만 개성의 자유를 중시하는 근대 문화는 제1차 세계대전의 위기를 극복하지 못하고 파산을 선고했다는 것이 임화의 주장이다. "거번의 세계대전은 분명히 근대사회나 문화가 전반적인 해체과정을 영접하였음을 고시하였다." 이에 따라 개성의 자유를 옹호하는 르네상스 문화와 그 연장인 근대 문화는 "현대적인 위기극복의 처방이 될수없다"는 것이다.[37]

이처럼 『문학의 논리』2장에서 제1차 세계대전의 회고를 통

---

37 林和, 「『루넷상스』와 新『휴매니즘』論」, 『文學의 論理』, 앞의 책, 137~139면.

해 제2차 세계대전의 도래를 진단하는 까닭은 무엇일까? 그 이유는 2장과 짝을 이루는 9장에서 발견된다. 여기에서 임화는 세계대전에 주목함으로써, '중세 봉건사회–근대 시민사회'의 단계만을 구분하는 통속적 유물사관보다 훨씬 더 구체적인 방식으로 역사를 조명하고자 한다. "문화사이고 정치사이고 간에 역사과정 가운데는 우리가 봉건시대니 혹은 시민사회니 하는 추상화된 개념으로 포착할 수 없는 무수한 면이 나타난다는 것이다. **대전大戰 후기, 혹은 대전 전기, 혹은 나치스 시대**, 기타 여러 가지의 명칭으로 불러지는 것인데, 이것은 결국 역사의 특수한 구체적인 기간에 있어서의 고유한 표현이다(강조는 인용자)."**38** '고대–중세–근대'와 같은 역사 발전의 일반론적 법칙만으로는, 임화가 당대에 처한 파시즘의 위기를 제대로 포착하기 힘들다는 것이다. 이러한 역사철학을 토대로, 임화는 제1차 세계대전에 의해 문학사에서 19세기와 20세기가 완전히 교대되었다고 말한다.

서구의 어떤 문학사를 보아도 1914년으로부터 1918년까지 5년간에 궁핍한 기술이 빠져 있는 것을 보고 나는 퍽 기이하게 생각해 온 일이 있다. / 그럴수록 나는 이 공백이 되어 있는 5년간의 문학사를 알고 싶은 이상한 흥미를 일으켜서 손에 닿는대로 여러 가지

---

38 林和, 「歷史·文化·文學–或은『時代性』이란 것에의 一 覺書 (完)」, 『東亞日報』, 1939.3.3; 林和, 『文學의 論理』, 앞의 책, 748면.

책을 뒤져본 일이 있다 (…중략…) 이 기간 동안에 구라파문학사 위에선 19세기와 20세기가 비로소 깨끗한 형태로 교대하였다 (…중략…) 대전은 하나의 학교였다고 사람들은 말한다. 대체 어떤 학교였는가? 이 학교로부터는 실로 예기치 못했던 두려운 학생들이 새로운 교육을 받고 사회에 나간 것이다 (…중략…) 우리도 지금 새 학교에 들어가려 하고 있으며, 학교는 새 학생을 또 낳을 것이다.[39]

제1차 세계대전을 통해서 19세기가 청산되고 20세기의 새로운 문학이 시작되었듯이, 다가오는 제2차 세계대전을 통해서도 현재의 문학이 그와 전혀 다른 문학으로 전환될 것이라고 임화는 예견한다. 그가 염두에 두는 현재의 문학이란 물론 파시즘 체제에 종속된 문학을 의미할 것이다. 예를 들어 9장에 실린 「가톨리시즘과 현대 정신」도 당대의 문학이 파시즘의 산물임을 입증하는 평론이라고 볼 수 있다. 본고의 서론에서도 살펴봤듯이, 임화는 현대에 가톨리시즘 문학이 부흥하는 현상을 파시즘의 대두와 긴밀하게 연관된 것으로 이해하였기 때문이다. 이러한 맥락에서 제2차 세계대전의 도래에 의해 당대 문학이 근본적으로 전환되리라는 임화의 예견은 문제성을 띠게 된다. 그는 파시즘 문화가 제2차 세계대전으로 청산되리라는 예견을 제1차 세계대

---

39 林和, 「世界大戰을 回顧함 文學論 篇」, 『東亞日報』, 1939.5.12~14, 「十九世紀의 淸算－世界大戰과 文學」, 『文學의 論理』, 앞의 책, 771~783면.

전의 회고로써 제시했던 것이다.

혹자는『문학의 논리』9장 전체가 1930년대 후반의 파시즘에 대한 비판이라는 필자의 견해에 대해, 그와 부합하지 않는 평론들도 9장에 끼어 있지 않느냐고 반문할지 모른다. 예컨대 「『대지』의 세계성」과 「일본 농민문학의 동향」은 다른 9장 내의 평론들과 이질적인 섯처럼 보이기 때문이다. 전자는 펄 벅의 노벨상 수상에 관한 평론이며, 후자는 일본 문단의 현황을 살핀 평론이다. 이 평론들은 펄 벅의『대지』가 노벨상을 수상하며 서구에서 주목받은 것, 그리고 일본에서 "토土의 문학"이라는 농민문학이 중일전쟁 이후로 융성한 것이 나치스의 전체주의 문학론과 연관된다고 본다. 임화에 따르면, 전체주의 문학론은 아스팔트성, 즉 도시성과 가두성을 미워하고 지방과 향토와 민족과 국가에 대해 애착하는 농민 정신을 강조하는 것이기 때문이다.[40]

실제로 「『대지』의 세계성」에서는 펄 벅의 노벨상 수상이 "현대의 서구문화가 아직 19세기적 전통을 떠나버리지 못한 증거라고도 생각되며, 또 한편으로 인제 와선 19세기인 것까지가 대단히 존중된다는 작금의 문화 사정을 반영한 것"이라고 결론을 내린다.[41] 또한 「일본 농민문학의 동향」에서는 농촌에 대한 일

---

40 林和, 「全體主義의 文學論−「아스팔트」文化에 代身하는 것은?」, 『朝鮮日報』, 1939.2.26~3.2, 『文學의 論理』, 앞의 책.
41 林和, 「『大地』의 世界性−노벨賞 作家 『팔·뻑』에 對하여」, 『朝鮮日報』, 1938.11.17~20, 『文學의 論理』, 앞의 책, 798면.

본 문단의 관심이 "사변", 즉 중일전쟁지나사변의 "조건하에서 발흥"했으며, "국가의 총동원 체제"와 밀접한 연관성이 있다고 분석했다.[42] 파시즘의 문제를 본격적으로 다루고 있는 평론집의 9장 속에 「『대지』의 세계성」과 「일본 농민문학의 동향」이 배치됨으로써, 서구 및 일본 문학의 내부에 자리한 역사적 반동으로서의 파시즘이 암시적으로 폭로되고 있는 것이다.

이처럼 『문학의 평론』 2·9장은 '반복 속에서의 차이'라는 역사적 리듬으로서 양차 세계대전하에서의 세계문학사를 거시적이면서도 독특하게 인식한다. 양차 세계대전의 리듬에 대해 한국 근대문학이 구체적으로 어떻게 대응했는지를 진단한 평론은 4·7장에 데칼코마니적으로 배치되어 있다. 특히 4·7장은 1930년대 중·후반의 위기와 연관되는 문학 속에서 제1차 세계대전에 대한 기억이 회귀하는 양상을 공통적으로 다룬다. 4장의 「세태소설론」이나 「본격소설론」 등은 소설이 파시즘 체제의 현실하에서 꿈을 잃어버린 세태소설과 현실을 도외시하는 내성소설로 분열될 수밖에 없음을 논한 것이다. 그런데 이 소설론의 행간에는 '제1차 세계대전과 제2차 세계대전의 문학사적 반복'이라는 주제가 숨어 있다. 예컨대 임화가 분석한 박태원 등의 세태소설적 성격은 일찍이 염상섭의 『만세전』 등이 부정적 리얼리즘,

---

42 林和, 「日本 農民文學의 動向—特히 「土의 文學」을 中心으로」, 『人文評論』, 1940.1; 林和, 『文學의 論理』, 앞의 책, 805~806면.

즉 부정적 현실만을 폭로하는 자연주의였다는 임화의 평가와 동궤를 이룬다. 그뿐 아니라 임화 비평은 1920년대 『백조白潮』의 주관주의와 거의 비슷한 방식으로 1930년대 후반의 내성소설 또는 심리소설을 서술한다. 이와 같이 제2차 세계대전 직전의 '세태/내성'은 제1차 세계대전 이후에 분기한 '객관/주관'의 반복과 유사하게 제시되는 것이다.

그러나 임화 비평은 역사에서 '동일한 것의 반복'이 존재하지 않으며, 반복 속에서 오직 차이만이 생성될 뿐이라는 역사철학을 전제한다. "인간이나 자연의 제역사가운데있어 동일한것이 반복하는 예는없다."[43] 따라서 파시즘의 위기에 대응하여 제1차 세계대전 무렵의 문학사를 재인식하는 임화의 비평 작업은 현재의 지속을 중단시키기 위해 과거의 반복으로부터 차이를 이끌어내는 것이라 할 수 있다.

임화는 제1차 세계대전 및 3·1운동을 조선문학의 원천Urspru-ng으로 사유했다. "조선문학이란 구라파에 있어서의 현대문학의 시발기始發期인 세계대전 전후부터의 것이라고 나는 생각한다……신문학 성립 이전의 모든 시대의 문학적인 유산의 사실史實에 대하여 엄밀한 의미에 있어 그것은 조선문학의 전사前史에 속한다고 생각한다." 왜냐하면 "민족=국민문학이라 한 것도 민족

---

43 林和, 「浪漫的 精神의 現實的 構造─新創作理論의 正當한 理解를 爲하야」, 『朝鮮日報』, 1934.4.14, 『文學의 論理』, 앞의 책, 4면.

의 형성이 그러하였던 것과 같이 사회 발전의 제 과정 가운데서 서서히 혹은 급격히 되어, 근대적 의미의 민족의 성립이란 한 개 비약적인 계기를 지나면서 자기를 형성한 것"이기 때문이다.[44] 요컨대 제1차 세계대전이 끝난 1918년과 3·1운동이 일어난 1919년은 한국 민족 고유의 정체성을 형상화하는 조선문학의 원천으로서 호출되는 것이다. 그러므로 파시즘 체제 아래에서 조선문학의 원천을 회고한다는 것은 민족적 정체성의 위기와 관련하여 복원되어야 할 것, 끝나지 않은 것으로서 민족=조선문학의 원천이 인식된다는 것을 뜻한다.

원천에서 그것으로 뜻해지는 바는, 발원한 어떤 것과 관련해서 그 발원한 것의 생겨남, 생성이 아니라 '생겨남생성과 지나감소멸에서 발원하는 것dem Werden und Vegehen Entspringendes'이다 (…중략…) 그 리듬은 한편으로는 복원Restauration으로서, 재건Wiederstellung으로서 인식되고자 하며, 바로 그런 점에서 다른 한편으로는 미완 Unvollendetes으로서, 미종결Unabgeschlossenes로서 인식되고자 한다 (…중략…) 따라서 원천은 사실적 상태로부터 끄집어내는herausheben 것이 아니라 이 사실적 상태의 전사前史 및 후사後史와 관련된다.[45]

---

44 林和, 「朝鮮文學의 新政勢와 現代的 諸相」, 『朝鮮中央日報』, 1936.1.26~2.13; 임화문학예술전집 편찬위원회 편, 『임화문학예술전집 4-평론』 1, 소명출판, 2009, 539~541면에서 재인용.
45 Benjamin, Walter, *Ursprung des deutschen Trauerspiels*, Gesammelte Schriften

현재의 위기 속에서 요청되는 자질을 문학사적 원천으로부터 길어내는 작업은 『문학의 논리』 4장의 소설론보다도 7장의 시론에서 적극적으로 수행된다. 표면적으로 7장에는 시론 외에도 언어론과 수필론이 이질적으로 혼재되어 있는 것처럼 보인다. 하지만 임화의 시론은 근본적으로 '시=언어의 예술'이라는 논리에 의거해 있다. 예컨대 「통속소설론」에서 그는 '시=언어'와 '산문=픽션'이라는 등식을 제시하기도 한다.[46] 이러한 맥락에서 임화 비평은 예술성을 소거하고 사상성을 강조하는 방식이 아니라 '시=언어예술'이라는 논리 자체를 탈환하는 방식을 통해 순수시, 기교주의, 예술지상주의 등과 대결하고자 했다. 7장의 구성에서 시론과 언어론의 양자가 불가분의 관계로 놓여 있는 까닭은 "원어原語로부터 문학이 자기의말文學語를 구별하는 가장 현저한 영역은 시"이기 때문이다.[47] 임화는 시적 언어와 생활 언어의 차이를 인정한다는 점에서 '기교주의'의 입장과 공통되지만, 시적 언어가 생활 언어로부터의 자유를 추구한다고 보는 기교주의와 달리, 생활 언어의 정수를 추출한 것이 시의 언어라

I.1, unter Mitwirkung von Theodor W. Adorno und Gershom Scholem; hrsg. von Rolf Tiedemann und Hermann Schweppenhäuser, Frankfurt am Main : Suhrkamp, 1974, p.226을 참조하여 발터 벤야민, 조만영 역, 『독일 비애극의 원천』, 새물결, 2008, 38면의 번역을 인용자가 일부 수정.

46 林和, 「俗文學의 撞頭와 藝術文學의 悲劇-通俗小說論에 代하야(一)」, 『東亞日報』, 1938.11.17; 林和, 『文學의 論理』, 앞의 책, 390면.

47 林和, 「言語의 魔術性」, 『批判』, 1936.3; 林和, 『文學의 論理』, 앞의 책, 579면.

고 본다.

기교주의 논쟁을 추동한 임화의 평론 「담천하의 시단 1년」은 복고주의, 기교주의, 경향시, 이렇게 크게 세 가지 조류를 비판한다.[48] 기교주의 논쟁에 관한 기존의 연구에서는 임화의 이 평론이 기교파뿐만 아니라 복고주의와 경향시까지 비판한다는 점에 특별한 주의를 기울이지 않았다고 할 수 있다. 물론 임화가 가장 강하게 비판했던 대상은 기교주의의 무사상성이었다. 하지만 그 외의 복고주의와 경향시에 대한 비판까지 종합적으로 고찰한다면, 임화의 비평에서 사상성을 강조하는 측면뿐만 아니라 다른 여러 측면까지 밝힐 수 있을 것이다. 또한 세 가지 시적 경향에 대한 임화의 비판이 공통적으로 1920년 전후前後의 문학사적 원천과의 연관성 속에서 이루어진다는 사실을 논의한 연구는 찾아보기 어렵다. 이는 『문학의 논리』의 구조에 투영된 양차 세계대전의 리듬을 고려할 때에야 더욱 뚜렷하게 드러나는 부분이다. 특히 1930년대의 시단 전반을 문학사적 원천과의 관계 속에서 고려한 것은 한국 현대시문학사의 계보학을 시도했다는 점, 1920~30년대의 문학사적 전개 과정을 통해 한국 현대시의 특

---

[48] 기교주의와 경향시 사이에 '반기교주의적' 경향으로서 김기림의 사례가 논의된다. 그러나 임화는 어디까지나 기교주의의 넓은 범주 안에 포함된 것으로서 김기림의 반기교주의를 다루고 있다. 예를 들어 임화는 "技巧派詩人가운데 가장 有能한 詩人인 起林氏"라고 언급하기도 했다(林和, 「技巧派와 朝鮮詩壇」, 『中央』, 1936.2; 林和, 『文學의 論理』, 앞의 책, 654면).

성을 해명했다는 점에서 독자적 의의가 있다.

첫째로 조선 시단의 복고주의는 "신문학 대두의 시기인 20년 전후부터 문학계의 일우一隅에 잔존해오든 것"이라고 임화는 분석했다.[49] 1920년 전후라는 문학사적 원천의 시기에 파인 김동환, 안서 김억, 월탄 박종화 등의 신시新詩는 복고주의적이기보다도 "봉건적인 시조時調와 구가요舊歌謠에 대하야 격렬히" 맞섰던 "시민정신"의 "체현자體現者"였다. 그러나 신시가 반봉건의 정신을 상실하고 나자, 월탄과 파인과 안서 등의 주역들은 시조와 같은 봉건적 시문학을 창작하며 복고주의에 빠졌다는 것이다. 그들과 달리 김소월, 김석송, 주요한 등이 신시의 반봉건 정신에서 출발했으나 복고주의의 불명예를 겪지 않은 이유는 그 시인들이 침묵 속으로 들어가버렸기 때문이라고 한다. "아름다운 속어俗語의 구사자驅使者 소월素月은 죽어가고 가장 민주적 시인이였든 석송石松, 「요한」은 침묵한지 오랬다."[50] 이처럼 조선문학의 원천은 봉건제에 맞서는 민주적 정신이었던 것이다. 그렇다면 임화가 말하는 민주적 정신이란 구체적으로 무엇을 의미하는가?

월탄의 시조 율격과 소월의 민요 형식은 모두 조선 시문학의 오래된 전통에 해당한다. 하지만 시조는 봉건적인 것이며 민요

---

49 "一偶"는 '한 모퉁이'를 의미하는 '一隅'의 오식─인용자 주.
50 林和, 「曇天下의 詩壇 一年─朝鮮의 詩文學은 어디로?」, 『新東亞』, 1935.12; 林和, 『文學의 論理』, 앞의 책, 612~615면.

는 민주적인 것이라고 임화는 사유했다. 왜냐하면 시조는 "양반의 말"이고 민요는 "상민 근로인민의 말"이기 때문이다. 더구나 "시조등속等屬은 기록"되었지만 "민요란 구전되는중" 소멸하거나 변화하므로, "민요의 주인인 근로인민은 일홈도없이 역사상에 매몰되어 버린것과같은" 처지에 놓여 있었다.[51] 그러므로 지배 권력층인 양반의 언어만이 전승되어온 이전의 문학사와 달리, 소월의 시는 역사상 매몰된 피지배 인민의 언어를 문학의 공간에 등장시켰다는 점에서 반봉건적이며 민주적이라 할 수 있다.

나아가 임화는 지배 권력의 언어가 아닌 피지배 인민의 언어라 해서 모두가 긍정될 수 있는 것은 아니라고 단서를 덧붙였다. 단적인 예로 남성이 여성에게 "『봐라! 물좀떠오니라!』하는 것은 명백히 낡은 가장제"의 "유습"이라고 한다.[52] 이처럼 임화는 남성 무산계급 중에서도 여성을 억압하는 경우는 인민의 개념에 포함되지 않는다고 보았다. 임화의 인민 개념은 오직 계급이라는 경제적 기준으로 환원되지는 않는다. 가부장제 권력에 대한 임화의 비판은 그러한 인민 개념의 특성을 결정적으로 증명해준다. 요컨대 그가 조선문학의 원천으로 이해한 민주 정신은 모든 종류의 억압적 권력의 언어에 맞서 억압받는 모든 인민의 언어를 문학에 담아내는 평등 정신을 의미한다.

---

51 林和, 「言語의 魔術性」, 앞의 글; 林和, 『文學의 論理』, 앞의 책, 583~584면.
52 위의 책, 591면.

둘째로, 임화가 보기에 "기교주의란 시원적始源的으로는 1920년대 전후에 발족한 조선의 시민적 시가의 성격 가운데 배태된 것"이었다. 노작 홍사용, 이상화, 회월 박영희 등의 동인지『백조』는 "신시사新詩史 최초의 융성기"였다는 점에서 1920년대 전후에 형성된 문학사적 원천 중 하나로 간주된다. 이때『백조』의 시는 "현실로부터 도망하는『포―즈』"를 취했다는 점에서, 현실로부터 벗어난 기교주의의 원천이 된다. 그러나 임화는『백조』의 현실 회피가 "결코 금일의 기교주의시인들이 취하고있는 바와 같은 비겁하고 소극적인것은 아니었다"고 지적한다.『백조』의 현실 회피는 "현실의 악惡을 폭로하려는 자연주의"와 연관되어 있었으며, 나아가 "『역力의시詩』,『역力의예술』"과 같이 "독특한 낭만주의의 방법"으로 나아갔기 때문이다. 이 흐름에서 태어난 것이 "신경향시"이며, 그로부터 낙오한 부류 중의 하나가 예술지상주의, 즉 기교주의라는 것이다.[53] 표면적으로는 동일한 것처럼 보이는 현실 부정일지라도, 현실이 변화하기를 꿈꾸는 부정의 정신은 현실 자체를 부정하는 정신과 구별된다.

마지막으로, 임화는 경향시의 문학사적 원천도『백조』로 대표되는 낭만 정신에 있다고 설명한다.『백조』의 낭만주의를 "독특한 낭만주의의 방법"이라고 언급했듯이, 임화는 낭만주의를 "단

---

[53] 林和,「技巧派와 朝鮮詩壇」, 앞의 글; 林和,『文學의 論理』, 앞의 책, 650~652면.

일적 개념으로서의 낭만주의가 아니라, 국민적—영, 독, 불 등 등의 특수적낭만주의로 표현"되는 것이라고 이해했다.[54] 예컨대 그는 안용만의 「강동의 품」이 형상화하는 "진정한 민족성"이야 말로 "진실한 낭만주의"라고 고평한다.[55] 「강동의 품」의 시적 화자는 일본으로 건너가 노동하며 고향을 그리워하고, 조선으로 돌아와서는 일본을 그리워한다. 이는 일제 강점의 거친 환경 속에서 조선인의 육체에 독특하게 새겨진 운명을 형상화한다. 임화는 조선문학의 원천인 낭만주의가 안용만의 시에서 민족적 개성으로의 주체화를 이루었다고 여긴 것이다. 결론적으로 임화 비평은 제2차 세계대전 직전의 파시즘 체제 하에서도 제1차 세계대전 직후의 문학사적 원천을 재인식함으로써, 피억압 인민의 민주적·민족적 꿈을 형상화하는 자생적 동력이 한국 근대문학사에 내재해 있음을 발굴했다.

5. 나가며

본고는 기존의 연구에서 충분히 논의되지 않았던 임화의 평론

---

54 林和, 「浪漫的 精神의 現實的 構造－新創作理論의 正當한 理解를 爲하야」, 앞의 글; 林和, 『文學의 論理』, 앞의 책, 10면.
55 林和, 「曇天下의 詩壇 一年－朝鮮의 詩文學은 어디로?」, 앞의 글; 林和, 『文學의 論理』, 앞의 책, 641면.

집『문학의 논리』가 데칼코마니라는 독특한 구성 원리에 입각해 있음을 밝혔다는 점에서 연구의 의의를 지닌다. 임화는 한국만의 특수한 상황을 넘어, 양차 세계대전이라는 세계사적 맥락 속에서 한국문학의 의미를 고찰했던 것이다. 이처럼 세계대전의 위기를 초극할 수 있는 창조적 잠재력이 한국문학 속에 내재해 있음을 이론과 실제의 양 측면에서 설득력 있게 입증했다는 점은 임화 비평의 중요한 문학사적 가치라 할 수 있다.

본고의 추후 과제는 임화의 데칼코마니적인 비평 감각이 그의 실제 시 창작을 통해서 어떻게 구체적으로 구현되었는지를 해명하는 것이다. 비평은 추상성에만 머물지 않고 실제 창작의 성취에 거름이 되었을 때에 더 가치 있기 때문이다. 임화가 비평가이자 시인이라는 사실을 고려한다면, 평론집을 발간하던 무렵의 그가「찬가」시편을 창작했다는 점에 주의를 기울일 필요가 있다. 기존 연구는「찬가」시편의 내용적·사상적 측면에 대해 많이 논의해왔지만,「찬가」시편의 형식적·기법적 측면에 대해서는 특별히 주목하지 않았다. 하지만 임화 평론집에 실린 시 비평이 3·1운동 이후의 한국 시를 소중한 자산으로서 새롭게 조명했다는 본고의 연구 결과에 따르면, 임화의「찬가」시편은 민요의 운율을 적극 활용했다는 형식적 측면에서 새롭게 해석될 여지가 충분히 존재한다. 추후에 이를 본격적으로 연구하기 위해서는 임화의 평론집이 재조명한 김소월·주요한·김동인·김석송 등의 민요시와 「찬가」 시편을 섬세하게 비교하는 과제가 요구된다.

마지막으로 본고의 연구 성과는 임화 비평뿐만 아니라 한국문학사를 새롭게 이해하는 데에도 활용될 수 있다. 한국 근대문학사를 서술하는 일반적인 방식은 문학사를 시간의 진행에 따라 직선적이고 분절적인 방식으로 서술하는 것이라 할 수 있다. 대표적으로 임화의 문학관은 문학사를 전근대–근대–근대 이후의 단선적 발전 과정으로 간주하는 시각으로 꼽힌다. 물론 이러한 측면은 마르크스주의의 영향을 받은 임화의 비평 속에서 쉽게 찾아볼 수 있다. 그러나 마르크스주의적 역사관을 넘어선 지점이야말로 임화의 비평만이 지니고 있는 고유의 성취라 할 수 있다. 특히 그의 평론집에 나타나는 데칼코마니 구조는 전통으로부터의 완전한 단절도 아니고 전통의 맹목적 계승도 아닌, 현재와 과거의 역동적 변증법이다. 이처럼 현재의 위기에 맞설 수 있는 가능성을 발견하고자 과거를 재의미화한 사례들을 귀납적으로 연구한다면, 한국 근대문학사를 조금 더 새롭게 이해할 수 있을 것이다.[56]

---

[56] 단적인 예로, 해방기 김수영의 시 세계는 서구 근대 문명을 추종했다는 기존 연구 시각과 달리, 중세적 동양 문명에서 근대적 서양 문명으로의 직선적 역사관을 넘어서 역사적 기억 속에 축적되어온 문명들의 다질적 결합을 통한 새로운 역사의 창조 운동을 표현했다. 이러한 김수영 시의 문명사적 감각은 임화 문학의 문명 비평적 관점과 밀접한 연관이 있다(홍승진, 「해방기 김수영 시의 문명 비평적 역사성」, 한국근대문학회, 『한국근대문학연구』 33호, 2016. 4). 이와 더불어 김춘수의 해방기 시편 역시 갈등과 상쟁이 극단으로 치달아가는 역사적 위기에 대응하여, 대종교(大倧敎)와 같이 상고 시대부터 살아남아온 한국 고유의 문화적 상상력을 작동시켰다(홍승진, 「해방기 김춘

참고문헌

1. 1차 자료

『東亞日報』,『批判』,『三千里』,『新東亞』,『人文評論』,『朝鮮日報』,『朝鮮中央日報』,
『中央』 등

2. 논문 및 단행본

金文輯,『批評文學』, 靑色紙社, 1939.

金允植,『韓國近代文藝批評史硏究』, 一志社, 1976.

이도연,「박영희 · 임화 비평의 사유 체계와 인식소들」, 우리어문학회,『우리어문연구』
62집, 2018.9.

林　和,『玄海灘』, 東光堂書店, 1938.

_____,『文學의 論理』, 學藝社, 1940.

임화문학연구회,『임화문학연구』5, 소명출판, 2016.

임화문학예술전집 편찬위원회 편,『임화문학예술전집2 ─ 문학사』, 소명출판, 2009.

_____ 편,『임화문학예술전집4 ─ 평론』1, 소명출판, 2009.

_____ 편,『임화문학예술전집 5 ─ 평론』2, 소명출판, 2009.

차승기,「'사실의 세기', 우연성, 협력의 윤리」, 민족문학사학회 · 민족문학사연구소,
『민족문학사연구』38호, 2008.12.

최은혜,「저변화된 낭만, 전면화된 사실 ─ 1920년대 후반~30년대 중반 임화 평론에 나
타난 '낭만성' 재검토」, 우리문학회,『우리文學硏究』51집, 2016.7.

崔載瑞,『文學과 知性』, 人文社, 1938.

홍승진,「해방 전 임화 시의 문명 비평적 애도」, 서울대 석사논문, 2015.2.

_____,「해방기 김수영 시의 문명 비평적 역사성」, 한국근대문학회,『한국근대문학연
구』33호, 2016.4.

_____,「해방기 김춘수 시의 영향 관계에 대한 한국 사상적 고찰 ─ 유치환 박두진 서정
주 시와의 비교를 중심으로」, 현대문학이론학회,『현대문학이론연구』66집,

수 시의 영향 관계에 대한 한국 사상적 고찰 ─ 유치환 박두진 서정주 시와의
비교를 중심으로」, 현대문학이론학회,『현대문학이론연구』66집, 2016.9).

2016.9.

Benjamin, Walter, 조만영 역, 『독일 비애극의 원천』, 새물결, 2008.

_____, *Walter Benjamin : Selected Writings* vol. 2, part 1 (1927~1930), ed. Michael W. Jennings, Howard Eiland and Gary Smith, trans. Rodney Livingstone and Others, Cambridge, Massachisetts, and London, England : The Belknap Press of Harvard University Press, 2005

_____, *Walter Benjamin : Selected Writings* vol. 4(1938~1940), ed. Howard Eiland and Michael W. Jennings, trans. Harry Zohn, Cambridge, Massachisetts, and London, England : The Belknap Press of Harvard University Press, 2006

_____, *Ursprung des deutschen Trauerspiels*, Gesammelte Schriften Ⅰ.1, unter Mitwirkung von Theodor W. Adorno und Gershom Scholem; hrsg. von Rolf Tiedemann und Hermann Schweppenhäuser, Frankfurt am Main: Suhrkamp, 1974.

제2부

프로문학과 여성작가

강경애 문학에 나타난 젠더 감성과 그 동역학
강경애 문학을 중심으로
최병구

박화성 문학과 여성서사
젠더 폭력의 현실과 잔혹복수극으로서의 『백화』
서영인

탈/식민 여성작가와 프로문학
누가 여성봉기를 재현하는가
류진희

강경애 문학에 나타난 젠더 감성과 그 동역학

최병구

1. 프로문학의 젠더를 질문한다는 것

2000년대 후반 프로문학을 감성의 문제로 읽어낸 연구경향이 등장했다. 이후 현재까지 제출된 프로문학의 감성에 대한 연구는 개별 연구마다 차이는 있지만, 이념적 시각에서 프로문학을 연구했던 지난 세대와 거리를 두고 사적 영역이라고 치부했던 주체의 감성이 어떻게 공적 영역과 결부되는지를 살폈다는 공통점을 갖는다.[1] 동시에 2000년대 중후반에는 프로문학의 여성인식에 대

---

[1] 대표적인 연구성과로 손유경, 『고통과 동정』, 역사비평사, 2008; 최병구, 「본성, 폭력, 사랑 : 정념의 서사로서 프로문학의 조건(들) ─ 송영 소설을 중심으로」, 『동악어문학』 61, 동아어문학회, 2013; 차승기, 「프롤레타리아란 무엇인가 ─ 카프 초기의 프롤레타리아 개념의 변모」, 『한국문학연구』 47, 동국대 한국문학연구소, 2014; 한수영, 「'분노'의 공(公)과 사(私) ─ 최서해 소설의 '분노'의 기원과 공사(公私)인식을 중심으로」, 『한국문학이론과 비평』 68, 한국문학이론과 비평학회, 2015 등을 들 수 있다.

한 문제의식을 가진 논문들이 제출되기 시작했다. "여성을 프로
문학 재검토의 키워드로 삼고자 하는 이유는 여성이 문학에서 거
론되어 온 가장 오래된 타자이며, 가장 빈번히 활용되고 전유되
는 타자"[2]라는 인식을 바탕으로 남성-계급으로만 수렴되지 않는
'현실의 중층성'을 밝히려는 시도라고 평가할 수 있다.

프로문학의 감성과 여성이라는 키워드는 인간의 사적 영역이
라고 여겨지는 내면과 가정을 대표한다는 점에서 공통점을 갖는
다. 감성 연구의 문제의식[3]과 여성이라는 키워드는 서로 긴밀하
게 연결되어 프로문학 연구의 새로운 경향을 이루었다고 할 수
도 있을 것이다. 하지만 프로문학의 감성과 여성을 동시에 질문
한 경우는 많지 않다. 여성을 배제한 상황에서 남성 주체의 감성
에 초점을 두거나 여성 작가의 고유한 인식력에 집중하면서 양
자를 포괄하는 것에 소홀한 까닭이다. 하지만 두 개념이 사적 영
역의 내포를 이루는 것이라면, 여성의 감성을 통해 프로문학의
문제의식을 재설정하는 일은 꼭 필요한 것이다. 2010년대 중반
이후 '페미니즘 리부트'[4] 현상이 웅변하듯 남성과 여성의 경계에

---

2 서영인, 「프로문학의 자기반성과 여성의 타자화」, 『민족문학사연구』 45, 민족
   문학사학회, 2011, 142면.
3 손유경은 프로문학 감성연구의 문제의식을 "프로문학이 지향한 이념을 좀 더
   낮고 작은 것들과 대면"시키려는 시도라고 말한 바 있다.(손유경, 『프로문학
   의 감성구조』, 소명출판, 2012, 5면)
4 '페미니즘 리부트' 현상에 내재된 자본과 감정, 그리고 젠더의 역학관계에 대
   해서는 손희정, 『페미니즘 리부트』, 나무연필, 2018을 참고.

대한 질문은 주체/타자의 이분법이 구축되는 문화·정치적 현황을 점검하는 일이다. 이런 맥락에서 여성의 감성을 추적하는 작업은 남성/여성, 자연/문화, 객관성/주관성 등과 같은 오랜 이분법이 어떻게 구축되어왔는지를 파악하는 일이 된다. 나아가 남성 운동가들 중심의 프로문학사가 구축해 온 경계를 일축하고 혁명의 방법론을 재장전하는 과정이기도 하다.

이를 위해 남성 작가들이 창작한 대부분의 프로소설에서 남성과 여성의 위계가 가시화된다는 사실을 새삼 기억할 필요가 있겠다.[5] 남성 노동자는 가정에 결박된 여성이 사회에 눈을 뜨는 지도자의 역할을 하고, 여성들은 투옥된 남성들의 빈자리를 느끼며 그때서야 운동에 대한 열의를 드러낸다. 요컨대 프로소설에서 감성이란 대부분 남성 노동자들의 내면에서 솟아서 공적 문제에 개입하는 매개가 되는 것이다. 여성의 감성은 많은 경우 공적 영역에 개입하지 못하거나 남성의 조력을 통해서야 비로소 공적 세계로 진입하게 된다.

이렇게 본다면 애초의 의도와는 다르게 남성주인공의 감성에만

---

5 이경재는 한설야 소설을 면밀히 분석하여 여성 표상을 세 가지로 제시한 바 있다. 남성에 의해 성장하는 도제구조 속 여성, 전향소설의 아내, 남성들의 상실감이 투사되는 장소로서의 여성이 그것이다. 보다 자세한 내용은 이경재, 「한설야 소설에 나타난 여성 표상 연구」, 『현대소설연구』 38, 한국현대소설학회, 2008을 참조할 것. 정치한 분석이 필요하지만, 대부분의 남성 프로작가들의 소설에서 여성 표상은 한설야의 경우와 비슷하다. 그나마 여성에 대한 진전된 인식을 보여준 송영의 경우도 동지적 관계 이상으로 나아가지 못한다.

초점을 맞춘 그간의 프로문학 연구는 공/사 이분법을 공고히 하는 것에 기여한 것이다. 감성=사적 영역/이성=공적 영역이라는 이전 프로문학 연구의 이분법을 해체하는 것에 공헌했지만, 여성의 세계=사적인 것/남성의 세계=공적인 것의 이분법은 여전히 유지되고 있었던 것이다. 이것은 카프 시기1925~1935를 여전히 이념에 따른 현실 인식이 지배적인 기간으로 파악하는 근거가 되었다. 프로문학의 감성은 신경향파 시기와 카프 해산 이후로 한정되어 평가되는 것이다.[6] 하지만 카프 시기 여성의 감성에 주목할 때 논의의 구도는 변하게 된다.

프로문학의 감성과 여성을 동시에 질문하는 작업은 프로문학 안에 내재하고 있는 또 다른 경향성을 탐색하는 일이다. 다시 말해 프로문학을 젠더의 시각에서 다시 읽는다는 것은 단순히 계급론에 여성의 입장을 추가하는 것이 아니라, 복수의 주체성을 바탕으로 기존의 계급론이 읽어내지 못한 심층을 읽어내는 작업

---

6 가령 이철호는 1920년대 프로문학이 이전 세대의 생명 개념에 계급적, 유물론적 사유를 더해서 '생활' 개념을 발견했다고 분석한 뒤, 카프 시기에는 생활이 '현실'로 대체되고 1930년대 후반에 가서야 다시 생활이 등장한다고 주장한다. (이철호, 「카프 문학비평의 낭만주의적 기원―임화와 김남천 비평에 대한 소고」 47, 『한국문학연구』, 동국대 한국문학연구소, 2014.) 또 손유경은 아나키즘 논쟁을 검토하며 "1920년대 후반으로 접어들면 카프 안에서 인간 본성을 논한다는 것은 그 자체로 시대착오적이며 부르주아적인 혐의"(손유경, 앞의 책, 104면)를 받게 되었다고 한다. 신경향파 시기 감성에 대한 논의가 더 이상 인정되기 어렵다는 평가인 것이다. 이러한 평가는 공통적으로 1927년 이후 프로문학에서 여전히 이념지향이 강하다는 인식을 전제로 한 것이다. 바로 이런 전제가 젠더 이분법에 기반하고 있다는 점을 기억할 필요가 있다.

이다.

이러한 맥락에서 이 글은 강경애 문학에서 사적 영역이 인식되고 전유되는 방식에 주목하고자 한다. 강경애에 대한 선행연구는 상당히 축적되어 있는 편이다. 초기에는 '여성'과 '계급'이라는 키워드로 강경애 문학에 접근하였다. 여성으로서의 정체성과 계급의 정치/사회성이 공존하는 강경애 문학에 대한 평가는 어느 한쪽의 손을 들어주는 경우가 많았다.[7] 최근에는 이러한 이분법적 접근을 넘어서 유동하는 것으로 여성성을 해석하거나, 사적 영역의 다양한 맥락들을 재검토하는 연구들이 제출되었다.[8] 또, 강경애의 흔적을 발굴하는 실증적인 작업도 여전히 진행 중이다.[9] 이를 통해 강경애 문학에 대한 이분법적 접근이 극복되고 사적 영역이 가지는 의미도 다층적으로 복원되었다고 할 수 있다.

이 글은 선행연구를 참고하면서 강경애 소설에서 사적 영역과

---

7 여성 문제가 계급 문제에 억눌렸다는 입장과 남성 중심의 사회주의 문학에서 여성의 입장에서 새로운 의미를 찾게 되었다는 상반된 평가가 그것이다. 실제 강경애 소설에서는 각각의 맥락들이 발견된다. 그렇다면 어느 한쪽의 해석을 일반화하기 보다는 그러한 양상이 벌어지는 이유를 질문하는 것이 합당할 것이다.

8 배상미, 「식민지시기 무산계급 여성들의 사적영역과 사회변혁-강경애 문학을 중심으로」, 『상허학보』 44, 상허학회, 2015; 최현희, 「강경애 문학에 나타난 간도적 글쓰기-지방성과 여성성의 문제를 중심으로」, 『현대소설연구』 65, 현대소설학회, 2017; 이경림, 「사랑의 사회주의적 등정의 불가능성-강경애의 『인간문제』론」, 『한국현대문학연구』 55, 한국현대문학회, 2018 등

9 이상경, 「강경애 문학의 국제주의의 원천으로서 만주체험」, 『현대소설연구』 66, 현대소설학회, 2017.

공적 영역의 경계가 구축되는 논리를 밝히고자 했다. 여성 주인 공들의 사적 영역의 연대에 초점을 맞추기 보다는 여성 주인공 들이 공/사의 분리를 극복해가는 과정에 초점을 맞추고자 하는 것이다. 한나 아렌트는 근대의 특징으로 사적 영역과 공적 영역 의 구분이 모호해지는 현상을 들었다. 근대 사회에서는 생산이 라는 목표를 위해 인간의 노동력을 필요로 하게 되면서 생식의 기반으로 가정을 인식하기 시작했다. 상품 생산과 소비의 순환 구도에 사적 영역과 공적 영역이 귀속되기 시작하면서 공/사의 구분이 점차 희미해지고, 근대인의 삶은 노예의 삶일상의 삶으로 부터 얼마나 자유로운 지의 차이만 존재하는 것으로 변화했다는 것이다. 공적 영역과 사적 영역 모두 생산과 자본의 논리에 귀속 된 근대에 대한 통찰인 셈이다.[10] 그런데 여기서 조금 더 면밀히 살펴보아야 하는 지점은, 이러한 근대의 구조 속에서 공적 영역 과 사적 영역의 위계가 오히려 더 강화된 현실이다. 자본주의 생 산체제가 생활로 침투하면서 공/사 경계가 모호해졌지만, 한편 으론 노동의 의미를 좁게 해석하면서 생산의 전초기지인 공적 영역이 사적 영역보다 더 중요한 것으로 인식되기 시작했다. 이 지점에서 다음과 같은 인식을 환기할 필요가 있을 것 같다.

---

10 Hannah Arendt, 이진우·태정호 역, 『인간의 조건』, 한길사, 2008.

우리는 마르크스와 엥겔스가『독일 이데올로기』에서 도입한 인간의 기본적인 물질적 욕구를 충족시키기 위해 사회적으로 필요한 노동이라는 생산 개념을 확장할 필요가 있다. 인간의 욕구를 충족시키기 위한 자연의 변형만이 아니라 새로운 생명의 생산과 재생산가족과 친족 네트워크에 묻어 들어 있는 다양한 역사적 양육 및 성 체계를 통한 사람의 생산과 변형까지 포함하도록 말이다.[11]

인용문은 공/사의 경계가 모호해지는 근대의 구조가 상품 생산을 위한 현장만을 강조한 것이라는 점을 비판하며, 가정도 노동이 이루어지는 정치적 공간이란 주장이다. 이러한 입장을 인정한다면, 무엇보다 공적 영역과 사적 영역 모두 자본주의 사회체제에 완벽히 포섭된 현실 바깥을 상상하기 위해서, 공/사 분할에 대한 새로운 인식이 필요한 것이다.

이 글은 강경애 소설의 주인공이 여성으로서 자기 내면에 충실한 모습과 계급 각성의 과정이 어떻게 연결될 수 있는지에 주목한다. 사적 영역에서 공적 영역으로의 비약이 아니라 사적 영역과 공적 영역이 겹쳐지는 과정을 살펴보고자 하는 것이다.

가정은 개인의 영역이 아니라 정치 · 경제 · 사회문화의 영향을

---

11 Ann Ferguson, 유강은 역, 「마르크스와 엥겔스의 가족론을 다시 본다」, 『페미니즘, 왼쪽 날개를 펴다』, 메이데이, 2012, 227면.

받는 정치적 공간의 문제로 바라보아야 한다는 문제의식을 지속적으로 제기한 작가가 바로 강경애였다고 생각한다. 그 과정에서 작가 자신이 스스로의 위치를 가정으로 한정하는 발언을 하지만, 강경애 문학을 통한다면, 그러한 발언을 그 자체로 받아들일 필요는 없을 것이다.[12] 오히려 우리는 그러한 발언을 통해 사적 영역에 스며들어 있는 구조적 폭력성을 인식하고, 그 구조를 재배열하는 것에 관심을 기울여야 한다. 이것이 프로문학에서 감성과 여성의 키워드를 동시에 읽어야 하는 목적이기도 할 것이다.

2. 법-제도와 남성의 이중 폭력에 노출된 여성

강경애의 등단작 「파금」은 사랑하는 사이인 유학생 형철과 혜경이 유학을 포기하고 운동에 투신하는 결기를 '破琴'이라는 비유로 표현한 작품이다. 형철은 유학을 중단하고 온 가족과 만주로 이동하고, 혜경은 혼자 서울로 간다. 강경애는 소설의 제일

---

12 장영은은 강경애 문학의 이러한 점을 지적하며 "사상운동의 남성적 젠더화 과정과 여성지식인의 글쓰기 과정이 연동되어 있었음을 알려준다. (…중략…) 식민지 조선에서 여성 사회주의자의 입지는 전혀 다양하지 않았다. 그녀들의 삶은 남성지식인 혹은 남성 사회주의자들이 상상 가능한 여성 범주 안에 구획되어야 했다."(장영은, 「'배운 여자'의 탄생과 존재 증명의 글쓰기─근대 여성 지식인의 자기서사와 그 정치적 가능성」, 『문학을 부수는 문학들』, 민음사, 2018, 78~79면)라고 말한 바 있다.

마지막 문장에서 "그 후 형철이는 작년 여름 ××에서 총살을 당하였고, 혜경이는 ××사건으로 지금 ××감옥에서 복역 중이다."[13]라며, 이별한 두 사람이 사회 운동에 투신했음을 보여준다. 사랑과 연애, 그리고 삶의 행복[14]이라는 계보는 부정의 대상이 되고 민족을 위한 사회 운동으로의 비약이 두드러지는 작품이다.

신경향파 소설에서 흔히 발견되는 부정과 비약의 서사를 따르는 것으로 보이는 이 작품에서 눈여겨보아야 하는 부분은 다음과 같은 대목이다.

나는 법률을 배워 결국 무엇을 하려 하느냐? 가령 고등문관 시험에 패스되어 소위 고등관이 된다고 하여 보자. 그러면 그것이 무엇이 명예스러우며 또 기쁠 것이냐? 오히려 수치일 것이다. 또 만일 변호사가 된다 하여 보자. 그리고 사회를 위하여 교수대에 오르는 용감한 투사의 변호인일망정 하여 본다고 하자. 그러나 그 변호가 무슨 큰 힘이 있으리오. 또 돈을 힘껏 모아 갑부가 되어 본다고 하자. 이것은 불가능할 것이며 또 된다 하여도 시원할 것이 무엇이

---

13 강경애, 「파금」, 『조선일보』, 1931.1.27.~2.3; 이상경 편, 『강경애 전집』, 소명출판, 1999, 429면. 이하 강경애 글의 인용은 원출처와 『전집』, 면수만을 표시하도록 하겠다.

14 형철은 자기와 함께 떠나겠다는 혜경에게 "우리들에게 행복이 어디 있겠습니까? 또 나는 행복을 좇는 사람이 아니랍니다."(위의 책, 426면)라고 이야기한다.

냐? 도리어 못사는 동족을 위하여 미안할 것이다. 그러므로 나는 사회를 위하여 용감하여져야 할 것이다.[15]

인용문에서 형철은 법률가가 되는 것을 수치로 인식하며 사회를 위해 용감해져야 한다고 생각한다. 연애라는 사적 행위와 함께 법률가라는 공적 위치마저 부정하며 사회로 도약하고자 하는 것이다. 이것은 형철이 공/사의 영역과 사회를 구분하여 사고하고 있음을 의미한다.

식민지 체제에서 법률은 제국 일본의 권력과 그로부터 비롯되는 폭력의 정당성을 승인하는 기제가 된다. 법률가가 된다는 것은 제국 일본이 식민지 조선인을 지배하기 위한 논리를 체화하는 길인 것이다. 즉 형철에게 법률가가 된다는 것은 출세의 욕망을 달성하기 위한 수단으로만 의미를 갖기에 공적 영역이면서 동시에 사적 영역이기도 한 것이다.

그렇다면 형철이 인식한 공/사의 영역 어디로도 귀속되지 않는 사회는 어떤 의미인가. 이 자리에는 민족의식과 계급의식이 동시에 자리 잡고 있다. 형철은 서울의 거리에서 "일본군들이 낫, 창을 총 끝에 끼워 메고 일소대 가량 저벅저벅 발걸음 맞추어"[16]걸어가는 모습에 자기를 대입시키며, 스스로를 조롱한다.

---

15 위의 책, 422~423면.
16 위의 책, 424면.

또 형철은 아버지가 빚을 갚지 못해 고향을 떠나야 하는 상황에 대해 '분노'를 느끼기도 한다. 이처럼 강경애는 소설에서 사회를 공/사의 관계를 조정하는 매개로 다루고 있다.[17] 중간에 비약과 하락이 있어 논리적으로 완결되지는 않지만, 「파금」의 사회 개념에는 민족과 계급의 경계에서 배회하며 공적인 것을 새롭게 만들려는 작가의 의지가 투영되어 있는 것이다.

이 지점에서 남성 삭가들은 주인공이 사회 운동에 투신하는 서사를 만들었다는 사실을 환기할 필요가 있다. 식민 권력에 대항하는 운동 주체의 권력도 대부분 남성들의 소유였다. 강경애의 고민은 이 지점에서 시작된 것으로 보인다. 제국 권력이 소유한 공적 영역에 투신하는 것은 출세라는 사적 욕망에 불과한 것인데, 이러한 대상을 비판하기 위한 사회도 남성 주체들이 권력을 잡고 있는 현실에서, 여성-주체로서 자기의 영역을 어떻게 인식하고 드러내야할까?

강경애는 자기에게 익숙한 생활의 영역, 즉 사적 영역에 천착하기 시작했다. 「어머니와 딸」에서 두드러지는 것은 옥과 동준 어머니의 대비되는 모습이다. 옥의 어머니는 농장주 춘식의 첩이었으며, 봉준의 어머니는 기생출신으로 아버지 없이 동준을

---

17 김현주는 1910~1925년 사회 개념을 추적하며 "공/사의 경계에 대한 '감각'이나 '관념'은 법적, 제도적, 논리적으로 결정되는 것이 아니라 사회적으로도 형성되는 것이며 지속적으로 재형성되는 것이다."라고 이야기 한다. (김현주, 『사회의 발견』, 소명출판, 2013, 44면.)

키웠다. 즉 주인공 남녀의 어머니는 아버지가 부재한 상황에서 자식을 키웠다. 하지만 봉준 어머니는 아들을 키울만한 재력을 가지고 있으며, 옥의 어머니는 그렇지 못하다. 이는 곧 봉준 어머니가 옥을 자신의 딸처럼 키울 수 있었던 이유이자 옥과 동준이 결혼까지 이르는 배경으로 작용한다.[18] 동준의 어머니는 아버지의 역할까지 수행하고 있었던 것이다.

근대 초기 자본주의 경제 관계에서 가부장제는 공동체의 재생산 통제에 따랐다. 노동력이 부족한 시기에는 여성들은 집과 공장에서 일하며 이중의 착취를 당했지만, 더 이상 노동력 부족에 대해 고민하지 않게 되며 가정에 자리 잡았다. 하지만 남성들이 일터를 찾아 떠난 사회에서 가족의 가난은 사회가 보호해야 하는 대상이기보다는 감추어야 하는 존재가 된다. 정부는 가족을 강화해야 한다고 말하지만, 이때의 가족이란 경제 자립이 가능한 조직을 말하는 것이다. 가난한 가족은 언제든 정부를 위협할 가능성이 잠재된 상황이기 때문이다.[19] 국가 통제 아래 가족은

---

18 그런데 옥과 동준 어머니는 모두 술집에서 돈을 번 것이다. 하지만 옥의 어머니는 여전히 술집 일을 하고 있고, 동준 어머니의 과거는 아무도 알지 못한다. 이 차이는 결국 빈곤층 여성에 대한 사회의 시선과 겹쳐지며 사회가 어떤 여성들을 선택적으로 배제시켰는지를 짐작하게 만든다.

19 테마 캐플런은 남아공 사례를 거론하며 빈민층 여성들이 자녀를 양육하기 위한 삶을 만들려는 투쟁을 "모든 계급의 여성들은 살 권리와 자녀를 부양할 권리를 새롭게 요구하고 있다"고 평가한다. 근대 사회에서 양육의 환경을 만들기 위한 여성들의 움직임에서 경제 관계로 형성된 가족의 존재를 간파한 것이다. (Temma Kaplan, 유강은 역, 「전 지구적 자본주의 아래 사라지는 아버지

노동력 생산의 도구이자 여성 착취의 기구로 작용했다.

이러한 가족의 의미를 통할 때 「어머니와 딸」의 동준과 옥이라는 인물의 상징적 의미가 조금 더 분명하게 드러난다. 동준은 처음부터 끝까지 철없는 부잣집 도련님의 모습이다. 자기 의지와 상관없이 결혼한 옥에게 이혼을 요구하며 숙희를 향한 상사병을 키워가다가, 옥이 돌변하자 다시 그녀에게 매달리고 신체 접촉을 시도하는 능 시종일관 남성-주체로서 자기 욕망에 충실한 모습이다. 동준에게 아내란 자기의 욕망을 위해 언제든 안거나 버릴 수 있는 존재였던 것이다. 즉 소설의 서사에서 동준은 경제적 안정을 바탕으로 자기의 감정에만 충실한 부르주아 지식인의 모습이다.

반면 옥은 전통적인 여성의 모습에서 점차 변화해 나간다. 옥은 동경으로 유학을 떠난 후 다른 모습을 보이는 남편을 향해, "나 어린 남편의 장래를 위하여 어쩌면 그로 하여금 마음대로 해주는 동시에 일생을 행복스럽게 만들어줄까, 자기의 신세를 마쳐 버리게 된다더라도 남편에게 행복함이 된다면 어떠한 일이라도 감행할 것 같았다"[20]고 말하거나, 남편의 짝사랑 대상인 숙희와 자기를 비교하며 "남편이 배척하는 것도 당연한 것"[21]이고 생

들」, 『페미니즘, 왼쪽 날개를 펴다』, 메이데이, 2012, 262면.)
20 강경애, 「어머니와 딸」, 『혜성』, 1931.8~1932.12; 『전집』, 67면.
21 위의 책, 102면.

각한다. 심지어 상사병에 걸린 남편을 위해 숙희를 찾아가기도 한다. 하지만 그녀는 숙희를 만나고 돌아오는 길에 거리에서 "몇백 명의 노동자를 위하여 자기 몸을 희생해 바친 영실 오빠"[22]를 목격하고는, 마음을 바꿔 먹고 남편과 이혼하기로 결심한다. 자신에게 경제적 도움을 준 시어머니를 부정하고 독립된 삶을 살기로 한 것이다. 즉 강경애는 옥이라는 인물을 통해 경제 재생산 구조에서 발생하는 여성 착취의 구조를 우회적으로 드러내고자 한 것으로 해석할 수 있다.

선행 연구의 지적처럼 옥의 변화는 별다른 매개 없이 갑작스럽게 이루어진다는 문제점을 갖는다. 그렇지만 각성한 옥이 노동자 계급으로 비약하지 않고 여전히 사적 영역에 남아 있다는 점이 중요하다. 그녀는 끝까지 현실에 남아서 남성들과 마주한다. 옥은 봉준을 보고, "불쌍한 인간! 차라리 울 바에는 너를 위하여 울어라. 좀 더 나아가 여러 사람을 위하여 울어라!"[23]라고 일갈하고, 이혼을 만류하는 어려서부터 자기를 돌봐준 영철 선생의 말을 거부하고, 서울에 남는 것으로 소설은 끝이 난다. 이후 그녀의 삶을 단정하기 어렵지만 그간 그녀를 옭아매던 경제력에 기반을 둔 위계로부터 벗어난 삶을 살아갈 것이라는 점은 분명하다. '가족'이 국가의 문화정치적 의도에 의해 구축된 단위

---

22 위의 책, 121면.
23 위의 책, 123면.

라면, 옥의 선택도 정치적 행위라고 평가할 수 있다.

「소금」은 여성 주체의 존재론적 기반에 대한 성찰이 계급의식으로까지 나아가는 작품이다. 소설의 초반부에 봉염은 운동화를 신고 싶은 욕망을 어머니에게 이야기하지만 면박만 당한다. 그런 어머니를 보며 봉염은 다음과 같은 생각을 한다.

> 어머니의 언짢이 히는 모양을 바라보는 봉염이는 작년 가을에 타작마당이 얼핏 떠오른다. 그때 여름내 농사지은 벼를 팡둥에게 전부 빼앗긴 그때의 어머니! 아버지! 지금 어머니의 얼굴빛은 그때와 꼭 같았다. 그리고 아무 반항할 줄 모르는 어머니와 아버지! 불쌍함이 지나쳐서 비굴하게 보이는 어머니! "어머이, 왜 돈 없는 것을 알아야 해요. 운동화는 왜 못 사줘요. 오빠는 왜 공부 못 시켜요!" 그는 이렇게 말해 가는 사이에 그가 운동화를 신고 싶어한 것이 잘못이 아니라는 것을 깨달았다. 그리고 무심하게 들어두었던 선생님의 말이 한 가지 두 가지 무뚝무뚝 생각났다.[24]

인용문에서 봉염은 운동화에 대한 자기의 욕망이 잘못된 것이 아니라는 점을 알게 되었다고 한다. 봉염은 돈이 없는 이유를 질문하지 않고, 돈이 없다는 말만 반복하는 어머니에게 답답함과

---

24 위의 책, 498면.

안타까움을 느낀다. 봉염의 이러한 사고는 교육을 통해 이루어진 것이다. 그녀는 배움을 통해 삶을 새롭게 이해하기 시작했다. 여기서 우리에게 익숙한 프로서사는 봉염이 봉염 어머니를 비판하며 각성한 주체로서 삶을 살아가는 것이다.

하지만 강경애는 봉염이 아닌 봉염 어머니를 주인공으로 내세운다. 봉염 어머니는 소설의 서사 내내 현실의 무게에 짓눌린 모습으로 그려진다. 그녀는 남편을 중국인 지주에게 잃고 아들 봉식까지 집을 나가자 딸 봉염을 데리고 중국인 지주를 찾아간다. 그녀는 지주의 집에서 머무르며 강간까지 당하지만, 경제적 어려움에 "자기도 팡둥을 대하여 주저없이 말도 건네고 사랑을 받아볼까? 생각만이라도 그는 진저리가 나도록 좋았다"[25]라는 생각을 한다. 봉염 어머니는 중국인 지주의 아이를 임신하고 자기의 죄 같지 않다는 생각을 하며, 냉면을 먹고 싶다는 간절한 욕망에 빠져든다. 심지어 그녀는 강간을 당해서 얻은 딸 봉희에게 "전신을 통하여 짜르르 흐르는 모성애!"를 느끼기도 한다.[26] 이처럼 강경애는 봉염 어머니를 극단적인 상황으로 몰아넣으며 경

---

25 강경애, 「소금」, 『신가정』, 1934.5~10; 『전집』, 507면.
26 구재진은 「소금」의 모성이 하위주체로서 여성들이 연대하는 힘으로 기능함을 밝힌 바 있다. 식민지적 현실에서 모성의 실현이 여성으로서 생명력을 유지하고, 하위주체로서 연대의 매개로 작용한다는 것이다. (구재진, 「이산문학으로서의 강경애 소설과 서발턴 여성」, 『민족문학사연구』 34, 민족문학사학회, 2007)이런 맥락에서 인간으로서 본성에 해당하는 식욕조차 충족되기 어려운 현실은 여성들의 서사가 가지는 계급 문제를 암시한다고 할 수 있다.

제적 상황 앞에 무기력한 여성의 본성을 드러낸다.

봉염 어머니의 삶은 극단적인 고통과 견딤의 시간 속에서 파괴된다. 그녀가 두 딸을 키우기 위해 선택한 유모라는 직업이, 결국 두 딸을 죽음으로 내몰게 된 이유가 되어버린 현실에서, 비극은 절정에 달한다.

> 분이 내려가려니 잠깐 잊었던 봉염이, 봉희, 명수까지 뻔히 떠오른다. 생각하면 할수록 그들은 자기가 일부러 죽인 듯했다. 그가 곁에 있었으면 애들이 그러한 병에 걸렸을는지도 모르거니와 설사 병에 걸렸다더라도 죽기까지는 않았을 것이다. 그는 가슴을 탁탁 쳤다. "남의 새끼 키우느라 제 새끼를 죽인단 말이냐…… 이년들 모두 가면 난 어쩌란 말이냐. 날마저 데려가라"하고 소리를 내어 울었다.[27]

이 슬픔과 분노의 감정은 자기의 삶에 충실한 결과이다. 봉염 어머니는 남편과 아들을 차례로 떠나보내고 봉염과 봉희를 양육하기 위해 최대의 노력을 했지만, 그럴수록 그녀의 삶은 철저하게 유린되었다. 누가 그녀의 삶을 이렇게 만들었을까? 직접적인 원인은 그녀와 관계를 맺은 중국인 지주와 명수 어머니이다. 즉

---

27 강경애, 「소금」, 『신가정』, 1934.5~10; 『전집』, 523면.

이산離散과 여성, 그리고 계급 문제가 얽혀져 봉염 어머니의 삶이 파괴된 것이다.

봉염 어머니는 소설의 마지막에 '순사'를 만나고 '공산당'을 이해하게 된다. 소설의 초반에 봉염이 말했던 사회 구조에 대한 인식이 이루어진 것이다. 즉 봉염 어머니는 여성으로서 자기 삶을 통해 이러한 결론에 도달하게 된 것이다.

강경애의 문학이 더욱 주목되는 것은 이러한 인식의 지평이 여성을 넘어서 하위 주체 전반으로 확장될 가능성을 보인다는 점이다.[28] 「지하촌」은 극도의 빈곤에 놓인 칠성이의 큰년이에 대한 애정을 그리고 있는 작품이다. 큰년이에 대한 칠성의 애정이 소설의 주된 서사이지만, 두 집안의 빈곤이 사실적으로 묘사되며 칠성의 사랑을 가로 막는다. 이 소설은 칠성과 큰년이 모두 장애를 가지고 있는 인물로 등장시킨다는 점에서 특징적이다. 비참한 가난과 장애가 얽혀 있는 이들의 삶을 강경애는 다음과 같이 기술한다.

---

28 서영인은 강경애 소설의 리얼리즘을 이해하기 위해서는 "계급주체만으로 설명되지 않는 현실의 다양한 주체성들을 통해 아직 재현되지 못한 현실에 다가가려 했던 노력, 계급서사로 자신의 말을 얻은 하층계급에 머무르지 않고 아직 말을 얻지 못한 그 밖의 다른 하위주체들을 외면하지 않았던, 그들의 삶에 끊임없이 말을 걸고 그 삶을 재현하려 했던 노력"을 추가해야 할 것을 제안한 바 있다.(서영인, 「강경애 문학의 여성성」, 『식민주의와 타자성의 위치』, 소명출판, 2015, 39면.)

큰년이 같은 그런 계집애를 낳았나, 또 눈먼 것을……그는 히 하고 웃음이 터졌다. 그 웃음이 입가에서 사라지기도 전에 왜 이 동네 여인들은 그런 병신만을 낳을까? 하니, 어쩐지 이상하였다. 하기야 큰년이가 어디나면서부터 눈멀었다니, 우선 나도 네 살 때에 홍역을 하고 난 담에 경풍이라는 병에 걸리어 이런 병신이 되었다는데 하자, 어머니가 항상 외우던 말이 생각되었다. 그때 어머니는 앓는 자기를 업고 눈이 길같이 쌓여 길도 찾을 수 없는데를 눈 속에 푹푹 빠지면서 읍의 병원에를 갔다는 것이다. 의사는 보지도 못한 채 어머니는 난로도 없는 복도에 한겻이나 서고 있다가, 하도 갑갑해서 진찰실 문을 열었더니 의사가 눈을 거칠게 떠 보이고, 어서 나가 있으라는 뜻을 보이므로, 하는 수없이 복도로 와서 해가 지도록 기다리는데 나중에 심부름하는 애가 나와서 어머니 손가락만한 병을 주고 어서 가라고 하였다는 것이다.[29]

인용문은 칠성의 장애가 충분히 예방 가능한 것이었음을 보여준다. 다시 말해 사회 모순에 대한 인식을 하고 있었던 칠성은 사회 운동을 하지 않고 그저 큰년이에 대한 사랑만 표현한다. 이것은 강경애가 「소금」에서 봉염의 각성을 소설화하지 않은 이유와도 연결된 것으로, 자기 삶의 과정을 직시하고 재현하려는 목

---

29 강경애, 「지하촌」, 『조선일보』, 1936.3.12~4.3; 『전집』, 609면.

적과 관련된다. 「파금」에서 확인되듯 이때의 현실은 법과 제도에 의해 구성되는 것이다. 제국 일본과 식민지 조선, 남성과 여성 등이 법과 제도를 둘러싸고 갈등관계를 이룬다. 그 속에서 강경애 소설의 주인공은 대부분 제도에 저항하는 세력으로 확장되지 못하고 칠성이처럼 현실에서 배회한다.

칠성은 큰년이에게 자기의 마음을 표현하고자 읍에 나가 옷감을 인조견으로 바꾸어서 마을로 오다가 50대 불구 거지를 만난다. 그 거지는 "공장에서 생생하던 이 자리가 기계에 물려" 불구가 되었다. 자기를 챙겨주는 사내를 보며 칠성은 "돌아가신 그의 아버지와 흡사"하다고 생각하고, "어딘가 모르게 의지하고 싶은 생각과 믿는 맘"[30]이 생기기도 한다. 불구자 거지와의 만남으로 칠성은 현실에 대한 인식이 깊어졌다고 할 수도 있을 것이다. 게다가 칠성은 이미 사회 모순에 대한 경험을 가지고 있다. 그럼에도 강경애는 어떤 전망을 제시하기 보다는 첩으로 팔려 간 큰년이와 이를 알고 놀란 칠성이를 보여주며 소설을 마친다.

이 지점에서 강경애가 법과 제도의 한계와 제도 바깥에 대한 인식을 가지고도, 사적 영역의 경계를 넘어 공적 영역으로 나아가지 않았던 이유를 다시 한 번 생각할 필요가 있다. 그녀가 소설 속 등장인물을 통해 사적 영역에 질문을 던질수록 가시화되

---

30 위의 책, 627면.

는 것은 폭력의 복잡성이다. 다시 말해 봉염이 아닌 봉염 어머니를 주인공을 택한 이유는 그녀의 삶을 통해 폭력의 구조를 가시화시키기 위해서였다. 이러한 과정을 통해 법과 경제, 그리고 남성의 폭력으로 구성된 여성의 사적 영역이 우리의 시야에 들어오게 되면서, 사적 영역을 넘어 공적 영역으로 진입할 때 승인할 수밖에 없는 공/사의 위계구조는 허물어지게 된다. 여성의 사적 영역이라고 여겨진 곳이야말로 가장 첨예한 공적 공간임이 밝혀지기 때문이다.

3. 생활의 재발견과 연대의 가능성으로서 '사랑'

강경애 소설에서 자주 등장하는 감정 중 하나가 사랑이다. 사랑은 사적이면서 공적인 감정이라는 진리를 새삼 상기한다면, 프로소설에서 연애나 사랑의 모티프는 자주 등장하는 매개라는 사실을 기억한다면, 그리 놀라운 사실은 아니다. 하지만 강경애 소설의 사랑은 남성 중심의 동지적 사랑이라는 프로소설의 일반적인 문법을 따르지 않는다. 오히려 사랑은 다양한 주체들 사이를 가로지르며, 남성과 여성의 위계와 배제의 방식을 드러내는 기제로 작용한다.

이런 점에서 『인간문제』의 애정 서사에 다시 주목할 필요가 있다. 『인간문제』는 하위 계급인 첫째와 선비, 부르주아 지식 계급 옥점, 그리고 지식 계급으로 노동 운동에 투신하지만 결국 전향하게 되는 신철의 애정 관계가 서사의 표면을 이루고 있다. 소설의 전반부는 선비와 첫째의 고난과 덕호의 딸 옥점과 신철의 애정 관계가 대부분을 이루고, 후반부는 인천의 공장에서 노동자 일을 하는 주인공들의 모습이 서술된다.

우선 주목할 필요가 있는 것은 선비를 향한 첫째의 마음이다. 강경애는 소설의 시작부터 선비에게 싱아를 달라고 하는 첫째 모습을 그린다. 첫째는 선비의 어머니가 아프다는 소식을 듣고 소나무 뿌리를 가져오는 등 자기의 마음을 표현한다. 그리고 다시 첫째가 선비를 생각하게 되는 것은 군수가 마을에 와서 대일본제국 통치의 정당성과 세금의 필요성을 연설한 후이다. 첫째는 법에 의해 밭을 떼이고 더 이상 삶을 지속하기가 어려워지자 "선비를 아내로 맞이해서 아들 딸 낳아가면서 재미나게 살아보겠다"는 생각과 "어려서 이 산등에 나무하러 왔다가 선비를 만나 싱아를 빼앗아 먹던 기억"[31]을 떠올린다. 법의 폭력 앞에 더 이상 짝사랑마저 지속하기 어려워진 것이다. 첫째는 법의 폭력성에 대해 다음과 같은 생각을 한다.

---

31 강경애, 『인간문제』, 『동아일보』, 1934.8.1.~12.22; 『전집』, 248면.

법 법…… 그러나 덕호 같은 자가 면장이 되고는 나 같은 사람은 도저히 살 수 없다는 것을 첫째는 확실히 깨닫게 되었다. 오늘부터 부칠 밭이 없는데 거름을 만들어 두면 무얼하나? 그 법…… 그는 날이 갈수록 이 법에 대하여 의문의 실뭉치가 되어 그에 가슴을 안타깝게 보챈다. 그는 생각지 말자 하다가도 가슴속에서 뭉쳐 일어나는 이 뭉텅이! 그 스스로도 제어하는 수가 없었다. 첫째 자신은 이 신성불가침의 법에 걸리지 않으려고 애를 쓰나, 웬일인지 날이 갈수록 자신은 이 법에 걸려 들어가고 있는 것을 안타깝게 발견하였던 것이다.[32]

벤야민의 말처럼 폭력은 법 정립적이면서 법 보존적이다. 국가가 존재를 증명하고 유지하기 위해 보존해야만 하는 것이 경찰에 의해 유지되는 법이다. 그런데 법은 대항폭력을 일으킬 수 있는 파업권을 허용한다. 이 권리가 폭력적 수단에 의해 발생하는 불이익에 대한 국가의 두려움을 상기시켜 주기 때문이다. 이러한 맥락에서 벤야민은 법 정립적이면서 법 보전적인 신화적 폭력을 비판하고, 법 바깥의 폭력인 신적 폭력은 주권적 폭력이라고 정의한다.[33]

---

32 위의 책, 246면.
33 발터 벤야민/진태원 역, 「폭력의 비판을 위하여」, 『법의 힘』, 문학과지성사, 2005. 『인간문제』에서 법의 폭력을 행사하는 주체로 제국 일본이 명시적으로 제시되고 있음을 부기할 필요가 있겠다. 군수의 목소리를 빌려 발화되는 내용

이렇게 본다면 첫째가 고향에서 노동 현장으로 이동한 것은 법의 폭력에 대항할 수 있는 권리마저 갖지 못한 주체에서 대항 폭력을 소유하기 위한 노동자 주체로의 비약이라고 할 수 있다. 그는 비약의 순간에 연애와 결혼으로 이어지는 선비에 대한 감정을 떠올리지만 이내 포기한다. 선비를 향한 사랑은 주변부 주체의 사적 영역에 불과하기에 쉽게 부정될 수 있다. 첫째의 사랑이란 노동자 주체로 서는 과정에서 자연스럽게 결별해야 하는 감정인 셈이다.

한편 선비는 첫째와 비슷한 환경에 있는 인물지만, 덕호의 성적 착취라는 또 다른 폭력에 노출되었다는 점에서 다르다. 그녀는 아버지와 어머니를 모두 잃고 덕호의 집에 머무르며 자기 몸에 난 상처를 홀로 감당한다. 덕호에게 강간을 당하고도 "차라리 이렇게 몸을 더럽힌 바에는 아들이라도 하나 낳고 이 집안에서 맘 놓고 살았으면……하는 생각"[34]을 하며, 덕호와 옥점 어머니의 위협에 시달리지만 쉽게 떠나지 못한다. 오래 망설임 끝에 선비는 덕호의 첩으로 생활했던 간난이 연락처를 받고 가까스로 덕호네 집을 떠난다. 첫째는 법의 폭력보다 훨씬 더 가까운 남성

은 다음과 같다. "우리가 농사를 부지런히 하여야 할 것은 두말할 것도 없거니와 어…… 우리 대일본제국이 지금 만주를 점령하고, 백년 대통운이 터서 세계에서 당할 나라가 없소. 농민들은 더욱 열심히 농사를 지어 식량을 많이 내어 나라에 바쳐야 하오 조선 농민은 농사 짓는 방법이 서툴러서 빈한 것이요"(위의 책, 244면.)

34 강경애, 『인간문제』, 『동아일보』, 1934.8.1.~12.22; 『전집』, 309면.

폭력에 노출되어 있다가 연대의 가능성을 발견하고 인천으로 간 것이다. 첫째가 혼자 감행한 도약과는 확연히 구분된다. 선비는 공장에서 계급의식을 갖게 되고 첫째를 떠올린다.

선비는 첫째를 꼭 만나보고 싶었다. 그래서 무엇보다도 먼저 계급의식을 전해주고 싶었다. 그러면 그는 누구보다도 튼튼한 그리고 용감한 투사가 될 것 같았다. 그것은 선비가 확실하게는 모르나 그의 과거생활이 자신의 과거에 비하여 못하지 않는 그런 쓰라린 현실에 부대꼈으리라는 것이다. (…중략…) 그가 소태나무 뿌리를 캐어들고 새벽에 찾아왔던 기억이 떠오르며, 소태나무 뿌리를 윗방 구석에 던지던 자기가 끝없이 원망스러웠다. 그 느글느글한 덕호가 주던 돈을 이불 속에 넣던 자신을 굽어볼 때 등허리에 땀이 나도록 분하고 부끄러웠다.[35]

『인간문제』에서 선비와 첫째는 한 번도 제대로 대화해 본 적이 없다. 인천에서도 우연하게 마주쳤으나 상대를 확신하지 못한다. 인용문에서 확인되듯 선비가 다시 떠올린 첫째는 과거 고향 마을에서 본 모습일 뿐이다. 하지만 이제 선비는 첫째에게 동질감을 느끼고 스스로에게 부끄러움을 갖게 된다. 이러한 감정

---

[35] 위의 책, 398면.

의 연장선상에서 "의문에 붙였던 아버지의 죽음"을 이해하기도 한다. 남성 폭력에 노출되었던 선비가 오랜 고민과 망설임 끝에 공장에 들어가서 계급의식을 깨달은 순간에 더 도드라지는 것은 미래에 대한 전망이 아니라 과거에 대한 반성과 삶에 대한 깊은 이해이다. 이것을 첫째에 대한 동지적 사랑이라고 할 수도 있겠지만, 선비의 계급의식이 갖는 함의에 주목할 필요가 있다. 즉 선비에게 사랑이란 자기 삶에 대한 성찰과 반성을 촉발시킨 힘이다.[36] 소설의 서사 내내 감정 표현에 서툴렀던 선비가 소설의 마지막에서 비로소 드러내는 자기의 감정이 '계급의식'이라는 것은 의미심장하다. 후술되겠지만 이때의 계급의식은 노동자 계급의식과는 질적으로 구분되는 것으로 '노동자'라는 이름조차 부여받지 못한, 그래서 대항폭력의 주체로도 서기 어려운 하위 주체들의 자기 삶에 대한 반성적 의식이다.

한편 『인간문제』에서 선비와 첫째의 감정과 대비되는 것이 신철을 향한 옥점의 사랑과 선비를 향한 신철의 사랑이다. 삼각 관계를 이루고 있는 세 명의 관계는 신철을 중심으로 이루어진다. 먼저 신철을 향한 옥점의 사랑은 육체적인 것이 앞서는 것으로 묘사된다. 가령 옥점이 선비와 신철의 대화를 엿보고 "크림내

---

36 신철이 검거된 소식을 듣고 첫째는 동료 노동자와 눈을 마주치며 "뜨거운 사랑"(위의 책, 387면)을 느낀다. 자기 삶에 대한 의지와 신념을 '사랑'으로 표현한 것이다. 이런 점에서 소설의 후반부에 첫째의 사랑도 선비와 유사한 성격으로 변했다고 할 수 있다.

를 내는 젊은 여자의 강한 살내"를 풍기며 신철의 방에 들어간다 거나, 신철의 손을 잡고 우는 옥점을 "참았던 정열이 울음으로 화한 모양"[37]으로 묘사하는 대목은 신철에게 옥점이 정욕을 일으키는 대상에 불과함을 보여준다. 옥점이 사랑한 신철의 면모도 대부분 그의 이력에 있었다는 점에서, 두 사람의 사랑은 인간의 외면에 초점을 둔 것이다.

한편 선비를 향한 신철의 마음도 옥점과 내비되는 선비의 계급 조건만 보고 생겨난 것이다. 가령 신철은 "옥점의 환영은 차츰 희미하게 사라지고 선비의 얼굴이 뚜렷이 보"이거나 "옥점의 안달나 덤비던 장면"을 떠올리고, 빨래하는 "선비의 청초한 자태"[38]를 상상한다. 그래서 신철은 서울에 가서도 선비를 잊지 못하는 이유를 정확히 알지 못한다.

신철이는 눈을 꾹 감았다. 그의 머리에는 옥점이가 보인다. 선비가 떠오른다. 그러나 내가 선비를 사랑한다 하고 선뜻 대답이 나오지는 않았다. 따라서 선비와 결혼까지 하기도 그의 마음이 허락하지 않았다. 그것은 왜 그런지는 몰라도 어쩐지 그렇게 생각이 된다. 그러면 왜 내가 선비를 잊지 못하는가? 그것도 역시 꼭 집어낼 수는 없다. 그러나 최대 원인은 선비가 자기가 좋아하는 타입의 미

---

37 위의 책, 208면.
38 위의 책, 202면.

를 구비한 것이며, 그리고 그의 근실성! 그것뿐이다. 그 뒤에 두 달 동안이나 한 집에 있으면서도 말 한마디 건네보지 못한 것이 자신으로 하여금 이렇게 생각하게 하는 것 같았다.[39]

인용문은 신철이 자기의 이념을 선비에게 투사해서 그녀를 좋아했음을 보여준다. 즉 신철은 프롤레타리아 계급에 대한 동경을 선비에게 투여한 것이다. 그래서 신철은 한 번도 이야기하지 못했으면서도 선비를 잊지 못한다. 신철은 자기의 신념과 의지에 따라 고등문관시험을 포기하고 옥점과 결혼도 하지 않는다. 하지만 그는 집을 나와서 현실에 두려움과 배고픔을 느끼고 과거를 떠올리기도 한다. 가령 미쓰고시 백화점에서 옥점을 떠올리며 "웬일인지 그때가 그리운 듯하였다. 아니! 확실히 그리워졌다. 그나마 그때가 자신에게 있어서는 얼마나 행복스러운 시절이었는지 몰랐다"[40]라고 말하는 장면은, 이상에 대한 욕망과 자기 육체의 욕망이 충돌하고 있음을 보여준다. 이런 갈등을 안고 신철은 노동 현장으로 투신한다.

첫째와 신철은 남성 주체로서 각자의 신념에 따라 노동 현장으로 도약했다. '부르주아 지식인 계급'인 신철은 물질에 대한 욕망이 잠재된 존재였으며, 첫째는 그러한 균열이 발생하지 않

---

39 위의 책, 286면.
40 위의 책, 320면.

는 인물이다. 이 차이는 인천의 공사현장에서 신철과 첫째의 대비되는 육체성으로 드러난다. 강인한 육체의 소유자 첫째와 육체노동이 불가능한 신철. 경찰에 검거된 이후 전향하는 신철과 여전히 노동 현장에 남아 있는 첫째의 모습을 통해 육체가 가지는 의미가 드러나게 된다. 즉 강경애는 자기 의지로 노동현장에 도약한 두 남성 주인공의 차이를 드러내며, 신철을 통해 신체에 육박하지 않는 윤리의 허약함을 드러내고자 한 것이다.[41]

이렇게 해서 노동 현장에는 첫째와 선비만이 남게 된다. 하지만 앞서 언급한 바와 같이 두 사람이 노동 현장에 남게 된다는 것의 의미는 다르다. 선비는 그리고 강경애 소설에 등장하는 대다수 여성 주인공들은 처음부터 끝까지 상처 난 육체와 의식 사이의 균열을 경험한다. 그래서 선비가 간난이의 도움으로 간신히 사적 영역을 떠나 사회로 들어온다는 것의 의미는 첫째와 동일할 수 없다. 거기에는 법-제도와 남성 주체의 이중권력의 폭력성을 성찰할 수 있는 가능성이 담겨져 있기 때문이다.

이렇게 본다면 신철을 중심으로 이루어진 삼각관계의 핵심은 육체성에 대한 성찰이라고 할 수 있다. 신철은 첫째와 동일한 비

---

41 신철의 이러한 균열과 갈등에 대해 소영현은 "욕망과 현실 사이의 간극을 메우기 위해 윤리적 당위와 본능적 욕망 사이에서 갈등하다 자신의 길을 선택"한 것으로 분석한 바 있다. 계급에 대한 윤리의식과 현실에 대한 욕망 사이에서 전자를 쫓다가 결국 후자로 귀결되었다는 것이다. (소영현, 「'욕망'에서 '현실'까지, 주체화의 도정 - 강경애의 『인간문제』검토」, 『한국근대문학연구』 2, 한국근대문학회, 2001, 17면.

약을 감행하지만 허약한 육체의 소유자였다. 육체의 본능으로부터 자유로울 수 없었던 신철은 경찰에 검거되자 곧 계급의식을 포기하고 원래의 자리로 돌아간다. 반면 육체에 새겨진 경험을 통해 의지를 내세운 첫째는 노동 현장에 끝까지 남는다.

한편 선비는 첫째와 비슷하지만 다른 맥락에서 육체의 중요성을 드러낸다. 두 사람은 하위주체로서 몸으로 진실을 경험했다는 공통점이 있다. 하지만 선비는 남성 주체의 폭력이 지배하는 생활을 견디며 공적 영역에 개입했다. 그래서 선비가 계급의식을 드러내고 죽음을 맞게 되는 소설의 결말은 남다른 의미를 갖는다. 선비의 시체는 첫째에 의해 다음과 같이 묘사된다.

> 어려서부터 그렇게 사모하던 저 선비! 아내로 맞아 아들딸 낳고 살아보려던 저 선비! 한번 만나 이야기도 못해본 그가 결국은 시체가 되어 바로 내 눈앞에 놓이지 않았는가! 놈들이 짜먹고 유린하다 못해 죽이더니, 죽은 고기 덩어리로 변하니, 옛다 받아라 하고 던져주지 않는가! 이것이 오늘의 현실이다. (…중략…) 이렇게 무섭게 첫째 앞에 나타나 보이는 선비의 시체는 차츰 시커먼 뭉치가 되어 그의 앞에 카 가로질리는 것을 그는 눈이 뚫어져라 하고 바라보았다.[42]

---

42 강경애, 『인간문제』, 『동아일보』, 1934.8.1~12.22; 『전집』, 412~413면.

인용문은 우리에게 신체란 무엇인가를 질문하고 있다. '고기 덩어리'와 '시커먼 뭉치'는 자기를 사유하기 어려운 주체의 몸을 의미한다. 덕호에게 선비는 그저 성욕을 해소할 육체에 불과했듯, 이중구속에 처해진 여성들의 대부분은 그저 고기 덩어리 같은 육체를 가진 존재이다. 강경애가 말하는 것은 이런 의미에서 육체를 가진 "수많은 인간들이 굳게 뭉"쳐야 한다는 것이다. 노동자 주체를 넘어서 이름 없는 수많은 존재들에 대한 인식을 드러낸 것이기도 하다.

사랑의 감정은 인간의 가장 내밀한 영역이면서, 동시에 사회적인 것의 구성을 질문하는 힘이다. 사랑이 관계를 박탈한 자기 내면으로 침잠하지 않는 이상 사랑은 사회적인 것과 결합되어 존재한다. 『인간문제』에서 선비는 고향 마을에서 인천의 공장으로 이동하며 계급의식을 갖게 되었다. 이러한 공간의 이동은 법과 남성 폭력에 노출되어 온 고기 덩어리 같은 신체의 소유자로서 자기에 대한 의식을 다지는 과정이었다. 다시 말해 고향 마을에서 여성으로서 겪어야만 했던 폭력의 정체가 공장으로 이동하며 실체화된 것이다. 강경애는 선비의 시간을 성찰하기 위해, 또 이와 대비되는 옥점과 신철의 시간을 보여주기 위해 사랑의 서사를 택했다. 그것이 꼭 사랑이어야 하는 이유는 분노가 가지는 비약의 서사가 아니라 사적 영역에서 발생하는 고통의 시간을 공유한 주체들의 연대를 상상하기에 사랑이 적절하기 때문이다.[43]

4. 강경애 소설이 말한 것과 말하지 못한 것

강경애 문학이 프로문학에 미친 영향은 크게 두 가지로 정리할 수 있다. 첫 번째는 계급 문제를 공장 노동자 중심에서 생활 전반으로 확장시켰다는 점이다. 지금까지 살펴본 바와 같이 강경애는 공적 영역으로 비약하지 않고 사적 영역에 머무르며 공적 문제를 상기시켰다. 이 과정에서 제국의 폭력과 남성 폭력이 고스란히 드러나며 계급의 복잡성이 환기되는 효과를 거두었다. "사회라 하면 남성들이나 활동할 무대로 알고 여성들은 가정에서 밥이나 짓고 아이나 기르는 것으로 아나, 아이 기르고 밥 잘 짓고 못하는 것도 가정에 큰 문제인 동시에 적지 않은 사회의 문제"[44]라는 강경애의 주장이 명확하게 보여주는 바처럼, 여성으로서 자기의 일상을 통해 사회 문제에 접근한 것이다. 기계의 정복을 주장하는 염상섭을 비판하며 "과학문명은 온전히 유산계급이 독점하고 그 혜택"을 입었다고 말하며, "민중은 먹을 것을 찾

---

43 슐라미스 파이어스톤은 사랑을 불평등한 권력의 관계에서 생겨나는 단순한 현상으로 정의한다. 남성과 여성의 불평등한 권력구조가 사랑과 결혼으로 이어지며 고착된 현상을 만들어낸다는 것이다. 그래서 사랑을 통해 우리는 불평등한 구조가 생겨나는 과정을 성찰할 수 있다.(Shulamith Firestone, 김민예숙·유숙열 역, 「사랑」, 『성의 변증법』, 2016을 참조) 이런 맥락에서 강경애가 불가능성을 알면서도 사랑을 탐색한 것은 불가능성의 구조를 드러내기 위함이 아니었을까. 다시 말해 사랑의 사회적 과정인 연애와 결혼의 과정에서 발생하는 불평등의 구조를 드러내기 위한 것이라는 말이다.

44 강경애, 「조선 여성들의 밟을 길」, 『조선일보』, 1930.11.28~29; 『전집』, 711면.

아야 하겠다. 그래야 살 것이 아닌가"[45]라고 일갈하는 대목에서 확인되듯, 강경애는 먹고 사는 문제에 집중하려고 했다. 바로 이 먹고 사는 문제가 일상의 가장 큰 과제이고, 거기에 스며들어 있는 젠더 정체성을 밝히는 작업이 어떤 정치적 목표보다 중요하다고 생각했기 때문이다.

두 번째는 사랑이라는 감정을 활용하여 삶에 천착했다는 점이다. 강경애가 말하는 사랑은 연애와 결혼의 서사에 뿌리내린 감정의 서사와 대비되는, 자기 삶의 정체성을 확인하는 매개로서의 감정이다. 전자의 맥락에서 사랑은 비판의 대상이 되며, 후자의 맥락에서 사랑은 자기 인식의 동력이 된다. 결혼과 연애의 서사에서 드러나는 폭력의 구조를 확인시켜주며 자기 주체를 확인하는 매개로 작용했던 선비의 감정에서 드러나듯, 사랑의 양가성은 소설에서 서로 겹쳐있다.[46] 지속된 일상의 폭력 속에서 여성 주인공은 분노하고 사랑하며 계급의식을 확보한다. 남성 작가들의 소설에서 두드러진 분노의 감정을 절제하고 애정을 드러내는 강경애 서사는 이러한 방식으로 여성의 이중구속을 떠오르게 했던 것이다.

---

45 강경애, 「염상섭 씨의 논설 「명일(明日)의 길」을 읽고」, 『조선일보』 1929.10.3 ~7; 『전집』, 709면.

46 이경림은 『인간문제』를 사랑 개념으로 분석하며 결과적으로 사랑은 퇴출되었지만 "사랑을 끝까지 구제하기 위해 『인간문제』는 사랑의 사회주의적 등정 기획을 빠짐없이 실험해보는 길고 복잡한, 그리고 고통스러운 경로를 마련했던 것이다".(이경림, 앞의 글, 101~102면)라고 언급한 바 있다.

하지만 강경애 소설은 하나의 완결된 논리구조로 이루어지지 않는다. 『인간문제』의 결론에 대한 양가적 해석을 거론하며 여성성에 초점을 두며 강경애 소설을 "저자와 독자 사이의 끝없는 상호적 해석을 통하여 무한히 연장되는 '글쓰기'"[47]라고 명명하거나, 「지하촌」에서 남겨진 칠성과 팔려간 큰년의 결말이 가지는 구멍을 어느 하나로 해석하기 보다는 "아직 남아 있는 미지의 현실에 더욱 접근하려는 노력이 결합하여 만들어내는 새로운 문제제기"[48]로 해석하려는 시도는 이러한 지점을 보여주는 것이다. 민족문제, 계급문제, 여성문제, 국제주의 등이 얽혀 있는 강경애 소설을 하나의 일관된 결론으로 매듭지으려는 순간 다른 문제가 해결되지 못한다. 일상을 살아가는 주체들의 다양한 욕망이 완결되지 못하고 산포해 있는 강경애 문학의 특징을 어떻게 매듭지을 것인가라는 질문이 여전히 남는 이유이다.[49]

강경애는 현실을 둘러싼 다양한 문제를 정제하고 가다듬기보다는 있는 그대로 보여주는 편을 택했다고 할 수 있다. 말할 수 없는 전망을 그리기보다는 현실에서 작가 본인이 느꼈던 양가적

---

47 최현희, 앞의 글, 308면.
48 서영인, 앞의 책, 39면.
49 1930년대 강경애, 박화성 등의 여류문인들이 카프 계열의 작품 경향을 보이고 카프 계열의 남성 작가들에게 인정받으며 자기의 정체성을 인정받았다는 상황을 통해 볼 때, 강경애의 이러한 문제는 당시 문단의 구성 방식과 연결된다고 할 수 있다. (심진경, 「문단의 여류와 여류문단-식민지 시대 여성작가의 형성과정」, 『상허학보』 13, 2004를 참조)

인 감정을 드러내면서, 이행해가는 과정을 보여주었다. 자신을 강간한 남성에게 의탁하고 싶어 하는 마음과 그로부터 탈출하려는 마음이 공존하는 여성의 모습을 통해 젠더 폭력의 구조적인 측면을 드러냈다고 할 수도 있겠다. 이러한 혼란의 과정을 통해 기존의 공/사 분할 구도를 질문하고 조정하고자 했다.

그렇다면, 이러한 혼란 이후 여성 주인공의 삶은 어떻게 바뀌어야 하는 것일까. 강경애는 이에 대해 답하지 않는다. 어쩌면 작가 자신이 이에 대한 확실한 지향을 갖지 못하고 혼란스러워한 것일 수 있다. 기존의 공/사 경계를 허물기 위한 탐색이 강경애 소설의 목표였던 것이다. 강경애가 소설 쓰기를 통해 화살을 당긴 공/사 경계에 대한 질문을 바탕으로, 어디로 다시 나아가야 하는지를 답하는 것은 우리의 몫으로 남게 된 것이다.

참고문헌

1. 1차 자료

이상경 편, 『강경애 전집』, 소명출판, 1999.

2. 논문 및 단행본

구재진, 「이산문학으로서의 강경애 소설과 서발턴 여성」, 『민족문학사연구』 34, 민족문학사학회, 2007.

김현주, 『사회의 발견』, 소명출판, 2013.

배상미, 「식민지시기 무산계급 여성들의 사적영역과 사회변혁 – 강경애 문학을 중심으로」, 『상허학보』 44, 상허학회, 2015.

서영인, 「프로문학의 자기반성과 여성의 타자화」, 『민족문학사연구』 45, 민족문학사학회, 2011.

_____, 「강경애 문학의 여성성」, 『식민주의와 타자성의 위치』, 소명출판, 2015.

소영현, 「'욕망'에서 '현실'까지, 주체화의 도정 – 강경애의 『인간문제』 검토」, 『한국근대문학연구』 2, 한국근대문학회, 2001.

손유경, 『프로문학의 감성구조』, 소명출판, 2012.

심진경, 「문단의 여류와 여류문단-식민지 시대 여성작가의 형성과정」, 『상허학보』 13, 2004.

이경림, 「사랑의 사회주의적 등정의 불가능성 – 강경애의 『인간문제』론」, 『한국현대문학연구』 55, 한국현대문학회, 2018,.

이경재, 「한설야 소설에 나타난 여성 표상 연구」, 『현대소설연구』 38, 한국현대소설학회, 2008.

이상경, 「강경애 문학의 국제주의의 원천으로서 만주체험」, 『현대소설연구』 66, 현대소설학회, 2017.

이철호, 「카프 문학비평의 낭만주의적 기원 – 임화와 김남천 비평에 대한 소고」, 『한국문학연구』 47, 동국대 한국문학연구소, 2014.

장영은, 「'배운 여자'의 탄생과 존재 증명의 글쓰기 – 근대 여성지식인의 자기서사와 그 정치적 가능성」, 민음사, 『문학을 부수는 문학들』, 2018.

최현희, 「강경애 문학에 나타난 간도적 글쓰기-지방성과 여성성의 문제를 중심으로」,
　　『현대소설연구』65, 현대소설학회, 2017.

Hannah Arendt, 이진우·태정호 역, 『인간의 조건』, 한길사, 2008.
Nancy Holmstrom, 유강은 역, 『페미니즘, 왼쪽 날개를 펴다』, 메이데이, 2012.
Shulamith Firestone, 김민예숙·유숙열 역, 『성의 변증법』, 2016.
Walter Benjamin, 진태원 역, 「폭력의 비판을 위하여」, 『법의 힘』, 문학과지성사, 2005.

박화성 문학과 여성서사

젠더 폭력의 현실과 잔혹복수극으로서의 『백화』

서영인

1. 여성 작가 박화성과 『백화』

최근 『나는 ~~여류~~작가다』라는 제목으로 박화성 단편 앤솔로지[1]
가 발간되었다. '여류작가'라는 단어에서 '여류'를 삭제하고 '작
가'를 강조하는 제목은 '여류'로 불리기를 거부하고 작가로 평가
받기를 원했던 박화성의 평소 발언을 반영한 결과일 것이다.
1930년대 이후 여성 작가들이 본격적으로 문단 활동을 펼친 이
래 세칭 '여류 문단'에 대한 위계화와 타자화 속에서 여성문학장
이 형성되었음은 이미 잘 알려져 있다.[2] 박화성 역시 이러한 문
단 내에서의 여성 작가에 대한 편견이나 부당한 대우에 대해 여

---

1 서정자·김은하·남은혜 편, 『나는 ~~여류~~작가다』, 푸른사상, 2021.
2 식민지 시기 여류문단의 형성과 위계화에 대해서는 심진경, 「문단의 여류와
   여류문단─식민지시대 여성작가의 형성과정」, 『상허학보』 13, 2004, 김양선,
   『한국 근·현대 여성문학 장의 형성』, 소명출판, 2012 등 참조.

러 차례 언급한 바 있다. 1936년 3월 『삼천리』에 실린 「여류작가 좌담회」에서는 "여류 문인은 여자다운 작품을 써라, 여자로만 쓸 수 있는 작품을 써라"[3]는 말을 하지 말아 줄 것을 요구하면서 "좌우간 작품다운 작품, 값있고 보람있는 작품을 쓸 수 있도록 노력하는 것이 문인공통의 희망이라야"[4]한다고 하면서 한 명의 작가로서 매진하고, 그에 따른 응당한 평가를 받아야 함을 피력했다. 비슷한 시기에 발표한 「여류작가가 되기까시의 고심담」에서는 가사일과 창작 활동 병행의 고충과 취재나 문단활동 제약에 대한 어려움을 털어 놓으면서도, 자신의 작품 세계에 대한 자부심과 자신감을 놓치지 않는다. 자신의 작품에 대해 악평을 거듭하고 있는 김동인이나, 데뷔작인 「추석전야」에 대한 이광수의 발언("웬 여자가 작품을 하나 보냈는데 문장이 거칠어서 의미가 잘 통하지는 않았으나""문장과 내용을 고쳐서 냈"다)을 점잖게 반박[5]하면서 이를 "'여류작가'라는 이 네 글자의 무거운 멍에"의 탓으로 돌리는 태도를 통해서도 여성작가로서의 핸디캡을 인식하면서 한 명의 작가로서 존재하고자 했던 박화성의 의지를 엿볼 수 있다. '여류작

---

3 「여류작가 좌담회」, 『삼천리』, 1936.3. 이 밖에도 여성 작가들은 "여류 작가라고 호기심으로 대하지 말아 달라"(모윤숙), "여성을 전체로 인격화하지 않기 때문에 없는 '가십'을 제 마음대로 위조"한다(노천명), "여자라면 약에 감초로 안다"(이선희) 등 당대 문단에서의 '여류'에 대한 부당한 시선에 불만을 표하고 있다.
4 「여류작가 좌담회」, 『삼천리』, 1936.3.
5 박화성, 「여류작가가 되기까지의 고심담」, 『신가정』, 1936.2.(인용은 서정자 외편, 앞의 책)

가'로 불리면서, '작가'로 살고자 했던 글쓰기의 고충은 박화성 뿐만 아니라 당대 여성작가 공통의 '멍에'였다.

1932년 6월부터 11월까지 『동아일보』에 연재된 『백화』는 여성 최초 신문 연재소설이며 당대에 상당한 화제를 불러일으킨 작품이다. 『백화』가 발표되고 작품에 대한 평가를 얻는 과정에서 박화성은 '여류'라는 조건 속에서 '작가'로 자리매김하기 위한 진통을 여지없이 겪어야 했다. 1925년 이광수의 추천으로 『조선문단』에 「추석전야」를 발표하면서 작가로서의 입지를 얻은 박화성이었지만, 유학과 결혼, 출산 등으로 공백기를 겪은 후 작가로서 본격적으로 활동하는 계기가 된 작품이 바로 『백화』였다. 역시 이광수의 주선으로 『동아일보』 연재가 결정되고 난 후, 연재를 위한 예비 작업으로 1932년 5월 발표한 「하수도공사」가 박화성의 문단 복귀작이었다. 「하수도공사」와 『백화』가 연달아 발표되자 박화성은 이 작품들이 본인이 쓴 것이 아니라 그의 오빠인 박제민이 쓴 것이라는 소문[6]에 시달린다. 「추석전야」 발표 이후 7년의 공백이 있었으므로 신인이나 마찬가지인 박화성이 연달아 신작을 발표한 것, 그 신작 발표에 이광수의 역할이 있었다는 점이 이러한 소문에 빌미가 되기는 했겠지만, 무엇보다도 박화성이 여성작가라는 점이 이러한 억측의 중요한 원인이 되었

---

6 이기호, 「백화와 박화성의 정체」, 『여인』, 1932.10.

을 것이다. 『백화』는 여성 작가가 자신의 이름으로 작품을 발표하고 그 작품으로 저자성을 인정받기까지의 지난한 과정을 여실히 보여준다.[7] 「하수도공사」를 비롯한 단편들에서 사회주의적 성향을 뚜렷이 보였고, 작가 자신 그러한 방향성을 표방했음에도 불구하고 당시 카프 진영으로부터 정당하게 평가받지 못했고, 문단활동은 민족주의 계열이었던 이광수의 도움을 얻어야 했던 사정 역시 박화성이 '여류'라는 사상 안에서 활동해야 했던 조건과 무관하지 않다.[8]

이처럼 『백화』는 '여류작가'로서의 박화성이 당대의 문학장에 진입하여 활동하기까지 거쳐야 했던 조건을 뚜렷이 보여준다. 다른 한편으로 『백화』는 박화성의 문학세계의 한 원형을 보여준다는 점에서도 중요한 작품이며 이 글은 이 지점을 중점적으로 다루고자 한다. 동경 유학시절 '근우회' 동경지부 위원장을

---

7   『백화』와 관련한 논란과 박화성이 '여성'으로서가 아니라 '작가'로서의 저자성을 얻기까지의 과정을 논의한 논문으로 김영미, 「'여성'으로서 '작가'가 된다는 것―박화성의 1930년대 장편소설을 중심으로」, 『한국현대문학연구』 64집, 2021. 참조.

8   김종욱은 박화성이 계급문학적 성향을 뚜렷이 했음에도 불구하고 카프문학 진영으로부터 정당한 평가를 받지 못한 이유를 이광수와의 관계로 설명한다. 또한 목포의 지역성과 이광수가 속해 있었던 민족주의 진영과의 불화 역시 박화성의 문학 활동에 장애로 작용했다고 파악했다. 그러나 한편으로 박화성이 이광수의 도움을 통해서 문학활동을 재개할 수 있었고, 자신의 문학적 성향이나 성취에 걸맞는 활동기반을 얻지 못한 데에는 '여류'라는 박화성의 위치가 원인으로 작용했다고 볼 수 있다. 김종욱, 「일제강점기 박화성 소설의 지역성 연구―동반자 작가로서의 위상과 관련하여」, 『한국현대문학연구』 42집, 2014.

맡기도 했던 박화성은 식민지기 궁핍한 노동자들의 현실을 핍진하게 그린 작품들을 다수 발표했고, 이로 인해 '동반자 작가'로 평가되기도 한다. 여성작가로서는 보기 드물게 '남성적' 필치를 가졌다는 당대 비평가들의 평가[9]는 긍정적인 의미와 부정적인 의미를 동시에 포함하며 박화성 문학을 설명하는 말로 굳어졌다. 주지하다시피 당시 남성 비평가들이 박화성을 지칭하기 위해 사용했던 '남성적'이라는 수사는 남성과 여성의 영역을 이념/생활, 이성/감성으로 분할하고 여성의 문학을 제한적인 범위에서만 인정하려 했던 경향에서 나온 것이다. "여류문인은 여자다운 작품을 써라"라는 세간의 요구에 반발했던 박화성은 '남성적'이라는 당대의 평가가 여성작가에 대한 편견과 제한에 근거하고 있었다는 점을 알고 있었을 것이다. '남성적 필치'라는 평가가 '이념'이나 '이성' 등을 남성의 영역으로 분할하는 전제 위에 있다면 '여류작가'가 아니라 '작가'가 되고자 했던 박화성에게 결코 달가운 평가는 아니었을 것이다. '남성적'이라거나 '동반자 작가'라는 평가가 오히려 박화성 문학의 다양성과 근본적 문제의식을 제한한다고 볼 수 있다.

작가 자신의 기록에 따르면 작가는 『백화』를 1927년 무렵부터 구상하여 오랜 취재를 거쳐 31년에야 완성했다[10]고 한다.

---

9 안회남, 「여류인물평」, 『여성』 1938.2; 김문집, 「여류작가의 성적 귀환론」, 『사해공론』, 1937.3.

1925년 등단작인 「추석전야」와 1932년 「하수도공사」 사이의 공백을 생각하면 『백화』는 박화성이 본격적으로 문단활동을 시작하기까지 그의 문학적 감각을 이어왔던 작품이고 또한 장편으로 집약된 그의 문학적 원형을 보여준다고 할 수 있다. 「하수도공사」를 비롯한 단편들이 계급사상의 지향점을 뚜렷이 드러내고 있는 반면에 『백화』는 고려 말을 배경으로 한 역사소설로 '백화'라는 인물을 중심으로 한 여성수난사의 성격을 띤다. 박화성 문학의 계급주의적 성향이 일본 유학시절 확립[11]되었고, 그 성향이 귀국 후의 문학활동에서 본격적으로 드러난다면, 『백화』에는 그러한 계급주의적 성향으로 온전히 귀속되지 않는 잉여의 문학적 관심사들이 포함되어 있다고 볼 수 있지 않을까. 이 글은 『백화』를 통해 박화성 문학의 중요한 주제 중 하나인 여성주체의 구현을 적극적으로 해석해 보고자 한다. '백화'를 비롯한 여성들이 겪는 현실은 자극적이라 할 만큼 비참하고, 여성들을 핍박하는 권력층에 대한 처절한 저항의 의지는 포기와 타협을 모른다. 소설을 끌고 나가는 것은 기생 '백화'를 비롯한 여성인물들이 겪는 성적 폭력이며, 이 폭력은 미성년자 납치, 인신매매,

---

10 박화성, 「소설 『백화』에 대하야―『여인』지 10월호를 읽고」, 『동광』, 1932.11.
11 실질적인 등단작인 「추석전야」에서 방직공장 여공들의 노동과 빈부 및 계급사상에 대한 편린이 드러나지 않은 것은 아니나, 본격적으로 계급주의적 사상이 드러난 것은 「하수도공사」부터였다. 도쿄에서의 독서회 활동이나 근우회 동경지회 활동 등에 대해서는 야마다 요시코, 「박화성과 일본여자대학교 주변」, 서정자 편, 『박화성, 한국문학사를 관통하다』, 푸른사상, 2014 참조.

매매혼, 강탈혼, 강간 등의 성범죄가 주 내용을 이룬다. '백화'나 여성인물의 입장에서 읽을 때 『백화』에서 묘사되는 세계는 자신을 성적으로 유린하고 강탈하려는 남성들의 공격과 음모로부터 자신을 지키기 위해 잠시도 긴장을 늦출 수 없는 스릴러의 세계와 유사하다. 하층민중을 중심으로 계급의식에 바탕한 역사의식[12]을 드러내고 있다는 평가가 일반적이고, 박화성 역시 『백화』에 대해 "계급적 정신의 경향이라거나 창작의 동기에 대한 작자의 계급적 의식의 강약성"[13]에 대한 비평을 기대했지만, 이는 『백화』가 발표될 무렵의 문단 지형을 고려한 기대였을 것이다. 『백화』를 구상하고 장편을 완성해 가는 기간과 작품 발표의 시기와는 시차가 있다. '여류'이기보다 '작가'이고자 했던 박화성의 문학적 지향은 『백화』를 여성서사의 관점에서 적극적으로 읽을 때 더 분명하게 드러난다. 박화성의 여성현실에 대한 관심이나 여성주체의 형상화는 사회주의적 이념이나 당대 자본주의 비판이라는 범주를 넘어선다. 『백화』 읽기는 박화성 소설을 여성문학적 관점으로 재구성하기 위한 시작점이 되어 줄 것이다.

---

12 서정자, 「작품해설-『백화』의 작품구조와 역사의식」, 서정자 편, 『백화』, 푸른사상, 2004.
13 박화성, 「小說 『白花』에 對하야-『女人』지 十月號를 읽고」, 『동광』, 1932.11.

2. 원한과 복수

고려 말 강직한 성품의 학자였던 임처사가 정치적 소용돌이에
휘말려 죽자 외동딸 임일주는 고아가 된다. 기생이 될 수밖에 없
었던 임일주가 '백화'로 기생의 삶을 살다가 어려서 동문수학하
던 왕생을 만나 새로운 삶을 찾기까지의 과정을 『백화』는 줄거
리로 삼고 있다. 서사의 중심을 이루는 것은 물론 '백화'가 기생
으로서 부와 권력을 가진 남성들로부터 어떤 시련을 겪고 그것
을 어떻게 이겨내는가이다. 여기까지는 기생을 주인공으로 한
대중서사물이 흔히 취하는 평범한 이야기이다. 그런데 기생으로
겪는 백화의 서사가 '강간'과 '복수'의 반복[14]으로 채워지면서
『백화』는 기묘한 스릴과 억압해소의 서사물이 된다. 여성인물들
은 상시적인 위기와 불안에 처해 있으며, 그럼에도 불구하고 여
성인물들은 그 위기를 극복해내고, 범죄자들은 여지없이 처벌받
는다. 독자는 가련한 여성주인공의 수난에 눈물짓는 것이 아니
라, 강인한 여성주인공이 그를 압박하고 침탈하려는 남성 인물

---

14 노연숙은 『백화』가 여러 개의 사건들이 옴니버스 형식으로 일단락되면서 연결
되어 있는 특징을 가지고 있으며, 각각의 사건들이 '저항과 복수'의 서사를 공
유하고 있다고 분석한다. 이 분석에서 '저항과 복수'의 원동력은 권력의 횡포
에 대한 비판과 저항에 있고, 충정과 의리의 실현으로 귀결되는 것에 비해 이
논문에서는 여성서사의 관점에서 젠더폭력과 비판에 초점을 맞추었다. 노연
숙, 「역사에 기록되지 않은 자의 낭만적 형상화」, 『인문논총』 제71권 3호,
2014.

들에 맞서 싸우는 과정에 동참하며, 대리 복수의 카타르시스를 느끼는 것이다.

『백화』의 운명을 중심으로 서사를 요약한다면 서사는 '기생이 된 백화-왕생과의 우연한 만남-왕생과의 약속과 기다림-기생의 속박에서 벗어나 왕생과 결합'의 단계로 진행된다. 이 서사의 진행 단계마다 '백화' 혹은 주변 인물을 성적으로 침탈하려는 강간, 혹은 강간의 시도가 놓여 있다. 기생이 된 백화가 자신의 운명에 낙담하면서도 인간으로서의 존엄과 의지를 잃지 않으려는 계기가 된 것은 '김장자'와의 사건이다. '김장자'는 평양 일대에 제일가는 부자로 백화의 명성과 미모를 노려 백화를 강제로 겁탈하려 한다. 백화를 납치하다시피 하여 기생으로 만들고 백화를 기생의 처지에 속박하기 위해 온갖 음모를 꾸미는 황파는 김장자를 부추기고 김장자와 모의한다. 김장자와의 사투 끝에 백화는 겁탈의 위기에서 벗어나고, 이를 계기로 백화는 부와 권력을 독점한 남성의 횡포에 대한 원한과 복수의 심경을 가지게 된다. 권세를 가진 손님을 마다하고 빈한하고 청렴한 객들만 맞아들이는 백화의 기묘한 영업행위는 여기에서 비롯된다.

'인간의 모든 죄악과 불행의 원인은 부력과 권력과 그리고 횡포한 남성이 아니면 아니 될 것이다.'

마침내 이러한 결론을 지었다. 그러므로 부귀와 남성이란 무기

를 가지고 자기에게 대하는 자들에게 증오심을 가지는 동시에 반
항하게 된 것이다.[15]

   김장자와의 사건을 겪은 후 우연히 왕생을 만나 후일을 도모
하게 되는 전개는 이러한 백화의 결심에 의해 그 서사적 개연성
을 얻게 된다. 왕생을 기다리며 기생의 처지를 벗어날 기회를 엿
보던 중 또 한 번의 강간사선이 일어나고, 이를 통해 백화는 남
성중심적 성의식이 주입한 정조 관념을 확실하게 거부하고 여성
으로서 자신의 신체에 대한 적극적 주체성을 가질 수 있게 된다.
백화와 자매처럼 지내는 어린 기생 초옥은 평양 수사의 부름을
받아 갔다가 수사의 아들 영국과 그의 수하들에게 윤간을 당한
다. 원칙적이고 인자한 성품의 김수사와 달리 아들 영국은 아버
지의 권세를 믿고 온갖 악행을 서슴지 않는 자이다. 백화를 정복
해 보려는 야심이 뜻대로 되지 않자 목표를 바꿔 초옥을 겨냥하
고 마침내 그의 수하들과 함께 강제로 초옥을 겁탈한 것이다. 김
장자가 부를 대표하는 남성권력이었다면 영국은 권세를 대표하
는 남성권력인 셈이다. 영국에게 욕을 당하고 죽으려는 초옥에
게 백화는 정조를 넘어서는 인간의 자존을 말하며 젠더 폭력 피
해자의 위치를 재조정한다.

---

15 박화성, 서정자 편, 『백화』, 푸른사상, 2004, 150면.

정조를 생명같이 여기던 네가 그런 짓을 당하였으니 죽는다는 말도 틀리지 않는다. 그러나 죽는 것으로 일이 결정되는 것은 결코 아니다. 네가 그자들에게 욕을 당하였으나, 네 생명이 욕보거나 더럽힘을 당한 것은 아니니까, 그것들 때문에 죽을 까닭이 있느냐. 죽음은 언제든지 마음대로 할 수 있는 것인데, 그런 악인들의 그런 짓에 네 몸이 없어지고 만다면, 너는 네 온 생명이 악한 자에게 참패가 되고 마는 것이다.[16]

사회의 가장 약한 처지에 있는 기생의 육체를 범하려는 남성 권력자에 끊임없이 맞서, 그들의 위해와 침탈을 겪으면 겪을수록 백화는 사회의, 남성권력의 여성 인식을 적나라하게 확인하게 되고 이러한 인식을 따라 거기에서 살아남고 그 현실을 이겨낼 수 있는 주체로 변모한다. "사내라는 것들은 모든 권리와 재물을 함부로 쓰며 모든 여자에게 대한 조건도 저의 마음대로만 지어가지고" 여자를 사람으로 여기지 않고 "남자에게 매달린 생명이나 물건"[17]으로 생각한다. "그러니까 우리는 살아야 한다."[18] '그러니까', '살아야한다'는 다짐은 여성들을 성적 정복의 대상으로 여기고 여성들의 삶과 인권을 파괴하는 자들에 대한 철저

---

16 위의 책, 208면.
17 위의 책, 200면.
18 위의 책, 209면.

한 복수로 드러난다.

백화를 비롯한 인물들에게 가해지는 젠더 폭력, 강간 등의 성범죄는 여성 인물들을 수동적 피해자로 만들거나 비극적 운명의 희생자로 만드는 일반적 패턴을 넘어서서 여성 인물들의 자기인식을 더 굳건하게 만드는 역할을 한다. 김장자나 김영국의 사건을 겪으며 백화는 어떤 권력에도 굴복하지 않고 자신의 삶을 지키겠다는 각오를 다지게 되는데, 고려 '우왕'의 십요한 강세결혼 요구에 끝까지 버티면서 권력에 굴복하는 순간을 최대한 유예할 수 있었던 것도 이러한 여성침탈에 저항하는 서사의 축적에서 가능한 일이었다. 그리고 이러한 부당한 침탈과 위해에 대해서 소설은 인내하거나 침묵하는 것이 아니라 사건을 분명히 드러내고, 가해자들에게 철저하게 복수하는 방식으로 강인한 여성서사의 면모를 더해 나간다.

도춘이는 가슴에서 선지피를 쏟으며 거꾸러졌다. 문칠이도 부르짖는다.

"이놈 경수야, 네가 나를 죽이려고"

하더니, 문칠이가 털썩 나자빠진다. 그 순간 살기 가득 찬 고삼이는 도춘을 찌르던 칼을 번쩍 들어 대번에 경수를 찔러 버렸다. 온 방은 피 빛이요, 주막은 사람으로 뒤범벅이 되었다.[19]

황파의 죽음은 오직 우주가 백화의 환심을 사려고 하는 것이 원인이 있었으나, 여하간 그 죄는 당연히 죽음에서도 남을 만하니, 흡혈귀의 말로가 이렇지 않고서야 어찌 후세인의 징계가 될 수 있으랴[20]

백화를 침탈하려 한 자들 중 살아남은 자는 없다. 강간과 여성 약탈－잔혹한 복수의 반복으로 서사는 전개된다. 백화를 강제로 겁탈하려던 김장자는 그에 온몸으로 저항한 백화와의 격투에 대한 내용이 평양 시내에 소문이 나는 바람에 방탕한 생활을 하게 되고 결국 미쳐 죽는다. 초옥을 속여 자신의 숙소로 끌어들이고 잔인하게 겁탈한 영국과 그의 수하들은 그들의 행동만큼이나 비참한 최후를 맞는다. 영국은 아버지 김수사가 직접 그의 죄를 징벌하자 자살한다. 영국의 수하로 범죄에 가담했던 도춘과 경수는 다른 일로 그들에게 원한을 품었던 문칠과 고삼의 칼에 피범벅이 되어 죽는다. 백화의 아버지가 죽은 틈을 타 백화를 납치하고 백화를 기생으로 만들어 그를 착취했던 황파는 백화의 환심을 사려는 우왕의 손에 죽는다.

이러한 철저한 복수와 피의 처벌은 기생 등을 주인공으로 하는 일반적 대중서사와 결을 달리한다. 타고난 미모와 매력으로

---

19 위의 책, 216면.
20 위의 책, 251면.

뭇 남성의 욕망의 대상이 되는 여성인물들이 그러한 욕망의 희생자가 됨으로써 수난을 겪는 일반적 패턴의 대중서사와 비교해 볼 수 있다. 성적으로 위계화된 사회구조 속에서 하층민-빈민-여성들이 겪는 처절한 고통은 흔히 당대 사회의 부당한 차별구조와 강자중심의 폭력성을 폭로하고 경계하는 역할을 해 왔다. 그러나 한편으로 잔혹한 피해의 희생자가 되는 여성들은 그러한 사회적 폭로의 한 방편으로 대상화될 수밖에 없었고, 그들의 섹슈얼리티는 때때로 과장되어 전시되기도 했다. 이를 '젠더화된 불안과 공포'[21]라고도 할 수 있을 것인데, 이로 인해 독자들은 범죄의 가해자가 아니라 피해자를 통해 불안과 공포를 지각하며 피해자를 동정하고 연민하는 한편으로 그러한 범죄로부터 자신이 제외되어 있다는 것을 안도한다. 그렇다면 피해자의 처지와 고통보다 가해자에 대한 철저한 복수와 증오를 서사의 동력으로 삼음으로써 『백화』는 "피해자-여성이 스스로의 주체성을 복원·재구축하고 활력의 삶을 위하는 행위성"[22]을 추동한다고 볼 수 있다.

이러한 복수의 플롯에서 더 주목해야 할 점은 복수의 실행자이자 기획자이며 지원자이기도 한 '백화'의 면모이다. 백화가 복

---

21 스릴러 영화에서 재현된 여성 신체의 '비가시화, 타자화'의 문제에 대해서는 박인영, 「스릴러 장르의 피해자-여성 표상」, 『영화연구』 67호, 한국영화학회, 2016을 참조했다.
22 위의 글, 62면.

수를 위해 직접 사람을 죽이거나 가해자를 징벌하는 것은 아니지만 모든 복수에 백화는 관여한다. 이는 소설에서 일어나는 복수가 우연한 사고이거나 '천벌'과 같은 피상적인 것으로 해석되지 않도록 해 준다. 김장자의 사건은 백화가 김장자의 완력에 굴복하지 않고 저항함으로써 '피투성이가 되어' 결말이 났다. 이 소란이 평양시내 전체에 퍼짐으로써 김장자는 몰락했다. 소설은 이 사건이 "백화라는 일개 여성이 금전 중심의 횡포한 남성에게 희생당한 여성을 대표하여 복수해준 것"[23]이라는 의미를 분명히 하고 있다. 김영국과 수하들의 사건에서 김영국을 처벌한 것은 김수사이고 수하들을 죽인 것은 문칠과 도삼이었으나, 김수사에게 사건의 전말을 고한 것은 백화이고, 살인을 저지른 문칠과 도삼이 처벌받지 않고 도피할 수 있었던 것도 백화에게 사건을 들은 김수사 덕분에 가능한 일이었다. 백화와 초옥을 앞세워 기생업을 하며 성매매의 포주 노릇을 했던 황파의 죽음은 매우 극적일 뿐만 아니라 복수의 실행자로서의 백화의 면모를 더욱 부각시킨다. 강제로 백화를 아내로 삼으려는 우왕의 마수에 압박을 당하며 죽음을 각오한 와중에도 백화는 우왕에게 황파의 악행을 고해 마침내 황파를 처형당하게 한다. 자신의 욕망을 채우기 위해 무고한 백성을 처벌하기를 서슴지 않고, 살인을 유희처럼 즐

---

23 박화성, 앞의 책, 142면.

기는 우왕에게 황파 노인 한 사람을 죽이는 것은 장난처럼 간단한 일이었다. 백화는 죽음을 각오하고도 벗어날 길이 없는 위기의 순간에 자신의 주변에서 일어난 성범죄의 원흉이라 할 만한 황파에게 복수하는 것을 잊지 않는다. 황파에 대한 복수는 백화가 우왕에 맞서 죽음을 각오한 일이 '살아야 한다'는 의지의 다른 표현이며, 그러므로 권력의 횡포에 눌려 자신을 포기하는 행동이 아니라는 점을 웅변하고 있다. 복수는 기획된 것이다. 군왕의 부패와 타락이 극에 달하고, 부와 권력을 가진 자들이 자신의 욕망을 만족하기 위해 죄 없는 백성들을 희생시키는 현실에서, "제일 많이 짓밟힌 것은 부녀"이며, "더욱이 호소할 곳이 없는 나 같은 처지에 있는 기생"[24]이라는 인식은 복수를 불러일으키는 원동력이다. 우연한 사건이나 우발적 사고가 아니라 기획되고 실행되는 복수는 현실에 대한 저항으로서 의미를 지닌다. 백화는 여성을 대상으로 한 성범죄 가해자들을 정확히 타격하는 방식으로 현실의 정의를 의지적으로 실현하는 위치에 서게 되는 것이다.

---

24 위의 책, 150면.

3. 모계 전통과 여성(을 통한) 연대

『백화』의 여성서사가 부패한 권력의 여성침탈이라는 측면에서 현실을 그려내고 있으며, 부당한 침탈에 대응하는 적극적 여성상을 내세웠고, 권력의 횡포에 맞서는 저항의 방법으로 복수가 사용되었다는 점을 살펴보았다. 그런데 이러한 관점에서 볼 때, 『백화』의 짝이자 구원자로 등장하는 왕생의 존재를 아무래도 납득하기 어렵다. 이는 『백화』의 여성서사에서 드러나는 가장 모순적인 지점일 것이다. '백화'는 자신을 탐하는 숱한 권력자들을 물리치고 우연히 재회하게 된 왕생에게 자신의 인생을 의탁하기로 한다. 백화의 몸값을 치르고 백화를 기생일에서 해방시키기 위해 왕생은 집안에 가보로 내려오는 홍옥을 가지러 떠난다. 단오까지 돌아오기로 약속한 왕생을 기다리는 와중에 우왕의 횡포를 겪게 되고 백화는 단오날 밤까지 우왕과의 결혼식을 미루면서 왕생이 오기를 기다린다. 왕의 권력에 의해 치러질 결혼식은 왕생이 돌아온다고 해도 해결될 수 없고, 황파가 죽은 마당에 백화의 몸값이 될 홍옥은 이미 아무 의미가 없으므로 왕생은 백화의 구원자라 하기 어렵다. 백화는 우왕과 결혼하기 전에 목숨을 끊을 각오를 하고, 그가 필생의 짝으로 정한 왕생의 얼굴을 마지막으로 한번 보고자 하는 것이다.

왕생은 백화가 겪는 수난에 함께 대응하는 존재도 아니며, 백화가 의지적으로 구현한 복수의 과정에도 관여하지 않는다. 백화를 구하기 위해 무리하여 병에 걸리면서까지 먼 길을 오가지만 사실상 그가 구해오는 홍옥이나 그의 고난이 백화의 운명에 결정적인 영향을 끼치지도 않는다. 용모 수려하고 재능이 출중하며 성품이 올곧다는 대중서사의 주인공들이 가진 탁월한 면모를 갖추고 있지만 그러한 타고난 자질이 백화의 서사와 직접 연결되는 지점은 모호하다. 왕생이 백화의 짝으로, (성공하지 못하지만) 백화의 구원자로 등장하는 것은 오로지 백화가 그리워하는 아버지의 슬하에서 같이 자랐다는 이유 때문이다. 그런 의미에서 『백화』는 여성주인공으로 중심으로 주체적인 여성서사를 보여주고 있지만 근본적으로 가부장의식의 그늘 아래에서 움직이고 있다고 볼 수 있으며,[25] 이는 『백화』가 가진 중요한 모순점 중 하나이다. 작가 역시 이러한 지점을 의식하고 있는 것처럼 보이는데 가령 백화를 구하기 위해 여정을 서두르는 왕생에 대해 "남성의 힘이 없이는 여자란 살 수 없는 것이라는 깊은 관념과 인습은 뛰어난 생각의 주인공인 그들까지도 굳게 얽어 놓았던 것"[26]이라고 서술하는 대목에서도 알 수 있다.

---

25 백화가 유년시절 동문수학했던 왕생을 그의 짝으로 받아들이지만, 왕생이 백화를 구원하는 구원자로 기능하지 않는 서사가 주체적 여성인물을 강조하고 있다고 읽는 것도 가능하다. 백화를 "세계를 상대로 투쟁하는 독립적이고 주체적인 '개인'"으로 해석한 자료로 김성연, 「공동체 지향과 아나키즘적 상상력」, 『국제어문』 제46집, 국제어문학회, 2009.
26 박화성, 『백화』, 앞의 책, 292면.

그 성공의 여부를 차치하고『백화』는 이러한 모순을 완화하는 장치를 마련해 두고 있는데 그것은 모계 전통과 여성현실이라는 공통기반이다. 소설의 서두에는 소설의 서사와는 별 관련이 없는 '유비지'의 일화가 삽입되어 있다. 유비지는 고려조 충혜왕 때 사람으로 충혜왕은 백성을 이유없이 학살하고 미인만 보면 침실로 끌어들여 겁탈하기를 일삼았다. 남편을 잃고 혼자 살아가는 유비지를 보고 반하여 유비지 남편 윤민의 형 윤상을 통해 유비지를 궁궐로 끌어들인다. 유비지는 자신을 속여 왕에게 보낸 사람이 자신의 시숙인 것을 알고 그에 대해 복수한다. 자신에게 반한 왕에게 고하여 윤상과 그의 부인 강씨를 파멸로 이끈 것이다. 유비지는 충혜왕의 아이를 가졌으나 충혜왕이 그의 행실로 말미암아 원의 세조에게 끌려가고 궁전에서 쫓겨난 유비지는 갖은 고생을 하며 아이를 낳아 기른다. 유비지가 낳은 아들 승산이 곧 왕생의 아버지였다. 왕생이 백화와 필생의 짝으로 연결되는 근거는 백화의 아버지 임처사가 고아가 된 왕생을 돌보고 왕생을 어린 백화의 짝으로 점찍었다는 데에도 있지만, 유비지의 인생 내력이 백화와 유사한 데에도 있다. "밖을 향하던 원한과 저주의 강한 힘은 자기 일신을 향하여 맹렬히 발걸음을 돌려서게" 되었고, "앉아서 고이 죽음을 맞으려는 마음은 흔적도 없어지고, 복수의 힘이 미칠 듯이 맹렬해"[27]진 유비지는 백화의 성격에 고스란히 옮겨진다. 왕생이 백화의 짝이 된 것은 임처사의 뜻이기도 했지만 유비지의 혈통이 왕생에게 주어진 때문이기도 한 것이다. 왕생이 백화의 몸값으로 쓰기 위해 가져온 홍옥은 유비지가 충혜왕으로부터 받아 가보로 전해진 것으로 홍옥의 전달을 통해 유비지와 백화가 연결되는 소설적 장치가 마련되었다고 볼 수 있다.

부와 권력을 가진 남성 가해자들에게 강간의 위협을 겪는 백화를 구원하는 것은 왕생보다는 오히려 유사한 횡포에 고통 받은 기억이 있는 하층민들이다. 초옥을 윤간한 경수와 도춘을 죽인 문칠과 고삼은 김장자와 도춘으로부터 딸을 빼앗긴 일 때문에 원한을 품고 있다가 그들을 죽였다. 김장자는 가난에 쫓기는 문칠 일가에게 딸을 강탈하다시피 빼앗아 갔고 문칠의 딸 소니미는 홧병으로 죽고 말았다. 고삼의 딸 문영은 시집간 날 첫날밤에 집이 불타는 와중에 흔적도 없이 사라졌다. 문영을 탐내던 도춘이 집을 불태우고 문영을 끌고 가 윤간한 후 기생집에 팔아버린 것이다. 문칠과 고삼은 김장자와 도춘에 대한 원한으로 백화의 복수를 대리하고 백화는 그들이 처벌받지 않도록 지원하면서 연결되는데, 그 근간에는 부와 권력, 남성에 의한 젠더 폭력에 희생당한 여성 피해자들이 있다. 문칠과 고삼은 이후 홍옥을 가져오기 위해 길을 떠난 왕생과 만나 다시 백화와 조우한다. 이들

---

27 박화성, 『백화』, 앞의 책, 48면.

이 권력자들의 폭력에 맞서 연대하는 기반에는 가혹한 여성현실이 놓여 있었던 것이다. 문칠 일행과 동행하며 왕생을 돕는 여산의 경우도 마찬가지이다. 여산은 소설에서 백화에게 직접적 구원자로 등장하는 유일한 인물이라고도 할 수 있다. 우왕의 겁박에 몰려 대동강에 몸을 던진 백화를 건져내고 그를 왕생과 만나게 해 준 것이 여산이었기 때문이다. 왕생은 백화를 구하기 위해 길을 떠났지만 병약하여 여로에 앓아눕기를 거듭했고, 천신만고 끝에 백화에게 도착했으나 이미 몸을 던진 백화를 보고 따라 투신했다. 백화를 구하기 위해 평양을 향하는 여정 내내, 그리고 우왕의 결혼잔치가 벌어지는 선상에서 백화를 구하는 과정에서 여산은 일행을 지휘하고 작전을 진행시키며 지도자적 면모를 발휘한다. 여관에서 왕생을 만나 남다른 왕생의 사람됨을 보고 그를 따르기로 한 여산이지만, 여산이 백화 일행과 결속되는 것은 왕생이라기보다는 백화를 통해서, 정확히 말하자면 백화와 여성현실을 공유하면서이다. 여기에서 여성현실의 공유는 그의 아내 월곡댁이 겪은 사건, 혹은 범죄를 통해 드러난다.

크고 넓은 텅 빈 법당에 희고 작은 월곡댁의 그림자가 멀어 갈 때, 어슴푸레한 금빛 나는 불탑 옆에서 그의 뒷모양을 커다란 붉은 눈으로 쏘아보고 있는 그 형상은 실로 음침한 해골 구렁의 마왕이 섬약한 선녀를 집어삼키고자 벌건 입을 벌리고 독한 불기운을 쏟

고 있는 것과 흡사하다고 할 만하다.[28]

　계성사의 매불선사는 아이를 갖지 못하는 부인들의 소원을 들어주는 데 영험하다고 소문이 나 있다. 여산의 아내 월곡댁 역시 아이를 얻기 위해 지성을 드리는데, 그 과정에서 매불선사에게 겁탈당한다. 용모가 아름다운 여인을 개인 기도실로 안내한 후 부처님의 영험이 있을 것이라고 거짓말을 하였으나 *실성은* 매불선사가 기도를 하러 온 부인들을 겁탈하는 범죄를 계속해 왔던 것이다. 월곡댁은 겁탈을 당했지만 매불선사를 통해 자신의 욕망에 눈을 뜨고, 이후에도 매불선사와 계속 관계를 맺는다. 시어머니와 남편을 죽이라는 매불선사의 협박에 시어머니를 독살하기에까지 이른 월곡댁이 그의 잘못을 깨닫고 매불선사에 원한을 갖게 되는 것은 그가 경영하던 여관에 묵고 있는 왕생 때문이다. 왕생의 단정하고 품위 있는 모습에 반한 월곡댁은 그가 지금까지 매불선사에게 *빠져* 있던 것은 잘못된 욕망이며, 그 욕망의 기원이 매불선사의 탐욕과 파렴치한 범죄 때문이었다는 것을 알게 된다. 결국 월곡댁은 매불선사와 계성사의 중을 죽이고 자신도 자살한다. 농촌 하층계급의 여성으로서 월곡댁이 겪은 범죄는 기생신분이었던 백화나 초옥의 것과 또 다르다. 월곡댁은 수시

28　박화성, 『백화』, 앞의 책, 303면.

로 남편이 부재하는 집안에서 시어머니를 봉양하고 집안을 건사하는 노동을 해야 했으며, 아들을 낳아야 한다는 가부장적 의식에 지배받았다. 강간을 통해서 자신의 욕망을 자각하는 월곡댁의 삶은 '간부姦婦'나 '독부毒婦'로 지칭되면서 지탄받지만, 정작이 과정에서 이 여성이 살아내야 했던 여성현실과 여성욕망의 문제는 비가시화[29]된다. 여산은 아내의 외도와 시어머니 살해에 분노하여 인간현실에 환멸을 느끼지만 결국 그는 이 문제의 원인이 종교를 내세워 아내를 강간한 매불선사에게 있다는 것을 알고 이미 죽은 매불선사의 절을 불태운다.

> 그 후 삼사일을 연하여 출상이 나가는데, 계성사에서 둘이요, 배돌 여막에서 하나이며, 또 장주읍 현령의 부중에서 둘이 나갔으니, 이는 현령의 첫째 며느리와 둘째 딸이 목매어 자결한 까닭이었다[30]

계성사에서 나가는 출상은 월곡댁이 죽인 매불선사와 그와 같은 짓을 하고 있었던 또 다른 중의 것이고 여막에서 나가는 것은 월곡댁의 것이다. 매불선사의 사건이 알려진 후 현령의 며느리와 딸이 목매어 자결한 것은 의외로 발생한 또다른 비극인데, 매

---

29 본부살해 여성범죄에 대한 식민지기 담론을 통해 당시 여성의 노동현실과 성적 욕망, 그리고 그것의 제도적 가시화/비가시화의 양상을 연구한 자료로 소영현, 「식민지기 조선 촌부의 비/가시화」, 『동방학지』 174집, 2016을 참고했다.
30 박화성, 『백화』, 앞의 책, 358면.

불선사의 악행에 침탈당한 여성이 한 둘이 아니었던 것이다. 이들의 죽음에도 역시 아들을 낳는 신체로 취급된 여성의 문제, 은폐된 채 왜곡된 여성욕망의 문제가 복잡하게 얽혀 있다. 서사의 표면에서는 왕생에 대한 흠모가 여산이 왕생과 백화의 삶에 연결되는 계기가 되지만, 실상 지배 권력에 저항하는 하층 계급 인물들의 연대는 당대 현실의 모순을 가장 비극적으로 체현하는 여성 현실을 기반으로 이루어졌음을 알 수 있다.

부와 권력의 횡포가 닿는 극점에 여성에 대한 성적 대상화, 젠더 폭력의 현실이 있다는 것이 소설 『백화』의 기본 전제이다. 백화라는 여성인물을 통해 소설은 이러한 성폭력 범죄를 사회의 구조적 문제로 바라보고자 했고, 범죄에 굴하지 않는 여성 주체를 연쇄된 범죄와 그에 대한 복수로 형상화했다. 사회문제 전체를 여성문제로 환원한다든가, 결국 이러한 여성의식을 충효의 관념에 귀속시켰다든가, 충분한 개연성이 결여된 인물관계의 구도라든가 하는 것이 한계로 지적될 수는 있을 것이다. 그러나 『백화』를 잔혹한 여성현실의 폭로와 그에 대한 저항의 서사로 읽는 것은 박화성을 비롯한 여성작가들이 견지한 문제의식을 적극적으로 재구성하게 한다는 점에서 유의미하다. 부와 권력을 가진 자일수록 여성을 소유와 정복의 대상으로 삼아 무차별적으로 탈취하는 현실 속에서, 자신의 몸과 의식의 주체로서 응전하는 여성의 드라마란 그 자체로 모험이며 탈주이다. 그 위기와 불

안이 전면적이며, 피해가 가해로 둔갑하고 그 피해조차도 부정不
貞한 욕망의 발로로 담론화되는 현실을 생각한다면 『백화』로부
터 출발하여 당대 여성작가들이 산출해 낸 여성서사가 지니는
착잡한 맥락을 더 깊이 이해할 필요가 있다.

4. 박화성 문학과 여성서사

박화성은 『백화』의 연재를 앞두고 '작가의 말'에서 작품의 배
경을 고려 말로 선택한 이유를 "자본주의 사회의 인간흑막을 공
구하여 문예적 방법에 의하는 전제로 자본주의 사상의 전신인
우리 사회의 봉건적 폭권 만능의 시대상"[31]을 제공하고자 했다
고 밝히고 있다. '자본주의 사상의 전신'인 '봉건 사회'를 배경으
로 한 것은 여성서사로서의 『백화』의 성과이자 한계로 작용한
다. 봉건사회를 배경으로 하면서 권력의 횡포, 가부장적 사회가
전면화되고 가장 낮은 사회적 계층에 속해 있던 하층 여성의 수
난과 피해가 두드러졌고, 그래서 소설은 여성 주체의 형상화에
집중할 수 있었다. "빈약한 사람들이 짓밟히는 반면에 강대하고
잔인하고 간교한 몇 놈이 부와 귀를 독점"하고, "그 중에서도 제

---

31 박화성, 「연재소설 예고 – 작가의 말」, 『동아일보』 1932.6.5.

일 많이 짓밟힌 것은 부녀"[32]라는 인식은 고려 말의 설정에서 가장 효과적으로 드러났다. 그러나 한편으로 백화와 여성들의 수난에 대해 적극적 역할을 하지 못하는 왕생은 아버지가 맺어준 인연이라는 이유만으로 구원자가 되었고, 결국 복수와 저항의 주체였던 백화는 아버지와 남편이라는 가부장으로 귀속된다. 소설이 "복수와 충정과 의리로 구성"[33]되는 것 역시 봉건적 전통사회의 질서 속으로 회귀하는 결과로 이어신나. 김징자나 영국, 우왕, 매불선사의 횡포에 복수와 저항으로 일관하면서 자신의 신체를 지키려던 여성주체들이 돌연 자신들과 뜻을 같이 한 남성들의 배필이 되고, 고려가 망한 후 산천을 유랑하는 은둔자가 되는 것은 '충의'와 '의리'에 여성 욕망이 귀속된 결과이다. 왕조의 몰락을 따라 인물들의 삶의 한계가 결정되었고, 이는 과거를 현재의 전신으로 보기보다는 과거 자체로 서사화하는 데 그쳤다는 의심을 남긴다. 요컨대 『백화』의 서사는 여성주체와 가부장제, 혹은 자본주의적 현실과 전통적 의리와 정절의 세계 사이에서 균열을 일으키고 있다.

서론에서 『백화』가 박화성 서사의 원형을 시사하고 있다고 언급한 바 있다. 구상과 집필, 발표까지 상당한 시차가 있다는

---

32 박화성, 『백화』, 앞의 책, 150면.
33 노연숙, 「역사에 기록되지 않은 자의 낭만적 형상화」, 『인문논총』 71권 3호, 2014, 238면.

점, 그 시차는 박화성의 작가적 역량과 사상이 변화되는 시기를 반영한다는 점에서 『백화』를 일관된 사상과 현실의 재현이라 보기에는 무리가 있다. 도식적으로 표현하자면, '작가의 말'에서 "자본주의 사회의 인간흑막을 공구하여 문예적 방법에 의하는" 등의 발언은 동반자 작가로, 계급의식의 문학적 실천을 도모했던 32년의 박화성의 것이라면, 복수의 기획자이자 강자에 굴하지 않는 의지의 소유자였던 '백화'는 '여류'라는 말에 강렬한 거부감을 표하면서 한 명의 작가로서 살고자 했던 여성작가 박화성의 것이라고 할 수 있다. 고려 말을 배경으로 하여 유장한 시가와 망국의 비애를 소설 속에 끌어들인 것이 "소설을 밥보다도 더 좋아했"던 박화성의 유년으로부터 축적되었다면, 권력자의 횡포에 유린당하는 여성의 삶에 끝없는 원한과 복수를 표하는 여성 주체는 "귓가에서 윙윙거리는 그김동인-인용자의 조소를 대갈일성에 물리쳐"[34] 버리는 작가의식으로 벼려진 것이다.

박화성은 "무산계의 해방 없이는 여성의 해방은 있을 수 없다"[35]고 말한 바 있고 이는 박화성이 여성해방보다 계급해방을 우위에 둔다고 해석되어 왔다. 여성해방과 계급해방이 주제로 제시되었을 때, 사회주의 사상의 영향을 받은 여성작가들의 발언은 대체로 여기에 수렴된다. 그러나 이 발언이 '무산계의 해

---

34 박화성, 「여류작가가 되기까지의 고심담」.
35 박화성, 「계급해방이 여성해방」, 『신여성』, 1933.2.

방'이 자동적으로 '여성의 해방'을 이끈다는 의미가 아닌 것은 물론이다. 『백화』의 결말만 놓고 볼 때, "주인공의 불운과 불행의 존재를 묘출"시키는 데 그쳤고 "사회의 움직임과 대중의 동향"[36]을 그리는 데는 실패했다는 평가가 전적으로 부당한 것은 아니지만, 그럼에도 불구하고 잔혹복수극의 주인공으로서의 백화의 형상은 피투성이로 생생하다. 노동 현장에서 재난 현장에서, 여성이 감당해야 했던 성적 폭력과 생활로부터 얻는 계급적 불평등의 자각은 사회주의 서사의 패턴 안에서도 새로운 여성 주체의 형상을 창출해 낸다. 「추석전야」의 영신이 방직공장 감독의 성적 희롱에 반발하고, 남편 없는 생활을 책임지며 끝없는 가난에 맞서 나가는 모습이 그렇고, 「한귀」에서 끝없는 가난과 가사노동의 끝에 현실의 문제를 해결하기 위한 행동에 나서는 성섭의 처의 모습이 그렇다. 「한귀」에서 가뭄이 들어 고통받는 농민의 현실은 성섭의 처를 통해 더 절실하게 드러나는데, 농사일 뿐만 아니라 가사노동까지 부담해야 하는 농촌 여성의 노동 조건은 매우 가혹하다.

"내일은 또 모를 심는다니께 그래도 내일 놉 밥해줄 것이나 찧어 사지라우. 나는 고사하고 우리 품앗이 방애도 찧어야 쓰고 우리 방

---

36 홍구, 「1933년 여류작가의 군상」, 『삼천리』 제5권 제1호, 1933.1.1.

애도 찧고 콩밭도 매고 해야지. 아이고 빨래는 또 언제 할고? 새끼
들이 거지꼴이 다 되었는데.”[37]

이러한 여성노동현실에 대한 정확한 인식은 성섭의 아내가 적
극적인 집단행동에 나서는 과정에 개연성을 더한다. 교회 집사
로서 직분에 충실하려는 남편을 비판하며 아내는 “지줏댁 아니
라 상감님 앞에라도 가겠소”라며 현실의 문제를 해결하는 데 주
체적인 입장을 가지게 된다.[38] 박화성은 당대 프롤레타리아 문
학의 대표적 여성작가로 호명되기는 하였지만, 그의 문학 속에
서 사회주의 이념과 여성적 문제의식은 불화하고 있거나 균열되
어 있었다. 남성 중심의 문단에서 여성작가가 사회주의 문학의
지향점에 합류하는 지점에 대한 연구가 더 엄밀하게 진행될 필
요가 있다. 이 글은 여성작가의 문학세계를 문학사 속에서 재조
명하려는 최근 문학연구의 흐름 속에서 『백화』를 여성현실과 여
성주체를 중심으로 적극적으로 읽어보려 한 결과이다. 가부장제

---

37 박화성, 「한귀(旱鬼)」, 『조광』 1935.11.(인용은 『고향없는 사람들』, 푸른사
상, 2008, 164면)
38 서승희는 사회주의적 서사가 불법화되어가는 시점에서 재난에 주목한 박화성
의 「홍수 전후」, 「한귀」, 「고향없는 사람들」을 분석하면서 “극한 상황에서 다
치고 죽는 것은 결국 어린 여성”이며, “재난의 사태를 직시하고, 남성 가부자
의 허약함을 꿰뚫어 보는 주체”를 읽어낸다. 재난의 현실과 계급 불평등 속에
서 여성 주체의 입장이 현실의 새로운 발견과 이해를 이끌어낸 결과라 할 수
있다. 서승희, 「식민지 재난과 통치, 그리고 재현의 역학」, 『이화어문논집』 54
집, 2021.

나 층의의 인식틀과 혼종되어 있는 여성서사의 문제, 사회주의 서사와 페미니즘 서사의 결합방식에 대한 연구는 이후 보충하고자 한다.

참고문헌

1. 1차 자료

김문집, 「여류작가의 성적 귀환론」, 『사해공론』 1937.3.

박화성 외, 「여류작가 좌담회」, 『삼천리』, 1936.3.

박화성, 「계급해방이 여성해방」, 『신여성』 1933.2.

_____, 「소설 『백화』에 대하야 『여인』지 10월호를 읽고」, 『동광』, 1932.11.

_____, 「여류작가가 되기까지의 고심담」, 『신가정』, 1936.2.

_____, 「연재소설 예고-작가의 말」, 『동아일보』 1932.6.5.

_____, 서정자 편, 『백화』, 푸른사상, 2004.

_____, 『고향없는 사람들』, 푸른사상, 2008.

서정자 · 김은하 · 남은혜 편, 『나는 ~~여류~~작가다』, 푸른사상, 2021.

안회남, 「여류인물평」, 『여성』 1938.2.

이기호, 「백화와 박화성의 정체」, 『여인』, 1932.10.

홍　구, 「1933년 여류작가의 군상」, 『삼천리』 제5권 제1호, 1933.1.

2. 논문 및 단행본

김성연, 「공동체 지향과 아나키즘적 상상력」, 『국제어문』 제46집, 국제어문학회, 2009.

김양선, 『한국 근 · 현대 여성문학 장의 형성』, 소명출판, 2012.

김영미, 「'여성'으로서 '작가'가 된다는 것 – 박화성의 1930년대 장편소설을 중심으로」, 『한국현대문학연구』 64집, 2021.

김종욱, 「일제강점기 박화성 소설의 지역성 연구:동반자 작가로서의 위상과 관련하여」, 『한국현대문학연구』 42집, 2014.

노연숙, 「역사에 기록되지 않은 자의 낭만적 형상화」, 『인문논총』 제71권 3호, 2014.

박인영, 「스릴러 장르의 피해자 – 여성 표상」, 『영화연구』 67호, 2016.

서승희, 「식민지 재난과 통치, 그리고 재현의 역학」, 『이화어문논집』 54집, 2021.

서정자, 「작품해설-『백화』의 작품구조와 역사의식」, 서정자 편, 『백화』, 『푸른사상』, 2004.

소영현, 「식민지기 조선 촌부의 비/가시화」, 『동방학지』 174집, 2016.

심진경, 「문단의 여류와 여류문단 – 식민지시대 여성작가의 형성과정」, 『상허학보』 13,

2004.

야마다 요시코, 「박화성과 일본여자대학교 주변」, 서정자 편, 『박화성, 한국문학사를 관
통하다』, 푸른사상, 2014.

탈/식민 여성작가와 프로문학*

누가 여성봉기를 재현하는가

류진희

1. 여성서사, 살펴지지 않는 것들

페미니즘 '리부트' 혹은 대중화 이후, 다시금 근대 매체 장에서 명멸했던 여성작가에 대한 관심이 활발해졌다. 자명해 보이는 한국문학사를 '이성애-엘리트-남성' 중심의 것으로 심문하는 동시에, 그와 다른 여성서사의 가능성을 탐구하는 흐름이 계속되고 있다. 이는 범주로서의 젠더와 문화로서의 섹슈얼리티를 경유해 정전으로서의 문학을 탈구축하려는 의도이기도 하다. 이

---

* 이 글은 제12회 임화문학 심포지움 '프로문학과 여성작가'(2019년 10월 12일)에서 발표했던 「여성-프로-작가」, 해방기 여성 사회주의자의 등장과 사회주의 여성작가론의 곤란」의 일부분과 그 후 발표된 다음 두 논문을 재구성한 것임을 밝힌다. 류진희, 「혁명하는 여성들의 서사적 입지-『혁명적 여성들』(배상미, 소명출판, 2019)을 읽고」, 『상허학보』 51, 상허학회, 2020.6, 531~558면; 류진희, 「해방기 여성대중의 부상과 여성봉기의 재현」, 『여성문학연구』 51호, 한국여성문학학회, 2020.12, 199~220면.

때 우선 신여성의 상징인 나혜석을 비롯해, 성적 억압으로부터 자유롭고자 했던 1세대 '배운녀자' 작가들이 재차 호명됐다. 그러나 이 과정에서 식민지 매체 장에서 '여류문단'이 어떻게 형성되었는지, 또 해방기 탈식민 격동에서 이들 여성작가가 어떤 전신轉身을 감행했는지 등이 연속적으로 조망되지는 않았다.

마찬가지로 성적 전위로서 도드라졌던 몇몇 여성작가 외, 식민과 냉전 체제에 적극적으로 자신을 투사하던 석지 않은 여성작가들은 현재적 관심에서는 다소 비켜나 있다. 예를 들어 소위 1940년대의 '친일' 여성작가들이나, 1950년대 '규수' 혹은 '대중' 여성작가들이 그렇다. 이들이 당대에 정력적으로 발표했던 다량의 작품들이 재차 읽혀지지는 않았다. '여류작가'라는 명칭에 깃들인 폄하에도 불구하고, 이들 일군의 여성작가가 기존 문단에 기입되기 위해 누구보다 애썼음이 자명하지만 말이다. 그런데 이러한 열외는 비단 여성작가에 대한 폄하 때문이 아니라, 최근 여성들이 의미있게 여기는 여성서사가 단순히 '여성들이 생산했다'가 아닌 '페미니스트 시각으로 의미 있게 독해할 수 있다'로 초점이 옮겨졌기 때문이기도 하다.[1]

1　예를 들어 『문학을 부수는 문학들』은 근대전환기의 신소설부터 2000년대 이후 신자유주의 시대의 한국문학에 이르기까지 광범위한 대상을 '페미니스트 시각'으로 비평한다. 이 기획에서 많은 '여류'들이 제도에 기꺼이 기입되고, 문단에 영합조차 했던 순간들은 다소 덜 주목됐다. 오혜진 외, 『문학을 부수는 문학들』, 민음사, 2018.

이제 페미니스트 독자들의 여성서사에 대한 요구가 높아졌다. 신여성으로서 유명 여성작가들뿐 아니라, '지금-여기' 신자유주의 상황에 유용한 참조가 될만한 혁명하는 여성들에 대한 힘 있는 이야기가 소구되는 중이다. 그러나 자기를 서사의 대상으로, 주로 근대성과의 관련에서 다룬 여성작가들과 달리, 식민지 여성 사회주의자들은 스스로의 목소리를 기록할 수 없었다. 이들은 당대 매체 장에서 사건 속 인물이거나 스캔들의 주인공이기는 했지만, '여류작가'로 자신에 대해서 발화하지 않았다. 이렇듯 사회주의 논의를 비롯 정치적 이슈 자체를 금지한 검열의 압박 등이 상존하는 식민지적 조건에서 여성서사와 계급 논의가 어떻게 조우할 수 있는지, 어떤 접점이 만들어지는지에 대해서는 좀 더 활발한 논의가 필요하다.[2]

주지하듯 1990년대 이후 학술·비평계에서는 여성문학의 진전과 그에 따른 여성문학 연구의 흥기에서 여성작가들의 작품에 대한 주목이 있었다. 이때 선구자로서 1세대 여성작가뿐 아니라, 최정희처럼 2세대로서 일제에 협력한 흔적을 당대 매체에 남겨놓은 이들도 여실히 드러났다. 또 지하련처럼 식민이라는 조건에서 여성성을 전략적으로 내세운 3세대 여성작가들에 대

---

2 설사 이들이 자신에 대해 기록을 남겼다고 해도, 이 역시 현실적인 전략 속에서 선택되었다. 예를 들어 허정숙이 사회주의자로 생존하기 위해 오히려 자기서사를 남기지 않았다는 논의는 장영은, 「생존과 글쓰기-여성 사회주의자의 자기서사」, 『비교한국학』 25권 2호, 국제비교한국학회, 2017.8, 71~95면.

해서도 두루 살펴졌다.[3] 이들은 식민지 근대성을 보여주는 신여성의 정체성을 주로 구현했고, 그들의 서사적 행위성은 무엇보다 여성적 글쓰기 수행으로 분석됐던 것이다. 그러나 여성재현을 비판하며, 열망하는 여성서사는 과연 어떠한 것인지에 대해서는 엄밀히 정리되지는 않았다. 과연 여성서사는 여성작가들이 만들어낸 여성에 대한 이야기, 그것도 여성성과 관련해서 해석할 만한 작품으로만 한정될 수 있을까.

전술했듯 식민지 조선의 여성 사회주의자들이 거의 기록을 남기지 못한 상태에서 여성주체와 사회주의의 접점을 찾기가 난망하다고 했다. 나아가 여성작가와 카프문학과의 관계가 어떠한지도 고려하기가 쉽지는 않다. 소위 '남성적인 필치'로 고평됐던 박화성이나 '남성중심적 전망'을 제시한다고 비판되기도 했던 강경애의 위치는 어디쯤일까. 우선 이 둘은 2세대 여성작가에 속하면서, 계급을 고려해야하는 식민지적 조건을 드러낸다고 평가됐다. 그렇기에 여성문제에 대한 인식은 다른 여성작가에 비해 선명히 나타나지는 않는다고 했다. 이는 프로문학에서 여성재현이 어떻게 되는지 너머, 여성으로서 프롤레타리아 소설을 어떻게 쓸 수 있는지 질문하게 한다. 다시 말해 식민지 여성작가의 계급적 전망이 어떠한 젠더와 섹슈얼리티로 드러나는지, 그

---

3 이러한 1,2,3세대로 나누는 여성작가 계보에 대해서는 이상경, 『임순득, 대안적 여성주체를 향하여』, 소명출판, 2009, 15~30면.

교차적 양상에 대한 파악이 필요하다는 것이다.[4]

이 글은 프로문학의 계보에 여성작가의 부재를 지목하는 것 너머, 과연 탈/식민 여성 프로작가는 가능했던 것인지를 식민지기 여성작가의 입지와 해방기 여성봉기 서사를 겹쳐봄으로써 질문하고자 한다.

2. 식민지 여성작가와 프로문학

식민지 매체 장에서 여성작가들이 엮어내는 여성서사는 검열로 인해 양화된, 즉 금지된 정치의 보충supplement으로 내세워졌다.[5] 정치의 과소는 종종 문화의 과잉으로 드러났고, 이러한 식민지 문화는 근대성의 이면을 보여주는 것이기도 했다.[6] 여성작

---

4 1999년 창간되어 2019년에 20주년을 맞은 『여성문학연구』가 정리한 1~47호 총목차를 참조하면, 노동문학 속의 여성상, 여성노동, 그리고 여성노동 소설과 여성노동자 에세이 등에 관한 연구가 제출되었음을 볼 수 있다. 관련해서는 정고은 정리, 「『여성문학연구』 총목차(1~47호)」, 『여성문학연구』 48호, 한국여성문학학회, 2019.12, 495~527면; 오자은, 「『여성문학연구』의 현재와 현재성」, 『여성문학연구』 48호, 한국여성문학학회, 2019.12, 30~59면.

5 식민지 검열 장의 형성과 여성잡지 포함, 여성담론 생성의 과정을 더불어 이해한 논의로는 최경희, 「젠더연구와 검열연구의 교차점에서 ─ 여성 및 근대 여성담론의 식민지적 특수성에 대한 시론」, 『일제 식민지 시기 새로 읽기』, 혜안, 2007.

6 검열의 효과로서 식민지의 법역과 문역의 격차에 대해서는 한기형, 『식민지 문역 ─ 검열/이중출판시장/피식민자의 문장』, 성균관대 출판부, 2019.

가들이 바로 그런 존재로, 이들은 식민지 모더니티를 전위적으로 드러내는 동시에 그 한계를 지시하기도 했다. 많은 1,2,3세대 여성작가들이 고등교육의 수혜자로서 도시 경성을 중심으로 언론과 교육 등 다방면에서 활약했다. 그러나 이들이 식민지 작가로서 제국을 향해 젠더에 더해 계급을 노골적으로 형상화하기란 곤란했다. 그렇기에 전술했듯 1930년대 후반 두 번째 결혼으로 절필 상태에 들어가기 이전의 박화성이, 또 1940년대 조반까지 경성의 문단 중심에서 떨어져 만주에서 작품활동을 했던 강경애 정도가 계급 논의를 담은 소설로 작가로서의 존재감을 드러냈던 것이다.[7]

그러나 작품 내에서 사회주의 성향을 다소 드러냈다고 해도, 이들은 사회주의 여성서사를 제대로 창출했다고 평가되지는 않았다.[8] 식민지 조선의 문학 장에서 프롤레타리아 문학은 조선프롤레타리아예술가동맹Korea Artista Proleta Federatio : 이하 카프의 결성과 관련한 작품들로 꼽혔기 때문이다. 이 외 1930,40년대 경

---

7 특히 강경애 소설에는 계급, 젠더, 그리고 이주가 교차해서 드러나는 당대 모순의 핵심적 주체로서 여성이 등장하는데, 이로서 '프로-여성적 플롯'이 가능하게 됐다는 평가도 있다. 관련해서는 김복순, 「강경애의 '프로-여성적 플롯'의 특징」, 『한국현대문학연구』 25호, 한국현대문학회, 2008.8, 311~343면.

8 식민지기 사회주의와 여성작가에 대한 전반적인 논의는 김연숙, 「사회주의 사상의 수용과 여성작가의 정체성」, 『어문연구』 33권 4호, 한국어문교육연구회, 2005.12, 333~358면, 전희진, 「식민지시기 문학의 장에서 여성작가들-2세대 여성 작가들의 작품과 삶의 경로를 중심으로」, 『사회와 역사』 93호, 한국사회사학회, 2012.3, 5~47면.

북의 영천 지방에서 사회주의 관련 활동가로 활약하다, 결혼 이후 전격 작가로 전신한 백신애가 특별히 궁핍하고 빈곤한 구여성에 대해 지속적으로 이야기를 하기도 했다.[9] 이처럼 대개의 여성작가들은 정식으로 카프에 속하지도, 집단적인 문학운동이나 상호적인 문학논쟁에 지속적으로 연루되지도 않았다. 이들은 소위 '진정한' 계급문학과 거리를 두고 존재했다고 했는데, 예를 들어 민병휘는 "(사회주의 성향의 – 인용자) 여류작가로는 최정희, 송계월 씨 등이 있으나, 필자는 이 두 분이 완전한 작가로서 지위를 점령하였다고는 단언하기 주저"한다고 했던 것이다.[10]

다시 말해 사회주의 성향의 서사를 제출한 여성작가는 카프문학으로 분석되지 않고, 리얼리즘 계열의 작가 혹은 동반자 성향의 작가로 더해질 뿐이었다. 초기 최정희와 더불어 송계월, 그리고 임순득 정도가 기사와 비평 등을 통해 계급의 문제를 제기하는 데 비교적 성공했다고 했을 뿐이다. 그러니까 전체적으로 식민지 여성작가들의 서사에 대한 판단은 둘로 나눠진다. 첫째는 직접적인 정치와 관련이 없다고 여겨진 여성서사이고, 둘째는 다소 정치적이어서 여성적인 서사는 아니라는 것이다. 강조컨대

---

9   백신애의 경우는 계급을 드러내고자 했던 2세대에 속하면서 동시에 여성적 특질을 전략화한 3세대적 특징을 더불어 가진다고 했다. 이것이 사회주의자에서 작가로 스스로의 정체성을 전환했던 것과 관련있다는 논의는 류진희, 「백신애의 방랑과 기행―여성 사회주의자의 동북아시아 루트와 반제국 서사」, 『사이間SAI』 28호, 국제한국문학문화학회, 2019.11, 263~294면.
10   민병휘, 「조선푸로작가론」, 『삼천리』 4권 9호, 삼천리사, 1932.9.

한쪽은 양화되어 있고, 한쪽은 음각되어 있다. 그런데 이는 계급적인 것이 남성적인 것이고, 여성적인 것은 정치적이지 않은 것이라는 이분화된 편견에 다름없다. 이때 식민의 문제를 계급적 지평에서 다루고자 분투했던 여성작가들은 설사 여성 주인공을 핵심에 배치한대도 여성서사를 제출했다고 적극적으로 평가되지 않는 것이다.[11]

또한 중요한 것은 2세대 여성작가 중 사회주의 성향을 드러내는 이들의 서사 역시 검열을 통과한, 즉 합법적으로 생산된 텍스트라는 점이다. 그렇기에 이 사회주의 성향을 내비치는 여성작가들도 당대적 의미에서 혁명을 고수하는 '붉은 여성들'로 간주되지는 않았던 것이다. 설사 초기 '여류문단'이 이들을 중심으로 형성됐다고 해도, 카프가 해산1935되자 여성작가들이 드러냈던 동반자성도 희미해진다고 했다. 검열의 강화와 그에 따른 여성문단의 형성에 발 맞춰, 대표적으로 최정희 등 여성작가들의 전략도 여성적인 것의 적극화로 전환했다.[12] 이렇게 카프문학과

---

11 식민지기 여성작가들과 같은 '여류'들이 아니라, 여성 사회주의자들이 진짜 '조선의 페미니스트'로 호명되기도 한다. 그러나 사회주의자 여성들의 이야기는 식민지 언론 장에서는 순조롭게 드러나지 않기 때문에, 그들의 사상적 면모는 부득이 해방기의 말들을 통해서만 전해진다. 관련 논의는 이임하, 『조선의 페미니스트-식민지 일상에 맞선 여성들의 이야기』, 철수와영희, 2019.

12 대표적으로 최정희는 신건설사 사건(1934년)으로 9개월이나 수감되기도 했다. 그는 오히려 그 경험 때문인지 스스로 관련 성향의 「정당한 스파이」(1931)를 자신의 등단작이 아니라고 부인했다. 1930년대 초반 여성작가들의 프로문학적인 경향은, 카프의 해체 및 검열의 작동으로 식민지 조선의 '여류문

여성문학 사이에 개입된 제국/식민지 체제와 남/여성적인 것의 교차는 식민지 여성서사에서 사회주의적인 것을 결략시켜 그에 대한 좁은 시야만을 허락했다.

반면 최근의 연구로서 배상미는 프롤레타리아 문학의 젠더를 심문하는 한편, 오히려 섹슈얼리티를 통해 노동을 그린 작품의 풍성함을 주장하기도 했다. 그는 식민지 조선의 여성작가와 그들의 서사가 가진 난국을 에두르며, 과감하게 젠더와 노동, 그리고 섹슈얼리티가 교차되는 지점을 전체적으로 살피려는 시도를 했다. 이때 카프에 소속됐던 남성작가뿐 아니라 비非카프 작가가 노동자들의 노동과 생활을 그렸다면, 그의 작품 역시 전체적으로는 프롤레타리아 소설로서 고려된다는 것이다. 또한 여성작가들의 작품도 적극적으로 이들 남성작가들과 나란히 분석될 수 있다. 다소 느슨한 프롤레타리아 소설의 기준에서 여성작가들도 부분적으로 프로작가로 위치된다. 다시 말해 여성문학에서 계급서사를 찾아내는 것이 아니라, 여성서사로서 계급문학을 진취적으로 살펴보려는 것이다.[13]

단'이 가진 지배적 성격으로 자리잡지 못했다. 관련해서는 심진경, 「문단의 여류와 여류문단—식민지 시대 여성작가의 형성과정」, 『상허학회』 13호, 상허학회, 2004.8, 277~316면 등.

13 배상미의 『혁명적 여성들—프롤레타리아 문학의 젠더, 노동, 섹슈얼리티』(소명출판, 2019)에서 다뤄지는 소설은 발표연도로 정리하자면 다음과 같다. 이효석의 「깨트려지는 홍등」(1930), 유진오의 「여직공」(1931), 송영의 「오수향」(1931), 이북명의 「인테리」(1932)와 「여공」(1933), 이기영의 「고향」(1933), 한설야의 「교차선」(1933)과 「황혼」(1936), 채만식의 「탁류」

이러한 시도는 '지금-여기'를 상대화할 수 있는 사회주의의 새로운 가능성을 찾고자 하는 의도와 상통한다.[14] 여기에서 기존 사회주의 성향의 작가로 손꼽히는 박화성과 강경애, 그리고 송계월과 최정희 정도뿐 아니라, 새롭게 김말봉과 장덕조도 분석될 만한 프롤레타리아 작품을 제시했다고 고려된다. 이때 제각각의 텍스트 더미들을 고르게 펼쳐놓고 여성노동의 다양한 방식들을 집과 일터 등 공간적 구성에 따라 일별하는 것이다. 그런데 한편으로 이러한 파격은 전술했던 식민지 매체 장과 여류문단의 상호적 구축, 그리고 그 속에서 여성작가들이 가지는 모순적 입지를 괄호치는 듯하다. 이때 무엇보다 여성을 대상으로 하는 재현에 대한 관심이 다시 촉구되면서 식민지 근대성의 형성을 둘러싼 문화론적 논의, 즉 텍스트들을 둘러싼 법과 제도, 그리고 행위 등이 덜 고려되는 듯도 하다.

돌이켜보면 식민지 근대성을 비판하는 논의들이 촉발한 문학연구 중 상당 부분이 당대의 풍속적 탐구로 우선 수렴되기도 했었다. 근대적 이분법에서 벗어나 식민지 근대성과 상호적으로 구성되는 소문자적인 주체들, 특히 서사 내외의 복잡다단한 여

(1937), 김남천의 「바다로 간다」(1940) 등. 그리고 이 작품들과 나란히 놓인 여성작가의 작품은 최정희의 「니나의 세토막기록」(1931), 송계월의 「공장소식」(1931), 김말봉의 「망명녀」(1932), 장덕조의 「저회」(1932), 강경애의 「소금」(1934)과 「인간문제」(1934), 박화성의 「북극의 여명」(1935) 등이다.
14 프로문학 연구의 이러한 전환에 대해서는 손유경, 『프로문학의 감성구조』, 소명출판, 2012, 3~6면; 프로문학반 편, 『혁명을 쓰다』, 소명출판, 2018, 3~21면.

성들의 행위성이 초점으로 두어졌다. 그러나 이로 인해 '제국/식민'체제의 억압적 계기로서 대문자적 범주인 계급 자체에 대해 주목할 계기들은 약화되기도 했던 것이다. 이때 여성들은 식민지 근대성의 핵심을 드러내는 존재로서가 아니라, 오히려 풍속적 차원에서만 거듭 소환되기 일쑤였다. 마찬가지로 식민지 근대성의 핵심으로서 신여성은 남성의 얼굴을 한 노동자의 부상과 짝을 이뤄 다뤄졌다. 앞서 배상미의 논문은 다양한 분야의 여성 노동자가 섹슈얼리티와 관련해 가시화되었음에도 불구하고 여성 섹슈얼리티와 연관된 일들은 여성들의 노동으로 잘 셈해지지 않았음을 지적했던 것이다.[15]

요컨대 계급문학에서 생산 공장만을 공적 노동의 공간으로 상정한다며, 그 안의 여성노동자와 그 재현만이 진지한 비평의 대상으로 상정될 뿐이다. 그러나 사실 남성 노동자의 얼굴이란 여성 노동과의 대조에서 내세워질 수 있었고, 나아가 공장노동자뿐 아니라 다양한 직군의 여성노동자가 있었다. 그리고 이들은 거의 대부분 동시에 가사노동을 담당하기도 했다. 이 때문에 다

---

15 사회주의권의 해체와 마르크스주의적 변혁 패러다임이 폐기되면서 근대성 연구가 붐이었고, 어느 정도 민족주의 비판과 함께 행해졌던 신여성 연구는 이 변화의 한 가운데에 있었다. 이는 민족주의에 한편을 기댄 식민주의 극복이라는 과제를 내세운 위안부 연구와 다른 층위에 있을 수밖에 없기도 했다. 신여성이 다설의 대상이 된 한편에는 위안부에 대한 침묵이 동반되어 있었음과 관련해서는 이혜령, 「신여성과 일본군 위안부라는 문지방들—목가적 자본주의의 폐허에서 식민지 섹슈얼리티 연구를 돌아보며」, 『여성문학연구』 33호, 한국여성문학학회, 2014.12, 7~40면.

시 프롤레타리아 소설을 호의적으로 재독하여, 당대 여성노동과 관련한 모든 맥락을 세세하게 짚어낼 필요도 있었던 것이다. 그리하여 질문은 여성노동자와 신여성을 포함한 그 외를 구분하는 방식이 아니라, "신여성은 어떤 여성노동자인가"를 제기하는 형태가 되어야할 것이다. 조안 스콧에 따르자면 역사적 맥락과 사람들과의 관계에서 계급이라는 담론도 구성되는 것이며, 동시에 카테고리로서 젠더도 개입된다고 했다.[16] 물론 식민지 언론 장의 그 많은 한계에도 불구하고 여성작가들도 지식 혹은 집필 노동자이며, 나아가 계급의식을 가진 사회주의자일 수 있었다.

그럼에도 여성작가들이 글쓰기를 자신의 노동으로 적극적으로 드러내거나, 혹은 식민지 검열이라는 조건 아래 그들 노동의 조건을 근본적으로 바꿔내는 혁명의 서사는 주조해내지 못했다. 왜냐하면 검열이 상시 가동되는 식민지 매체 장에서는 여성노동의 중층성을 합법적으로 드러내는 여성인물을 매번 제시하기란 녹록치 않기 때문이다. 오히려 식민지 조선의 문학 장에서 계급 문제를 여성과 더불어 말할 때는 섹슈얼리티의 억압, 즉 성폭력을 주된 장치로 사용한다고 했다.[17] 다시 말해 프로문학에서 소

---

16 노동을 포함해 모든 문화의 주요 활동은 젠더 역할을 정의하고 분배하는 것, 즉 생물학적인 육체를 문화의 의미화 체계 및 할당된 가치와 사회적 역할로 집어넣는 범주화의 과정을 따른다. 존 W. 스코트, 송희영 역, 「젠더 역사분석의 유용한 범주」, 『국어문학』 31호, 국어문학회, 1996.1, 291~326면.
17 여성/성과 계급, 그리고 여성노동과 문학이 연관되는 방식은 주로 1920,30년대 카프 문학에서 성적 억압에 초점을 두는 여성재현이 반제국주의 자본주의

설들이 여성에 대한 성적 폭력을 계급적 각성과 관련해 중요하게 장치화한 것이다. 이때 하층 계급 여성의 말하지 못함이 긴급한 계급운동의 추동이 된다. 이때 글쓰기를 자신의 소명 및 업으로 삼았던 신여성들은 그러한 방식을 채택하지 않았고, 그들의 후예로서 여성작가 혹은 연구자들은 지금도 단지 부르주아 학문을 증빙하는 중산층 엘리트로만 지목될 뿐이다.

그러니까 식민지 언론 장에서 노동의 문제란 하층계급 여성의 섹슈얼리티를 매개로 해서 드러날 수 있었다. 여기에 더해 하나를 더 꼽자면, 식민지 남성 지식인이 차마 말하지 못하는 사회주의적 항변 역시 여성을 통해 그려지기도 했다. 예를 들어 김남천의 연작 소설 「경영」1940.1, 「낭비」1940.2~1941.2, 「맥」1941.2에 등장하는, 교육 받은 여성이면서 동시에 아파트사무원으로 일하는 최무경이 그랬다. 이 여성 캐릭터는 섹슈얼리티가 아니라 탈섹슈얼의 전략을 말하는데, 그는 1930년대 말 카프의 해소와 검열의 강화에서 여성 공장노동자가 서사에서 사라지자 경제적 합리성으로 무장한 전향자의 애인으로 등장한다.[18] 이 여성이 수

비판에 어떻게 사용되는지를 말하는 것으로 이뤄졌다. 그리고 시대를 격해 1970·80년대 여성노동자가 글쓰기를 통해 스스로를 주체화했음을 말하는 두 가지의 방식으로 연구가 진전됐다고 볼 수 있다. 다시 말해 분석대상과 연구시기가 크게 양분된 것인데, 이는 최근 번역된 다음 논저에서도 마찬가지이다. 루스 배러클리프, 김원·노지승 역, 『여공문학–섹슈얼리티, 폭력, 그리고 재현의 문제』, 후마니타스, 2017.

18 이들 여성들의 자기-경영은 남성 지식인들의 허무주의나 전향을 넘는 것이기도 하지만, 한편으로 제국일본의 식민권력에 투항한 결과로 보이기도 한다.

행하는 노동은 두 층위에 걸쳐 있는데, 하나는 임금노동으로서 서비스노동이며 또 하나는 부불노동으로서 돌봄노동이다. 그리고 김남천은 전자가 아니라 후자, 즉 남성의 옥바라지와 뒷바라지에 몰두하는 여성에 초점을 두었다.

강조컨대 1937년 중일전쟁을 계기로 대동아공영권으로 발전될 동양론이 대두될 때, 전체주의 사상에 회의를 드러내는 역할이 여성노동자에게 주어졌다고 볼 수 있다. 식민지말 카프해산 이후의 김남천이 여성을 자신의 노동이 아니라, 남성의 사상에 더 관련하는 모습으로 제시한다는 점에서 그렇다. 조선의 프롤레타리아 소설이 여성 섹슈얼리티의 재현을 중심에 두는 서사를 다수로 마련했다고 한다면, 카프 해산의 반향으로 생활에 집중하는 서사 역시도 일하는 여성을 통해 제출됐음이 의미심장하다. 다시 말해 카프의 설립과 해산을 기준으로 하는 1925년에서 1935년까지라는 한 시기에 고정하지 않는다면, 계급 관련 이슈를 여성을 통해 드러내고자 했던 남성들의 서사들은 꽤 많다고 할 수 있는 것이다.

그러나 이와 반대로 식민지 여성작가들은 카프 단체 혹은 프로문학과 어느 정도 거리를 두고 있었다. 마치 최무경과도 같이 섹슈얼리티의 재현은 기피한 채 자신들만의 서사를 생성해 내고

관련해서는 황지영, 「김남천 소설에 나타난 '여성 경제적 인간' 연구」, 『구보학보』 15호, 구보학회, 2016.12, 212~238면.

자 했던 것이다. 김남천의 소설에서 다른 여성 노동자들과 만날 자리를 갖지 않았던 무경과 달리 식민지 매체 장에서 여성들은 여성작가로서 늘 함께 일하면서 '여류'로서 주시됐다. 카프문학과 여성작가, 혹은 여성서사와의 관계를 살펴볼 때, 카프의 남성 중심성뿐 아니라 '여류문단'의 식민지성이 더불어 고찰되어야 하는 이유가 바로 여기에 있다. 물론 여성서사를 정의하는 여성과 서사와의 관계 역시도 사회주의를 개입시켜 중층적으로 살펴질 필요가 있다. 식민지 조선의 여성작가가 어떤 한계에서 여성 인물을 내세울지, 이는 남성 프로작가들이 계급문제를 내세울 때 손쉽게 여성 섹슈얼리티를 소환하는 것과는 다르다.[19]

강경애의 「인간문제」는 그런 점에서 주목할 만하다. 이 소설의 주인공 여성노동자 선비는 성적 위기에 노출되기는 하지만, 그로부터 재빨리 벗어난다. 여기에서 진짜 위기는 성폭력을 둘러싼 상황이 아니라 갑작스럽다고 할만한 선비의 병세 때문에 닥쳐온다. 그는 남성작가의 작품에서와 달리, 여성노동자가 성폭행 당하는 장면 혹은 성적 계약을 해야만 하는 상황을 자세히 묘사하지 않거나, 설정하지 않기를 적극적으로 선택한다. 그리

---

19 이혜령은 루스 배러클러프의 『여공문학』을 비평하며, 서구 산업소설의 번역으로서 이 문학적 범주는 여공의 섹슈얼리티가 여성노동자 스스로는 발설하고 싶어하지 않는 토픽이었다는 점에서 한국의 상황에는 꼭 맞지는 않음을 지적하기도 했다. 이혜령, 「'여공 문학' 또는 한국 프롤레타리아 여성의 밤, 루스 배러클러프 『여공 문학―섹슈얼리티, 폭력 그리고 재현의 문제』」, 『상허학보』 53, 상허학회, 2018.1, 239~269면.

고 소설의 마지막에서 여성노동자 선비는 그의 섹슈얼리티, 즉 살아있는 육신이 아니라 시신으로 충격적으로 등장한다. 이는 여성을 매개로 팽팽히 대항하는 제국/식민지 체제의 권력을 단박에 무화시키는 효과를 의도한 게 아닐까. 그렇다고 했을 때 프롤레타리아를 재현하는 여성작가의 방식은 여성 섹슈얼리티를 매개로 하는 남성작가의 서사들과는 다르다고 할 것이다.[20]

3. 탈식민 여성 봉기서사의 불/가능성

여러모로 식민지 조선에서 여성노동자들이 그야말로 자신의 혁명을 주창하는 모습으로 적극적으로 재현되기는 어려웠다. 사실 '봉기uprising'의 대중적 형상은 주로 남성들로 이뤄졌다. 하층계급 남성들이 결정적 순간에 역사적 주체로 부상하는 과정들은 지금까지도 반복적으로 그려져 왔다. 이 남성들 사이에 입지를 가진 여성은 일 개인에 가깝고, 대부분의 여성들은 봉기의 알리바이나 혁명의 수혜자로 배치된다. 혹은 이들은 특정 장면에서 특출난 저격수 혹은 우연찮은 메신저로 홀로 움직인다.[21] 여

---

20 류진희, 「금지된 감정-『조선출판경찰월보』의 소설기록과 탈/식민 멘티멘탈리즘」, 『비교문화연구』 54호, 경희대 비교문화연구소, 2019.3, 35~56면.
21 박근혜 대통령의 탄핵으로 마무리된 '촛불혁명' 이후, 「1987」(2017)을 비롯하여 문재인 정권하에서 아래로부터의 혁명을 다룬 영화가 양산됐다. 이 대중

성들이 봉기의 행위자로서 인상적인 스펙터클을 이루며 의미있게 등장하는 장면은 금세 떠오르지 않는다. 혹은 여성들이 역사적 장면을 대대적으로 만들어내도, 이는 주로 스스로의 주장이 아닌 군집의 양태로만 주목되어 왔다.

그러나 해방기에 여성대중은 탈/식민의 독립과 건국의 핵심이었다. 민족/국가의 필요 불가결한 구성요소로서 여성들 역시 자유롭고 평등한 주권적 주체가 되어야만 했기 때문이다. 해방 후 일년이 채 지나지 않아 우후죽순 여성단체들이 등장했다. 건국부녀동맹1945.8.16 이후 조선부녀총동맹 개칭, 여자국민당1945.8.18, 애국부인회와 여권실천운동자클럽1945.9.10, 여자청년동맹1945.11.10 등이 활동했다.[22] 전무후무한 여성들만의 당, 각종 여성들의 이름을 내건 결사와 집회는 대대적인 여성대중을 가시화했다. 해방직후 광장으로 나온 여성들이 주축이 된 행사들은 연일 언론의 스포트라이트를 받았다. 우파의 '지능계발 자아향상'과 좌파

서사의 젠더에 대한 간단한 논의는 류진희, 「'메신저'와 '저격수' 너머 혁명하는 여성의 자리」, 『참여사회』 261호, 참여연대, 2018.12, 34~35면. 더불어 '촛불혁명기' 내셔널시네마에서 드러난, 그 남성중심적 건국신화의 성 정치학에 대해서는 손희정, 「촛불혁명의 브로맨스-2010년대 한국의 내셔널 시네마와 정치적 상상력」, 『민족문학사연구』 68권, 민족문학사학회, 2018.12, 521~548면.

22 해방기의 정치적 상황과 여성운동의 전개에 대한 전체적인 논의는 문경란, 「미군정기 한국여성 운동에 관한 연구」, 이화여대 석사논문, 1988, 32~136면; 이승희, 「한국여성운동사연구-미군정기 여성운동을 중심으로」, 이화여대 박사논문, 1991, 58~129면; 양동숙, 「해방 후 우익 여성단체의 조직과 활동연구(1945~50)」, 한양대 박사논문, 2010, 24~164면.

의 '여성해방 차별철폐' 사이, 여성들의 다종다양한 정치적 스펙트럼이 한꺼번에 드러나는 순간이었다.[23]

특히 12월 22일과 23일 양일에 걸쳐 무려 194개 단체, 대의원 500여 명이 참여했고, 수천 명이 참집했다는 전국부녀총동맹 결성대회는 전 사회의 시선을 끌었다. 이 전대미문의 대중 여성단체에 대한 관심은 모든 언론에서 일어나기 시작했다. 풍문여고 대강당에 수천명이 모였다는 보도는 연단 위아래로 빽빽이 들어찬 여성들을 부감하는 사진들과 더불어 자세하게 전달됐다. 당시 신문 지상에 보도된 식순을 보면, 위원장 유영준이 개회사, 안미생이 축사를 했고, 이순금이 국내정세, 박진홍이 국제정세를 보고했다고 한다. 바야흐로 한반도에 정식 정부가 세워지려는 순간, 여성들 역시도 근대적 민주주의 민족/국가의 구성요소로 자신의 몫을 열렬히 주장하고 나선 것이다.[24]

---

23 조선여자국민당이 먼저 "조선여성은 자질을 향상하여 …… 민족국가건설에 초석이 되려한다"고 천명한 후, 한국애국부인회 역시 "지능을 계발하여 자아향상을 기함"을 그 강령의 첫 번째로 꼽았다. 부녀동맹의 경우는 "조선여성의 정치적, 경제적, 사회적 해방을 기함"을 가장 첫 번째 강령으로 제시했다. 「한국애국부인회가 결성」, 『매일신보』, 1945.9.13; 「조선여자국민당 결성」, 『매일신보』, 1945.9.14; 「1945년 9월 14일 건국부녀동맹 결성식」, 『격동의 해방3년』, 한림대 아시아문화연구소, 1996.8, 32면.

24 무엇보다 연안에서 도보로 환국했다는, 무정 장군의 직속 지도권을 가지고 휘하 2천 명을 거느렸다는 '여장군' 김명시가 눈길을 끌었다. 그는 자신이 "실제로 총칼을 들고 머리를 깎고 남자들과 함께 제1선에서 왜놈들을 상대로 맞서 싸웠다"고 하면서도, 그럼에도 모순적으로 "여자는 여자다운 입장에 서라는 의무가 더욱 과중"하다고 연설했다. 「부총결성대회석상 김명시 여사 절규」, 『조선일보』, 1945.12.25; 「독립동맹은 임정과 협조, 조선의 '짠타크' 현대의

그러나 곧 전개된 신탁통치 정국에서 좌우남북 어디에 스스로를 위치시킬지 여성들 역시 본격적으로 고민하기 시작해야 했다. 위 좌파계열 여성단체에 대항해 뒤이어 독립촉성부인단1946.1.9 이후 애국부인회와 독립촉성애국부인회로 연합이나 전국여성단체총연맹1946.11.15이 등장했다. 그리고 탁치를 결정한 삼상회의를 지지하는 조선부녀총동맹의 발언에 날카롭게 대립하면서, 이들 우파 여성이 결집하기 시작했다. 사실 여성들이 하나여야한다는 당위는 오히려 그렇지 못한 상태에서 내세워지는데, 우파 여성들은 해방직후의 열세에서 벗어나기 위해 좌파 쪽과의 결별을 천명했다. 이때 "우리는 먼저 나라 있는 백성이 되자"는 구호는 자기 존재감의 확보에 다름없었다. 이러한 의미심장한 전환에서 '진보적 민주주의' 지향에서 변혁의 원천으로 지목되던 여성대중들 역시 좌파적 활력을 포함해 그 잠재적 역량 때문에 백안시되기 시작한다.

이 때문에 38선 이남의 단독선거의 가능성이 가시화될수록 여성들에게 참정권이 부여된다는 사실이 마법과도 같은 것이라고 내세워졌다. 그러나 앞으로 단독정권 수립에 반대하는, 실질적 분단에 대항하는 여성들의 봉기 자체는 금기가 될 것이었다. 나아가 여성들이 정치적 주장을 관철하기 위한 시위를 조직하는

부낭(夫娘)인 연안서 온 김명시 녀장군 담(談)」,『동아일보』, 1945.12.23.

것 자체가 반사회적인 것으로 지목되기 시작했다. 단적으로 기생을 비롯해 하층계급 여성들의 전략적 봉기는 시대적 요청과 도덕적 명분에 의해 진압되었다.[25] 요컨대 냉전의 징후로서 대중정치의 열기는 그와 긴밀했던 좌파적 움직임과 더불어 단속되기 시작했던 것이다. 예를 들어 노동자 파업 못지 않게 미군정의 실정, 즉 심각한 식량문제에 대항하는 '부녀자들의 쌀배급 데모'가 상당했다. "젖먹이를 업은 채 부청으로 도청으로 진정의 거듭을 멈출 수가 없는" 여인들에 대한 소식이 있었다. 그러나 이중 몇몇이 미군 MP가 휘두른 곤봉에 부상을 입었다는 보도만이 단편적으로 부각될 뿐,[26] 대중봉기에 적극적으로 가담했던 여성들은 단신으로만 시야에 포착된다.[27]

이처럼 해방기 대중운동의 앙등기에 광장과 거리에 나섰던 여

---

25 해방기 좌우연합이 마지막까지 견지됐던 이슈로 공창폐지결의가 있는데, 이에 대해 초기에는 부녀총동맹 쪽이 주도권을 잡았지만, 곧 미군정과 협력을 통해 우파 측이 주도권을 잡게 된다. 처음에는 기생 측도 삼화, 한성, 서울, 한강 4대 권번 800여 기생이 총파업을 결의하기도 했지만, 이는 곧 민족의 보건을 내세우는 성병보균율 몇 %라는 공격적인 발표 등으로 무력화됐다. 「서울의 기생, 여급에 대한 검진제도 실시」, 『동아일보』, 1945.3.18; 「서울 기생조합, 매달 1번씩 신체검사 실시 통고에 거부 결의」, 『조선일보』, 1946.3.19.
26 「쌀 달라는 여인 부상, 혼잡 이룬 시청풍경」, 『서울신문』, 1946.4.2; 「사설 부녀자에 대한 폭행」, 『자유신문』, 1946.4.7.
27 예를 들어 청운동의 박여사는 쌀을 증배하여 배급해달라고 동민의 서명까지 갖추어 진정서를 제출했다. 그러나 그 날인이 사실과 다르고 "쌀 증배가 바쁘지 선거가 뭐가 바쁘냐"는 문구를 썼다가 경찰 당국에 조사를 받는다. 결국 박여사는 군정재판에 회부되어 6개월이나 징역을 받았다. 「쌀 增配 진정하던 박여사 軍裁 회부」, 『조선일보』, 1948.4.14; 「박여사에 6개월 軍裁서 징역 언도」, 『조선일보』, 1948.4.15.

성대중은 구체적으로 기록되지 못했다.[28] 식민지 검열의 철폐로 잡지와 출판물이 우후죽순 쏟아져 나왔지만, 여성대중의 주장들은 서사화되지 못했다. 무엇보다 중층적 탈/식민의 조건에서 여성작가들이 당대의 혁명적 여성대중을 다루지 못했음을 생각해볼 만하다. 이는 전술했듯 식민지 검열 장에서 금지된 정치를 보충하는 문화의 촉진에서 '여류문단'이 형성됐음과 관련될 것이다. 해방이 됐다고 해도, 특히 협력의 혐의가 드리워진 작가들의 경우 당장 활동하기는 쉽지 않았다. 그러나 카프 출신 평론가 한효는 해방 후 여성작가를 전체를 향해 "사회적 존재가치를 인식하지 못하고 문단을 사교장으로 안다"고 호통친다. 그리고 그들의 반대편에 의도적으로 여성대중을 배치하는데, 이는 1945년 9월 12일 "수천 명의 여직공들이 때묻은 작업복을 입고 맨발로

---

28 다만 사후적으로 전해지기는 했는데, 관련해서 조선공산당원이었다가 일본으로 망명을 떠났던 고준석의 『아리랑 고개의 여인』이 있다. 부제 '어느 조선 여성운동가를 회상하며'에서 보듯, 이 책은 자신이 아닌 '붉은 자켓의 여자'로 기억되는 부인 김사임을 그린다. 그와 함께 여성봉기의 순간은 다음처럼 겨우 도착할 수 있었다. "여성들의 데모대는 서울시청 안으로 들어서자 곧바로 '농성'을 시작 …… 더듬거리는 영어로써 서울시청사 복도를 가득 메운 군중을 배경으로 시장과 담판하여 밀가루 배급의 약속을 받아냈다. 이때 미국인 시장은 집무실 밖의 여성군중의 위세에 눌린 나머지 아내의 성명·주소를 묻는 것을 잊어버렸다." 김사임은 부녀동맹의 명륜·혜화동 세포로 당서울시의회의 부녀부에 속했다고 한다. 그는 부녀동맹의 하부조직 구축과 자연과학계의 간호원이나 의사·약사 여성들을 조직하는 일을 맡았으며, 부녀동맹 결성대회 때는 서기로 선출되기도 했다. 고준석은 당시 아내가 늘 자식을 업은 채 데모대 선두에 서있었고, 그 모습에서 가정주부가 참여하지 않은 집회나 데모는 의미가 없다는 확신이 들었다고 적고 있다. 고준석, 유경진 역, 『아리랑 고개의 여인』, 한울, 1987, 123~125면.

벗고 비를 맞으면서 행진하는 광경"에서 소환된다.[29]

그러나 그는 이 여성 대중의 행렬은 조선의 현 단계에서 아름답게 보아야할 '광경'으로만 말해질 뿐, 이들 "가장 순하고 가장 부지런하고 가장 선량한 여성대중"이 어떤 주장을 펼쳤는지는 적지 않았다. 이렇듯 해방초기 좌파 작가들은 혁명의 도화선에서 살펴지는 여성의 집단적 가능성을 낭만적으로 제시했다. 김영석의 단편소설 「폭풍」1946.11은 한효가 언급했던 여성들의 행렬이 어떻게 가능했는지를 서사화하고 있다. 여기에서 귀득을 중심으로 한 "나 어린 여공은 참새들처럼 함께 몰려서 불안스런 얼굴을 하고 양쪽 거동을 살피는 것"이었다. 그러다 곧 "자기네가 언제나 함께 소리치면 아무리 세도가 당당한 공장장도 풀죽는다는 것"을 알게 된다. 마침내 그들은 "대大한노勞총은 퍽력力단이다! 우리는 끄까지 싸호쟈!"처럼 틀린 글자투성이의 삐라를 제 손으로 붙이게 된다.

마지막으로 소설은 이들 여공들이 "원수스런 박래품"인 권총의 위협에도 불구하고, 자동차 바퀴 앞에 수십명 엎치기 덮치기로 누운 모양을 제시한다. 강조컨대 언어를 넘어서는 집단적 힘으로 여성대중을 그리는 것은 권력에 대항하는 대중의 역량을

---

29 해방직후 한효는 조선프롤레타리아문학동맹을 결성했다. 잠시 조선문학가동맹 중앙위원을 역임하기도 했지만, 1946년 2월 초 일찌감치 월북했다. 한효, 「여성과 문학」, 『여성공론』 1호, 여성공론사, 1946.1, 40~42면.

소환하기 위함이다. 김영석의 소설에서 여공들은 자신의 주장을 글자로는 겨우 서툴게 전달한다. 그렇기에 이들은 자신의 간절한 주장 자체가 아니라, 군집적인 양태를 최선의 저항으로 취함으로서만 드러날 수 있었다.[30] 이는 신인 황건이 『신천지』에 제출한 단편소설 「깃발」1946.6~7에서도 관찰된다. 주인공 건호는 '깃발의 바다'를 이룬 거리에서 "공장패인들성 싶은 여자만의 대열"을 마주친다. 그리고 그 속에서 교원 출신임에도 불구하고 그들과 함께 노래를 부르는 여동생을 발견하고, 자신도 다시 청년 농민과 함께 할 용기를 얻게 되는 것이다.[31]

이렇듯 이 소설들은 대중운동의 필연성을 여성을 통해 드러내고자 했다. 여기에 여성들의 봉기 자체, 즉 구체적으로 이들 여성이 혁명에서 가지는 역할, 혹은 그들의 투쟁적 입지에 대한 관심은 누락된다. 실제로 조선노동조합전국평의회의 상당수는 이미 여성 노동자들이었고, 가장 먼저 파업이 발생한 사업장인 경성방직의 쟁의는 여성들이 이끌었다. 그럼에도 실제 싸우는 여성들에 대해서는 환영보다 불안이 더 자주 투사된 듯하다. "도로가 모자라게 쏘다니는 여성들이 과연 나라를 위한 사회에 한 주

---

30 김영석 역시 조선문학가동맹 문학대중화운동위원회 위원장으로 활발한 문필활동을 하다가, 1948년 이후 월북한 것으로 전해진다. 김영석, 「폭풍」, 『문학』 2호, 조선문학가동맹, 1946.11, 106~143면.

31 황건은 함경 출신으로 해방 후 고향에 머물며 작품활동을 시작한다. 이후 그는 북한의 조선작가동맹 소설분과 위원장에 오르기도 한다. 황건, 「깃발」, 『신천지』 2권 2호, 신천지사, 1946.6~7, 168~181면.

춧돌이 되기 위해 바쁜 걸음을 치고 있느냐"는 삐라가 하루가 멀다하고 가두에 뿌려졌다.[32] 그러니까 먼 여성해방의 이상에는 동의하더라도 당장 정치열에 들뜬 여성들에게는 적대를 숨길 필요가 없는 것이다.

다시 말해 여성들은 신문 하나 사보지 않기에 믿을 만한 정치적 견해를 가질리 만무하다고 했다. 여성 스스로 자신의 문화를 창조해낼 지능을 남성의 수준으로 끌어올리지 못하면, 똑같은 지위에서 협동하지 못한다고도 했다. 나아가 여성들이 '절름발이' 문화를 창조하게 될지도 모른다고 한탄했다.[33] 이는 탈/식민 민족/국가로의 전환에서 '정상성'의 주장이 시작됨을 의미한다. 결국 대중의 역량은 어느 순간 통치 권력에 수렴돼야하기에, 가장 원초적인 힘으로서 여성봉기는 어떻게든 다스려져야할 것이었다. 의미심장하게도 전술했던 김남천 연재소설의 여성 히로인 무경은 해방 후 「1945년 815」『자유신문』, 1945.10.15~1946.6.28에서는 좌파 여성지식인 문경의 동생으로, 즉 우파 남성대중의 이름으로 제시된다. 이러한 애매한 변형은 탈식민의 효과라고 할 수 있는데, 해방 후 여성작가들이 제출한 작품은 이러한 아이러니를 더욱 드러내고 있다.

---

32 이석동, 「여성에의 고언」, 『녹십자』 1호, 녹십자사, 1946.1, 43~47면.
33 관련 언급은 김병환, 「조선여성에게 드리는 말」, 『학병』 1호, 학병사, 1946.1; 강원길, 「여성의 해방」, 『혁진』 1호, 혁진사, 1946.1; 이동규, 「여성과 문화」, 『여성공론』 1호, 여성공론사, 1946.1 등.

이때 1948년 여름, 박화성이 드디어 발표한 「광풍 속에서」 1948.7가 눈에 들어온다. 해방 이후 그는 식민지기 검열됐던 「헐어진 청년관」『예술문화』 제4호, 1946.8을 뒤늦게 게재하고, 단편집 『고향 없는 사람들』중앙문화보급사, 1948을 재발간했다. 그러나 신작으로서는 단편 「봄안개」『민성』, 1946 정도만을 냈을 뿐이었는데, 이 소설이 바로 박화성의 해방 후 첫 연재였던 셈이다.[34] 노라 변형 서사라 할만한 이 이야기에서 주인공 조영희는 나혜석이 작사했던 '인형의 집'을 노래하며 등장한다. 재석겸비의 요조숙녀였지만 이제는 미쳐버린 그는 여성으로서의 생존경쟁에는 실패했다고 자인한다. 그리고 헌법의 국회통과를 기념해 둘러앉은 입법의원들을 향해, 모든 국민들이 법률 앞에 평등하며 성별이 없다는 주장이 거짓이라고 소리친다. 그러나 이는 전환기의 전략이기도 했는데, 그는 첩의 딸이나 남편 집안의 며느리로 살지 않고 기쁘게 쫓겨남으로써 광풍 속에서 기꺼이 다시 살겠다고 한다.[35]

중요한 것은 이 개인적인 자각이 미친 여자의 목소리로 전해질 뿐, 사회적 주장으로 접수되지는 않는다는 점이다. 이는 다음의 상황을 떠올리게 한다. 1946년 10월 항쟁 이후, 1948년 4·

---

34 해방직후 박화성이 당장에 작품활동을 하지 않았던 것은 알려진대로 집안 일 때문이 아니라, 조선문학가동맹 목포지부장을 맡았기 때문이라는 증언도 있다. 서정자, 「박화성의 해방 후 소설과 역사의식」, 『박화성, 한국문학사를 관통하다』, 푸른사상, 2013, 172~199면.

35 박화성, 「광풍 속에서」, 『서울신문』, 1948.7.17~23.

3 사건과 여순 사건 등 그에 잇따른 봉기의 상황이 펼쳐졌다. 그럼에도 몇몇 작가들이 체제의 요청에 응답해 취재한 기사들을 제외하고, 당대 이 봉기의 순간을 의미있게 서사화한 작품은 찾아보기 어렵다. 불과 몇 달 전, 조선문학가동맹이 기관지 『문학』에서 '인민항쟁특집호'1947.2를 구성할 수 있었던 때와 사뭇 시정이 달라진 것이다.[36] 이때 모윤숙에 의해 창간됐다고 알려진 『문화』1947.7의 '여류작가특집호'가 모습을 드러냈다. 이때 "여류의 대작만을 한 자리에 골라 놓았다"는 이 지면에 해방 초의 정치적 활력은 자취가 없었다.

여기에 포함되지 않은, 먼저 좌파 쪽에서 부상했던 지하련과 이선희도 대표작 「창」『서울신문』, 1946.6.27~7.20과 「도정」『문학』, 1946.7 후 별다른 작품을 내놓지 못했다. 그리고 여기에 실린 소설들, 즉 장덕조의 「창공」과 최정희의 「점례」, 그리고 임옥인의 「떠나는 날」은 차례대로 명망가의 부인, 하층계급 농촌여성, 그리고 고학력 여교원들을 초점화하고 있다.[37] 이 시기 가장 떠들썩한 사회적 반향을 일으키던 존재로서 여학생들이 당대 여성작

---

36 오직 10월 인민항쟁을 소재로 한 평론, 시, 소설만을 실었던 임시호이자 특집호였다. 소설로는 「산풍」(김현구), 「아버지」(황순원), 「방아쇠」(전명선), 「어머니」(박찬모) 5편이 실렸는데, 모두 남성 노동자, 남성 농민, 남성 징용피해자 등을 초점에 둔 작품이었다. 이렇듯 당대 사건을 선취적으로 투쟁사와 항쟁사 속에 기입하려는 서사적 전략에 대해서는 조은정, 「'10월항쟁'의 역사화 투쟁과 문학적 표상-조선문학가동맹의 1947년 위기 극복의 방법론」, 『한중인문학연구』 46호, 한중인문학회, 2015.2, 47~72면.
37 '여류작가 특집호'에 실린 이 세 작품에 대해서는 류진희, 앞의 글, 140~143면.

가들의 재현 대상에서는 **빠져있는** 것이다.[38] 손소희가 「가두에
서는 날」1947.1에서 일찍이 그렸듯, 제 각각의 여성 대중운동이
경합하며 봉기하던 해방의 거리와 정치적 광장은 희미해졌다.
이제 그로부터 물러나 "생활 가두에서 자기의 주의를 배우고 또
내세울 것을 맹세"하자고 했다.[39]

그러나 이러한 여성봉기 서사를 대체하는 생활 본위 주장에도
불구하고, 좌익계 소요에 가담한 여성들이 천 여명이 넘을 것이
라는 통계도 전해진다.[40] 남한이라는 체제 안팎에서 차라리 이
질적 존재가 되기를 선택한 이들도 적지 않았다는 것이다. 1948
년 5월 10일, 최초로 여성 참정권이 실행되는 감격의 총선거날
은 누군가에게는 구국을 위한 단독정부를 결사저지할 마지막 기
회이기도 했다. 이를 계기로 비합법 투쟁으로 나서고, 또 그 과
정에서 산속으로 들어가게 된 여성들도 있었다.[41] 그 후로도 전

---

38 1947년 5월 1일 메이데이 기념식에 참석했던 배화, 경기, 진명 등 시내 여고녀
   생들이 줄줄이 징계를 받았다. '데모와 맹휴의 일상화'에서 이 여학생들도 단
   련이 되었기에, 기념식에 참석했다는 이유로 퇴학 혹은 정학 처분을 내릴 수
   없다며 맹렬히 항의했던 것이다. 관련해서는 김은경, 『학생문화사−해방에서
   4월 혁명까지』, 서해문집, 2018, 103~115면.
39 손소희, 「가두에 서는 날」, 『부인』 2권 1호, 부인사, 1947.1; 구명숙 외편, 『해
   방기 여성 단편소설』 I (한국 여성문학 자료집 2), 역락, 2011, 191~203면
   재인용.
40 해방 후 47년 말까지 남한 각지에서 좌익계 소요에 가담한 연인원은 402,800
   명으로, 그중 여자는 1,230여명이었다고 한다. 『격동의 해방3년』, 한림대 아
   시아문화연구소, 1996, 460면.
41 「전북 폭동사건 관련 고창여중생 20여 명 검거」, 『서울신문』, 1948.4.3; 「200
   여 여학생 피검」, 『경향신문』, 1948.6.20.

복음모의 혐의자로, 대규모 시위행진을 하고 수많은 삐라를 뿌리다 치안재판에 회부되는 여성들 소식도 간간이 전해졌다.[42] 예를 들어 이주경이 그러했는데, 그는 불과 18세의 나이에 단선 單選에 반대하여 인천우체국 방화사건을 주동했다고 회자됐다.[43] 그러나 더 이상 여성들의 봉기는 말해지지 않고, 사회주의자의 뒤를 잇는 빨치산의 재판 기록 혹은 전향간첩 수기 정도로 음각되어 전할 뿐이었다.[44]

---

42 「여학생 등 35명 종로뤁에서 검거」, 『조선일보』, 1948.8.19; 「여학생이 주동. 進永에 대규모 데모와 봉화」, 『조선일보』, 1948.8.19; 「지하선거여학생 최고 29일 구류」, 『자유신문』, 1948.8.21.

43 당시 인천여자경찰서에 구금된 여자들 중 태반은 정치범이었다고 하고, 이주경이 선솔하여 일제히 단식을 실행하면서 남북 통일정부 수립, 무조건 체포반대, 미결범 급속 판결, 고문폐지 등을 외쳤다고 했다. 「女警, 유치장서 단식소동」, 『서울신문』, 1948.8.22. 이주경은 마산 출생의 대구 방직공장 오르그 출신으로, 애초에 인천우체국 방화 당일 다른 남자대원들과 행동할 계획이었다. 그러나 아무도 나오지 않아 단독 실행하였고, 현장에서 검거되어 무기징역을 선고받았다. 이후 한국 전쟁 때 북으로 넘어갔다고 전해진다. 관련해서는 이승희, 『한국현대여성운동사』, 백산서당, 1994, 140·175면.

44 예를 들어 전향 남파간첩 소정자는 수기를 남겼는데, 여기에 해방 후 좌파의 승기 속에서 공산당 활동에 전념하게 된 정황이 그려져있다. 그는 공산당이 조직된 후 정치적 손길이 자신에게 뻗쳐졌고, 먼저 진주시당에서 일하게 됐을 때보다 남로당 개칭 후 여성당원이 더 많아졌다고 회고했다. 관련해서는 소정자, 『내가 반역자냐』, 방아문화사, 1966, 26~29면.

4. 결론을 대신하여

1949년 3월 김말봉은『신여원』에 「낙엽과 함께」라는 단편을 싣는다. 여기에는 「망명녀」1932 이후 10여 년만에 사회주의자의 형상이 등장한다. 공창폐지연맹 위원장을 맡기도 하면서 관련 이슈를 여성만의 연대로 희망차게 그려냈던 「가인의 시장」 1947.7.1~1948.5.8 이후 한참을 쉬어 내놓은 소설이었다. 주인공 강돌순은 삼팔선 근처에서 현재 이북을 근거지로 게릴라 무장투쟁을 지휘하는 오빠 근배를 따라 비밀업무를 수행하고 있다. 그의 주위에 여성은 병 든 어머니를 제외하고 살림을 봐주는 돌쇠 어머니가 전부이다. 그는 "서울 가서 중등학교도 잇해 동안 다녔"지만 "무슨 스트라익인가 어느 선생 쫓아내는데 가담을 했던" 인물이었지만 이제 그는 새롭게 등장한 국군 미남자 창호에게 끌리고 있다.[45]

돌순은 오빠와 애인이라는 남북 알레고리의 사라지는 매개로 사용된다. 맹렬한 학원 투쟁의 인물이었던 그는 이제 스스로는 "돌순 씨 빨갱이 사상을 지지하십니까?"라는 말에 "전 본래 이론 투쟁은 할 줄 몰라요"라고 물러선다.[46] 그리고 오빠 손에 그도,

---

45 「낙엽과 함께」,『신여원』, 신여원사, 1949.3; 인용은 구명숙 외편,『해방기 여성단편소설』1(한국 여성문학 자료집 2), 역락, 2011, 118면.
46 위의 책, 121면.

그의 손에 오빠도 죽지 않기를 바란다는 유서를 쓰고 죽음을 택하는데, 이는 피비린내 나는 조국의 상황에서 한 톨 비료가 될 낙엽이 되겠다는 선언이었다. 그러나 다소 돌출적으로 보이는 돌순의 결단은 단지 하루의 전투만을 중지하게 했을 뿐인데, 오히려 잊혀진 것은 홀로 떨어진 이 낙엽이 사실은 여성 대중운동이라는 큰 나무의 한 부분이었다는 사실인 듯하다. 그리고 이는 기록되지 못한 탈/식민 여성 사회주의자를 암시함과 동시에 남한 여성작가의 입지 자체의 요동침을 암시한다.

정리하자면 조선의 프로문학을 중요하게 구성했던 여성 섹슈얼리티의 현시는 사실 식민지 여성 사회주의자들의 침묵과 맞짝일 수 있다. 식민지 매체 장에서 두각을 드러낸 여성작가들은 이 사이에서 그 모순과 한계를 그대로 겪어내는 존재였다. 해방기 돌아온 여성 사회주의자들이 스스로를 드러낼 때, 그리고 카프 작가들이 여성대중의 재현을 통해 다시 프로문학을 제출할 때 이들은 광기 혹은 자살 등으로 여성인물을 제시할 수밖에 없었다. 이 곤혹을 응시하지 않으면, '지금-여기' 탈식민 민주주의 여정에서 페미니즘이 어떻게 개입할지 깊게 사유할 가능성도 희미해질 수 있다.

지난 '촛불혁명' 과정에서 여성대중의 명멸에 대한 실제적 감각이 살아났다. 그러나 38선 이남 민주주의의 전개에서 반복된 혁명, 운동, 항쟁 등에 여성들의 봉기는 구체적인 기록 혹은 의

미있는 서사로 남겨지지 못했기에 그에 대한 기억도 휘발되는 듯하다. 그 많은 광장과 거리의 여성들은 어디로 갔는가를 질문하며, 이 글은 우선 식민지 여성작가들이 프로문학과 맺는 관계, 그리고 해방기 여성봉기 서사의 불/가능성을 더불어 생각해 보고자 했다. 과연 여성은 탈/식민 과정에서 어떠한 민족/국가의 일원이 되고자 했을까, 혹은 그 너머를 어떻게 상상했을까. 이 글은 이렇듯 중첩되는 모순과 반복되는 고난에서 여성작가들의 서사가 가지는 복잡성을 탐구해야한다고 말하고자 했다.

참고문헌

1. 1차 자료

『경향신문』, 『동아일보』, 『매일신보』, 『서울신문』, 『자유신문』, 『조선일보』 등 신문자료.

강원길, 「여성의 해방」, 『혁진』 1호, 혁진사, 1946.1.

김말봉, 「낙엽과 함께」, 『신여원』, 신여원사, 1949.3.

김병환, 「조선여성에게 드리는 말」, 『학병』 1호, 학병사, 1946.1.

김영석, 「폭풍」, 『문학』 2호, 조선문학가동맹, 1946.11.

민병휘, 「조선푸로파가론」, 『산천리』 4권 9호, 삼천리사, 1932.9.

박화성, 「광풍 속에서」, 『서울신문』, 1948.7.17~23.

손소희, 「가두에 서는 날」, 『부인』 2권 1호, 부인사, 1947.1.

이동규, 「여성과 문화」, 『여성공론』 1호, 여성공론사, 1946.1 등.

이석동, 「여성에의 고언」, 『녹십자』 1호, 녹십자사, 1946.1.

한효, 「여성과 문학」, 『여성공론』 1호, 여성공론사, 1946.1.

황건, 「깃발」, 『신천지』 2권 2호, 신천지사, 1946.6~7.

구명숙 외편, 『해방기 여성 단편소설』 I (한국 여성문학 자료집 2), 역락, 2011.

최영희 편, 『격동의 해방3년』, 한림대아시아문화연구소, 1996.8.

2. 논문 및 단행본

고준석, 유경진 역, 『아리랑 고개의 여인』, 한울, 1987.

김복순, 「강경애의 '프로-여성적 플롯'의 특징」, 『한국현대문학연구』 25호, 한국현대문학회, 2008.8.

김연숙, 「사회주의 사상의 수용과 여성작가의 정체성」, 『어문연구』 33권 4호, 한국어문교육연구회, 2005.12.

김은경, 『학생문화사 – 해방에서 4월 혁명까지』, 서해문집, 2018.

루스 배러클러프, 김원 · 노지승 역, 『여공문학 – 섹슈얼리티, 폭력, 그리고 재현의 문제』, 후마니타스, 2017.

류진희, 「금지된 감정 – 『조선출판경찰월보』의 소설기록과 탈/식민 멘티멘탈리즘」, 『비교문화연구』 54호, 경희대 비교문화연구소, 2019.3.

_____, 「백신애의 방랑과 기행 – 여성 사회주의자의 동북아시아 루트와 반제국 서사」, 『사이間SAI』 28호, 국제한국문학문화학회, 2019.11.

배상미, 『혁명적 여성들 – 프롤레타리아 문학의 젠더, 노동, 섹슈얼리티』, 소명출판, 2019.

서정자, 「박화성의 해방 후 소설과 역사의식」, 『박화성, 한국문학사를 관통하다』, 푸른 사상, 2013.

소정자, 『내가 반역자냐』, 방아문화사, 1966.

손유경, 『프로문학의 감성구조』, 소명출판, 2012.

손희정, 「촛불혁명의 브로맨스 – 2010년대 한국의 내셔널 시네마와 정치적 상상력」, 『민족문학사연구』 68, 민족문학사학회, 2018.12.

심진경, 「문단의 여류와 여류문단 -식민지 시대 여성작가의 형성과정」, 『상허학회』 13호, 상허학회, 2004.8.

오자은, 「『여성문학연구』의 현재와 현재성」, 『여성문학연구』 48호, 한국여성문학학회, 2019.12.

오혜진 외, 『문학을 부수는 문학들』, 민음사, 2018.

이상경, 『임순득, 대안적 여성주체를 향하여』, 소명출판, 2009.

이승희, 『한국현대여성운동사』, 백산서당, 1994.

이임하, 『조선의 페미니스트 – 식민지 일상에 맞선 여성들의 이야기』, 철수와영희, 2019.

이혜령, 「'여공 문학' 또는 한국 프롤레타리아 여성의 밤, 루스 배러클러프, 『여공 문학 – 섹슈얼리티, 폭력 그리고 재현의 문제』」, 『상허학보』 53, 상허학회, 2018.1.

_____, 「신여성과 일본군 위안부라는 문지방들 – 목가적 자본주의의 폐허에서 식민지 섹슈얼리티 연구를 돌아보며」, 『여성문학연구』 33호, 한국여성문학학회, 2014.12.

장영은, 「생존과 글쓰기 – 여성 사회주의자의 자기서사」, 『비교한국학』 25권 2호, 국제비교한국학회, 2017.8.

전희진, 「식민지시기 문학의 장에서 여성작가들 – 2세대 여성 작가들의 작품과 삶의 경로를 중심으로」, 『사회와 역사』 93호, 한국사회사학회, 2012.3.

정고은 정리, 「『여성문학연구』 총목차(1~47호)」, 『여성문학연구』 48호, 한국여성문학학학회, 2019.12.

조은정, 「'10월항쟁'의 역사화 투쟁과 문학적 표상 – 조선문학가동맹의 1947년 위기 극
　　복의 방법론」, 『한중인문학연구』 46호, 한중인문학회, 2015.2.

존 W. 스코트, 송희영 역, 「젠더 역사분석의 유용한 범주」, 『국어문학』 31호, 국어문학
　　회, 1996.1.

최경희, 「젠더연구와 검열연구의 교차점에서 – 여성 및 근대 여성담론의 식민지적 특수
　　성에 대한 시론」, 『일제 식민지 시기 새로 읽기』, 혜안, 2007.

프로문학반 편, 『혁명을 쓰다』, 소명출판, 2018.

하기혁, 『식민지 문역 – 검열/이중출판시장/피식민자의 문장』, 성균관대 출판부, 2019.

황지영, 「김남천 소설에 나타난 '여성 경제적 인간' 연구」, 『구보학보』 15호, 구보학회,
　　2016.12.

제3부

프로문학과 일본

1920년대 초반 식민지 소선의 유물돈 인식
최은혜

기원과 이식
근대초극론에 대한 대항으로의 '이식' 개념을 중심으로
김학중

김사량의 이중언어 작품에 나타난 표현의 차이에 대한 고찰
조선어 작품 「유치장에서 만난 사나이」와 일본어 작품 「Q백작」을 중심으로
다카하시 아즈사

1920년대 초반 식민지 조선의 유물론 인식

최은혜

1. 문제제기 – '식민지 사회주의'의 존재론

1920년을 전후로 조선에 물밀 듯이 유입된 사회주의는, 주지하듯 일본·중국·러시아 등을 경유해 들어온 서양의 사상이었다. 조선에서 사회주의는 자본주의라는 거대한 억압 체제로부터의 해방을 꿈꾸고 사유하게 했다. 식민지 조선에 자리 잡은 자본주의는 일본 제국주의의 침투로부터 본격화됐으며[1] 그렇기에 자

---

1 일제의 식민 통치가 본격화되면서 조선 내부의 경제적 상황과 사회 구조는 이전과 달리 재편될 수밖에 없었다. 토지조사사업을 비롯해 화폐제도, 조세제도, 교통제도 등에서의 전방위적 제도 개편과 변화는 식민통치의 기반이 되고, 또한 조선의 불완전한 자본주의화를 촉진했다. 이는 곧 사회적 관계에 변화를 초래한 요인이기도 하다. 예컨대 토지조사사업(1910~1918)과 1914년 「조세지세령」 등의 과정을 거치며 "토지에 연관되어 있었던 중층적 권리가 배타적 소유권으로 대체됨으로써" 농촌의 자본주의화가 진행되었고, "상호적인 원리를 중심으로 구성되는 경향"을 보이던 전통적 지주-소작농의 관계가 자본주의적으로 재편되었다. 소작 계약의 유지 여부가 지주에게 법적 권리로 주

본주의에 대한 비판은 동시에 식민지를 벗어나기 위한 고투이기도 했다. 이런 상황 속에서 1920년대부터 본격적으로 수용된 사회주의는 현실을 분석하고 타개하는 데 중요한 이론적·실천적 매개가 되었다. 사회주의라는 틀을 통해 비로소 식민지의 문제를 계급적 관점을 통해 바라보는 것이 가능해졌으며 자본주의가 가진 문제점을 과학적인 언어로 지적할 수 있게 됐다. 사회주의적 사유의 도구들은 새로운 언어로 번역돼 들어왔는데, 이는 한편으로 식민지 사회에 대한 또 다른 인식의 지평을 열어젖히는 것이기도 했다.

그러나 조선의 상황은 사회주의가 태생한 유럽이나, 조선을 식민화한 일본과는 달랐다. 때문에 의식적이든 무의식적이든 사상을 자기화해서 이해하는 과정은 필연적일 수밖에 없었다. 이제 막 근대로 진입한 조선은 산업구조 자체가 농업에 기반을 두고 있었으므로 자본주의 생산양식에 따른 생산력이 충분히 발달할 수 없었으며, 도시의 프롤레타리아는 극히 일부에 그쳤다. 역사적 유물론에 입각한 역사의 전환을 당장 논할 수 없는 입장이었

어지면서 오히려 소작농의 권리는 지켜지지 못했고 임노동자가 되어 생계를 꾸려가는 이들이 늘어났다. 한편 허가제였던 「회사령」이 1920년 폐지되면서 조선 내 공장의 수가 늘기는 했지만 그 또한 "일본의 자본과 달리 대체로 중계적 상업, 고리대자본, 토지투자 등의 비생산 분야에 자본이 투자되었으며 영세 업체가 주종을 이루었다." 이처럼 근대화 과정이 식민통치를 통해 견인됨으로써 조선에 정착한 자본주의에는 식민지적 조건이 기형적으로 각인되어 있었다. 이와 관련해서는 다음의 연구를 참고. 강진연, 「식민주의와 시장경제, 그리고 사회적 탈구」, 『사회와 역사』 122, 2019, 168~171면.

음은 물론이고 혁명의 주체로 프롤레타리아를 지목할 수도 없는 상황이었다. 그렇기에 조선에 유입된 사회주의 사상을 연구 할 때 중요한 것은, 그것이 얼마나 '서양발襏 사회주의'에 부합하는 가의 여부를 따지는 것보다, 이론을 어떻게 조선적 실정에 알맞게 받아들이고 이해했는가를 살펴보는 것이라고 할 수 있다.

유럽이라는 중심부와 일본이라는 식민자의 주변부인 식민지에서 계급의 사상은 민족의 문제와 교차하며 직조되는 성격을 가진다. 그동안의 연구들이 주로 사회주의의 수용을 민족 해방 운동의 전략이라는 측면에서 살펴왔다는 점에 비추어 볼 때 계급과 민족의 교차성을 논하고자 하는 관점이 그리 새로울 것은 없다. 그러나 엄밀히 말해 세계 자본주의 체제하에서 민족 해방의 일환으로 사회주의를 전략적 도구로 활용하는 것과 계급주의를 통한 해방의 모색 그 자체가 곧 민족의 해방으로 연결되는 것은 다르다. 정혜정이 지적하고 있듯 조선의 사회주의 수용은 "맑스주의보다는 아나키즘과 맑스-레닌주의가 주류"를 이루는 "동북아시아 차원의 현상"이기도 했지만,[2] 또 한편으로 국제적인 맥락에서 보자면 세계 자본주의체제하 식민지 차원의 현상이기도 했다.

상술한 문제의식을 바탕으로 이 논문이 근본적으로 문제 삼고

2　정혜정, 「식민지 조선의 러시아 사회주의 수용과 동북아 연대-아나키즘·볼셰비즘, 동학 사회주의를 중심으로」, 『탈경계인문학』 13권 1호, 2020, 147면.

자 하는 것은 식민지 조선 사회주의 사상의 자기화 과정이며 그에 따른 인식의 존재 양태이다. 이를 위해 경유하고자 하는 사상 틀은 바로 유물론이다. 유물론은 사회주의의 수용과 관련해 중요한 역할을 부여받고 있는 개념이다. 사회주의 사상이 수용되기 시작하면서 우영생의 「막쓰와 유물사관의 일별」『개벽』, 1920.8을 비롯해 사회주의와 유물론, 유물사관의 의미와 그 관계를 설명하려는 글들이 쏟아졌다. 그러는 한편, 유물론의 대타항으로 유심론이 설정되면서 물질과 정신마음의 관계, 인간과 역사의 관계, 노동과 예술의 관계 등 다기한 관계의 사유들이 한꺼번에 논의의 테이블 위에 오르기도 했다. 이러한 지점들은, 서양에서는 이미 이론적으로 정초된 유물론을 이해하기 위한 저마다의 방식으로 논의되었으며 다양한 논리를 만들어냈다.

이 글은 1920년대 초반, 식민지 조선의 지식인들 사이에서 유물론이 '어떻게' 이해되었는지에 주목하고자 한다. 지금까지 식민지기 유물론과 관련된 연구들은 주로 1920년대 후반 『조선지광』에서 행해진, 이른바 유심·유물논쟁에 집중되어왔다. 박민철·이병수는 『조선지광』의 유물·유심논쟁이 "'일월회-ML파'로 알려져 있는" 귀국한 동경 유학생들이 사회주의 운동의 주도권을 잡으며 노선을 정비하기 위한 일환으로 전개된 점에 주목한다. 즉, 주도권을 잡은 '일월회-ML파'가 "맑스주의에 대한 수정주의적 해석을 차단"하고 "맑스주의의 진리성"을 옹호하기 위해 이 논쟁을 전개했다는 것이다.[3] 이런 맥락에서 박민철·이병수는 이 시기 맑스주의의 수용을 단계적 완숙도의 차원에서 평가하고 있다고 할 수 있다. 한편 유승환과 최병구의 경우, 『조선지광』논쟁의 의미를 밝히기 위해 1920년 초반 유물·유심론의 맥락을 함께 살핀다. 유승환이 "1920년대 사회주의적 유물론 담론"의 논점을 오히려 유물론이 아닌 "자아주의 담론의 연장선상"으로 옮기면서 당시의 인식론을 설명하는 것에 비해[4] 최병구는 "1920년대 초반 '신생활 그룹'을 중심으로 한" 사회주의자들의 '인간의 욕망과 창조적 의지'를 교차하며 『조선지광』의 논쟁을 '신체의 유물론'으로 의미화한다.[5]

이처럼 그간의 연구들은 주로 1920년대 후반 『조선지광』의 유물·유심논쟁에 초점을 맞추거나 그 관련성을 밝히는 수준에서 1920년대 초반의 유물론적 경향을 언급한다. 이 글은 선행연구들과 시각을 달리하여 '식민지 사회주의'의 존재 방식을 논구하기 위한 한 방편으로 1920년대 초반 유물론과 관련된 논의 자체에 집중하고자 한다. 물론 유승환과 최병구의 연구가 보여주듯 1920년대 후반 『조선지광』의 유물·유심논쟁 또한 1920년

---

3 박민철·이병수, 「1920년대 후반 식민지 조선의 맑스주의 수용 양상과 의미 ―『조선지광』 '유물―유심논쟁'을 중심으로」, 『한국학연구』 59, 2016, 115면.
4 유승환, 「1920년대 초중반의 인식론적 지형과 초기 경향소설의 환상성」, 『한국현대문학연구』 23, 2007, 155면.
5 최병구, 「신체의 유물론과 프로문학―1927년 「조선지광」의 유물논쟁을 중심으로」, 『민족문학사연구』 53, 2013, 21면.

대 초반의 유물론 인식과 닿아 있는 것이기는 했으나, 1920년대 중후반을 기점으로 전반적인 사상적 언어의 온도와 논조는 다소 달라질 수밖에 없었다. 1925년 조선공산당의 조직과 조선프롤레타리아예술가동맹KAPF의 결성을 지나오면서 조선의 사회주의 진영은 러시아와 일본 사상계의 논쟁적 구도에 더욱이 강한 영향을 받았다. 이에 따라 1920년대 중후반 이후 조선 내 사회주의 사상의 사유와 언어는 보다 발원지, 혹은 경유지의 그것과 닮아갔다.

이와는 달리 1920년대 초반은 비교적 유물론을 비롯한 사회주의 이론의 여러 개념들이 유연하게 받아들여졌던 시기였다. 사회주의가 유입되기 시작한 1920년대 초반에는 유물론에 대한 설명이 정련된 논리를 갖추고 있지 않았음에도, 그렇기에 오히려 그것을 받아들이고자 하는 이들의 정신적 고투가 더 직접적으로 드러났다. 동일 매체에 실리는 필자의 정치적 스펙트럼 또한 폭넓었으며 그만큼 자기화해서 이해하고자 하는 여러 흔적들이 병존할 수 있었다. 그 속에는 전근대와 근대, 식민지와 문명 사이에 놓인 식민지인의 인간과 세계와 역사에 대한 고민이 보다 날 것으로 녹아 있었다고 할 수 있다.

'식민지'에서의 사회주의라는 거시적인 프레임을 가지고 당대를 살피기 위해, 이 글은 운동사 및 조직의 진영 논리를 넘어서 '유물론'을 중심에 두고 여러 필자의 글들을 재배치하는 방식을 취하려 한다. 본문의 각 장에서는 식민지 조선에서 유물론이 수용될 때의 정신사적 특징들을 각 장에서 밝힌다. 2장에서는 특히 '역사적 유물론'이 러시아 혁명과의 연관 속에서 '레닌적인 것'으로 받아들여졌던 맥락을 살핀다면, 3장에서는 유물론 자체가 유심론적으로, 혹은 '인간학적으로' 전유되었던 양상을 살핀다. 그리고 4장에서는 이런 지점들이 혁명의 주체로 프롤레타리아가 아닌 다양한 주체들을 압축적으로 소환하고자 했던 흐름과 연결되어 있었다는 점을 규명하고자 한다.

2. 역사적 유물론의 해석과 '레닌적인 것'

1920년대 초반 무렵 유물론과 관련된 논의는 변증법적 유물론, 혹은 기계적 유물론이 아닌, '역사적 유물론'에 초점이 맞춰져 있었다. "엥겔스의 『자연변증법』을 기반으로 삼는 변증법적 유물론"이 우주 전체의 변증법적 관계에 초점을 맞추어 세계를 설명하려는 것과 다르게, 마르크스의 역사적 유물론은 "생산력과 생산관계 사이의 갈등과 더불어 계급투쟁을 획기적인 역사적 변화의 동력"으로 보고자 한다.[6] 다시 말해 전자가 존재 일반에

6 　테리 이글턴, 전대호 역, 『유물론』, 갈마바람, 2020, 20~22면.

대한 철학이라면, 후자는 역사 이론에 가깝다. 이에 비추어 볼 때, 당면한 현실 문제의 해결을 위한 즉각적인 준거점이 필요했던 식민지 조선의 경우, 유물론과 관련된 철학적 사유의 기반을 쌓아가는 것보다 역사의 진보적 전환에 확신을 부여하는 '역사적 유물론'이 맞바로 유물론 그 자체로 받아들여졌다.

식민지 조선에 최초로 번역된 마르크스의 원전은 『정치경제학비판을 위하여』에 실린 서문이다. 사카이 도시히코의 번역을 거쳐 윤자영에 의해 「유물사관요령기」라고 중역[7]된 이 서문은 다음과 같은 서술로 시작한다.

사람이 사회적으로 그 생활 자료를 생산할 시時에 민종民種의 필연적인 자기의 의식으로부터 독립한 관계를 작作하나니 그 관계는 곧 사회의 물질적 생산력의 발달정도에 상응하는 생산관계-니라. 차此생산관계의 총화가 사회의 경제적 구조를 성成하나니 법률적 급及 정치적의 상부구조를 작성作成하는 진실한 기초요 우차又此에 상응하는 민종民種의 사회적 자각을 생生케 하는 것이니라. 차此물질적 생활 자료의 생산방법이 사회적 정치적 급及 정신적 일반생활상의 과정을 결정하나니 곧 사람의 의식이 사람의 생활을 결정함이 안이요 그의 반대로 사람의 사회생활이 사람의 의식을 결정하

---

7 박종린, 『사회주의와 맑스주의 원전번역』, 신서원, 2018, 39면.

는 것이니라.

그러나 사회의 물질적 생산력은 그 발달의 어느 단계에서 현재의 생활관계와 모순하게 되나니 환언하면 차此생산관계의 법률적 표시에 불과한, 그리하야 종래 차此 생산력을 자기의 내부에 활동하는 재산관계와 모순하게 되나니라. 즉 차此 관계가 생력력의 발달형식임으로부터 일변一變하야 그 장애물障礙物이 되나니 차此에서 사회혁명의 시대가 시작히나니라. 경제석 기초의 변화함을 따라 그 거대한 상부구조의 전부도 역시 민民은 서서히 민民은 급격히 혁명 되나니라.[8]

위 인용문은 토대와 상부구조, 생산력과 생산관계의 관계를 비롯해 존재와 의식의 관계에 이르기까지 사회구성체와 그 변화의 문제를 압축적으로 제시하고 있다. 요컨대 생산력과 생산관계의 모순으로 인해 혁명에 이르게 되는 역사적 전환을 다루고 있다는 점에서 '역사적 유물론'의 주요 내용을 압축적으로 포괄하고 있다. 이후에도 신백우『공제』, 1921.4, 정백『개벽』, 1924.1, 日塘『조선일보』, 1924.1.9~11에 의해 번역되면서[9] 1920년대 초반 유물사관이 수용되는 데 중요한 참조점이 되었다. 이 글에 암시된

---

8 「유물사관요령기」, 『아성』 1호, 1921.3.
9 류시현, 「1920년대 전반기 「유물사관요령기」의 번역·소개 및 수용」, 『역사문제연구』 13, 2010, 53면.

논점들은 식민지 조선에서의 유물론 유입과 수용에 큰 영향을 미쳤으며 유물론을 둘러싼 논쟁들과 연결돼 이해되었다. 이는 첫째, 생산력의 증진과 사회혁명의 시점에 대한 것, 둘째, 역사의 변화를 추동하는 물질과 정신의 관계에 대한 것으로 나누어 살펴볼 수 있다. 두 논점을 통한 논쟁은 마르크스의 사적 유물론이 조선의 현실과 어떻게 만날 수 있는지와 관련돼 이루어졌다.

류시현의 연구는 1921년 조선에 번역된 『정치경제학 비판을 위하여』의 서문이 물산장려운동과 관련된 논쟁의 논거로 사용되고 있음을 밝힘으로써, 첫 번째 논점과 관련해 유의미한 시사점을 마련해준다. 그에 따르면 "물산장려논쟁은 맑스주의 즉 '과학적 사회주의'를 어떻게 해석하고 논증할 것인가에 대한 논의가 중심이 되었다."[10] 즉, 역사적 유물론이라는 과학적 사회주의의 방식을 어떻게 조선적 현실에 맞추어 해석할 것인가 하는 실천적인 문제와 동떨어져 있지 않았다. 단적으로, 민족 혁명 후 사회주의 혁명으로의 이행을 주장한 국내 상해파가 이 서문을 근거로 조선의 생산력 증진을 위한 물산장려운동을 적극적으로 이끌었던 것에 반해, 신생활파, 서울파, 북성회를 위시한 사회주

---

10 위의 책, 61면. 류시현은 물산장려운동의 중요한 논거로서 「유물사관요령기」가 사용된 점에 주목하며, "「요령기」의 해석이 실제 조선의 민족운동인 물산장려운동을 어떻게 볼 것인가 여부와 관련해서" 찬성 및 반대를 표하는 사회주의자들이 "각자의 논리를 전개하는 근거로 활용"되었음을 밝히고 있다. 이와 관련해서는 다음의 부분을 참조했다. 같은 책, 59~67면.

의자들은 생산 양식의 변화와 혁명적 이행을 논하는 이 서문을 근거로 물산장려운동을 극렬히 반대했다.[11]

전자의 대표적 논자인 나경석은 "산업이 어느 정도까지 발전하야 빈부의 양 계급이 서로 이해상반한 처지에 거하야 도회에서 대치하게 되어야 신경이 영민한 도시 노동자가 혁명의 도화선을 작作하야 농촌에 전달"하게 될 것이라며 「유물사관요령기」의 다음 부분을 인용한다. "혁신한 고도의 생산관계는 그것의 물질적 존재조건이 구사회의 태내에서 배태되기 전에는 결코 발현되는 것이 아니다."[12] 그에게 자본주의의 발달이 충분히 이루어지지 않은 조선에서 사회주의 혁명으로의 이행을 바로 주장하는 것은 마르크스의 사적 유물론 상으로도 맞지 않는 것이었다. 나경석이 조선적 현실을 고려하여 물산장려운동을 찬성했던 맥락에 역사적 유물론의 '생산력 증진'을 법칙화하는 사유가 뒷받침되어 있었다는 것을 확인할 수 있는 대목이다. 이는 "물산장려운동의 결과가 자본주의화의 일보라 하면, 이 역시 필연의 경로라 그 대세를 거역치" 못한다는 사설을 실은 『동아일보』 편집진의 입장과 상통하는 것이기도 했다.[13]

---

11 물산장려운동을 둘러싼 사회주의자들의 분파에 따른 대립에 대해서는 박종린의 다음 논문을 참고할 수 있다. 박종린, 「일제하 사회주의사상의 수용에 관한 연구」, 연세대 박사논문, 2006, 68~75면.
12 나공민, 「물산장려와 사회문제(4)」, 『동아일보』, 1923.2.27.
13 사설, 「물산장려운동에 대한 논쟁－사실을 정관하라」, 『동아일보』, 1923.3.31.

이에 반해 이성태, 주종건, 박형병 등은 생산력의 증식보다 '사회혁명'의 가능성에 더 방점을 찍으며 나경석의 의견을 반박했다. 후술하겠지만, 특히 이들의 주장에서 공통적으로 눈여겨 봐야할 것은 두 가지다. 하나는 식민지라는 조선의 상황을 독점 자본주의의 관점에서 사유하고 있다는 점, 또 다른 하나는 러시아혁명을 경유하여 조선의 혁명론을 전개하고자 한다는 점이다. 전자가 국제적인 정세에 따라 조선의 문제를 사유하고 있다는 것을 보여 준다면, 후자는 조선에서 가능한 혁명의 방식이 무엇인가를 살피는 것과 연결된다. 독점 자본주의하 조선에서 생산력 증진을 통해 자본주의를 발전시킬 수 없다고 판단한데다가 러시아 혁명을 통해 충분히 생산력이 발전하지 않아도 혁명으로의 비약이 가능한 사례를 발견한 것이다.

이 두 가지 지점이 중요한 이유는, 물산장려운동을 반대하는 필자들이 역사적 유물론을 '마르크스적인 것'이 아닌, '레닌적인 것'으로써 전유하고 있다는 점을 보여주기 때문이다. 역사적 유물론의 단계론적 적용이 조선의 현실 문제를 해결하는 실천적인 열쇠가 될 수 있다고 여겼던 나경석의 경우와는 다르게, 주종건을 위시한 반대파들은 주변부 국가에서의 혁명이라는 '비약'이 오히려 조선적 현실에 알맞을 수 있다고 판단했다. 이는 마르크스 유물사관의 이론적 해석에 충실한 판단이라기보다는 주변부에서 가능한 혁명의 가능성을 모색하고자 한 국제 정세적인 시도였다고 할 수 있는 한편으로, 눈앞의 혁명을 바라는 혁명에 대한 조급성을 보여주는 것이기도 했다.

현대의 식민지 영유의 필요가 결코 단순한 "정복욕" 만족에 잇는 것이 아니라 직접 혹 간접으로 자본주의적으로 발달된 종주국 상품가공품의 소비될 독점적 시장과 또한 가렴價廉한 원료품을 가장 유리하게 입수할 우선권을 득得하려 함에 재함은 적어도 18세기 이후 이 국제사가 차此를 증명하는 바이다. 미주의 발견이 업섯드면 인도양 항로의 개항이 업섯드면 동양시장의 수요가 엇섯드면 구주의 자본주의가 금일과 여如히 발달치 못하얏슬 것이고 조선이 업섯드면 사만만인구를 가진 중국대륙이 업섯드면 일본의 산업이 — 자본주의가 — 도저히 금일의 성황을 정묵치 못하고 말엇슬 것은 다언多言을 요要치 안코도 명확한 사실이다.[14]

주종건은 물산장려운동 찬성 세력 내 좌파들의 주장에 일본의 식민지 건설과 세계 자본주의의 흐름에 대한 이해가 부족하다는 점을 지적한다. 그는 일본이 조선을 식민지화한 이유가 "단순한 정복욕 만족에 잇는 것이 아니라 직접 혹 간접으로 자본주의적" 인 데 원인이 있다고 보면서 이 상황을 "자본주의적–제국주의"

---

14 주종건, 「무산계급과 물산장려(4)」, 『동아일보』, 1923.4.9.

라는 용어로 설명한다. 일본의 자본주의 발전을 위한 시장과 원료 확보의 기지가 되고 있는 조선이 식민 본국이나 선진화된 서양의 국가들과 동등하게 생산력을 증진시키고 자본주의를 충분히 발전시킬 수 있다고 보는 것은 현실성이 떨어지는 주장이라는 것이다. 또한 그에 따르면 물산장려운동과 같은 민족운동은 자본주의에 기반한 식민지 문제를 '민족혁명'으로 타개하고자 하는 잘못된 방향성을 가지고 있다. 생산력 증식은 필연적으로 착취를 전제하고, 이로 인해 "민족적 일치란 미명하에서 소비자인 무산자를 이중으로 착취"하게 되는 상황을 초래하기 때문이다.[15] 이를 보건대, 주종건을 비롯한 물산장려운동 반대 논자들은 민족적 현실을 도외시하는 것이 아니라, 세계 자본주의와 식민지 건설이라는 국제적 시야를 확보하고 있었다고 할 수 있다.[16]

---

15 주종건, 「무산계급과 물산장려(6)」, 『동아일보』, 1923.4.11.
16 다음과 같은 이성태의 언급 또한 참조할 수 있다. "조선에 아즉 대규모의 기계공업이 발달되지 안는 것과 노동계급의 결합의 큰 세력을 나타낸 혁명적 조합이나 전위군이 만치 못한 것으로써 판정할 수는 잇는 것이다. 그러나 자본주의가 발달되지 아니 하엿다는 건 결코 조선이 타국에 비하야 자본주의적 침략과 착취를 비교적 '덜' 당하는 것을 의미하는 것도 아니고 자본주의적 제국주의의 세력이 미약한 것을 설명하는 이유는 결코 되지 안는 것이다. …… 국제적 자본주의 발달의 관계에 일으러서는 차이가 업는 것이다. …… 착취와 피착취의 관계로만 보아 자본주의가 고도로 발달되엇다는 것은 노동계급에게 대한 고도의 착취를 행한다는 것이 되는 것이오 또 노동운동이 일대 세력이이 되리만치 진전햇다는 것을 노동운동의 초기에 재한 그 때보담 임은의 증가시간의 단축된 그것만으로 보면 착취의 감소를 의미하는 것이 되나 결코 질에서나 양에서나 감소된 것이 아니오 …… 국제 자본주의의 침략에 대한 국제적 무산계급의 단결과 공동전선을 강고케 하는 것이 절대로 필요한 것이다." 성태, 「왼편을 향하야」, 『개벽』 38호, 1923.8.

계급투쟁의 혁명적 국면을 강조할 때의 '계급'은 식민지인 조선의 상황과 떨어뜨려 놓고 생각할 수 없는 것이며, 무엇보다 이는 농업이 주요 산업적 기반인 저개발국으로서의 조선의 상황과도 연결되어 있는 것이기도 했다. 주종건에게 민족혁명은 세계 자본주의 속 민족의 문제를 해결할 근본적 방법도 아니었을 뿐더러 계급적 착취를 그대로 용인하는 방식이었다. 그런데 역사적 유물론에 기반해 조선에서의 혁명론을 전개할 때 난저해지는 것은 생산력 발전이 미비할 수밖에 없는 조선에서 어떻게 혁명적 전환이 가능할 수 있는지를 설명해야 하는 지점에 있다. 이는 역사적 유물론에 입각해 생산력 증식론을 논하는 나경석을 향해 해명되어야 하는 부분이기도 했다.

트로츠키의 혁명론 중의 그가 1906년 초 즉 노서아 혁명이 격발하기 12년 전에 쓴 논문의 일절을 인용하야 이상의 말한 바의 인증 引證에 공供코저 한다 즉 "무산자는 자본주의의 성장에 따라 성장하고 또 힘力을 엇는다. 이러한 견지로서는 자본주의의 발달은 집권 제독재정치에 향하야서의 무산자의 발달이다. 그러나 정치상의 권력이 노동계급의 수중에 수도收渡될 일日과 시時는 경제력의 자본주의적 발달의 정도에 의하야 직접으로 결정되는 것이 아니라 도로혀 계급투쟁의 관계, 국제적 지위 급及 각종 주관적 요소, 예컨대 전설 傳說투쟁의 의기와 결심 등에 의하야 결정되는 것이다. 그럼으로 무산자가 정치적 우월의 지위를 점함은 자본주의적 발달이 유치한 후진국이 고도로 발달된 자본주의국보다 속速할 수도 잇다 (…중략…) 저 무산자의 집권과 일국의 기술적 급及 생산적의 자원과의 간에 일정한 자동적필연적 관련이 잇는 줄로 료해了解함은 유물사관을 극히 유치한 방법으로 이해하려 하는 것이다. 이러한 생각은 물론 맑스주의와는 하등의 관계가 업다"[17]

주종건을 위시한 반대파 필자들이 불과 얼마 전에 있었던 1917년 러시아 혁명을 논거로 혁명의 가능성을 예증하고 있음은 주목을 요한다. 위의 인용문에서 주종건은 1906년 발표된 트로츠키의 『평가와 전망』 4장의 한 부분, 즉 혁명의 시점은 "생산력의 수준이 아니라" 여타의 "주관적인 요인"에 의해 결정되며 따라서 "경제적 후진국"에 그것이 더 일찍 도래할 수 있다는 내용을 인용한다.[18] 1906년 트로츠키가 1871년 파리코뮌을 예로 들어 일국의 기술 발전 정도와 프롤레타리아의 의존도를 자동적으로 연결하는 플레하노프에게 비판의 화살을 겨누듯, 1923년의 주종건은 1917년 러시아혁명을 예로 들어 나경석의 생산력 증식론을 비판하고 있는 것이다.

이는 곧 역사적 유물론을 기계적으로("극히 유치한 방법으로") 적용

---

17 주종건, 「무산계급과 물산장려(9)」, 『동아일보』, 1923.4.14.
18 레온 트로츠키, 정성진 역, 『영구혁명 및 평가와 전망』, 신평론, 1989, 61면.

하는 것에 대한 반발이자 혁명의 직접적 실현과 관련된 '레닌적인 것'으로의 전환을 보여주는 지점이라 할 수 있다. 이들은 식민지 조선이 처한 상황이 조선의 생산력을 올리는 경제적 방식이나 식민 본국과의 관계만을 염두에 둔 정치적 방식을 통해 해결될 수 없다고 보았다. 이런 상황에서 경제적·정치적으로 주변부 국가였으며 오히려 마르크스에 의해 혁명의 걸림돌이 된다고 슬은 지적되어왔지만[19] 혁명에 성공한 러시아의 사례는 식민지에 의해 자본주의화된 조선의 상황에 참조가 될 수 있었다. 레닌과 트로츠키에 기대어 나경석을 반박하는 주종건과 마찬가지로 박형병은 러시아혁명을 "정체正體적 진화와 경제적 계급을 엽등獵等하야 급전직하急轉直下의 형세로 진보하되 전제정치하의 제국주의와 자본주의로 토대삼은 상층건축의 모든 거대한 괴물로 일조에 파쇄하고 공산사회를 건설"[20]한 예로 제시하고 있다. 식민지 조선에서 사회주의자들의 러시아혁명에 대한 관심은 광범위한 것이었다.

역사적 유물론이 생산력과 생산관계의 모순이라는 '객관적인 요인'에 의해 사회구성체가 변화하는 역사의 흐름을 전제하는

---

19 물론 최근 일련의 연구들에 의해서 지적되고 있는 바, 말년의 마르크스는 러시아의 혁명적 가능성에 대해서 간과하지 않았다. 이에 대해서는 다음의 저서를 참고할 수 있다. 마르셀로 무스토, 강성훈·문혜림 역, 『마르크스의 마지막 투쟁』, 산지니, 2018, 66~93면.

20 박형병, 「조선물산장려는 대변하는 나공민군에게 고함(16)」, 『조선일보』, 1923.6.17.

것이라고 할 때, 사적 유물론의 기계적 적용을 피하기 위해서는 그 변화를 가능케 하는 주체에 대한 해명이 필요하다. 그 과정에서 주종건은 "혁명적 무산계급의 감정"이나 "과학적 사회주의의 정신"을 언급한다.[21] 사회변화를 이끄는 것이 객관적 요인에 의한 것이긴 하지만 "궁극적으로는 노동자들의 전통과 선제주도력이니셔티브 및 투쟁 각오 등의 수많은 주관적인 요인들"[22]("각종 주관적 요소, 예컨대 전설傳說 투쟁의 의기와 결심 등")이 개입해 있다는 것이다. 앞서 살펴봤듯, 여기에는 물론 제국주의에 의한 식민화된 조선의 민족적 상황, 자본주의화된 조선 농촌의 상황, 그리고 그로 말미암은 무산계급의 "감정"과 "정신" 등이 각인되어있다. 조선에서는 계급해방이 "단순히 경제적 문제가 아니라 민족적인 문제이기 때문"[23]에, 다시 말해 그와 같은 주관적인 요인들이 개입하기 때문에, 생산력의 발달 여부와 상관없이 오히려 혁명의 국면을 생각할 수 있다고 본 것이다.

그럼에도 여전히 유물론에 있어서 혁명의 주체 문제는 해소되지 않은 채로 남아있다. "감정"과 "정신"을 포함하는 주관적인 요인에 의해서 역사가 변화하는 것을 받아들인다면, 이는 물질

---

21 주종건, 「무산계급과 물산장려(7)」, 『동아일보』, 1923.4.12.

22 레온 트로츠키, 앞의 책, 61면.

23 마르크스가 아일랜드 민족 문제와 관련해 엥겔스에게 보낸 편지의 일부분으로 다음 책에서 재인용했다. 케빈 앤더슨, 정구현·정성진 역, 『마르크스의 주변부 연구』, 한울, 2020, 292면.

에 의해서 역사가 변화한다는 유물론의 기본 입장과 배치될 수밖에 없는 것이기 때문이다. '주체-객체'의 관계, 그리고 '주체'의 구성에서 '정신'과 '감정'의 역할이 무엇인지 해명되지 않는 이상, 역사가 전환되는 국면의 변화를 유물론적으로 설명할 수 없게 되거나, 혹은 정반대로 '주관적 요인'을 배재한 기계적 유물론으로 역사의 이행을 설명할 수밖에 없게 된다. 여기서 문제가 되는 것은 인간 존재에 대한 물음 그 자체라고 할 수 있다. 즉, 인간이 역사를 수동적으로 받아들이기만 하는 존재인지, 혹은 능동적으로 역사의 변화를 추동하는 존재인지, 만약 후자의 견해를 받아들인다면 역사를 이끄는 인간의 속성은 무엇인지, 그것이 어떻게 유물론적 역사 인식과 관련될 수 있는지와 같은 질문들이 파생된다.

반복하건대 역사적 유물론은 인간 존재와 역사의 관계에 대한 논점을 포함하고 있다. 다음 장에서는 이런 지점에 주목하여, 조선의 유물론자들이 역사적 유물론을 수용하는 과정에서 어떻게 물질과 정신의 관계를 생각하고자 했으며 그것이 '해방'의 문제와 어떻게 연결돼 논의되어왔는지를 살펴보고자 한다. 유물론 수용의 시작점이라고 할 수 있는 1920년대 초반에는 오히려 그 관계들이 본질적이고도 유연한 방식으로 질문되고 다루어질 수 있었다. 인간을 인간이게 하는 본질을 묻고 인간성의 개조 등을 논하던 흐름과 동떨어져 있지 않았던 것이다.

3. 주관성의 문제와 유심론적 유물론

1920년대 초반 사회주의의 수용은 개조론이라는 넓은 자장 안에 있었다. 개조론은 "1차대전이 사실상 '제국주의의 시장확보 전쟁'이었음을 간파한 지식인들의 반응"으로서, 이때의 개조는 "전쟁의 원인으로 지목되는 '자본주의의 개조'를 가리키는 것"이었다.[24] 개조가 현재로부터의 해방과 새로운 세계로의 도약을 담지한 단어라면, 사회주의 진영에서의 개조는 자본주의 사회구성체의 전환을 전제하는 역사적 유물론에 입각한 것일 수밖에 없었다. 이때의 개조는 "정신적 · 내면적 개조에 관심"을 갖는 문화주의적 경향과 다르게 주로 "물질적 · 제도적 · 외면적 개조에 치중"된 것으로 이해되었다.[25] 그 과정에서 물질과 대비되는 것으로 이해되는 정신의 영역에 대한 논의가 오히려 유물론을 설명하는 중요한 쟁점이 되기도 했다.

식민지 조선에서 유물론의 수용은 그 대타항으로 유심론의 개념 또한 수용케 했다. 주지하듯 유물론과 존재론적으로 대립하는 개념으로서의 관념론은 절대 정신이나 이데아 등을 세계의 근원으로 주장하는 객관적 관념론과 인간의 마음과 정신을 통해

---

24 오문석, 「1차대전 이후 개조론의 문학사적 의미」, 『인문학연구』 46, 2013, 302면.
25 위의 글, 313면.

세계를 규정하려는 주관적 관념론을 포함한다.[26] 마음과 정신을 중시하는 유심론은 주관적 관념론에 속한다. 그렇기에 유독 유심론이 유물론의 대타항으로 설정됐던 당시의 정황을 미루어 볼 때, 조선에서 유물론에 대한 의미 규정이 관념론 전반이 아니라, 특히 주관적 관념론과 대비해 이루어진 점은 지적되어야 할 부분이다. 서양에서 오랜 기간 동안 쌓아올린 관념론·유물론의 이론적 도대가 한꺼번에 조선에 유입되면서 그것을 받아들인 방식을 짐작해볼 수 있기 때문이다.

당시 유물론과 유심론은 "사회현상을 심리적으로 해방코저 하는 유심주의와 물질적으로 이해코저 하는 유물주의"[27]의 구도로 이해된 바 크다. 해방과 개조의 견지에서 그것을 "심리적으로" 가능하다고 보는지, "물질적으로" 가능하다고 보는지에 따라서 두 입장을 가르는 것이다. 이는 당시 유물론을 소개하는 글에서 공통적으로 나타나는 방식으로써, 역사의 흐름을 전제한 유물론에 대한 소개와 상응하는 것이라고 할 수 있다. 다음의 인용문은 『개벽』에 번역돼 실린 사카이 도시히코의 강연록 「사회주의학설대요」의 일부분이다.[28]

---

26 강대석, 『유물론의 과거와 현재』, 밥북, 2020, 18면 참조.
27 SWJ生, 「사회운동의 역사적 관찰과 현대사회운동의 일대진전」, 『개벽』 12호, 1921.6.
28 「사회주의학설대요」의 번역과 수용, 그 의미를 밝힌 연구로는 박종린의 다음 연구를 참조할 수 있다. 박종린, 『사회주의와 맑스주의 원전번역』, 신서원, 2018, 124~139면.

유물론자는 정신을 말하나 그 소위 정신이란 것은 어떠한 것이냐 하면 필경은 이 물질계의 반영에 불과한다. 유심론자는 물질은 정신의 환영에 지나지 못한다 하나 물질론자는 정신은 물질의 반영에 지나지 못한다고 말한다. 외계外界의 물질이 사람의 심리에 드러와 빗친 것이 즉 정신이라 오관五官을 통하야 어든 바 감각이 머리 속에서 여러 가지로 분해되고 결합된다. 그것이 즉 정신현상이다. 그럼으로 정신은 근본이 아니오 물질이 근본이다. 이것이 대개, 유물론자의 주장하는 바이외다. (…중략…)

비록 물질론자라도 현재의 물질적 관계에 불만족을 늣김니다. 현재의 물질적 관계는 참으로 염증이 남니다. 이래서는 재미가 업슴니다. 그 까닭에 우리의 물질적 관계를 과거와 현재의 경험에 의하야 다시 뜨더곳치려 함니다. 그 점에서 우리의 실제적 이상이 발發함니다. 유물론자가 이상을 갓는 것이 조금치도 이상할 것이 업슴니다. 집을 짓는데는 그 집의 설계가 잇슴니다. 그 설계가 즉 실제적 이상이외다. 유물론자인 사회주의자가 신사회 건설에 대한 설계(즉 실제적 이상)를 갓는 것은 당연한 일이외다. 단지 우리가 반대하는 것은 유심론자가 말하는 철학적 이상주의외다. 철학적 이상과 실제적 이상과는 전연이 배치되는 것이외다.[29]

---

29 사가이 · 도히시꼬, 「유물사관과 유심사관 – 사회주의 학설 대요(3)」, 『개벽』 42호, 1923.12.

첫 번째 인용문에서 사카이 도시히코는 유심론자들이 세상의 근본으로 보는 정신은 "물질계의 반영에 불과"하다면서 기존의 유물론에 대한 이해를 그대로 보여준다. 그에 따르면, 그렇다고 유물론자가 인간의 '정신적인 것'을 아예 도외시하는 것은 아니다. 다만 유물론자가 말하는 정신현상이란 "오관五官을 통하야 어든 바 감각이 머리 속에서 여러 가지로 분해되고 결합된" 것이다. 즉 인간은 경제적 토대를 형성하는 물질적인 것을 '감각'하여 받아들이고 그로부터 정신적인 것을 형성하므로 근본은 정신이 아닌 물질이 된다. 물질의 변화 과정에는 인간의 감각으로 받아들인 정신현상이 개입해있다. 그렇기에 "비록 물질론자라도 현재의 물질적 관계에 불만족을" 느끼고, 이로부터 벗어나고자 하는 해방의 바람을 가지게 되며, "신사회 건설에 대한" "실제적 이상"을 꿈꿀 수 있게 된다는 것이다.

유물론이 대립항으로 설정하는 유심론은 '정신'과 관련된 논의 그 자체라기보다는 인간의 정신을 물질과 독립적인 것으로 보고 절대적인 것으로 상정하는 정신주의적 경향을 이르는 것이라고 할 수 있다. 테리 이글턴에 따르면 이러한 정신주의적 경향은 "인간이 전적으로 자기 규정적이라는 환상"에 기반해 있다. 인간 정신의 독립성과 자율성을 믿는 유심론적 관점은 인간 존재를 절대적인 것으로 상정하는 것을 통해 가능한데, 그 절대성을 인정하는 순간 역설적이게도 인간을 "자기 폐쇄self-closure

적"인 존재로 인정하는 것이 되어버린다는 것이다. 이에 반해 "유물론은 우리가 환경에, 또한 서로에게 의존한다는 것을" 일깨우며, 그렇기에 유물론이 상정하는 인간 존재는 '인간의 취약성'을 기반으로 한다. 이때의 취약성이란 역설적이게도 "개방적 의존성"을 이끌어내고, "물질의 완강함을 잘" 알기에 "세계의 다름otherness과 온전함에 대한 존중을 북돋는" 동력이 된다.[30]

이와 같은 유물론의 인간관을 바탕으로 볼 때, 감각과 정신을 포함하는 주관적 요인들은 물질경제적 토대로서의 객관적인 요인과 연결되어 있다. 역사적 유물론에서 역사의 변화를 가능케 하는 주체의 문제는 인간을 어떻게 보는지의 관점과 동떨어져 있지 않다. 인간의 취약성으로 말미암은 (세계에 대한) '개방적 의존성'은 "현재의 물질적 관계에 불만족"을 느끼게 하고 "물질적 관계를 과거와 현재의 경험에 의하야 다시 뜨더곳치려" 하는 정신과 연결되어 역사의 전환을 가능케 한다. 1920년대 초반 유물론이 대립항으로 설정하는 유심론의 특징은 추상적 정신주의의 유폐성이다. 다음의 인용문은 사회주의를 비판하며 신개인주의를 주창코자 한 임노월의 글과 그에 대해 반박하며 유물론에 대한 오해를 바로잡고자 한 이종기의 글의 일부분이다.

---

30 테리 이글턴, 앞의 책, 18~19면.

㉠ 물질을 소유하기 위하야 생활을 노동화하는 것은 넘우나 잔혹한 일이다. 물질은 소유할 것이 아니요 소비할 것이다. 우리의 이상대로 개인주의가 사유재산제도에서 떠난다 하면 개인주의는 일층 아름다운 시대를 나을 것이다. 온 세계가 다-상징력을 랄극刺戟식히는 신비한 전설의 나라로 변한다 하면 즉 주체적 또는 개인적 미의식에서만 살게 될 개인주의의 세계로 된다 하면, 사람들은 각각 린인隣人의 생활양식을 경이의 눈동자로 보게 되며 딸하서 청신淸新한 랄극刺戟을 바들 것이다.[31]

㉡ 사회주의가 물질적 방면만 중요하게 알고 인간의 영적 방면을 무시한다고 하엿다. 또 사회주의의 적은 첫재 종교요 둘재 예술일다라고 하엿다. 그러나 종교가여 오해치 말지어다. 아모리 현대 사회의 자본주의적 경제조직의 불합리를 부르지즈며 무산계급의 혁명의 필요를 부르짓는 사회주의자일지라도 인간의 영적(정신적) 방면을 무시치는 아니한다. 그러나 너머도 현실적이 아니고 사회적 생활을 하는 사회인으로서 사회를 떠나려 하는 비인간적 미신적인 현대 종교는 누구를 물론하고 적어도 사회를 보는 자는 다 부정할 것이며 무시할 것이다.[32]

---

31 임노월, 「사회주의와 예술」, 『개벽』 37호, 1923.7.
32 이종기, 「사회주의와 예술을 말하신 임노월씨에게 뭇고저」, 『개벽』 38호, 1923.8.

인용문 ㉠에서 임노월은 유물론에 입각한 사회주의가 인간의 정신적인 부분을 고려치 않는다는 점에 주안점을 두고 그것을 비판한다. 다소 극단적으로 임노월은 노동 자체를 거부하고 소비하는 개인이 지배하는 세계로 나아가야한다며 '신개인주의'를 주창하는데, 그 세계는 '상징화'로 가득 찬 형태를 띠고 있다. 생활의 모든 것들이 상징으로 해석됨으로서 세상은 예술화될 수 있으며 이것이 인간 본성에 알맞은 것이라는 주장이다. 물론 이를 유심론자 전반의 주장으로 일반화할 수 없지만, 유물론자들이 대립항으로 설정하고 있는 주관적 관념론의 유폐적 성격은 바로 이런 지점을 염두에 둔 것이라 할 수 있다. 임노월은 자본주의의 사적재산소유에 대해 비판하며 개조가 필요하다는 견해를 함께하지만, 그가 선택하는 대응으로서 '상징화'라는 방식은 철저하게 정신적인 경향만을 띠게 된다.

인용문 ㉡에서 이종기는 정신을 배제한다며 유물론을 비판하는 임노월의 주장에 "사회주의가 물질적 방면만 중요하게 알고 인간의 영적 방면을 무시"하는 것은 아니라고 맞선다. 그는 물질적 토대로부터 비롯된 여러 문제들을 나열하면서 중요한 것은 이들이 경제적 문제로부터 파생되었다는 유물론적 입각지에서 임노월을 비판한다. 그러면서도 물질을 근본으로 여기는 유물론이 "인간의 영적정신적 방면"과 유리된 것은 아니라고 주장하기도 하는데, 다만 "사회적 생활을 하는 사회인으로서 사회를 떠나려

하는 비인간적" 경향이 문제라는 것이다. 예술에 대한 유물론자의 입장 또한 마찬가지이다. 인간의 창조적 활동인 예술을 중시하는 것은 사회주의자 또한 그러하지만 그것이 자본주의의 상품인지도 모른 채 신성화하는 것이 도리어 문제라는 점을 지적한다. 임노월에 대한 이종기의 비판은 정신적 유폐화의 경향, 그리고 유물론을 물질과 정신의 이분화에 입각해 기계적으로 해석하는 경향, 양쪽을 모두 향해 있다고 할 수 있다.

1920년대 초반 식민지 조선의 유물론 인식에서 눈 여겨봐야 할 지점은, 인간의 감각과 정신, 그리고 마음의 작용을 유물론과 연결시켜 이해하려 했다는 점이다. 역사적 유물론이 기계적 유물론으로 오인되지 않기 위해서는 역사의 변화를 이끄는 주체의 능동성, 즉 주관성에 대한 해명이 필요했는데, 이를 위해서 인간의 "영적정신적 방면"이나 창조적 힘을 유물론의 영역에서 적극적으로 설명해내고자 했다. 유심론적인 경향과 역사적 유물론을 연접한 이러한 설명법을 '유심론적 유물론'이라고 칭하는 것이 가능하다면, 이는 비단 사카이 도시히코의 번역문이나 이종기만의 것은 아니었다. 아래의 인용문은 1920년 염상섭이 노동의 의미를 밝히고 노동운동이 나아가야할 방향에 대해서 논한 글의 일부분이다.

(ㄱ) 자각 있는 노동자는 '우리의 세계'가 도래할 것을 확언합니다.

피등彼等은 산업이라는 동맥 계통을 지배함으로써 세계라는 육체의 주재권主宰權을 가진 심장의 직무를 자임합니다. (…중략…)

그러면 노동의 진의眞義는 여하如何하오. 여余는 5대 의의를 부여코자 하노니, 1왈曰 생명의 발로. 2왈, 창조 혹은 개조의 환희. 3왈, 인류의 무한한 향상. 4왈, 행복의 원천. 5왈, 가치의 본체가 곧 이것이외다.[33]

(ㄴ)거擧코자 하는 바는 소작인 문제라 하겠습니다. 구미 제국諸國의 노동문제와 그 운동은 대개 공장노동자에 한하나, 아我 조선은 농본국農本國인 고로 노동자의 수로 논하여도 소작인이 대다수를 점占할지며, 상차尙且 금일과 여如히 일반一般히 참담한 상태에 함함陷하여 있는 이상 반드시 차此에서 일대 문제가 장래에는 야기 하리라고 용이히 예상할 수 있습니다.[34]

이미 잘 알려져 있듯 1919년 염상섭이 직접 적은 「독립선언서」의 마지막에는 "재在 대판大阪 한국노동자 일동 대표 염상섭"이라는 서명이 적혀있다. 이를 기점으로 그는 "계급해방을 위한 노동운동으로 그 사상적 진화를 이루어 나감과 동시에" "자신의

---

33 염상섭, 「노동운동의 경향과 노동의 眞義」(『동아일보』, 1920.4.20~4.26), 『염상섭 문장 전집』 1, 한기형·이혜령 편, 소명출판, 2013, 114면~115면.
34 위의 책, 121면.

정체성을 '유학생'이라는 지식계급에서 '노동자'라는 제사계급으로 이행하는 변형을 단행한다."[35] 그로부터 얼마 뒤 쓰인 위 인용문 (ㄱ)에서 염상섭은 자본주의라는 "경제적 전제주의의 횡행은 자연지세自然之勢"이며 '노동자의 세계'가 도래해 "세계라는 육체의 주재권主宰權"을 쥐게 될 것 역시 확언할 수 있다고 말한다. 이는 그가 유물론적 입장을 견지하고 있음을 보여주는 것이기도 한데, 중요한 점은 그가 유물론을 '어떻게' 받아들이는가이다.

이 글의 마지막 부분인 인용문 (ㄴ)에서 염상섭은 "구미 제국諸國의 노동문제와 그 노동운동은 대개 공장노동자에 한"하는 것과 다르게 조선은 "농본국農本國인 고로 노동자의 수로 논하여도 소작인이 대다수를 점占"하고 있다는 점을 언급한다. 즉, 그는 대공장 노동에 의존하는 서양의 산업구조와 농업이 산업구조의 대부분을 차지하고 있는 조선의 경우는 다르다는 점을 지적하며 그 차이를 직시하고 있다. 이 시기 자본주의화된 농촌의 문제와 그것의 사회주의적 개조, 나아가서는 혁명의 문제를 함께 사유의 시야에 넣는 경우가 드물지는 않았다. 노동운동의 국제화에 대응해 농업운동 또한 국제화되어야 한다고 주장하면서 소작인의 자각과 '동맹파농'을 제안하는 의견[36]에서부터 "농촌의 계급

35 이종호, 「염상섭 문학의 대안근대성 연구」, 성균관대 박사논문, 2017, 160면.
36 변희용, 「농업운동의 국제화(5)」, 『동아일보』, 1921.12.25.

운동도, 계급무산청년의 운동을 后侯하야 그 완성을 기期"해야 한다는 의견[37]까지, 결은 다르나마 조선의 상황과 혁명적 국면의 관계에 대한 생각은 계속 제출되었다. 국제주의적 입각지에서 쓰인 이 글들이 농업중심국이면서도 혁명에 성공한 러시아의 경우를 염두에 두지 않았다고 할 수 없을 것이다.

1920년대 일련의 글을 통해 염상섭이 강조하고 있는 것은 궁극적으로 주체와 역사의 "내적 해방과 외적해방, 영靈의 해방과 육肉의 해방, 정치생활의 해방과 경제생활의 해방"[38]이다. 인용문 (ㄱ)에서 노동의 진의眞義를 "생명의 발로"와 "창조의 환희"에서 찾고 있는 것은 이런 맥락 위에 놓여 있다. '육체身-물질'과 '마음心-정신'의 관계는 이원화되어 각각 독립적으로 존재하지 않는다. 대립항으로 보이는 두 항은 절합節合한다. 이때의 내적인 것, 영적인 것, 심적인 것은 인간의 삶에 불가피하게 수반되는 것이거나 역사의 발전으로부터 소외되는 성질을 지닌 것이 아니다. 이들은 인간의 사회적 활동에 동기를 부여하며 역사를 창조하고 구성해나가는 요인으로서, "그 자체로 '물적 힘'"의 지위를 확보하게 되는 것이다. "즉 그것들은 사회적 존재의 수동적 반영이 아니라, 현존하는 사회관계를 재생산하고 변형하는 과정에서 구성적인 역할을 하는 공동-결정요인"[39]이 되는 셈이다.

---

37 주종건, 「국제무산청년운동과 조선」, 『개벽』 39호, 1923.9.
38 염상섭, 「이중해방」(『삼광』, 1920.4), 앞의 책, 74면.

사람의 맘이라 하는 것은 습관과 인습으로 엇은 그 것이며 환경과 배경과 경우와 처지에 말미어 생긴 것이라 함은 실로 일종의 진리일 것은 명백하나 그러나 그 습관과 인습으로 초월하야 새로운 경우와 처지를 건축하고저 하면 거긔에는 반듯이 유래의 사람 자기들의 하야 온 모든 인습의 결함을 각오할 만한 내적 회의를 품지 아니하고는 아니되는 것이라. 내적 회의가 생기는 그 찰나가 곳 심적 해빙을 잇는 순간적 동기가 뇌는 섯이니 사람은 이 순간적 동기를 잡아가지고 근거잇게 기其 내적 회의를 해결코저 하는 활동에서 처음으로 외적에 대한 파괴와 건설적 사실이 일어나게 되는 것이며 그리하야 외적 파양과 건설적의 사실은 다시 내적 심리 현상을 개조하면셔 새로운 정신을 건립하게 되는 것이엇다. 이 점에서 외적 해방은 내적 해방의 동기를 어더 그 실행이 생기는 것이오, 내적 해방은 다시 외적 해방의 사실을 기다려 새로히 건립을 형성하는 것임을 잇지 말어야 할 것이며 다시 말하면 완전 해방의 유일의 도道는 심적 해방으로부터 외적 해방에 연역演繹이 되어야 하고 외적 해방으로부터 다시 내적 해방에 귀납하는 도途를 취하지 아니하면 안 될 것이라.[40]

---

39 죄르지 마르쿠스, 정창조 역, 『마르크스는 인간을 어떻게 보았는가?』, 두번째 테제, 2020, 68~69면.
40 「선동적 해방으로부터 실행적 해방에」, 『개벽』 32호, 1923.2.

사회적 존재로서의 개인이 신체적 감각을 통해 지각을 형성하고 실재를 변형코자 하는 마음과 정신을 가지며 실천의 동기를 형성하는 것, 그리고 그것이 곧 역사 발전과 동떨어져 있지 않다는 입장. 이는 염상섭을 비롯한 당대 유물론자들이 공통적으로 지적하는 바이기도 하다. 『개벽』의 사설 일부분을 발췌한 위 인용문은, 이와 동일한 맥락에서 심心과 신身의 반反이원화된 관계를 변증법적으로 보여주고 있다. 내적 해방과 외적 해방은 선행과 후행의 관계라기보다는 상호 영향을 미치면서 통일되어 있는 것이며, 이것은 한편으로 테리 이글턴이 제안한 '인간학적anthropological 유물론'의 개념에 일면 닿아있다. "인간의 동물성, 실천적 활동, 신체 구조"[41] 그 자체가 마음과 물질로 이원화돼 받아들여지는 것들의 통일체라고 보는 이 관점은 인간의 몸이 역사의 발전에 어떻게 기입되어 있는지를 보여준다. 노동의 윤리를 말하며 "유물론을 고향 삼엇스나 기其일면에는 차此를 초월하야 비판적 정신이 관통"[42]되는 것이라 하는 당시의 사유는 식민지적 특수성과 만나면서 '인간학적 유물론'의 보편성과도 멀리 떨어져 있지 않았다.

41　테리 이글턴, 전대호 역, 앞의 책, 51면.
42　철민생, 「노동운동과 윤리의식(1)」, 『동아일보』, 1920.5.18.

4. 감각의 혁명과 주체의 다변화

앞서 염상섭은, 노동의 진의眞義는 "생명의 발로"이자 "개조의 환희"에 있다면서 그것을 "인류의 무한한 향상", 즉 역사의 발전과 연결한다. 인간의 몸은 감각으로 세계와 접속하고 자신의 행위와 세계를 대상화하며 인식을 형성하는데, 이를 통해 사회에 개입하게 되고, 그 파정은 곧 역사 사신의 자기 형성 과정과도 동떨어져 있지 않다. 그런 의미에서 인간학적 유물론은 역사적 유물론과 결합되어 있다. 카렐 코지크의 말처럼, 인간은 "언제나 체계 속에 존재하며, 체계의 한 구성물이 됨으로써 자신의 존재의 특정한 측면들기능들과 특정한(일면적이고 물화된) 형태로 환원"되지만, 동시에 "언제나 체계 이상의 것이며 그는 체계로 환원될 수 없다."[43] 감각과 인식은 인간이 역사에 개입해 '체계 이상의 것'이 되는 데 중요한 매개가 된다.

---

43 카렐 코지크, 박정호 역, 『구체성의 변증법』, 거름, 1984, 85면. 이와 같은 맥락에서 카렐 코지크와 죄르지 마르쿠스의 다음 언급을 상기해볼 수 있다. "역사는 과거로 물러나서 다시 돌아오지 않는 일회적인 사실성 뿐만 아니라, 역사적 성격, 즉 지속적인 것의 형성, 자기를 형성하고 창조하는 것의 형성을 동시에 포함할 때 비로소 역사인 것이다. 인간은 언제나 역사라는 영역 밖에서는 결코 존재할 수 없는 역사적 존재이다." 같은 책, 123면. "마르크스는 인간에게 외재적으로 혹은 우연적으로 부과된 일련의 비연속적이고 독립적인 사회적 변화의 단순한 결과로 역사 과정을 파악할 수는 없다고 보았다. 오히려 역사는 인간의 '자기-창조' 과정이며, 인간이 자유와 보편성의 확대를 향해 가면서 본인의 활동과 본인의 노동을 통해 자기 자신을 형성하고 전환하는 연속적 과정이다." 죄르지 마르쿠스, 정창조 역, 앞의 책, 90~91면.

이와 관련해 1920년대 초반『개벽』에 게재한 일련의 글들을 통해 김기진이 유물사관에 입각한 '감각의 혁명'에 몰두했다는 점을 주목할 필요가 있다. 이전 시기 현철과 이광수가 감각을 "감각기관을 통해 바깥의 사물을 받아들이는 것으로 한정"하면서 한계 지었었다면[44] 김기진은 "타인의 고통에 대한 '정서'적 감응 능력에서부터 식욕과 성욕과 같은 인간의 '본능', 그리고 인간을 둘러싼 세계에 대한 정확한 '인식'까지를 아우르는 개념인 '감각'"을 정치적인 것으로 재해석해냈다.[45] 김기진에게 감각의 문제는 자기폐쇄적인 것이 아니라 '사회적인 것'으로서 역사적 유물론과 자연스럽게 결합되는 것이었다. 「금일의 문학, 명일의 문학」에서 그는 감각을 노동 및 생산 활동과 관계되는 '생활'과 연결 짓고 "유물사관의 견지"에서 이를 일깨워야 함을 주장했다.[46] 그러면서 "생활의 혁명"을 주장하는데, 이때 중요한

---

44 강용훈, 「1900~1920년대 감각 관련 개념의 사용 양상 연구」,『한국문학이론과 비평』54, 2012, 142면.
45 손유경, 「프로문학과 '감각'의 문제」,『민족문학사연구』32, 2006, 150면.
46 "조선서 유물사관이라고 하면, 바로 철학상의 유물론으로 해석해 버리는 경향이 잇는 것을 나는 가끔가끔 발견한다. 그러나 유물사관이라는 것은 그러한 철학상 언론은 안이다. …… 철학상 유물론이라는 것은, 정신의 본질을 말하나, 역사적 유물론은 정신이 엇더케, 무엇에 의해서, 변화햇느냐 하는 것을 말한다. 다시 말하면 철학적 유물론은, 정신의 기원을 말하려고 하고, 역사적 유물론은 정신의 변천을 말하려고 한다. …… 유물사관은, 전세계를 가지고 다만 기계적 활동을 하는 물질에 지나지 안는다고 말하지 안는다. 물질과 세력은 永劫不滅의 것이라고는 말하지 안는다." 팔봉산인, 「금일의 문학, 명일의 문학」,『개벽』44호, 1924.2.

것은, 그가 생활의 혁명을 견인하기 위해 "감각의 혁명"이 필요하다는 논리를 전개하는 데 있다.

눈물은 끈칠 새 업다. 사람의 마음은 다 각각이다. 이해만 가지고 닷톰을 하는, 자기의 환경을 고집하고 잇는, 기괴한 폭행을 임의로 하는, 진리를 등지고 권력을 부리는, 상하를 가리여 학대하는, 금력金力을 밋고 횡포를 히는, 밍칭에 긋들러 완냉頑冥을 부리는, 이가 튼 사람이 수업시 만타, 넘어도 만타, 넘어도 만타. ─감각의 혁명을 일으키야 하겟다. 인간성을 변화하여야 하겟다.

편리를 위해서 맨드른 돈이, 처처處處에, 가는 곳마다 인생을 결박하고, 편리를 위해서 지여낸 법률이, 처처處處에, 가는 곳마다 사람의 자식을 구박해 버린다! 편리를 위해서 지여낸 법률, 편리를 위해서 지여낸 화폐, 그것들이 도로혀 우리를 화禍로 이끌고, 우리의 뺨을 제멋대로 때리는 횡포를 한다. 본능생활의 어수선한 것을 제除하기 위해서 지여낸 관념생활이 우리의 사지를 결박하고, 관념생활의 구속을 업새기 위해서 출발된 지적 생활이 우리의 모가지를 잡아 눌으며, 전통은 전통을 맨드러내고, 전통은 전통을 새로히 지여낸다. 인생생활의 복잡성이다. 그러나 이것의 우리의 자랑거리가 안이다.[47]

---

47 김기진, 「눈물의 순례」, 『개벽』 43호, 1924.1.

김기진이 '혁명되어야 한다고 주장하는' 감각이란 자본주의 사회에서 마비된 "인간성"과 다르지 않다. 인간성이란 인간을 인간이게 하는 조건을 말하는 것일 텐데, 위 인용문에서 설명하듯, 자본주의하 인간이 상실한 인간성의 내용은 두 가지로 나누어 생각할 수 있다. 하나는 다른 이들을 착취하는 것에 둔감해지는 상태를 의미하고, 또 다른 하나는 착취의 시스템에 둔감해지는 것을 의미한다. 전자가 자본의 증식으로 배를 불리는 부르주아 계급을 염두에 둔 것이라면, 후자는 자본주의 시스템하의 모든 소외된 인간을 향해있다. "소외된 노동은 인간에게서 그 자신의 몸도, 그의 바깥의 자연도, 그의 정신적 본질, 그의 인간적 본질도 소외시킨다." 나아가 "인간이 다른 인간으로부터, 그리고 그들 쌍방이 인간적 본질로부터 소외"된다.[48] 김기진이 인간성을 변화시켜야만 한다고 주장하는 맥락은 마르크스의 소외 개념과 결코 동떨어져 있지 않은 것이었다.

김기진에게 '감각의 혁명'이란 "정신적으로나 육체적으로나 기계로 전락하고 하나의 인간에서 하나의 추상"으로[49] 변화한 인간의 감각에 대한 혁명을 말한다. "극심하게 몸을 결여한 형태의 이성"[50]이 지배하는 자본주의 사회에서 역사적 발전을 꾀하

---

48 칼 맑스, 최인호 외역, 「1844년 경제학 철학 초고」, 『칼 맑스 프리드리히 엥겔스 저작 선집』 1, 박종철출판사, 2010, 80면.
49 위의 책, 30면.
50 테리 이글턴, 전대호 역, 앞의 책, 100면.

기 위해서는 몸감각을 되찾으며 주관성의 영역을 확보해야 한다는 것이다. 김기진이 "편리를 위해 지여"냈다고 말하는 화폐는 곧 인간의 다양한 감각을 지우고 오로지 "먹는 일, 마시는 일, 생식하는 일 등등"만을 "최종적이고 유일한 궁극목표로 만들어 버리는 추상"에 속한다.[51] 감각의 혁명은 이런 감각 결여의 상황으로부터 벗어나, '추상에서 구체로' 화化하는 과정을 의미하게 된다. 자본주의가 주입하는 이데올로기를 벗어던지는 것으로부터 시작되는 그 과정은 1920년대 초 김기진의 잡문 속 인물들이 거리에서 다양한 조선의 얼굴을 자세하게 들여다보며 슬픔과 굶주림과 비참을 감각하는 것으로 이어진다.

"이중, 삼중, 사중으로 학대받는"[52] 그 얼굴들을 들여다보는 것은, 주체를 발견하는 일과 다르지 않다. 주지하듯 이 시기 김기진은 계급주의적 시각을 강조하며 동시에 조선의 식민지적 상황을 예민하게 주시했다. 그가 처음으로 이와 같은 문제의식을 드러냈다고 할 수 있는 「promenade sentimental」은 조선의 거리를 거닐면서 '센티멘탈'하게 감각한 바를 토막토막 잘라 보여준다. 온통 "도깨비의 세상"인 거리에는 조선의 얼굴과 목소리들, 구걸하는 거지, 노동자, 누이의 얼굴을 한 여성들이 있다. 이들은 '먹고, 마시고, 생각하는 일'만을 감각할 수밖에 없는, 자본

---

51 칼 맑스, 최인호 외역, 앞의 책, 76면.
52 김기진, 「눈물의 순례」, 『개벽』 43호, 1924.1.

주의 시스템으로부터도 소외된 존재들이다. 길을 거닐며 이 얼굴들을 들여다보는 김기진, 혹은 서술자는 "발바닥에다 눈을 두고서 걸음을 걸"으며[53] 비통함으로 이 사실들을 마주하고 있다.

그가 마주하는 조선의 얼굴은 "자본주의 · 군국주의 치하에서는 생의 본연"이[54] 존재하지 않는 것으로, 자본주의와 제국주의의 착취 속에 있다. 그러나 그에게 이 두 가지는 별개의 것이 아닌데, 『개벽』 소재 일련의 글들에서 그는 시종 조선의 자본주의적 착취와 제국주의를 연결하는 모습을 보이기 때문이다. 「마음의 폐허」에서 "해태의 울음"으로 상징되는 조선 무산계급의 상황은 "한강물 위에 철교가 걸치어"지며 자본주의가 자리 잡게 되면서의 일이며, 이는 "일본인 친구의 하부 구조가 형성되어 내려"가는 것에 의해 만들어진 것이다. 그에게 일본의 식민통치는 조선의 무산계급을 이중적으로 착취하는 시스템으로 받아들여진다.

> 저 사람네들의 자본주의는 — 잉여생산인 기계공업품은, 자작자급自作自給하든 순박한 평화한 농업국 — 우리의 향토를 교란해바렸다. 기계공업품 때문으로 우리의 1,500만석의 쌀은 상품으로서 생산되게 되어 바렸다. 자족하기 위해서 생산되든 미곡이 지금에 와서 상

---

53 김기진, 「promenade sentimental」, 『개벽』, 37호, 1923.7.
54 김기진, 「클라르테 운동의 세계화」, 『개벽』 39호, 1923.9.

품이 되기 위해서 생산되고, 그 결과는 오늘의 투기사업의 대상물이 되어 바렷다. 따라서 무용無用의 저축이 대농간大農間에 봉이 되엿다. 투기를 위해서 축적이다. 빈농의 신세는 과연 엇더하겟스냐.

빈농-소작인은 이중의 착취를 당하고 잇다. 지배계급인 저 사람들과, 유산계급인 대농들에게 이중의 착취를 당하는 1,500만(?)의 빈농의 신세는 말할 수 업다! - 모든 것이 저 사람네들의 자금주의에서 화근되여 잇지 안이하다고 말할 자가 잇거든 말해보아라! 너희의 머리 속에 아직도 된장덩이 가튼 것이 남아잇거든 너희가 듸듸고서 잇는 땅덩이를 살펴 보아라. 엇지 하여서 「해태의 울음」이 업슬 것이랴! 끈일새 업시 피지배 계급, 무산계급자인 해태의 생활에 위협이 나리기 시작한다. 우리의 살님에 위압이 끈칠 새 업다.[55]

무산계급자만 프롤레타리아가 아니다. 온 세계의 모든 학대받는 인구들은 우리와 같이 프롤레타리아다. 그러므로 프롤레타리아에게는 국경이 없는 것이다. 고리키의 '맨 아래층'의 인민에게 무슨 경계선이 있을 것이냐.[56]

맥락상 인용문의 "저 사람네들"은 일본 제국주의를 지칭하는 것으로서, 식민당국의 검열을 염두에 둔 표현으로 보인다. 여기

55　김기진, 「마음의 폐허」, 『개벽』 42호, 1923.12.
56　김기진, 「클라르테 운동의 세계화」, 『개벽』 39호, 1923.9.

에서 김기진은 조선의 농촌에 자본주의에서의 계급적 적대가 들어설 수밖에 없게 된 이유를 일 제국주의로부터 찾는데, 그렇기에 '해태의 울음'은 자본주의와 제국주의 모두에 의한 착취 때문이라고 할 수 있다. 김기진에게 '민족적 상황'이 문제시 되는 것은 그가 자본주의를 비판하는 것과 겹쳐있다. 조선 인구의 대부분을 차지하는 빈농과 소작농이 "지배계급인 저 사람들과 유산계급인 대농들에게 이중의 착취를 당하고" 있다는 언급은, 그가 민족과 계급의 양분된 이해를 넘어서, 식민지의 민족 지배 그 자체가 곧 자본주의적 계급 착취로 이어지는 매커니즘을 염두에 두고 있었음을 보여준다.

김기진에게 '생활의 혁명' 이후의 세계는 결코 민족 단일성으로 모아지는 성격의 것이 아니다. 민족의 회복을 통한 국민국가의 형성을 최종 종착지로 본 것이 아닌 것처럼 일국에 국한된 사회주의 사회를 지향한 것 또한 아니었다. 두 번째 인용문에서 확인할 수 있듯 김기진은 부르주아와 프롤레타리아의 구분을 생산수단의 소유 여부만으로 한정하지 않았고, 따라서 프롤레타리아는 공장 노동자만을 의미하는 것이 아니었다. 그에게 "온 세계의 모든 학대받는 인구들은" 모두 프롤레타리아이며, 그들은 "국경"과 "경계선"이 없는 존재들이다. 이러한 시각이 명백한 국제주의적 보편의 관점을 포함하는 것이라면 그것은 식민지와 후진국이라는 특수한 상황 역시 가로지르는 것이기도 했다.

그런 의미에서 김기진은 또한 여성의 해방에 대한 문제를 거론한다. 이는 1918년 「부인의 각성이 남자보다 긴급한 소이」에서 1922년 「지상선을 위하여」에 이르기까지 여성이 겪는 다중의 착취를 지적하고 개인의 발견과 해방을 말했던 염상섭의 문제의식과 멀리 떨어져 있지 않다. 지금의 "조선이 눈앞에 보"이고, "조선의 살림이 눈앞에 보"이며, "사내들의 사회에 눈앞에 보"이는 여성들이야말로 "이중, 삼중, 사중으로 학대를 받"고 있다는 상황에 대한 인지, 그리하여 여성들이 주체로 거듭나야 한다고 주장하는 김기진은 조선의 누이들에게 주영이와 에레나가 되길 요청한다. 이는 각각 나카니시 이노스케『汝等の背後より』1923의 여성 주인공 권주영과 트루게네프『그 전날 밤』1860의 여성 주인공 엘레나를 말하는데, 이들의 성격을 통해서 김기진이 요청하는 '주체의 像像이 무엇인지 추측해볼 수 있다.

현 사회의 모-든 문제 즉 노동문제라든가 민족문제라든가 부인문제의 발원이 그 어대인가. 물질의 충동을 밧어 일어남이 아닌가. 근래 빈말하든 노동운동을 고찰할지라도 노동자의 물질적으로 밧는 고통이 그들로 하여곰 노동운동을 일으키게 함이다. 또 저 인도나 애란愛蘭이나 ××민족의 ××운동을 볼지라도 사실 인도민족이나 애란민족이나 ××민족이 전부 경제상으로 영국인이나 일본인만큼 풍부의 여유가 잇으면 ××운동을 보게 되엿을는지 의문이겟다.[57]

유물론에 대한 이와 같은 '자기화된' 이해는 비단 김기진만의 것은 아니었다. 계급문제와 더불어 민족문제나 여성문제를 설명하고자 하는 방식은 이 시기 유물론의 중요한 특징 중 하나라고 할 수 있다. 위 인용문에서 이종기는 김기진과 동일한 방식으로 노동문제, 민족문제, 부인문제 등을 물질적 조건과 연결지어 사유하고 있다. 1920년대 초 유물론자들이 계급해방을 주장하면서 동시에 민족해방과 여성해방 등을 함께 이야기했던 맥락을 복원하면서, 이 시기 유물론에 대한 이해를 재고해볼 필요성이 제기되는 대목이다. 이종기의 글에서 식민지 조선은 식민지 인도, 아일랜드과 동일선상에 놓이며, 그 원인으로 지목되는 것은 세계 자본주의라는 물질적 토대의 문제다. 이런 지적은 앞서도 살펴봤듯 민족 문제는 민족이 해결해야 한다는 식의 민족주의적 방식이 아니라, 국제적 보편성을 획득하며 동시에 식민지적 특수성이 교차한다.

염상섭 또한 유물론적 입지에서 주체'들'의 해방을 문제 삼았다. "노동자들의 자각"과 소작농의 해방을 말함과 동시에 「독립선언서」를 통해 민족해방을 부르짖었고, 「부인의 각성이 남자보다 긴급한 소이」『여자계』, 1918.3을 비롯한 여러 글을 통해서 여성해방의 필요성을 설파했다. 이종호가 적실히 지적하고 있듯 "신

---

57 이종기, 「사회주의와 예술을 말하신 임노월씨에게 뭇고저」, 『개벽』 38호, 1923.8.

인, 청년, 부인여성, 개인, 노동자직공, 민중"이 "수평적으로 열거"
됨으로써 "소위 역사발전 단계론적 시간관"은 "비약하거나 가속
화"한다.[58] 이는 염상섭 평론만의 특징이라기보다는, 오히려 식
민지이자 저개발국, 이론의 태생지가 아닌 유입지의 특수성에
가깝다. 조선에서의 역사적 주체는 공장 노동자로만 초점화되지
않는 사정이 개입해 있었다. 그것은 당연하게도, 프롤레타리아
의 승리로 종결되는 '세국의 사회주의'의 서사와는 다른 모습을
띨 수밖에 없었다. 새로이 감각되어야만 하는 문제들이 산재해
있던 식민지 조선에서의 사회주의는 여러 '얼굴들'을 역사 발전
의 주체로 끌어들였던 것이다.

5. 맺음말

식민지 조선에서의 사회주의 수용은 전 세계와 함께 호흡한다
는 동시대성을 획득하는 문제와 연결되어 있었다. 농민이 80%
이상을 차지하는 농업 중심 국가이자 이제 갓 자본주의의 세례
를 받기 시작한 식민지였지만, 조선의 지식인들은 사회주의 사
상을 받아들임으로써 그 열등함에 반전을 꾀할 수 있는 기회를

---

58 이종호, 앞의 글, 164면.

제공받을 수 있었다. 특히 목전에서 지켜본 1917년 러시아 혁명의 사례를 통해, 저개발국이면서 식민지인 조선에서 또한 역사의 진보적 '비약'이 가능할 수 있다는 가능성을 타진해보았으리라 추측해볼 수 있다. 많은 사회주의자들이 역사적 유물론의 여러 법칙들 중에서 특히 사회 혁명과 관련된 지점에 초점을 맞추었던 것도 이런 사정과 동떨어져 있지 않았다. 상술한 점과 관련해서 본문 2장에서는 유물사관과 관련해 논의된 일련의 흐름을 '레닌적인 것'으로 의미화해보고자 했다.

이처럼 조선의 상황과 국제정세적 측면을 염두에 두면서 역사적 유물론의 현실화를 꾀한다고 했을 때, 유물사관을 기계적으로 해석하지 않기 위해서는 역사의 변화를 추동하는 주체의 문제, 즉 주관성의 영역에 대한 해명이 필요했다. 이는 생산력 증진론을 주장하는 논자들과는 다르게 혁명으로의 이행에 초점을 맞출 때 더욱이 설명되어야만 하는 부분이기도 했다. 이런 맥락에서 1920년대 초반에는 주체의 감각, 정신, 마음을 강조하는 유심론적 경향으로 유물론의 역사적 전환을 설명하고자 하는 흐름이 형성되었다. 식민지 조선에서 유물론의 대립항으로 인식된 것은 관념론 일반이 아니라 그 일부분인 주관적 관념론, 즉 '유심론'이었다. 유심론은 '자기폐쇄적' 관념으로 유물론자들에게 공격의 대상이 되기도 했지만, 한편으로는 마음의 작용을 중요시 여기는 유심론의 성격이 유물론을 설명하는 과정에서 적극적으로 활용되기도 했다. 본문 3장에서는 '유심론적 유물론'이라는 명명을 통해서 식민지 조선 유물론의 존재 방식을 밝혀보고자 했다.

한편 유물론적 견지에서 감각의 혁명을 주장한 이들도 있었는데, 이때의 감각이란 철저히 개인적인 것이기도 하지만 동시에 철저히 사회적인 것이기도 했다. 자본주의가 인간의 감각을 단순화 시키는 방식으로 몸을 결여한 이성의 지배하에 놓인 생산양식이라면, 역사의 변화를 견인하는 주체로 거듭나기 위해서는 감각에 혁명을 일으키는 것이 필요했다. 유물론을 논하면서 '감각의 혁명'이나 '창조의 정신'의 중요성을 함께 말했던 것은 바로 이런 필요에 의한 것이었다. 이때 새로운 감각을 익히고 창조의 정신을 가져야 하는 주체는 비단 프롤레타리아만이 아니라 '억압 받는 모든 인민'이었다. 상술한 맥락에서 4장에서는 노동자 해방, 여성 해방, 민족 해방 등 주체들의 해방을 한꺼번에 논하려 했던, 즉 주체를 다중심적으로 파악하고자 했던 지점에 대해서 살펴보았다.

조선의 사회주의는 때로는 식민지로서의, 때로는 저개발국으로서의, 때로는 봉건적 사회로서의 조선적 상황에 따라 사회주의의 보편성을 이해하고 해석하고자 하는 양상을 띠었다. 따라서 1920년대 초반 지식인들이 사회주의에 대해 다양한 해석을 벌였던 논의의 장場은 특수와 보편이 가로지르는 현장이었다. 그 현장을 보다 잘 이해하기 위해서 여전히 밝혀져야 할 사회주의 수용과 관련된 실증적인 문제들이 많이 남아 있는 형편이다. 그러나 이와는 또 다른 방향에서 운동사적 사실과 진영 논리, 학제 간 구분 등을 넘어서 그동안 대립적인 것으로 이해되거나 이질적인 것으로 다루어져 왔던 지점들을 겹쳐 읽는 시도 역시 필요하다. 그 일환으로 본고는 '식민지 사회주의'라는 광각렌즈를 통해 조선에서 유물론이 전유된 양상과 특징에 대해서 논구하고자 했다. 동일한 관점에서 '계급'이나 '주체' 등 사회주의의 주요 개념들을 살피는 것을 후속 과제로 남겨둔다.

참고문헌

1. 1차 자료

『개벽』, 『아성』, 『삼광』, 『동아일보』, 『조선일보』

염상섭, 『염상섭 문장 전집1』, 한기형·이혜령 편, 소명출판, 2013.

2. 논문 및 단행본

강대석, 『유물론의 과거와 현재』, 밥북, 2020.

강용훈, 「1900~1920년대 감각 관련 개념의 사용 양상 연구」, 『한국문학이론과 비평』 54, 2012.

강진연, 「식민주의와 시장경제, 그리고 사회적 탈구」, 『사회와 역사』 122, 2019.

레온 트로츠키, 정성진 역, 『영구혁명 및 평가와 전망』, 신평론, 1989.

류시현, 「1920년대 전반기 「유물사관요령기」의 번역·소개 및 수용」, 『역사문제연구』 13, 2010.

마르셀로 무스토, 강성훈·문혜림 역, 『마르크스의 마지막 투쟁』, 산지니, 2018.

박민철·이병수, 「1920년대 후반 식민지 조선의 맑스주의 수용 양상과 의미 – 『조선지광』 '유물-유심논쟁'을 중심으로」, 『한국학연구』 59, 2016.

박종린, 「일제하 사회주의사상의 수용에 관한 연구」, 연세대 박사논문, 2006.

_____, 『사회주의와 맑스주의 원전번역』, 신서원, 2018.

손유경, 「프로문학과 '감각'의 문제」, 『민족문학사연구』 32, 2006.

이종호, 「염상섭 문학의 대안근대성 연구」, 성균관대 박사논문, 2017.

오문석, 「1차대전 이후 개조론의 문학사적 의미」, 『인문학연구』 46, 2013.

유승환, 「1920년대 초중반의 인식론적 지형과 초기 경향소설의 환상성」, 『한국현대문학연구』 23, 2007.

정혜정, 「식민지 조선의 러시아 사회주의 수용과 동북아 연대 – 아나키즘·볼셰비즘, 동학 사회주의를 중심으로」, 『탈경계인문학』 13권 1호, 2020.

죄르지 마르쿠스, 정창조 역, 『마르크스는 인간을 어떻게 보았는가?』, 두번째테제, 2020.

최병구, 「신체의 유물론과 프로문학-1927년 「조선지광」의 유물논쟁을 중심으로」, 『민족문학사연구』 53, 2013.

카렐 코지크, 박정호 역, 『구체성의 변증법』, 거름, 1984.

칼 맑스 · 프리드리히 엥겔스, 최인호 외 역, 『칼 맑스 프리드리히 엥겔스 저작 선집』 1, 박종철출판사, 2010.

케빈 앤더슨, 정구현 · 정성진 역, 『마르크스의 주변부 연구』, 한울, 2020.

테리 이글턴, 전대호 역, 『유물론』, 갈마바람, 2020.

기원과 이식

근대초극론에 대한 대항으로의 '이식' 개념을 중심으로

김학중

1. 들어가며

　본고는 「개설 신문학사」와 「신문학사의 방법론」에 나타난 '이식'에 대한 임화의 사유를 '은유적 사고'[1]를 중심으로 살펴보려

1　이 개념은 한나 아렌트가 벤야민 전집을 펴내며 붙인 벤야민 해설에서 입론한 개념이다. 그 글은 아렌트의 저작 『정신의 삶』 3부에 그대로 재수록되었다. 그런데 아렌트는 자신의 철학적 사유의 근간에 은유적 사고를 두려고 한다고 밝히고 있기도 하다. 그런 점에서 은유적 사고는 벤야민이 열어냈고 아렌트에 의해 그 개념적 명명을 얻은 것이라고 말할 수 있다. 더 자세한 것은 아렌트의 저작 『발터 벤야민 1892~1940』(필포소픽, 2020)을 참조하라. 은유적 사고가 잘 나타난 사유는 벤야민의 정지상태의 변증법이다. 아도르노는 벤야민과 주고받은 서신에서 이에 대해서 비판한 바 있다. 아도르노는 역사적 발전을 토대와 상부구조의 매개의 차원에서 사유하면서 역사적 이행의 당위성에 기반한 역사주의적 사고를 따른 바 있는데 이러한 아도르노에게 벤야민의 정지상태의 변증법은 마법과 같은 것으로 인식되고 있다. 이에 대한 분석은 아감벤에 의해 수행된 바 있는데, 여기서 아감벤은 마르크스주의적인 혁명은 아도르노의 변증법적 사고의 전개 결과가 아니라 벤야민의 실천적 행위에 의해 가능해진다고 말한다. 혁명을 통한 역사의 이행은 혁명의 성공에 대한 아무런 확실성 없이 다만 실패의 가능성을 감내하고 실행에 옮겼을 때 우연적으로 나

는 시도이다. 은유적 사고를 통해 임화의 '이식' 개념을 살펴보면 기존에 '이식' 개념을 바라보던 지평과는 다른 차원에서 '이식'을 조망할 수 있게 된다. 무엇보다 임화의 '이식'이 일본의 근대초극론에 대한 대항으로 기획되었으며 문학사를 통해서나마 역사의 가능성을 지켜내려 했던 시도였음을 알 수 있다.

여기서 말하는 '은유적 사고'란 발터 벤야민이 자신의 작업에서 추구한 역사철학 및 문학비평의 근간을 이루는 사유를 말한다. 아도르노에 의해 비판받은 바 있듯이 벤야민의 은유적 사유는 정통 마르크스주의의 변증법적 유물론을 기반으로 한 사유와는 거리가 있는 사유였다. 흔히 상부구조와 하부구조의 매개가 없는 비변증법적이고 신비주의적 카발라에 기반한 사유로 논해지곤 한다. 벤야민의 '은유적 사유'는 바로 그러한 독특한 시적 사유로 인해 마르크스주의가 추구하는 혁명의 차원을 탐지하는 근본적인 사유로 평가받는다. 임화에게서도 벤야민의 '은유적 사고'와 마찬가지로 변증법적 사고가 아닌 비변증법적이고 매개 없는 도약의 사유가 나타난다. 임화의 그런 경향은 그의 신문학사뿐 아니라 여러 저작에서 엿보이고 있다. 다만 여기서는 신문

타나는 것이다. 이것이 벤야민이 정지상태의 변증법을 통해서 말하고자 한 바이다. 역사의 이해에 있어서 이러한 매개 없는 도약의 가능성을 본 벤야민의 사유는 은유적 사고에 기반한 것이었다. 아감벤은 아도르노가 이 점을 간과하였다고 비판한 것이다. 더 자세한 사항은 아감벤이 『유아기와 역사』(새물결, 2010)의 4장 「왕자와 개구리─아도르노와 벤야민의 방법의 문제」에서 수행한 아도르노와 벤야민의 편지 분석을 참고하라.

학사에 주목하여 논하고자 한다. 특히 임화의 논의가 당대 일본을 전시동원체제와 통제 경제 형태로 이행하도록 이끈 근대초극론에 대한 대항과 어떻게 연결되는지에 대해 살펴보려 한다.

임화는 우리 근대문학사에서 누구보다 다양한 영역에서 활약한 문인이다. 그는 시인이자 비평가이자 문학사가이며 영화배우이기도 하였다. 동시에 그러한 지평들에 제한되는 것이 아니라 그 지평들을 사토시르고사 하는 상상력을 지닌 사람이었다. 그 상상력은 혁명이었다. 혁명에 대한 상상력은 임화가 역사를 이해하는 방식이다. 일제에 의한 카프 해산, 폐병으로 인한 건강 악화 등 악재 속에서 상상력은 일견 가로막히는 듯 보였다. 하지만 『현해탄』1938을 펴내고 학예사를 통해 비평적 작업을 수행하면서 혁명의 비전이 가로막힌 지점에서 더욱 치열하게 혁명의 가능성을 탐침할 지평을 탐색했다. 특히 이 작업 중에 임화는 역사적 비전, 즉 혁명의 가능성이 가로막힌 자리에 채워진 것이 무엇인지 목도하게 된다. 이는 시적 사유를 통해 드러난다. 임화는 현해탄을 건너는 배의 3등칸에 탄 식민지의 사람이었으며 그 3등칸으로 들려오는 제국의 영광을 높이 소리치는 만세소리 "'반사이' '반사이' '다이닛······'"「해협의 로맨티시즘」을 듣는다. 여기에서 임화는 제국을 발견한다.[2] 그러나 그가 거기에서 발견한 것은 제

---

2   김재용, 「차이의 인식을 통한 조선적 근대의 통찰」, 『임화문학연구』 5, 소명출판, 2016.

국민이 아니었다. 제국의 영광을 찬미하는 외침들 속에는 부재하는 진리의 소리도 발견한다. 역사의 전망이 제국의 영광으로 가려져 있는 것을 듣는다. 때문에 임화는 만세소리에 대해 "감격인가? 협위인가?"「해협의 로맨티시즘」라고 묻는 것이다. 이 질문은 임화가 근본적으로 문제화하고 있는 역사의 가능성에 대한 질문과 연결되었다.

이 지점에서 임화는 문학사로 나아간다. 일제가 만주사변을 일으키고 태평양전쟁으로 전쟁을 확대해나가던 시기에 진행한 **신문학사**가 바로 그것이다. 이 작업은 역사 자체를 다루는 작업은 되지 못하였지만 역사성을 탐침할 수 있는 지평을 마련했다. 임화가 원하든 원하지 않던 임화에게 그곳이 사유의 최전선이었다. 그는 혁명을 생산하기 위해, 자신이 있는 자리에 역사를 현재화할 수 있는 지점을 찾기 위해 사유해야 했다. 그 지점에서 임화는 역사 — **문학사** — 의 파편들 속으로 들어갔다. **신문학사**는 역사의 가능성을 사유하려고 한 임화의 시도가 얻어낸 성취이다. 그 과정에서 소산으로 얻은 것이 '이식'이었다.

여러 연구자들에 의해 비판적으로 검토되었듯이 「개설 신문학사」와 「신문학사의 방법론」에서 임화는 '이식'이란 개념을 기반으로 문학사 방법론을 산출하려 시도했다. 이런 이유로 일제의 파시즘의 사상적 영향권에 있는 것으로 이해될 여지를 남겼다. 그리고 이러한 관점은 임화 연구에 있어서 중요한 지평으로 자리잡게 되었다. 무엇보다 임화가 신문학사를 기술하며 주장한 '이식'이 다름 아닌 서구 문학의 이식이며 무엇보다 일본문학의 이식이라는 논리로 보였기에 임화의 논의는 큰 비판을 마주할 수밖에 없었다.

그러나 우리는 임화가 이러한 논의를 이끌어나가는 근본적인 힘이 무엇인지 짚어보는 작업을 이 과정 중에 너무나 단순화했다고 생각한다. 김윤식의 입론[3]에서 정립된 '이식문학사'와 '현해탄콤플렉스'는 임화의 '이식'에 대한 다른 접근을 어렵게 했다. 최근에 연구에서는 임화에 대한 기존의 이러한 비판에 대해서 새로운 접근을 통해 넘어서려는 시도들[4]이 이어지고 있다. 무엇보다 탈식민주의 담론들을 통해서 임화의 작업을 비서구적 지평에서 살펴볼 수 있게 되면서 기존과 궤를 달리하는 논의들[5]이 나타나고 있다. 특히 '이식'이 호미 바바가 말하는 혼종성을 통해 저항을 추구하는 작업이라는 논의[6]는 흥미롭다. 하지만 이러한 논의들을 통해서도 아직 수면 위로 나타나지 못한 임화의 사유가 있다. 그것이 바로 본고에서 말하고자 하는 '이식'의 '은유

---

3 김윤식, 『임화 연구』, 문학사상사, 1989.
4 임규찬의 「임화 문학사를 둘러싼 몇 가지 쟁점」(『임화 문학연구』, 소명출판, 2009)을 비롯한 연구들과 임규찬의 논의에서 인용된 최원식의 논의 등이 그것이다.
5 대표적으로 김혜원의 「임화의 '이식문화론'에 나타난 탈식민성」(『국어문학』 53, 국어문학회, 2012)을 들 수 있다.
6 김혜원, 「임화의 '이식문화론'에 나타난 탈식민성」, 『국어문학』 53, 국어문학회, 2012.

적 사고'이다.

임화는 '이식'을 통해서 일제의 파시즘이 은폐하고자 하는 지점을 밝히면서 일본이 내세운 '대동아공영'이나 '오족협화' 같은 제국주의 영광의 슬로건들, 더 정확히는 근대초극론에 맞섰다. 임화의 '이식' 개념은 외관상 일제의 담론에 반하는 것으로 보이지 않았기 때문에 이 작업은 은밀성을 지닌다. 이 은밀함에 기반하여 임화는 '이식'의 '은유적 사고'를 전진시킨다. 이제부터 임화의 '이식'이 어떻게 '은유적 사고'의 소산인지 밝히면서 논의를 풀어가도록 하겠다.

2. 근대초극론과 기원화

임화의 '이식'을 논의하는 데 있어서 일본의 **근대초극론**과 견주어 논할 필요가 있다는 논의는 낯선 것으로 보일 것이다. 그러나 이런 논의의 씨앗은 이미 김윤식의 논의에 있었다. 본고는 이점에 주목했다. 임화의 '이식'과 '근대의 초극'을 동일한 차원에서 살필 필요가 있음을 알려준 것이 김윤식의 입론에 나오는 다음의 논의이다.

일본을 통해 배운 보편성으로서의 근대, 그 속의 사회주의나 공

산주의란 한갓 허구일지도 모른다는 의혹을 그는 1938년의 시집
에서 누르기 어려웠는데, 그 이유는 물을 것도 없이 '만세일계',
'팔굉일우'로 말해지는 일본의 천황제 군국파시즘의 찬란함에 대
한 눈뜸에서 왔다. 그 천황제 파시즘이 설사 '번개불에 놀라 날치
는 고기뗏바닥의 비늘' 같은 것이라 할 지라도 임화는 그것을 헤아
리고 찬미할 수 있는 시점에까지 와 있는 것이다.[7]

김윤식은 임화의 시 「바다의 찬가」를 분석하면서 여기에 나오
는 신체에 대한 임화의 시적 사유가 천황이라는 국체와 맥락을
같이 하고 있음을 논한다. 그러면서 임화가 일본의 마르크스주
의자들이 전향했던 것과 마찬가지로 파시즘에 매혹당했다고 논
의하고 있다. 『현해탄』은 임화가 문학사 작업을 수행하기 전에
출간한 시집이었으니 김윤식의 논의대로라면 이러한 전향이 문
학사 논의의 기저에 있어야 한다. 이러한 논의를 끝까지 밀고 나
가면 임화의 **신문학사** 논의 전체의 기틀은 파시즘에 놓이게 된
다. 이 경우 우리는 임화가 말하는 '이식'을 일본의 파시즘에 바
탕을 두고 살펴야 한다는 말이 된다. 그런데 일본의 천황제 군국
주의 파시즘은 어떤 이론적 기반 위에 서 있는 것인가? 그 지평
에 놓여 있는 것이 바로 **근대초극론**이다.

---

7   김윤식, 앞의 책, 564면.

근대초극론은 태평양전쟁 전과 태평양전쟁 중에 일본에서 논의된 것으로 교토 학파 및 일본 낭만파 그리고 일본의 군대 등 다양한 주체들과 연관되어 진행된 상당히 다양한 층위를 지닌 논의다. 그렇지만 태평양전쟁 시기에 **근대초극론**이 결과적으로 주장한 것은 하나로 수렴된다. 그것은 일본의 천황을 중심으로 하여 서구적 근대를 넘어선 새로운 토대를 만들어야 한다는 논의이다. 이 논의는 전시 일본에서 일본이 수행하는 여러 식민주의적 작업의 이론적 기틀을 제공해 주었다. 특히 **근대초극론**을 추동한 주체 중 상당수가 전향 마르크스주의자들이었다. **근대초극론**을 추동해간 한 축인 일본 낭만파는 전향 마르크스주의자에 의해 틀이 닦인 문학경향이었다. 동일한 맥락에서 임화를 사유할 충분한 이유가 여기에 있었다. 김윤식이 지적하는 맥락은 임화 또한 현해탄콤플렉스에 사로잡힌 바 이러한 경로— 일본의 전향 마르크스주의자들이 걸어간 길, 즉 **근대초극론** —를 따라갈 수밖에 없었다고 한 것이다. 그러나 임화의 **신문학사** 논의와 **근대초극론**을 견주어 볼 필요가 있다고 판단한 데에는 김윤식의 위와 같은 논의에만 근거한 것이 아니다. 임화도 당대의 주류담론이었던 **근대초극론**에 대해 알고 있었다. 그는 이 담론에 대한 비판적 검토를 했다고 판단하는데 이에 대해 논의하기 위해서 우선 **근대초극론**을 경유할 필요가 있으니 간략히나마 이를 살펴보도록 하자.

본 논의를 위해서 **근대초극론** 전반을 다 실피는 것은 논의의 중심이 흐트러질 수 있다. 여기서는 핵심적인 내용을 다루어 보겠다. 우선 **근대초극론**이 당대 일본에서 큰 영향을 끼칠 수 있었던 기반에 대한 언급부터 살펴보자.

> 1920년대 중반에는 일본과 미국간의 전쟁도 기정사실로 인식되고 있었다. 당시 상식으로는, 전쟁이란 일종의 자연법적 필연이었으며, 어떤 한 나라가 세계 지배를 달성할 때까지 영원히 반복될 따름이었다. 그리고 일본의 패퇴를 인정하고 싶지 않았기 때문에, 항구적인 세계 평화를 확립하고 전 세계의 안녕과 질서를 확보하기 위해서는 일본이 전쟁에서 승리하여 최종 전쟁에서 승리하는 것이 절대적인 요건으로 인식되었다. 이는 극히 일부의 마르크스주의 좌파를 제외하곤 '지식인'이건 '대중'이건 '일본 국민'이라면 모두 납득하고 있었던 셈이다.[8]

위의 인용문을 통해 우리가 알 수 있는 것은 1920년대부터 일본은 근대의 끝자락에서 세계 전쟁이 필연적으로 발생하게 될 수밖에 없다고 생각했다는 것이다. 여기서 전쟁을 치르게 되는 것은 서양과 동양이다. 때문에 일본은 다가올 세계 대전에 대한

---

8 히로마쓰 와타루, 『근대초극론』, 민음사, 2003, 148면.

준비를 위해 동양을 정비해야 할 필요가 있다고 생각했다. 일본은 서양의 근대가 자본주의에 기반한 체제이며 근본적으로 확장하는 성격을 띤 제국주의이기 때문에 결국 동양은 이들에게 지배당하지 않기 위해 준비해야 한다고 생각했다. 이후 나올 '대동아공영' 혹은 '하나의 동양'이란 일본의 통치 프로파간다의 씨앗이 되는 사고가 여기에 이미 자리하고 있다.

근대초극론에 대한 연구에 따르면, 당시 일본에선 하나의 동양을 구축하기 위한 군의 역할에 대한 입장에서 생각을 달리하는 그룹이 생겼다. 이로 인해 일본은 5·15 사건[9]과 2·26 사건[10]

---

9   5·15사건(1933년) : 오카와 슈메이, 테코가이(天行會)의 도오야마 히데조, 시산주쿠의 혼마 겐이치로 등 제 계열이 공동투쟁을 한 사건으로 계획했던 쿠데타는 일으키지 못하고 이누카이 쓰요시 수상 암살로 사건이 종료되었다. 그러나 이 사건 이후 일본의 정당정치는 막을 내리게 된다. 무엇보다 이후 1936년 황도파에 의한 2·26사건을 추동하는 계기가 된다. 히로마쓰 와타루의 『근대초극론』(민음사, 2003) 111~112면을 참조했다.

10 2·26사건(1936년) : 일본 파시즘이 대두한 시기의 군반란. 1936년 2월 26일 새벽, 근위사단 산하의 청년 장교 일부가 부대를 이끌고 봉기해 수상관저와 육군성 일대를 점거하고, 수상 다카하시 고레키오, 내대신 사이토 마코토, 육군교육총감 와타나베 죠오타로를 암살한 사건. 5·15사건과 함께 직접적인 행동으로 국가를 개조하고 사회를 혁신해 이른바 쇼와 유신을 실현하려고 했던 사건으로, 이들은 정당정치, 서구 추종의 외교를 배격하고, 국가의 경색과 경제상태 악화의 근원을 없애려고 했다. 이 사건이 터지자 은근히 동정을 보낸 군수뇌부는 평화적으로 해결하려다 실패했고, 29일에야 겨우 칙명에 반항한 반란군으로 규정하고 무력진압 방침을 결정한다. 그러나 '병사에게 고함' 등의 방송으로 반란군의 항전 의사가 수그러져 그날로 진압되고 말았다. 사건 후 혁명장교 15명과 니시다 미츠구, 기타 잇키 등이 사형당했다. 이때 정계 상층부와 정당은 두려워하면서, 사태의 진정을 기다릴 뿐 정치의 파쇼화, 군국주의의로의 발전이라는 화근을 도려낼 기력은 없었다. 한편 군부는 이 사건을 평계로 정계를 협박하여 마침내 군벌파쇼체제를 확립했다. 가라타니 고진의

등을 비롯한 군부의 쿠데타 등을 겪으며 계파 갈등이 불거졌고, 그 과정에서 만주사변 및 중일전쟁이 촉발될 수밖에 없었다.[11] 이는 만주사변을 촉발한 하시모토 긴고로를 비롯하여 이시하라 간지가 제시한 프로파간다에도 잘 나타난다. 이들은 최후의 세계 대전이 다가오는 상황에서 일본이 살아남기 위한 방법으로 다음과 같은 결론을 내놓았다. "동아시아 모든 민족의 단결이 절대적으로 필요하다. 따라서 일본과 중국의 제휴, 나아가서는 일본과 만주와 중국과 조선과 몽골의 '오족협화'가 지향"[12]되어야 한다고 생각한 것이다. 이들은 이 생각을 실제 행동으로 옮겼다. 그리고 이러한 일본의 군국주의 파시즘화는 "천황제 중심의 국가 자본 독점 자본주의라는 새로운 체제의 재편성"[13]으로 나타났다. 그것이 대동아공영권의 이데올로기였다.

흥미로운 점은 이들이 서구의 근대가 이미 그 끝에 도달했으며 근대를 지양해야 할 때가 왔음을 논하면서, 그 결과 극복되어야 할 것이 자본주의라고 생각했다는 것이다. 이는 서구 열강이 이룬 근대가 자본주의에 기반한 것이란 점에 대한 명증한 인식에 기반한 것이었다. 더불어 그러한 문제로 서구에는 마르크스주의

『현대 일본의 비평』 2(소명출판, 2002)의 77면 주석을 재인용하였다. 이 주석은 번역자가 추가한 주석으로, 주석의 원 출전은 고재석의 『일본 문학. 사상 명저 사전』(깊은샘, 1993)의 195면이다.
11 히로마쓰 와타루, 앞의 책, 106~112면 참조.
12 위의 책, 151면.
13 위의 책, 227면.

에 기반한 혁명이 일어났다는 것에 대해서도 잘 알고 있었다. 1920년대 전 세계를 강타한 대공황은 일본에도 커다란 충격을 주었다. 이 경험은 자본주의에 대한 비판적 인식을 키웠다. 현실 사회주의를 구축한 소련에서 대공황에도 커다란 경제적 타격이 없는 것을 알게 된 일본의 지식인들은 마르크스주의에 커다란 관심을 갖게 되었다. 그러나 유럽에서 마르크스주의에 대한 반대로 독일의 나치즘—국가 사회주의—과 이탈리아의 파시즘—전체주의—이 나오는 것을 목도한 일본은 서구의 근대를 초극해야만 서구에서 나타나는 문제들을 넘어설 수 있을 것이라고 판단했다. **근대초극론**은 그러한 정신적 흐름에 이데올로기적 이론의 기틀을 제공한 것이다. 한편 1930년대 일본의 정세변화는 마르크스주의자들의 전향을 이끌면서 이러한 **근대초극론**에 더 많은 사람들이 참여하게 된다. 전향 마르크스주의자들이 **근대초극론**으로 눈을 돌리게 된 것은 1930년대 일본 정부의 마르크스주의자 검거 등의 사상 탄압이 기점이 되었다. 또한 코민테른에 의한 NALF일본 프롤레타리아 작가동맹에 비판이 큰 계기가 되었다. 이는 코민테른이 소련의 스탈린주의하에 놓였다는 것을 의미하는 것으로 보였다. 이러한 코민테른의 변질은 일본의 마르크스주의자들에게 마르크스주의의 국제 연대의 기본 비전이 폐기된 것으로 다가왔다. 코민테른은 일본이 천황제를 유지하고 있는 봉건국가로 보고 일본이 근대국가가 아니라고 보았다. 때문에 부르주아 중심의 자본주의 성립을 우선시 해야 한다는 평가를 받았다. 이러한 평가에 기반하여 코민테른이 요구하는 혁명에 기여하는 문학이라는 것이 일본의 지식인들에게는 상당히 고압적인 방향제시라고 보였다. 이는 마르크스주의 운동 뿐 아니라 문학 활동에서 커다란 제약이 생긴 것으로 다가왔다. 때문에 일본 정부에 의해 투옥 수감된 마르크스주의자들의 전향에 큰 계기로 작용했다. 그 전향은 **근대초극론**의 추구로 이어졌다.[14]

이러한 흐름 때문에 일본의 **근대초극론**은 서구 자본주의에 대한 지양을 추구했고 때문에 아래와 같은 평가를 받는 것이다.

당시 미국과 유럽의 근대 초극론과 비교할 때 특징적인 것은, 태평양전쟁 전과 태평양 전쟁 당시의 일본 근대 초극론자들 대부분은—전향 좌파 출신의 비율이 높고, 일단 마르크스주의 세력권을 거쳐 온 사람들이 많았기 때문에—초극되어야 할 '근대'의 표상을 '자본주의'라고 보았다는 점이다.[15]

그런데, 이들이 근대의 초극, 즉 자본주의의 초극을 위해 추구한 방향은 그 도달지점이 천황제 국가 독점 자본주의라는 점에서는 동일하지만 다양한 차이를 보여주고 있다. 우선 전향 마르

---

14 앞의 책, 168~189면 참조.
15 위의 책, 225면.

크스주의자들은 '일본적인 것'에 대한 추구로 나아간다. 그 대표
사례가 문학에 있어서 일본 낭만파의 등장이었다. 아래의 언급
이 이를 논하고 있다.

'유럽 사상의 최고봉'이라고 그들이 인정해 온 공산주의로부터
의 자발적, 반자발적 전향이 이루어질 경우―그것이 전향이며 내
재적인 자기 전개가 아닌 이상―동양적인 무언가로 향하는 것은
자연스러운 일이며, 일본 낭만파도 그런 경우 중 하나였다.[16]

야스다 요쥬우로가 주도한 일본 낭만파는 일본의 아이러니,
일본적인 정열 등을 추구하면서 **근대초극론**을 전개한다. 그 기반
은 일본의 '미'였다.[17] 그런데 이 '미'는 심미주의적인 차원에 놓

---

16 위의 책, 178면.
17 가라타니 고진에 따르면 '일본의 미'는 러일전쟁 시기 오카쿠라 텐신이 『동양
의 이상』에서 다룬 미를 일본 낭만파가 특권화하면서 고안해낸 것이다. 오카
쿠라는 일본의 미가 우연히 동양문화의 저장고로 일본이 획득한 것이라고 논
한다. 문제는 일본 낭만파가 이를 특권화하면서 여기서 오카쿠라가 상정한 타
자적 차원을 자아화한다는 것이다. 이렇게 특권화된 미, "그것은 진리와 선에
비해 미를 우위에 두는 것"이며 "일본회귀라는 것은 사실 이러한 '미(精:모노
노와아레)'를 우위에 두는 일"(이상 『현대 일본의 비평』 2(소명출판, 2002,
169면)이라고 분석한다. 이를 정치적인 차원에까지 확장을 하면 "절대적 무
를 인정하는 것에 의한 절대적 승리"이며 "가련하고 슬픈 일본의 불멸"이라는
것이 된다. 이것이 낭만파적 아이러니의 기반을 제공한다. "낭만파적 아이러
니, 그것은 일체의 유한적인 것, 경험적인 것을 경멸하는 것에 의해 그렇게 간
주하는 초월론적 자기의 우위를 확인하기"에 "일체의 목적"뿐 아니라 심지어
"헤겔의 변증법도 물리친"(이상 『현대 일본의 비평』 2(소명출판, 2002, 170
면)다. 이를 통해 미는 정치적으로 국가총동원체제의 담론적 기반을 제공한

인 미학적 미가 아니었다. 이 '미'는 보편성과 진리 등을 대체하는 것을 넘어서 그 우위에 서는 정치적 차원의 '미'였다. 그것은 제국의 사상적 기반을 만드는 '미'였으며 외관상 지방주의적 어휘를 사용하지만 진리를 막아서는 제국의 보편성 — 문제는 이러한 경향이 우리의 문학에도 영향을 주었다는 것이다. 임화가 지방주의라고 비판한 것이 바로 그것이다. 임화는 이 지방주의가 우리 문학의 가능성을 마을 것이라고 보았던 것이다.[18] — 의 차원에 놓이는 것이다. 이는 **근대초극론**의 다른 차원인 **세계사의 철학**과 결부되면서, 근대를 넘어선 새로운 '세계사'의 창출과 '일본적인 것'이 동일한 맥락에 놓이게 된다.

이제 **세계사의 철학**에 대해 살펴볼 차례다. 이 철학의 이론적 토대는 교토학파가 제공하고 있다. 그중 교토학파의 역사철학이 이를 제공한다. — 임화의 **신문학사**가 헤겔의 영향권 내에 있었다는 점과 관련이 있다. — 주목을 요하는 점은 교토학파의 **세계**

다. 패배하는 제국을 위해 헌신하는 청년의 모습이 이를 통해 산출되기 때문이다.

18 임화는 「지방주의의 문제」(임화전집 편찬위, 『임화문학예술전집 4 - 평론』 1, 소명출판, 2009)에서 다음과 같이 언급한 바 있다. "만일 조선문학의 특성을 '조선색'이나 '지방색'에서만 발견하려는 자가 있다면 그는 조선문학을 식민지문학으로 고정화하려는 자일 것이다. / 우리는 조선문학의 세계적 수준, 세계문학의 의의를 갖는 조선문학의 생산을 위하여 노력하는 자이다. 오직 유감된 것은 이 부정되어야 할 지방주의적 경향이 금후 아직도 발전하리라는 우리의 불행한 현실성 사정이다. 진실로 존귀한 노력만이 이 탁류를 뚫고 세계적인 문학의 수렴자란 영예를 얻을 것이다."(임화전집 편찬위, 『임화문학예술전집 4 - 평론』 1, 소명출판, 2009, 723면)라고 말이다.

사의 철학이란 작업은 헤겔의 유명한 저작『세계사의 철학』과 그 명칭이 동일하다는 점이다. 이는 분명 의도가 있는 것이었을 것이다. 그것은 고오야마 이와오의 작업이다.

고오야마의 작업은 "헤겔의 역사철학을 연상케 하는 방식으로 '역사 이성'의 자기 실현이라는 도식을 세우고 과거의 어떤 역사적 사건을 당시의 역사적 이념을 실현하기 위한 수단의 한 단계로서 위치 지어 해석하는 경향이 있다"[19]고 논해진다. 헤겔을 대체하고 헤겔을 넘어서며 새로운 근대의 가능성을 연 작업으로 고오야마는 헤겔과 동일한 담론의 명칭을 가져왔을 것이다. 그는 이러한 철학적 논의를 바탕으로 대동아공영권의 사상적 토대를 마련하였다. 아래의 인용문은『근대초극론』에 길게 인용된 고오야마의 논의인데 그대로 재인용하여 제시한다. 인용문을 통해서 고오야마의 소위 **세계사의 철학**이 어떤 것인지 조금이나 살펴볼 수 있기 때문이다.

유럽 세계사 외에는 세계사가 없다는 관념이 무너지고 있다는 사실이야말로 현대의 세계사적 사실이다. 그리고 우리 일본이야말로 이 세계사적 전환에서 가장 중대한 역할을 맡았다고 할 수 있다. 유럽적인 근대 세계사의 구질서를 언제까지 유지하려 하는 국

---

19 히로마쓰 와타루, 앞의 책, 163면.

제연맹에서 일본이 탈퇴한 것은, 이 전환 과정 중 획기적이고 역사적인 사건이었다. 이 사건은 만주 사변과 중일 전쟁이 이어지게 했으며, 동시에 독일과 이탈리아도 국제연맹으로부터 탈퇴하도록 촉발하여, 근대 세계사의 질서에 커다란 동요를 가져왔다. 그 결과 현재 제2차 세계 대전이 발발하기에 이른 것이다. 또한 중일 전쟁을 배경으로 하여 어디까지나 근대적인 구질서를 유지하려는 미국과 영국에 대해 일본이 선전포고를 힘으로써 세계사의 전환은 이치에 맞고 정연한 결정적 단계로 돌입했다. 실로 우리 일본이야말로 오늘날 세계사 전환의 주도적 역할을 담당하고 있는 것이다.[20]

일본이 세계사 전환의 주도적 역할을 맡는 것이 바로 고오야마에게 있어서 **세계사의 철학**이었던 것이다. 당연히 그 중심에는 이러한 세계사의 책무를 인지하고 천황이라는 국체를 중심으로 결집한 일본이 놓여 있었다

일본의 미와 **세계사의 철학**이라는 축을 통해 추동한 **근대초극론**은 '원原일본적인' 것과 천황제 국가 체계의 존재방식을 이상향으로 제시한다. "이 '원原일본적인' 이상형은 단순히 이상적인 과거의 존재가 아니라, (어느 정도 '근대'라는 '독'으로 오염되고 변형되었더라도) 천황제 국체라는 형태로 본질적이고 현재적으로 존재한다

---

20 앞의 책, 68~69면.

고 이해되"[21]었다. 실제로 1935년 이후 일본은 "'소련의 오른쪽'이며 '영국과 독일의 왼쪽'인 통제 경제 형태로, 국가 독점 자본주의 재편을 이루어냈"[22]다. 당시 일본은 이를 높은 수준의 성취로 보았다. 후에 "'국가 총동원' 통제 경제의 형태로 자유주의와 공산주의를 넘어섰다는 망상, 나치즘 같은 전체주의가 아니라 천황을 정점으로 하는 협동체 국가라는 망상"[23]이라고 비판받지만 당시에 그것은 망상으로 인식되지 않았던 것이다. 때문에 **근대초극론**은 이런 상황 속에서 흔들림 없이 존립할 수 있었다.

그런데 **근대초극론**을 펼친 이들은 무엇인가를 논의에서 놓치고 있다. 우선 헤겔의 「세계사의 철학」이 역사의 성립조건으로 내세운 것과 비교하여 보자. 헤겔은 다음과 같이 말하고 있다.

> 우리말독일어에서 역사Geschichte라는 것은 객관적인 면과 주관적인 면을 통합한다. 역사는 발생한 것이면서도 발생한 것의 기술이기도 하다. 즉 사건이나 행적, 발생한 일이면서 동시에 (이와는) 본질적으로 구분되는 역사 설명이기도 하다. 우리는 이 두 의미의 통합을 외적인 우연 이상의 것으로 간주해야 한다. 여기서 주목해야 할 점은, 역사 설명이 본래 역사적인 행적이나 사건과 동시에 나타난

---

21 앞의 책, 89면.
22 위의 책, 118면.
23 위의 책, 118면.

다는 것이다. 그래서 이 양자를 함께 출연시킨 것은 바로 어떤 내적인 공통의 기초이다. (…중략…) 비로소 국가가 역사의 산문에 적합할 뿐만 아니라 역사 자체를 더불어 산출하기도 하는 내용을 만들어 낸다. 국가로 고양되고 확립되어 가는 공동체는 순간의 요구를 만족시키는 통치의 주관적 명령 대신에 법률이나 법칙들, 보편적이며 보편타당한 규정들을 필요로 한다. 이렇게 해서 공동체는 오성적이며 그 자체로 규정되어 있고, 자신의 결과들 속에서 대자적으로도 지속하는 행적과 사건들로서 하나의 보고문을 만들어 낸다.[24]

이를 통해 알 수 있는 것은 **근대초극론**을 추동한 이들이 은폐하고 있는 지평이다. "국가로 고양되고 확립되어 가는 공동체는 순간의 요구를 만족시키는 통치의 주관적 명령 대신에 법률이나 법칙들, 보편적이며 보편타당한 규정들"을 필요로 한다. 이렇게 해서 "공동체는 오성적이며 그 자체로 규정되어 있고, 자신의 결과들 속에서 대자적으로도 지속하는 행적과 사건들로서 하나의 보고문을 만들어 낸다"는 지점을 완전히 간과하고 있다는 것이다. 즉, **근대초극론**의 논의는 '오족협화'를 말하면서도 '오족협화' 그 자체를 공동체의 보편타당한 규정들을 통해 수립한 것이

---

24 게오르그 빌헬름 프리드리히 헤겔, 『세계사의 철학』, 지만지, 2012, 110~111면.

아니었다는 것이다. 대신 '오족협화'의 슬로건 아래서 일본 천황의 영광에 기반하여 '세계사'를 추동할 수 있다고 생각했다는 것이다. 그것은 "대자적으로도 지속가능한 행적과 사건들"로 이어질 수 없는 사건들이다. 그런 점에서 헤겔의 '세계사'와는 완전히 궤를 달리하는 지점에 세계사의 철학으로서의 근대초극론이 놓여 있다. 그들은 천황이라는 "통치의 주관적 명령"을 국가 차원으로 고양시키는 것에 그치지 않고 이 천황이라는 텅 빈 기표에 '세계사'를 맡겨 버리려고 했던 것이다.

그렇게 할 때 우리가 보게 되는 것은 코제브가 일본에서 발견했던 바로 그것이다. 코제브는 1959년 일본을 방문하여 이미 3세기 이전에 헤겔적 의미에서 '역사의 종말'을 체험한 사회를 보았다고 말한다. 코제브에 따르면, 일본인들은 이미 '역사-이후'를 살고 있었다. 일본에는 순수 형태로서의 속물성snobbery이 있으며 이 속물성은 강요된 노동이나 혁명적 투쟁 같은 '역사적' 행위와는 또 다르게 주어진 '자연' 혹은 '동물'을 부정하는 규율들을 창조해냈다고 말한다. 그것은 완전히 형식화된 가치이다. 경제적, 정치적 불평등에도 불구하고, 모든 일본인들은 예외 없이 역사적 의미에서 모든 인간적 내용이 부재한 가치에 따라 살아가고 있다고 코제브는 지적한다. 그렇기 때문에 극단적인 경우에 모든 일본인들은 완전한 무상無償의 자살을 행할 수 있다고 말한다. 이러한 자살은 사회적, 정치적 내용을 가진 '역사적' 가치를 건 투쟁 속에서 맞는 삶의 위기와는 아무런 관련이 없다는 것이 코제브의 지적이다. 이것이 '역사의 종말'을 살아가는 인간인 속물의 모습이다. 그런 연장선에서 볼 때, 일본은 이미 헤겔과 마르크스가 말한 '역사의 종말'을 살고 있는 것이었다.[25] 코제브는 1959년에 이를 통찰해 냈다. 코제브의 논의를 끝까지 밀고 나가면 **근대초극론**에 대해서 평가할 수 있는 것은 간단하다. **근대초극론**은 일본 내에 이미 와 있던 '역사의 종말'의 다른 버전이었던 것이다.

지금까지 임화의 **신문학사**가 형성되던 시기에 일본을 추동하였던 담론인 **근대초극론**에 대해서 살펴보았다. **근대초극론**은 일본이 원하던 근대의 초극을 수행하는 것과는 달리 일본이 넘어서려고 하고, 일본이 인식하고 있던 근대의 틀 그 자체의 빈곤에 대해 의문을 갖게 하는 것이었다. 한편으로는 동양적인 것 — 원原일본적인 것 — 으로 다른 한편으로는 **세계사의 철학**으로 나타나고 있던 **근대초극론**은 결국 텅 빈 기표인 천황만을 우리 앞에 내세웠던 것이다. 보편타당한 역사의 추동의 자리인 진리의 자리에 제국의 비어있는 틀인 순수한 형식, 즉 순수화된 국체인 천

---

25 이 부분은 Alexander Kojève의 *Introduction To The Reading Of Hegel*(Cornell Univ, 1980)의 161면 하단의 주석을 참조하였다. 이 주석의 일부는 김홍중의 『마음의 사회학』(문학동네, 2009)에 번역되어 있는데, 그 부분도 참조하여 작성하였다. 단 김홍중이 인용한 코제브의 텍스트는 본고가 참고한 저작보다 한참 앞서 1969년에 출간된 판본임을 밝혀둔다.

황만이 거기에 있었다. **근대초극론**은 이 기표를 한편으로는 일본 낭만파의 '미'라는 문학적 기표로 채우려 하였고 다른 한편으로는 세계사 추동의 주체라는 기표로 세우려 하였다. 그들 스스로가 주체로서 역사의 기술자로 나서는 것이 아니라 빈 형식을 대신 내세워 그들이 넘어서고자 하는 근대를 기원화하였다.

여기서 기원화란 어떤 것을 기원으로 만듦으로써 그와 관련된 모든 사안들을 은폐하는 작업을 수행한다는 것을 말한다. 일본 낭만파가 추구한 일본의 미는 '원原일본적인' 기원에 근거하면서 천황제라는 현재적 정치제도를 모두 포괄하는 정치적 개념이고 **세계사의 철학**의 '세계사'도 동일한 논리적 구조 속에서 일본이 '세계사'의 주체로 천황이라는 '원原일본적인' 기원을 내세우는 작업이었다. 이를 기반으로 일본은 '대동아공영'이라는 기치를 내걸 수 있었다. 여기에서 역사적 가능성이라는 불투명한 지평은 제거되어야 할 지평이었으며 때문에 **근대초극론**에는 역사의 근본적 가능성이 자리할 수 없었다. 당연히 혁명적 가능성도 제거되어야 하는 것이었다. 모든 것을 자기 기원화하는 것을 통해 자기 자신에게만 투명한 세계를 확보한 것이다. 이것이 바로 **근대초극론**의 기원화 작업이다.

근대초극론이 추동한 기원화 작업은 그들이 원하든 원하지 않던 그들의 문학과 문학사에도 영향을 주었다. 특히 문학사에서 근대문학의 차원은 기원화하기의 영향에 온전히 놓이게 되었다.

일본 근대문학의 시작이 번역이라고 할 때, 기원화작업은 일본의 근대문학이란 번역을 통해 나타난 것이긴 하지만 서구 문학의 '이식'이 일어나지 않은 차원에 놓인다. 여기서 번역은 일본 낭만파가 '원原일본적인' 미를 재발견하는 방식을 통해 확인할 수 있듯이 외부성을 제거하는 방식으로 자기 번역의 형태로 나타난다. 여기에서 문학은 순수한 형식으로 모든 것을 환원적인 차원으로 기원화할 수 있지만 '이식'할 수는 없다. 이렇게 될 때 '이식'은 문제화의 지점을 우리 앞에 밝히게 된다. 여기에서 환기되는 것은 '이식'이 역사의 주체와 연관을 맺는 방식에서 시작한다는 점이다.

이것이 임화가 '이식'을 통해 우리 앞에 현시하려고 하는 바라고 한다면, 우리는 이를 어떻게 읽어야 할 것인가? 이어지는 논의에서 이에 대해 논해 보겠다.

3. 이식과 은유적 사고

임화는 일본의 **근대초극론**에서 어떤 진리의 소리도 들을 수 없었다. 그래서 임화는 계속 가로막히는 혁명의 현재화와 역사의 가능성에 대해서 더 근본적으로 사고해야 할 필요성이 있었다. 임화는 이 작업의 수행을 시와 문학사 모두에서 수행했다. 이 두 작업은 은밀하게 연결되어 있었다. 1930년대 후반에서 1940년대 초반, **신문학사**를 작업하던 시기에 일본의 **세계사의 철학** 등에서 보이는 헤겔의 영향성 및 최남선 등이 수행한 역사 연구를 통해 조선의 역사를 기원화하는 작업 모두에서 임화는 해결해야만 하는 문제에 봉착했다. 그가 추동하고자 했던 마르크스주의적 혁명은 이미 불가능해 보였고 혁명의 현재화는 내려놓아야 하는 것으로 보였을 것이다. 바로 그렇기 때문에 임화는 사라져가는 역사적 가능성에 대해 탐침해야 할 필요를 느꼈을 것이다.

일본이 천황제 파시즘 국가로 만주사변을 일으키고 마르크스주의자들에 대한 탄압을 조선에서도 강화해나가는 무렵에 임화는 우리 문학을 추동해간 우리 언어가 일제에 의해 사라질 위기에 처한 것까지 목도해야 했다. 하지만 바로 그 상황에서 임화는 시적 언어의 가능성을 발견한다. 그 계기는 1938년 11월『경성일보』에서 진행된 대담에서였다.『조선 문화의 장래와 현재」라는 대담에서 임화는 번역의 불가능성을 환기하는 발언에서 다음과 같이 말한 바 있다. "시를 쓰는 경우, 그 언어에 담긴 감정, 즉 문자인데요. 그것이 번역되어서는 의미를 갖추지 못합니다. 번역시는 왠지 와닿지 않아서, 그것은 순예술적인 것으로 조망하여 보아도 문화적으로 양해해야 한다고 생각합니다"[26]라는 언급

---

26 홍종욱 외, 「조선 문화의 장래와 현재」,『식민지 지식인의 근대 초극론』, 서울대 출판문화원, 2017, 270면.

이 그것이다. 여기서 시적 언어가 지닌 특성에 대한 감각은 일견 단순해 보이는 면이 있다. 하지만 임화가 '번역'과 '번역불가능성'의 간극을 인지했다는 것을 확인하는 부분에서는 의의가 있다. 무엇보다 이런 문제적 지점이 그가 당대의 어두운 시기를 돌파하기 위해 써간 **신문학사**와 연관이 있다고 본다면 그냥 지나치기 어렵다. 임화는 이 사유의 연장선에서 '이식'을 '번역'과는 다른 것으로 인식하는 지병을 마주하게 된 것이다. 무엇보다 그 개념이 고안된 지점이 시적 사유와 맥락이 닿아 있다는 것이 중요하다. 그 결정체가 바로 '이식'이었던 것이다. 여기서 임화는 논리적 도약을 시도하며 어떤 매개도 없이 역사의 가능성을 현시한다. 그 자리에는 그것을 추동하는 주체의 신체가 있다. 타자성과 외부성을 끌어안는 주체가 역사적 주체의 지점에 희미하게 나타난다.

임화의 '이식'은 외면적으로는 현해탄콤플렉스를 보인다. 그러나 이는 말 그대로 외면적인 차원의 것에 제한된다. 우리는 이 콤플렉스와 길항하는 임화의 작업에 주목해야 한다. 최근의 논의에서 논의된 바 있듯이 임화는 당대의 엄격한 마르크스주의자들과는 달리 마르크스주의의 지평을 유연하게 활용하려 시도한 바가 많다. 룸펜 프롤레타리아에 대한 새로운 조망이라던가 전통적인 '형상' 개념의 해석 같은 것을 다른 차원에서 수행하곤 했던 것이다.[27] '이식'은 우리가 지금까지 일반적으로 이해해왔던 방식으로 하나의 개념으로 이해하면 우리에게 거의 아무런 비밀을 열어 보여주지 않는다. 그러나 '이식'을 '은유적 사고'의 결정체라고 이해하면 상황은 조금 달라진다. 임화가 '이식'을 '은유적 사고'로 수행했다는 명시적 사실은 물론 없다. 때문에 이러한 본 논의의 접근에 의문을 가질 수 있을 것이다. 그러나 임화가 명시하지 않은 것은 단순히 이뿐만이 아니다. 임화는 「신문학사의 방법론」에서 헤겔의 변증법을 넘어서는 지점을 제공하는 '길항하는 역사'에 대해서 이미 논하고 있다. 하지만 그 논의에서 '길항하는 역사'라는 가능성의 지평을 직접 호명하지는 않았다. '이식'은 '길항하는 역사'보다는 임화에게 더 중요한 개념으로 와닿았다. 그렇기에 호명을 했던 것이다.

'이식'에 숨겨진 '은유적 사고'를 읽어내기 위해서는 '이식'이 고안된 지점으로 가야 한다. 먼저 살펴볼 지점은 「개설 신문학사」의 초반부이다.

신문학이란 새 현실을 새 사상의 견지에서 엄숙하게 순예술적으

---

27 이에 대한 논의로는 가게모토 츠요시의 「'형상'과 '대중화'」(『한국학연구』 제40집, 인하대 한국학연구소, 2017)와 「식민지 조선의 또 하나의 프롤레타리아 문학 - 룸펜 프롤레타리아, 농업노동자, 유곽의 여성들」(『현대문학의 연구』 61, 한국문학연구학회, 2017) 등을 들 수 있다. 이 논의들을 통해서 알 수 있는 것은 임화가 마르크스주의에 무지해서가 아니라 자기 나름의 방식으로 이를 활용하여 분석의 새로운 틀을 만들고 있음을 알 수 있다. 가게모토 츠요시는 이러한 임화의 특성을 그람시적이라고 규명해내고 있다.

로 언문일치의 조선어로 쓴, 바꾸어 말하면 내용·형식 함께 서구적 형태를 갖춘 문학이다.

  신문학이란 개념은 그러므로 일체의 구문학과 대립하는 새 시대의 문학을 형용하는 말일뿐더러 형식과 내용상에 질적으로 다르고 새로운 문학을 의미하는 하나의 개념이 될 수 있다.

  따라서 신문학사는 조선에 있어서의 서구적 문학의 이식으로부터 시작되는 것이다.

  이 점이 다른 곳에서는 근대문학 혹은 현대문학이라고 불리어지는 것이 조선에서는 통틀어 신문학으로 호칭되는 소이다.[28]

여기서 임화는 신문학을 기존의 한문문학이나 언문문학이 구축한 구문학과 대립하는 새 시대의 문학이라고 규정한다. 굳이 근대문학이나 현대문학과는 다른 개념인 신문학을 도입하는 이유는 임화가 보기에 서구문학이 자연적 발생의 과정을 통해 근대문학으로 진입한 것과는 우리의 상황이 달랐기 때문이다. 그러나 단순히 그 의미만으로 신문학을 이해해서는 안 된다. 왜냐하면 바로 '이식'이 등장하기 때문이다. 이 '이식'은 우리의 문학을 구문학과 구별해주는 것을 통해 신문학을 즉각적으로 현재화하는 힘이다. 그러니까 신문학은 현재화된 문학이라는 의미를

---

28 임화전집 편찬위, 「개설 신문학사」, 『임화문학예술전집 2-문학사』, 소명출판, 2009, 15~16면.

함의하고 있다는 말이고 이를 가능하게 해주는 것이 '이식'이라는 것이다. 여기서 우리가 간과하는 것은 임화가 이러한 개념의 변환을 통해 그가 의도했든 의도하지 않았던 간에 어떤 성취를 보여주고 있다는 것이다.

신문학의 개념 도입은 근대문학이란 개념의 도입과는 거리를 두는 지점을 제공한다. 이는 매우 중요한데, 우리 문학사의 차원으로 들여왔을 때 중요한 개념은 고전문학에서 근대문학으로의 이행이 아니게 된다는 점이다. 즉 역사주의적 발전단계의 계단을 따라 문학사를 기술할 필요가 없다는 하나의 거부의사가 은연중에 깔려 있다는 얘기다. 역사주의의 차원에서 조선의 문학을 근대문학사의 대기실[29]로 만드는 대신 그것과는 다른 차원에서 구문학에서 신문학으로의 전환을 이야기하고 있으며 그것이 바로 현재의 차원에서 이미 나타난 일로 다루고 있다는 점이다. 이를 가능하게 해주는 것이 바로 '이식'이다.

그런데 흥미로운 것은 임화가 '이식' 이외에도 '번역' 및 '수입'이라는 말의 활용도 한다는 점이다. 이는 앞서 임화가 '번역'과 그 불가능성에 대한 감각에서 이미 '번역'에 대해 사유했음을 살펴봤을 때 특이한 것은 아니다. 주목할 것은 신문학 기술에 이

---

[29] 디페시 차크라바르티는 서구의 역사주의가 비서구 지역을 '역사의 대기실'로 만들었다고 비판한 바 있다. 여기서는 이를 응용하여 '근대문학사의 대기실'로 변용하여 표현하였다. 더 자세한 것은 디페시 차크라바르티의 『유럽을 지방화하기』의 서론, 「'유럽을 지방화하기'라는 관념」을 참조하라.

르면 '번역'이 아니라 '이식'이라는 말로 통합하여 표현하고 있다는 점이다. 「신문학사의 방법론」의 '환경' 부분 일부를 인용하여 이에 대해 검토해보자.

신문학이 서구문학을 배운 것은 일본문학을 통해서 배웠기 때문이다. 또한 일본문학은 자기 자신을 조선문학 위에 넘겨준 것보다 서구문학을 조선문학에게 주었다. 그것은 번역과 창작과 비평 등 세 가지 방법을 통해서 수행되었다.

소화 초년까지 성서를 제외하고는 대부분의 번역이 화역으로부터의 중역이었고, 대정 초년에 성행하던 가몽, 일제, 우보 등의 번안소설도 모두 일본문학 혹은 화역으로부터의 중역이다. 그리고 창작의 영역에 있어서 맨 먼저 조선인에게 서구근대문학의 양식을 가르쳐준 것이 일본의 창작과 번역이다. 단편소설이 그러하고 시가 그러하고 희곡이 그러하고 장편소설이 그러했다. 더욱 단편소설은 먼저도 말한 것처럼 어느 서구의 단편 양식보다도 일본의 단편소설의 양식을 그대로 이식해온 것은, 우리의 단편과 서구의 단편을 비교하여 생기는 막대한 차이를 보아 명백하다. 서구의 중편에 해당할 스케일과 내용을 가진 긴 단편은 전혀 일본문학의 독특한 산물로, 지금에 거의 동양 신문학의 한 특성이 되어 있다.

이뿐 아니라 우리가 특히 유의할 것은 산문학의 생성기에서 가장 중요한 문제였던 언문일치의 문장 창조에 있어 조선문학은 전

허 명치문학의 문장을 이식해왔다.[30]

　인용문을 통해 우리가 확인할 수 있듯이 임화는 '이식'과 '번역' 그리고 '수입' 등을 엄격하게 구분하여 쓰고 있다. '이식'은 우리가 자기화—여기서 자기화란 자기 동일화에 실패한 잔여 즉, 주체의 부정성마저도 자기의 것으로 껴안는 것을 말한다.— 한 것을 지칭할 때 쓰고 있다는 경향성을 여기서 확인할 수 있다. 임화에게서 '이식'은 다른 용어들과는 달리 매우 중요한 차원에서 엄격하게 쓰고 있다. '이식'이란 임화에게 있어서 부정할 수 없는 근대에 대한 형상을 어떻게 끌어안을 것인가 하는 고민의 소산이었다. 근대는 주체화되지 않는 어떤 것으로서 그저 형식으로 주어진 것이었다. 때로 그것은 장르이며 때로 그것은 어문일치의 문장이었다. 임화에게는 자기화되면서 자기화되지 않는 잔여가 남아있는 것, 그것이 신문학이었다. 주체의 차원으로 완전히 환원되는 어떤 것이 아니라 부정적인 것으로 계속 남아있는 것, 그것이 길항하면서 나타나는 것을 호명할 필요가 있었다. 그것에 대한 해석행위로서 임화는 '은유적 사고'를 활용한다. 자신이 맞이한 곤궁에 대한 조응으로 끌어낸 개념이자 하나의 이미지가 바로 '이식'이다.

---

30 임화전집 편찬위, 「신문학사의 방법론」, 『임화문학예술전집 3 – 문학의 논리』, 소명출판, 2009, 654~655면.

'이식'은 주체의 자리인 신체를 환기한다. 우리의 신체는 '이식'한 것을 자기화한다. 자신의 온몸, 신체를 통하여 부정적인 것이며 자기 외부의 것을 자신의 것으로 획득해 나가는 것이다. 이 과정이 바로 '이식'이다. 그리고 이 '이식'은 주체에 의해 선택적이고 의식적으로 이행된다. '이식'은 우리의 내부의 것과 동일화되지 않으며—'이식'은 자기 것이 아닌 것이 내부에 있음을 기억하는 윤리적인 행위이다.—동시에 부정적인 차원으로써 주체의 차원에 기입된 것이다. 뿐만 아니라 '이식'은 우리가 선택한 그 차원에서 우리가 이미 내적으로 동일한 차원에 있는 것이라고 규정한 그것—**신문학사**에서 장르의 개념—을 수행할 수 있는 기능을 지닌다. 이것이 '이식'에 있어서 주체의 행위가 중요한 이유이다. 여기서 잊지 말아야 할 것은 이러한 주체의 행위가 신체의 차원을 경유하여 수행된다는 것이 '이식'에 의해 강조된다는 점이다. 이렇게 볼 때, '이식'은 자기화를 통해서 역사적 가능성을 실천으로 옮겨나갈 수 있는 주체의 차원을 스스로 회복시켜 나갈 수 있는 지평을 가리키게 된다. 임화는 「신문학사의 방법론」과 거의 동일한 시기에 발표된 「무너져 가는 낡은 구라파」에서 '이식'의 이러한 특성에 대해 언급한 바 있다.

역시 북미합중국이 출현하고 아메리카가 공업권으로 혹은 순수한 일개 경제 세계로 서구를 향하여 자기 지위를 요구하게 되기 위하여는 구라파의 산업혁명이 필요했다. 근대세계를 형성한 기초가 된 이 기술적 조건의 이식으로 아메리카는 자기 농업을 재편성하고 공업을 생성시키고 정치를 수립하였다. 이때부터 아메리카는 구라파에 대하여 분명히 독립한 경제권이 되고 나아가서 정치권으로서 성질을 명백하기 시작했다.[31]

임화의 「무너져 가는 낡은 구라파」는 제2차 세계대전 이후 미국이 역사적으로 문화적으로 어떤 역할을 하게 될지 살피는 글이다. 특히 **근대초극론**이 관심을 가진 세계의 마지막 전쟁을 임화도 논하고 있다. 그 글의 결론에서 임화는 서구 문명의 다음 주자를 미국으로 예견한다. **세계사의 철학**을 세우고 '세계사'를 추동해 갈 일본의 입장에서는 그다지 편하게 읽히는 논의는 아닐 것이다. 여기에서 '이식'은 미국을 현재 역사의 가능성을 추동해나갈 위치로 이끌었으며 무엇보다 식민지에서 독립한 경제권이자 정치권으로 만든 힘이다. 그런 지점에서 볼 때 '이식'은 분명히 자기화의 지점을 예비하는 개념으로 쓰이고 있다. 또한 임화가 여기에 덧붙이지는 않았지만 자기화를 넘어서는 부정적인 것의 도래도 또한 역사적 가능성의 차원으로 오고 있음을 말하고 있다. 그것을 감내하고 자기 것으로 끌어안느냐 그렇지 않

---

31 임화전집 편찬위, 「무너져 가는 낡은 구라파」, 『임화문학예술전집 5 – 평론』 2, 소명출판, 2009, 226면.

은가는 행위를 통한 도약을 통해서만 그 결과를 알 수 있는 것임을 환기하고 있다.

더불어 미래를 향한 이러한 행위라는 도약은 '이식'을 통해 이 모든 것을 과정으로 현재화한다. 내적으로 '이식'이 들여온 것과 길항하면서, 그 길항을 실천하면서 역사화하는 과정이 '이식'이기에 이러한 '이식'의 주체적 행위의 모든 것은 과정이 된다. 이 과정은 언어를 경유하여 가까스로 표현된다. 때문에 '이식'은 외관상 생물학적 사고로 보이나 엄밀히 말해 언어적 차원에서 수행된 '은유적 사고'이다. 신체를 통한 자기화라는 인식이 없다면 '이식'이라는 표현을 쓰지 못한다. 이 자기화에 대한 목숨을 건 의지가 '이식'을 감내하게 한다. 임화에게서 '이식'이 중요한 차원을 점유하는 이유는 바로 여기에 있다. 그리고 무엇보다 '이식'은 사태 전체를 '이식'하지 못한다. 때문에 모든 '이식'은 부분적이다. 임화의 「신문학사의 방법론」이 그토록 비판받도록 만든 아래의 구절은 임화가 '이식'을 통해 설정한 그러한 제한의 함의를 나타내는 표현에 다름아니다.

신문학이 서구적인 문학 장르를 채용하면서부터 형성되고, 문학사의 모든 시대가 외국문학의 자극과 영향과 모방으로 일관되었다 하여 과언이 아닐 만큼 신문학사란 이식문화의 역사다.[32]

임화는 여기에서 문학의 형식인 문학 장르의 '이식'을 강조하고 있다. 그것은 역사의 창조적 축을 우리에게서 **빼앗은** 그러한 '이식'이 아니라 우리에게 역사를 오히려 환기하는 역할을 한다. 임화에게 있어서 역사는 창조가 우리 앞에 현재화하여 나타나는 것이 계속 이어서 나타나게 되는 것이다. 이러한 역사는 역사적 사건들 속에서 나타나는 수많은 요소가 서로 길항하며 마주하고 그로 인해 역사적 기술의 현재화의 가능성이 열리는 것을 의미한다. **문학사**는 바로 이러한 역사의 특성을 잇는 특수한 역사이다.

이러한 **문학사**는 학문적 담론으로 안온하게 정리된 문학사가 아니다. 이러한 **문학사**는 어떤 부정성도 없이 일별된 비어있는 형식에 장악된 박제된 문학사가 아니다. 그래서 민족문학이라는 안락한 문학사를 임화는 추구하지 않는다. 그런 문학사는 민족의 문학사로 인정받고자 하는 대타자의 욕망을 추구하는 문학사로 제한되기 때문이다. **문학사**는 기존의 문학을 유산으로 만들고 새로운 문학의 지평을 열면서, 그것을 통해 파편화된 전통을 혁명적으로 현재화하는 역사이다. 그것은 여전히 부정성을 '이식' 받으며 창조되며 생성 중이다. **문학사**란 그러한 과정의 연속이며 과정의 현재인 것이다. 그것은 이러한 사태를 통해서 혁명을 현재화할 수 있는 지평을 마련한다.

---

32 임화전집 편찬위, 「신문학사의 방법론」, 『임화문학예술전집 3 – 문학의 논리』, 소명출판, 2009, 653면.

바로 그렇기 때문에 **문학사**는 포착불가능하며 여전히 해명불가능하며 불투명하다. 때문에 결코 우리의 손안에 주어지지 않은 채 통제불가능한 가능성을 내포한 것으로 주어지는 것이다. 그래서 **문학사**는 단순한 민족의 연대기로서의 문학사로 환원되지 않는다. 그것을 현재화면서, 그러한 힘으로 미래로 진보해나가는 그 자체의 연대기이다. 그것이 다름 아닌 **문학사**이다. '이식'은 이러한 가능성의 차원을 부정성의 차원에서 끌어안는 사유의 운동이며 하나의 은유인 것이다. 여기에 이르면 우리는 임화가 경유했지만 결코 거기서 머물지 않은 지점이 '헤겔의 역사철학'이란 점을 납득할 수 있을 것이다.

이러한 차원에서 **문학사**는 문학만을 유산으로 가진다. 임화가 「신문학사의 방법론」에서 다른 항목이 아닌 '전통'에서 이를 다룬 이유도 바로 여기에 있다.

외래문화의 수입이 우리 조선과 같이 이식문화, 모방문화의 길을 걷는 역사의 지방에서는 유산은 부정될 객체로 화하고 오히려 외래문화가 주체적인 의미를 띠지 않는가? 바꿔 말하면 외래문화에 침닉하게 된다. 또한 그러한 것이 완전히 수행되기는 문명문화 교섭은 일견 그것이 순연한 이식문화사를 형성함으로 종결하는 것 같으나, 내재적으로는 또한 이식문화사 자체를 해체하려는 과정이 진행되는 것이다. 즉 문화 이식이 고도화되면 될수록 반대로 문화

창조가 내부로부터 성숙한다.

이것은 이식된 문화가 고유의 문화와 심각히 교섭하는 과정이요, 또한 고유의 문화가 이식된 문화를 섭취하는 과정이다. 동시에 이식문화를 섭취하면서 고유문화는 또한 자기의 구래의 자태를 변화해 나아간다.[33]

이를 감안할 때, **문학사**는 다른 민족과 견주어 자신의 문학사를 비교하고자 하는 그러한 역사가 아님이 드러난다. **문학사**는 우리가 아는 문학의 집합으로 환원되지 않는다. **문학사**는 **문학사**의 일관성을 파괴하면서 새로운 형식과 내용을 통해 전통을 파편화하면서 동시에 파편화된 전통을 현재화한다. 문학은 자신을 파괴시키는 파편화의 힘을 역사로 끌어안는다. 그것이 문학이다. 그러니까 문학은 최후의 인간을 끝내면서 파괴되어가는 현재의 파편을 바라보는 천사[34]와 같다. 그것이 우리에게 다가올

---

33 위의 책, 658면.
34 벤야민은 『역사의 개념에 대하여』의 9번 테제에서 파울 클레의 그림 「새로운 천사」를 경유하여 역사의 진보에 대해 말하고 있다. '현재의 파편을 바라보는 천사'는 벤야민이 말한 역사의 천사이다. 역사의 천사는 "우리들 앞에서 일련의 사건들이 전개되는 바로 그곳에서 그는, 잔해 위에 또 잔해를 쉼없이 쌓이게 하고, 또 이 잔해를 우리들 발 앞에 내팽개치는 단 하나의 파국만을 본다. 천사는 머물고 싶어 하고 죽은 자들을 불러일으키고 또 산산이 부서진 것을 모아서 다시 결합하고 싶어한다. 그러나 천국에서 폭풍이 불어오고 있고 이 폭풍은 그의 날개를 꼼짝달싹 못 하게 할 정도로 세차게 불어오기 때문에 천사는 날개를 접을 수도 없다. 이 폭풍은, 그가 등을 돌리고 있는 미래 쪽을 향하여 간단없이 그를 떠밀고 있으며, 반면 그의 앞에 쌓이는 잔해의 더미는 하

창조의 문학이다. 임화의 '이식'은 그런 점에서 **근대초극론**이 기원을 추구한 것과는 다른 지평에 놓여 있다.

여기까지 살펴봤을 때, 우리는 임화가 '이식'을 통해 역사성을 보존하고 **근대초극론**이 기원화하면서 은폐한 역사성의 비가시적 특성을 되돌려 놓았음을 알 수 있었다. 이러한 역사성의 비가시성의 회복은 혁명이라는 임화의 근본적 사유 기반을 예비할 수 있도록 이끈다. 더불어 이러한 혁명의 예비작업은 언제든 혁명을 향한 행위의 현재화를 추구할 수 있다는 것을 의미한다. 혁명은 결국 역사가 지닌 힘, 즉 파편화의 가능성에서 발생하기 때문이다. 우리는 이런 점에서 '이식'의 '은유적 사고'가 지닌 급진적 차원을 밝혀낼 수 있었다. 또한 이를 통해 임화가 당대 가장 강력한 힘을 지닌 제국의 담론인 **근대초극론**에 대한 비판과 대항을 수행했음도 가시화할 수 있었다. 임화의 **신문학사**는 일본의 파시즘과 **근대초극론**이 역사의 가능성을 은폐하고 기원화하려던 것에 은밀한 대항을 하였다. 근대 초극의 시도를 파편화하는 '이식'의 도입으로 파시즘이 은폐하려던 역사의 차원을 우리 앞에

늘까지 치솟고 있"는 것을 감당하는 천사이다. 천사의 앞에 쌓이는 잔해가 바로 파편화된 전통이며, 그것을 현재에 새롭게 결합하고자 한다. 그러나 그 시도는 미래로 떠밀리면서 완수되지 못하는 모습을 보인다. 천사가 폭풍을 맞고 있기 때문이다. 그런데 벤야민은 이 천사가 감내하는 폭풍이 바로 진보라며 "우리가 진보라고 일컫는 것은 바로 이러한 폭풍을 두고 하는 말이다"(이상 발터 벤야민, 『역사의 개념에 대하여 외』, 길, 2008, 339면)라고 덧붙이고 있다. 그러니까 파편화를 마주하면서 거기에서 새로운 것을 창출해내려는 불가능한 시도를 수행하는 일이 역사의 천사가 하는 일인 것이다.

나타나게 한 작업이 **신문학사**였던 것이다.

4. 마치며

지금까지 임화의 **신문학사**에 나타난 '이식'의 '은유적 사고'에 대해서 살펴보았다. 임화는 **신문학사**를 통해 당대 일본의 주류 사상이자 일본의 파시즘, 천황제 통제 자본주의를 이끈 **근대초극론**에 대해 대항하였다. 그 대항은 '이식'이라는 외관적 개념이 지닌 특성 때문에 제국의 영광에 굴복한 식민적 콤플렉스의 사유로 보였다. 그러나 그것은 '은유적 사고'가 근본적으로 해석적 어려움을 지녔다는 특성 때문에 저항의 지평이 당대의 **근대초극론**이나 파시즘의 검열에 드러나지 않았던 것이다.

임화는 1937년 마산에서의 투병생활을 마치고 서울로 올라왔다. 학예사를 통해『춘향전』과 같은 전통 문학을 새롭게 조명하고 이러한 전통 문학이 지닌 가치를 새로운 지평에서 살펴보려 시도했다. 앞서 언급한 「조선문화의 장래와 현재」에서 임화는 춘향전이 지닌 가치를 높게 평가한 바 있다. 그러나 임화가 이 시기 느낀 것은 언어의 사멸 위기와 검열이었다. 일본 제국주의는 '오족협화'를 넘어 조선에서는 '내선일체'를 요구했다. **근대초극론**이 꿈꾼 천황을 중심으로 한 협동체 통제 자본주의에서 조선은 더 이상 외부적인 식민지가 아니었다. 여기서 일본이 요구한 협동은 제국 일본과의 동일화였다. 그들에게는 조선이 지닌 외부성이 자아화되어 '세계사'의 주체인 일본의 내부적인 부분이 되어야 했던 것이다. 조선과 일본의 언어 동일화를 위해 더 이상 조선어를 쓰지 못하게 한 것이나 사상의 통일을 위해 검열을 수행했던 이유가 여기에 있다. 이러한 행위들 자체가 정치에 기반한 폭력적 동일화 작업이었다는 것을 일본 제국의 슬로건은 간과하고 있다.

이러한 상황에서 임화는 역사의 가능성을 탐침하기에 어려운 환경이었다. 일제가 점점 강화해 가는 파시즘 체제 속에서 임화는 자신의 『현해탄』 작업에서 보았던 3등칸의 풍경이 조선 땅에, 더 나아가 조선의 역사에까지 영향을 미치는 것을 느꼈다. 이 감각은 시적 사유이자 '은유적 사고'였다. 이 사고는 외부에서 손쉽게 풀어낼 수 없는 구조를 가졌다. 더 나아가 이것에 기반한 비변증법적인 사유는 사유라는 매개항이 중요한 것이 아니라 가능성을 확보해내고 그 가능성을 현재화하기 위한 행위를 시도하는가가 중요한 것이었다. 이 은밀한 사유에 기반하여 임화는 역사성이 지닌 비가시성을 탐구했다. 그것은 역사성에 대한 근본적 사유였다. 그 결과가 **신문학사**였던 것이고 '이식'이란 개념이 그 결정체였던 것이다.

이러한 임화의 대항은 '기원'과 '이식'이라는 대립항을 낳았다. '기원'은 **근대초극론**이 '원原일본적인' 것을 내세우며 역사적 가능성을 자기 기원인 일본의 미와 천황제로 은폐하는 것을 말한다. 일본은 이러한 기원화를 통해 역사의 가능성을 소거했고 어떠한 혁명적 행위 없이, 어떠한 실패의 가능성도 내재하려 하지 않는 완결된 기원의 구조를 세우려고 했다. 이 구조를 텅 빈 기표이자 대타자인 천황제에 맡기려 했다. 이와는 반대로 '이식'은 실패의 가능성을 이미 개념의 기표적 차원에 둔다. '이식'은 기표적 차원에 이미 식민성을 나타낸다. 그러나 그것이 끌어안는 개념 안에는 식민화되어 파괴되고 파편화된 전통과 그러한 전통에서 현재로 떨어지는 파편인 역사의 가능성이 존재한다. 여기에는 '지금시간'의 역사와 그것을 미래로 추동해가는 진보의 폭풍이 자리한다. 이 대립 속에서 우리는 임화가 역사가 지닌 근본적인 가능성을 우리 앞에 돌려 놓았고, 그 가능성의 지평을 비가시성에 두었음을 읽어낼 수 있었다. 이러한 비가시적인 가능성을 통하여 미래라는 지평을 열었음을 확인할 수 있었다.

물론 임화의 '이식'이 지닌 '은유적 사고'는 임화 스스로 그에 대한 입론을 시도한 바가 없다. 오직 맥락으로만 우리 앞에 놓여 있다. 때문에 임화의 '이식' 개념을 '은유적 사고'로 파악하고 이를 통해 **근대초극론**에 대한 비판을 임화가 수행했다는 논의는 다분히 담론적 지평에 놓여 있는 논의로 보일 수 있다. 그러나 실증적인 연구로 도달할 수 없는 지평이 임화의 작업에 있다면 그에 대한 새로운 독해의 가능성은 열려 있어야 한다고 생각한다.

지금까지 '기원'과 '이식'을 통해서 **근대초극론**에 대항한 임화의 **신문학사**, 특히 그 중심에 있는 '이식'에 대해서 살펴보았다. 그 결과 임화는 파시즘에 눈이 멀기는커녕 더 멀리 있는 바로 우리의 지금, 현재를, 문학사를 통해 조망하고자 했다는 것을 알게 되었다. 이제 우리는 **신문학사**가 우리에게 문학사와 역사에 대한 안온하며, 편리한 해답을 주는 그러한 문학사가 아니었다는 것에 대해 높은 평가를 해야 한다. 임화는 우리에게 근본적으로 질문하고 있다. 임화가 던진 이러한 질문에 대해 우리는 표준적인 해석을 넘어선 지점에서 그 대답을 찾아보려 시도해야 할 것이다.

참고문헌

1. 1차 자료

임화전집 편찬위, 『임화문학예술전집 1 - 시』, 소명출판, 2009.

_____, 『임화문학예술전집 2 - 문학사』, 소명출판, 2009.

_____, 『임화문학예술전집 3 - 문학의 논리』, 소명출판, 2009.

_____, 『임화문학예술전집 4 - 평론』 1, 소명출판, 2009.

_____, 『임화문학예술전집 5 - 평론』 2, 소명출판, 2009.

임규찬 외편, 『카프비평자료총서 I - 카프시대에 대한 회고와 문학사』, 태학사, 1989.

_____, 『카프비평자료총서 VII - 카프해산 후의 문학동향』, 태학사, 1989.

김혜원, 「임화의 '이식문화론'에 나타난 탈식민성」, 『국어문학』 53, 국어문학회, 2012.

류보선, 「이식의 발명과 또 다른 근대 - 1930년대 후반기 임화 비평의 경우」, 『비교한국학』 19호, 국제비교한국학회, 2011.

박상준, 「임화 신문학사론의 문학사 연구 방법론적 성격에 대한 연구」, 『외국문학연구』 28호, 한국외대 외국문학연구소, 2007.

가게모토 츠요시, 「'형상'과 '대중화'」, 『한국학연구』 제40집, 인하대 한국학연구소, 2017.

_____, 「식민지 조선의 또 하나의 프롤레타리아 문학 - 룸펜 프롤레타리아, 농업노동자, 유곽의 여성들」, 『현대문학의 연구』 61, 한국문학연구학회, 2017.

임화문학연구회 편, 『임화 문학연구』, 소명출판, 2009.

_____, 『임화 문학연구』 5, 소명출판, 2016.

김윤식, 『임화 연구』, 문학사상사, 1989.

김홍중, 『마음의 사회학』, 문학동네, 2009.

홍종욱 외, 『식민지 지식인의 근대 초극론』, 서울대 출판문화원, 2017.

가라타니 고진 외, 『현대 일본의 비평 1868~1989 - Modern Criticism of Japan』 2, 소명출판, 2002.

히로마쓰 와타루, 『근대초극론』, 민음사, 2003.

게오르그 빌헬름 프리드리히 헤겔, 『세계사의 철학』, 지만지, 2012.

디페시 차크라바르티, 『유럽을 지방화하기』, 그린비, 2014.

발터 벤야민, 『역사의 개념에 대하여 외』, 길, 2008.

조르조 아감벤, 『유아기와 역사』, 새물결, 2010.

한나 아렌트, 『발터벤야민 1892~1940』, 필로소픽, 2020.

Alexander Kojève, *Introduction To The Reading Of Hegel*, Comell Univ, 1980.

김사량의 이중언어 작품에
나타난 표현의 차이에 대한 고찰

조선어 작품 「유치장에서 만난 사나이」와 일본어 작품 「Q백작」을 중심으로*

다카하시 아즈사

1. 들어가며

이 글에서는 식민지기에 많은 일본어 작품을 발표하여 '일본어 작가'로도 알려져 있는 김사량이 조선어와 일본어로 거의 비슷한 내용에 대해서 쓴 조선어 작품 「留置場에서 만난 사나

*   이 글은 高橋梓, 「김사량의 이중언어작품에 나타난 표현의 차이에 대한 고찰
  —「留置場에서만난사나이」(조선어), 「Q伯爵」(일본어)를 중심으로(金史良
  の二言語作品における表現の差異をめぐる考察—「留置場で会った男(留置場
  에서만난사나이)」(朝鮮語), 「Q伯爵」(日本語)を中心に)」, 『言語・地域文化研究』20
  호, 東京外国語大学大学院総合国際学研究科, 2014.1 및 高橋梓, 「김사량의 이중
  어 문학 연구—식민지기의 조선어/일본어 창작을 중심으로(金史良の二言語
  文学研究—植民地期の朝鮮語/日本語による創作を中心に)」, 東京外国語大
  学大学院総合国際学研究科 박사논문, 2019.3)의 일부분을 수정 및 보완한
  것이다. 논문 수정과정에서 많은 도움을 주신 조은애 선생님(동국대학교)과
  윤희상 선생님(고려대학교)께 감사의 마음을 전한다.

이」『문장』, 1941.2와 일본어 작품 「Q伯爵」김사량, 『故郷』, 甲鳥書林, 1942.4에 주목하여 김사량 창작의 시행착오의 과정과 문제의식의 형성 과정에 대해 살펴보고자 한다.

김사량(1914~1950?[1])은 1939년부터 1942년 초에 걸쳐서 일본의 잡지에 많은 작품을 발표했다. 1914년 평양에서 태어난 김사량은 평양 고등 보통학교 재학 중 동맹 휴교에 참가하여 권고 퇴학 처분을 받게 된다. 이후 일본에 건너간 김사량은 구제舊制 사가 고등학교佐賀高等學校와 도쿄제국대학 문학부 독일문학과에서 공부하면서 일본어 창작을 시작했다. 김사량이 본격적으로 일본의 잡지에 작품을 발표하기 시작한 것은 1939년 초에 『문예수도文藝首都』의 주간인 야스타카 도쿠조保高德藏를 방문하고 그 잡지의 동인이 된 이후였다. 특히 『문예수도』에 발표한 「빛 속으로光の中に」1939.10가 제10회1939년 하반기 아쿠타가와상 후보작으로 선정되어 『문예춘추文藝春秋』1940.3에 전재된 것을 계기로 김사량은 일본문단에서 주목을 받기 시작한다. 그 후 1941년 12월에 치안유지법 사상범예방구금 조항에 의해 가마쿠라 경찰서에 구금되었으며[2] 1942년 1월에 석방된 후 평양으로 돌아가

---

1   김사량(본명 김시창(金時昌))에 대한 연보는 安宇植, 「金史良年譜」, 『評伝 金史良』, 草風館, 1983, pp.261~271; 안우식, 심원섭 역, 김사량 연보, 『김사량 평전』, 문학과지성사, 2000, 350~366면 참조.
2   이 점에 대해서는 장문석, 「김사량과 독일문학」, 『인문논총』76권3호, 서울대학교 인문학연구원, 2019, 176면 주석 12 참조.

게 되는데 김사량은 일본에서 활동한 약 3년이라는 짧은 기간 동안 여러 작품을 발표하였으며 그 작품들을 수록한 작품집도 2권이나 간행되었다『光の中に』, 小山書店, 1940.12;『故郷』, 甲鳥書林, 1942.4.

한편 김사량은 식민지기에 걸쳐 조선어로도 창작했다. 김사량은 일본에 건너오기 직전 시기와 사가佐賀고등학교에 재학 중이었던 시기, 다시 말해서 일본 문단에서 본격적으로 작품을 발표하기 이전에 조선어로도 작품을 발표했다.[3] 또한 그가 평양으로 돌아간 후, 1943년 8월에 국민총력조선연맹으로부터 파견되어 일본 각지의 해군시설을 시찰한 경험을 모티프로 창작된 조선어 작품들도 있다.[4]

그러나 여기에서는 김사량이 일본 문단에서 많은 저작을 발표했던 시기에 조선어로도 저작을 발표했다는 사실에 주목하고 싶다. 아래의 표는 1939년부터 1942년까지 발표된 김사량의 조선

---

3 김사량이 사가 고등학교 시절에 발표한 작품에 대해서는 白川豊, 「佐賀高等学校時代の金史良」,『朝鮮学報』147, 朝鮮学会, 1993.4(白川豊,『植民地期朝鮮の作家と日本』, 大学教育出版, 1995 수록); 시라카와 유타카, 곽형덕 역, 「사가(佐賀)고등학교 시절의 김사량」,『김사량, 작품과 연구』1, 역락, 2008 참조. 또한 도쿄제국대학 재학중에 친구들과 같이 동인지『제방(堤防)』을 발행한 것에 대해서는 安宇植, Ibid., pp.65~84; 안우식·심원섭 역, 앞의 책, 96~124면.

4 김사량, 「해군행」,『매일신보』, 1943.10.10~23; 김사량, 「바다의 노래」,『매일신보』, 1943.12.14~1944.10.4.

	조선어 저작	일본어 저작	비고
평론	「劇研座의 春香傳 公演을 보고」, 『비판』, 1939.6		
평론	「'겔마니'의 世紀的 勝利」, 『조선일보』, 1939.4.26		
수필	「北京往来」, 『박문』, 1939.8	「エナメル靴の捕虜」, 『文藝首都』, 1939.9	각 수필에 다른 에피소드가 삽입되어 있다.
평론	「朝鮮文學側面觀(上)－露文學의影響·知性의貧困」「朝鮮文學側面觀(中)－語感昏重의限界의題材」「朝鮮文學側面觀(下)－漢字問題, 観察, 教養其他」『조선일보』, 1939.10.4~6	「朝鮮文学風月録」, 『文藝首都』, 1939.6	두 평론은 조선문학에 관한 표기의 문제, 제재의 문제를 논의하였다. 그런데 조선어 평론이 보다 구체적인 문제를 다룬 것 같다. 다른 한편 일본어 평론에서는 조선인 작가의 창작언어 문제에 대해서도 언급하고 있다.
평론	「獨逸의 愛國文學」, 『조광』, 1939.10		
수필	「密航」, 『문장』, 1939.10	「玄海密航」, 『文藝首都』, 1940.8	내용의 구성은 크게 다르지 않지만 표현의 차이를 발견할 수 있다.
평론	「獨逸과 大戰文學」, 『조광』, 1939.11		
소설	「落照」, 『조광』, 1940.2~1941.1		
기행문	「歸鄕記－땅」, 『조선일보』, 1940.2.29~3.2		
기행문	「山家三時間」, 『삼천리』, 1940.10	「メンドレミの花－火田地帯を行く（一）」「部落民と薪の城－火田地帯を行く（二）」「村の酌婦たち－火田地帯を行く（三）」, 『文藝首都』, 1941.3~5	조선어 기행문 「산가 세시간」의 내용을 기반으로 일본어 기행문 「맨들레미 꽃」과 「부락민과 장작더미 성(城)」을 재구성하였다. 단 「마을의 작부들」의 에피소드는 일본어 기행문을 쓸 때 가필한 것이다.
수필	「陽德通信」, 『신시대』, 1941.1	「山の神々」, 『文藝首都』, 1941.7; 「山の神々」, 『文化朝鮮』, 1941.9; 「神々の宴」,	조선어 수필 「양덕통신」보다 일본어 수필 「산의 신들」, 「신들의 연회」에 보다 많은 에피소드가 삽입되어 있다.

	조선어 저작	일본어 저작	비고
		『日本の風俗』, 1941.10; 「山の神々」, 金史良, 『故郷』, 甲鳥書林, 1942.4	
소설	「留置場에서 만난 사나이」, 『문장』, 1941.2	「Q伯爵」, 金史良, 『故郷』, 甲鳥書林, 1942.4	소설 구성은 크게 다르지 않지만 표현의 차이를 발견할 수 있다.
대담	「朝鮮文化問題에 對해서 翼贊會文化部長 岸田國士 金史良 對談 本社主催」, 『조광』, 1941.4		
소설	「지기미」, 『삼천리』, 1941.4	「蟲」, 『新潮』, 1941.7	두 작품 사이에서 표현의 차이를 발견할 수 있다. 아울러 조선어 소설 「지기미」보다 일본어 소설 「蟲」에 많은 에피소드가 삽입되어 있다.

어 저작을 필자가 정리한 것이다.[5] 조선어 저작과 같은 내용을 다룬 일본어 저작평론 1편, 소설 2편, 수필 3편, 기행문 1편도 병기했다.

조선어 작품 「유치장에서 만난 사나이」는 조선의 독자를 대상으로 한 잡지 『문장』의 특집 「창작34인집創作34人輯」 1941.2에 수록된다. 한편 「Q백작」은 일본 문단에서 활약하는 조선인 작가로서 출판한 작품집 『고향』甲鳥書林, 1942.4에 수록되었다. 또한 김사량은 『고향』의 후기에서 "경성의 문예지 『문장』에 조선문자朝鮮文字로 발표한 역고譯稿임을 말해 둔다"라고 쓰고 일본어 작품 「Q백작」이 조선어 작품 「유치장에서 만난 사나이」의 "역고"임을 밝히고 있다. 이 작품들 외에도 조선어와 일본어 양쪽으로 거의 비슷

---

5 이 표는 각 저작의 초출을 확인하면서 작성했다. 작성할 때에 김재용·곽형덕, 『김사량, 작품과 연구』 2(역락, 2009)도 같이 참조했다.

한 내용을 쓴 소설은 조선어 작품 「지기미」와 일본어 작품 「벌레 蟲」가 있으나 앞의 두 작품에 비하면 「유치장에서 만난 사나이」와 「Q백작」에는 크게 가필/수정된 부분은 없다. 그런데 두 작품을 비교해 보면 미묘한 차이를 읽어낼 수 있다.

두 작품에서는 화자인 '나'/'僕'[6]의 친구인 '신문기자'가 도쿄 유치장에서 '왕백작王伯爵'/'Q백작'이하 '백작'으로 표기함이라고 불리는 조선인 남자와 알게 되고 그들이 석방된 후 '만주'로 이민하는 농민들을 가득 실은 열차 안에서 재회한 것이 '신문기자'의 회상을 통해 그려져 있다. 이 두 작품에서는 '신문기자'가 '백작'과 재회했을 때 "갱생전향"을 의식한 점이 특징적이다. 나아가 '신문기자'의 과거 이야기를 듣고 있던 화자와 그 친구들이 '거국일치擧國一致' 체제에 대해 긍정적인 태도를 보인 것도 눈에 띤다. 그렇기 때문에 이 두 작품에 대해서는 김사량 작품 중에도 '친일'적인 성격을 띤 작품으로 평가하는 연구도 있다.[7]

한편 최근에는 화자나 '신문기자'와 대조적으로 그려진 '백작'에 주목한 연구가 많아졌다. 조선의 도지사道知事의 아들인 '백작'

---

6 앞으로 조선어 작품 「유치장에서 만난 사나이」와 일본어 작품 「Q백작」에서 같은 내용을 다룬 부분을 인용할 때 '/'로 나누어서 작품을 병기한다. 또한 본 고에서 김사량의 일본어 작품 「Q백작」을 인용할 때는 곽형덕이 번역한 「Q백작」(김재용·곽형덕, 『김사량, 작품과 연구』 3, 역락, 2013)을 참조하면서, 어조와 용어에 유의하여 필자가 새롭게 번역하였다.

7 최광석, 「金史良文学에 나타난 親日性研究」, 『일본어교육』 36호, 한국일본어교육학회, 2006.

은 불온활동을 하는 인물에 스스로 접근하여 몇 번이나 유치장에 구류된 특이한 인물로 그려진다. 나아가 '백작'은 '신문기자'와 재회했을 때에는 거리낌 없이 만주에 이민하는 농민들에 대해 한탄한다. 이렇듯 이 두 작품에 있어서 '백작'은 "갱생전향"을 의식하는 '신문기자'나 화자들과 다른 입장에 있는 인물이라고 할 수 있다.

정귀련丁貴連은 구니키다 돗포国木田独歩의 소설 「号外」『新古文林』, 1906.8의 등장인물 '가토 남작加藤男爵'과 김사량의 「유치장에서 만난 사나이」의 '왕백작'이 사회에서 고립된 "'귀찮은 사람余計者'적인 지식인"으로 그려져 있다고 지적했다.[8] 또한 이재봉은 「유치장에서 만난 사나이」를 상세히 분석하면서 제국 일본 체제에 동조하는 듯한 조선인 지식인인 화자들과 비정상적인 '백작'이라는 인물을 같이 등장시키는 의미에 대해 고찰한다. 특히 그는 현재와 과거에 있어서 복수의 화자가 설정되어 거기에 '백작'을 여러 형태로 등장시키는 것을 '백작'의 "편재성"이라고 하면서 작품을 통해 화자들인 조선인 지식인들의 논리를 비틀어버린 것이 김사량의 서술 전략이었다고 평가했다.[9] 일본어 작품 「Q백

---

8 丁貴連, 「「余計者」という知識人と國家 : 金史良「留置場で會った男」と獨歩「号外」」, 宇都宮大學外國文學硏究會, 『外國文學』50호, 2001(丁貴連, 『媒介者としての國木田獨歩 : ヨーロッパから日本, そして朝鮮へ』, 翰林書房, 2014에 수록).

9 이재봉, 「김사량의 서사 전략과 조선/일본 사이의 글쓰기―「유치장에서 만난 사나이」를 중심으로」, 『코기토』84호, 부산대 인문학연구소, 2018.2.

작」에 주목한 미야자키 야스시宮崎靖士는 작품 속에서 화자나 '신문기자'·'우리'가 '백작'의 행동을 이해하지 못했다는 점을 통해 '백작'을 '내선일체'의 흐름에서 일탈한 존재로 간주한다.[10]

한편 루쉰魯迅의 「아Q정전」을 염두에 두면서 「Q백작」을 분석한 연구도 있다. 중국문학 연구자 다케우치 미노루竹内実가 『김사량전집金史良全集』河出書房新社, 1973~1974이 간행되었을 때 "「Q백작」은 루쉰 작품을 읽은 적이 있는 독자는 이 작품을 「아Q정전」과 대비하면서 흥미롭게 읽을 것이다"[11]라는 소감을 표하고 있듯 루쉰의 「아Q정전」과 김사량의 「Q백작」은 이질적인 인물인 '아Q'와 'Q백작'이 등장하는 점으로 유사하다.

식민지 조선에서 루쉰의 작품이 많이 소개되어 있었다는 배경[12]으로 임명신任明信은 식민지기의 조선인 작가의 작품에 「아Q정전」이 어떤 영향을 주게 되었는지에 대해 논했다. 임명신은

---

10 宮崎靖士, 「非共約的な差異へむけた日本語文學のプロジェクト:一九四一~四二年の金史良作品」, 『日本近代文學』 83호, 2010.11.

11 竹内実, 「恐れの対象としての金史良」, 『金史良全集月報4』, 河出書房新社, 1974, p.6.

12 조선에서는 아오키 마사루(青木正児)의 「胡適を中心に渦いてゐる文学革命」(『支那学』, 제1권 제1~3호, 1920)를 양백화(梁白華)가 번역하여 루쉰의 이름이 처음으로 소개된 후 루쉰의 작품이 번역되기 시작했다. 구체적으로는 류수인(柳樹人)이 조선어로 번역한 「광인일기」가 『동광』(1927.8)에 게재되고, 양백화가 번역한 「아Q정전」도 『조선일보』(1930.1.4~2.16)에 연재되었다. 1920년대부터 1940년대에 걸쳐서 조선에서 소개된 루쉰의 작품에 대한 자세한 내용에 대해서는 홍석표, 『루쉰과 근대 한국―동아시아 공존을 위한 상상』, 이화여대 출판문화원, 2017 참조.

김사량의 일본어 작품 「Q백작」의 등장인물인 '백작'에서 '아Q'
의 이미지를 읽어내면서 "'아Q'가 신해혁명 이후 10년의 현실
속에서 루쉰이 인식한 중국인들의 평균적 자화상이었다면 'Q백
작'은 한마디로 식민지말기의 폐색상황을 살아가야 했던 지식인
들의 자화상이라고 할 수 있다"[13]고 논하고 있다. 또한 같은 문
제의식으로 주약산은 루쉰의 「아Q정전」의 '아Q'와 김사량의 조
선어 작품 「유치장에서 만난 사나이」의 '왕백작'의 인물상을 비
교했다.[14] 나아가 황호덕은 1941년 2월 8일자로 김사량이 타이
완인 작가 룽잉쭝龍瑛宗에게 보낸 편지에 주목하고 거기에 루쉰
이 언급된 것을 통해, 김사량이 조선어 작품 「유치장에서 만난
사나이」와 「Q백작」을 쓸 때 「아Q정전」을 의식했을 것이라고
주장한다. 특히 황호덕은 김사량이 「아Q정전」을 의식하면서 조
선어 작품 「유치장에서 만난 사나이」를 일본어 작품 「Q백작」으
로 번역한 것을 '국어' 속에 '조선(어)'의 잠재성을 보존하려고
하는 시도라고 간주했다. 구체적으로 황호덕은 김사량의 일본어
작품에 나타난 '백작'의 비명 등의 "번역불가능한 비언어적인
표지"를 제국 일본에 존재하는 "예외적인 것"으로 해석했다.[15]

---

13 任明信, 「한국근대정신사 속의 魯迅─李光洙, 金史良 그리고 魯迅」, 『中国现
   代文学』 30호, 한국중국근대문학학회, 2004.9, 385면.
14 주약산, 「루쉰과 김사량 소설의 인물 비교 연구─〈阿Q正傳〉과 〈유치장에서
   만난 사나이〉를 중심으로」, 『문창어문논집』 50호, 문창어문학회, 2013.12.
15 황호덕, 「제국 일본과 번역(없는)정치─루쉰·룽잉쭝·김사량, '阿Q'적 삶과
   주권」, 『대동문화연구』 63호, 2008.9, 406면(황호덕, 『벌레와 제국』, 새물결,

위에서 언급한 선행연구는 화자들'우리'와는 대조적으로 그려
진 '백작'에 주목하면서 작품이 쓰여진 동시대의 식민지 조선에
서 제국 '국민'으로서의 주체화가 요구되는 것에 대한 조선인 지
식인들의 갈등을 읽어낸 시도라고 할 수 있다. 그러나 지금까지
연구에서는 조선어 작품과 일본어 작품 각각에 한정되어 다루어
진 경향이 있다.

한편 정백수는 조선어 작품 「유치장에서 만난 사나이」와 일본
어 작품 「Q백작」의 표현의 차이에 대해 논하고 있다.[16] 정백수
는 조선인 작가의 일본어 작품에 모어조선어가 어떻게 반영되어
있는지에 대해 주목했는데 김사량의 「유치장에서 만난 사나이」
와 「Q백작」에 대해서도 논하고 있다. 그는 조선어 작품 제목의
"유치장에서 만난"이라는 표현이 일본어 작품 제목에서 사라진
것에 주목한다. 정백수는 식민지 조선에서 지배자의 강압에 대
한 저항이나 지배자의 가치체계의 파괴라는 의미를 가지게 되는
'유치장'이라는 말이 일본어 작품의 제목에서 사라진 것에 대해,
각 언어 시스템에서 공유되는 것이 다른 언어 시스템으로 옮겨
지게 될 때 어떤 의미를 갖게 되는지에 대해 판단해야 하는 조선
인 작가의 언어 의식이 나타나 있다고 했다. 나아가 그런 조선인
작가의 언어 의식은 '신문기자'가 유치장에서 보낸 시간의 길이

2011에 수록).

16 정백수, 『한국 근대의 식민지 체험과 이중언어 문학』, 아세아문화사, 2000.

가 번역을 거치며 변화한 것"두 달"(294면)/"3개월"(117면)이나, '백작'이 쓰는 부자연스러운 일본어가 작품이 쓰여진 언어와는 다른 언어 시스템을 참조하며 표현되었다는 것조선어 작품에서는 일본어 발음이 한글로 재현되고 일본어 작품에서는 어색한 일본어 발음으로 표현되었다에 대해서도 볼 수 있다고 한다.

정백수의 연구는 두 작품의 특징적인 차이에 한정되어 논하고 있기 때문에 두 작품에서 볼 수 있는 미묘한 표현의 차이나 가필된 부분에 대해서는 작품의 내용과 함께 논할 필요가 있다. 따라서 이 글에서는 김사량의 조선어 작품 「유치장에서 만난 사나이」와 일본어 작품 「Q백작」의 표현의 차이에 주목하면서 두 작품에 나타난 조선인 지식인들의 "갱생전향"을 둘러싼 갈등이 창작 언어에 따라 어떻게 변했는지에 대해 접근하고자 한다.

2. 두 작품의 개요와 배경

조선어 작품 「유치장에서 만난 사나이」와 일본어 작품 「Q백작」의 표현의 차이에 대해 고찰하기 전에 우선 두 작품의 서술의 흐름과 작품의 배경에 대해 제시하겠다.

이 두 작품은 화자'나'/'私'와 대학 시절의 친구들'축산회사원(畜産會社員)', '광고(廣告)장이', '신문기자'이 고향에 가기 위해 "부산발 신경행"

열차를 타고 있는 장면부터 시작한다. 화자와 친구들'우리'/'われわ
れ'이 식당차에서 학창 시절 이야기를 나누었을 때 '신문기자'가
"이 열차列車에 오를적마다 머리속에 깊이 박혀 사라지지않는 기
억記憶"289면/"이 열차에 탈 때마다 마음속에 응어리져 떨쳐버릴
수 없는 하나의 기억この列車に乗るにつけて,心につきまとつて來て拂ひのけることの
出來ない一つの憶ひ出"107면에 대해 이야기하기 시작하였다.

'신문기자'의 3년 전의 회상에서는 그가 "××사건"에 개입하
여 유치장에 구속되었을 때 유치장 사람들에게서 '왕백작王伯
爵'/'Q백작伯爵'이하 '백작'으로 표기함이라고 불리는 남자와 알게 된
일이 그려진다. 조선의 지방 관사인 도지사道知事의 아들인 '백작'
은 아나키스트를 자칭하는 등 "이상異常한 사나이"289면/"이상한
사내不思議な人"107면로 묘사된다. 그 후 '신문기자'가 검사국으로
송국될 때까지 "두달"294면/"석 달三ヶ月"117면 동안 두 사람은 유
치장에서 같이 지내게 되었다.

이어서 '신문기자'는 2년 전에 '백작'과 재회했던 일에 대해
회상하면서 친구들에게 이야기를 한다. 2년 전, 출소한 '신문기
자'는 지금과 같이 '부산발 신경행' 열차를 타고 고향으로 향하
고 있었다. '신문기자'는 자신과 같은 열차를 타고 만주로 이민
가는 농민들을 보고 그들 모습을 통해 "광명光明"을 읽어내고 "나
는 더욱더욱 자기自己도 용기勇氣를 내어 갱생更生치 않으면 안되
겠다"295면 / "이제 나는 스스로도 다시 태어나야 되겠다いよいよ僕は

自分も再び生れ出ねばならない"120면라고 생각한다. 그 후 '신문기자'는 어떤 역에서 올라탄 '백작'과 재회하게 된다. 그런데 열차가 출발했을 때 농민들이 작별을 아쉬워하여 통곡하기 시작하자 '백작'도 같이 울기 시작하였다. 두 사람은 농민들이 만주로 이민을 가는 것에 대해 논쟁을 했고 끝내 '백작'은 기절해버렸다. '신문기자'는 기절한 채 움직이지 않는 '백작'을 열차 안에 내버려 두었다.

현재, '신문기자'는 '백작'을 열차 안에 내버려 둔 것에 대해 죄책감을 느끼고 있고 이후 여러 곳에서 '백작'과 같은 사람을 보고는 '백작'이 생각난다고 한다. '신문기자'는 작년 여름에는 강원도 산속에서 본 '양복을 입은 남자洋服男'와, 이번 봄에 경성서울에서 본 '경방단의 반장'이 '백작'처럼 보였다고 친구들에게 얘기한다. '신문기자'의 얘기를 듣고 화자인 '나'는 '신문기자'가 서울에서 본 '경방단의 반장'이 틀림없이 '백작'이었다고 단언한다. 나아가 화자가 "우리나라"301면/"국가國家"131면가 '거국일치擧國一致'의 체제로 맥진驀進하는 이 시국에 '백작'이 생활의 목표를 찾게 되었다고 하자 다른 친구들도 그의 의견에 동의한다. 그러나 '신문기자'는 "그러나 그뒤 또 어떤날……"301면 / "그런데 그 이후 또 어떤 날……だが,それから又或時……"132면라며 또 다른 날에 자신이 목격한 '백작'에 대한 이야기를 계속하려 하고 이곳에서 소설은 마무리가 된다.

이렇듯 이 두 작품은 '부산발 신경행' 열차를 타면서 '신문기자'가 화자를 비롯한 친구들에게 '백작'에 대한 이야기를 하는 '현재'의 시간, '신문기자'가 '백작'과 만나게 된 '3년 전'의 시간, 두 사람이 다시 만나게 된 '2년 전'의 시간, 나아가 '신문기자'가 '백작'을 목격했다고 하는 '작년 여름' '이번 봄' 등 여러 시간 흐름으로 구성되어 있다.

이미 선행연구에서 주목된 것처럼 이 두 작품의 여러 시간에 여러 장소에서 목격된 '백작'의 명확한 이름은 제시되지 않는다. 동시에 '백작'에 대한 이야기를 나눈 화자 등 '우리'에 대해서도 같은 대학을 졸업한 것과 현재의 직업은 제시되어 있지만 이름이나 성격 등 각 인물의 특징의 차이에 대해서는 제시되지 않는다. 심지어는 '신문기자'의 이야기를 듣고 있는 화자에 대해서는 이름조차 밝혀지지 않았을 뿐더러 일본어 작품에서는 처음에는 '私저'로 제시된 화자는 결말 부분에서 '신문기자'와 같은 '僕나'가 되어 버린다. 그러므로 두 작품은 지식인의 계층에 속하는 '우리'가 함께 '거국일치'의 체제를 의식하면서 '백작'에 대한 이야기를 공유한 것으로 그려져 있다고 할 수 있다.

그럼 만주에 이민하는 농민이나 '신문기자'가 목격한 '경방단'은 당시 어떤 의미를 갖고 있었을까? 우선 '신문기자'와 '백작'이 2년 전에 재회했을 때 타게 된 열차 안에 만주로 가는 농민들이 많이 있었다는 묘사에 대해 주목하고자 한다.

조선에서는 식민지 지배를 통해 농촌이 궁핍하여 많은 농민들이 농촌을 떠나게 되었다. 일본에서 자본주의가 발전하고 제국 일본의 지배권이 확대해감에 따라 일본에서의 노동력 수요가 늘어가고 많은 조선인들이 일본에 건너가서 하층 노동자가 되었다. 그러나 조선인 노동자가 일본에서 이주하게 되면서 일본사회 안에서 여러 알력이 생기게 되어 결과적으로 조선인이 일본으로 도항하는 것을 관리/제한하는 조치가 취해지게 되었다.[17]

게다가 조선의 농촌에서 발생한 공황과 만주국 성립을 거치며, 일본정부는 조선인들의 도항을 둘러싼 대책을 만들었다. 「조선인 이주 대책 요목朝鮮人移住対策要目」1934년 10월 30일 각의결정에서는 "조선 내에서 조선인들을 안주를 시키는 조치를 취하는 것 朝鮮内ニ於テ朝鮮人ヲ安住セシムル措置ヲ講スルコト", "조선인을 만주 및 북조선으로 이주 시키는 조치를 취하는 것朝鮮人ヲ満洲及北鮮ニ移住セシムル措置ヲ講スルコト", "조선인의 내지 도항을 더욱더 감소하게 만드는 것 朝鮮人ノ内地渡航ヲ一層減少スルコト", "내지에서의 조선인에 대한 지도 향상 및 그것의 내지 융화를 시도하는 것內地ニ於ケル朝鮮人ノ指導向上及

---

17 구체적으로는 1919년 3·1독립운동 발발 직후에 각 도항자를 관리, 제한하는 '여행 증명서(旅行証明書)' 제도가 만들어졌다(1922년 폐지). 1925년부터는 취업이 확실하지 않은 자의 연락선 승선을 억제하는 '도항 저지(渡航阻止)'가 실시되었다. 1927년 이후는 일본에 도항할 때 관할 경찰서에서 이서한 호적 등본을 필요로 한 '도항 증명서(渡航証明書)' 제도가 행해지고 1929년 이후는 일본에서 일시적으로 조선으로 돌아가기 위해서는 경찰서의 증명서가 필요하게 되었다('귀선 증명서(帰鮮証明書)' 제도). 水野直樹, 「朝鮮人の国外移住と日本帝国」, 『岩波講座世界歴史19 移動と移民』, 岩波書店, 1999.

其ノ内地融和ヲ図ルコト"의 4항목이 제시되었다.[18] 미즈노 나오키水野直樹는 「조선인 이주 대책 요목」에서 조선인의 일본으로의 도항이 제한된 것과 같이, 조선에서 생활을 안정시키는 것, 궁민구제사업의 실시, 만주나 조선 북부로의 이주를 촉진하는 것 등이 명기된 것에 대해서, 일본에 도항한 조선인의 증가가 제국 일본의 정책에 큰 영향을 주게 되었다고 지적한다.

일본정부와 조선총독부는 조선인의 만주이민을 추진한 것에 비해, 만주를 지배하는 관동군関東軍은 만주에서 조선인의 항일 무장투쟁이 전개되었기 때문에 치안유지를 이유로 조선인의 이민을 억제하려고 했다. 그런데 1937년에 총독부와 관동군 사이에 조선인 입식자入植者를 매년 10,000호이내로 하겠다고 결정된 후, '선만척식주식회사鮮滿拓殖株式會社', 1936년 9월에 설립로 인해 조선인 노동력을 '안전농촌'으로 계획적으로 배치하는 계획 이민이 시작되었다.

총독부의 논의로는 이런 조선인 농민의 계획적 이민이 "만주국의 통치 및 산업개발에 공헌하여 동시에 조선에서의 과잉 인공을 조정하는 것을 돕고, 나아가 내지에서의 조선인 노동문제의 해결에도 기여하는 것으로 극히 중요"[19]하다고 간주하고, 곧

---

18 「朝鮮人移住対策要目」는 我部政男·広瀬順晧監修, 「国立公文書館所蔵公文別録86」, ゆまに書房, 1997을 참조.
19 朝鮮総督府, 『朝鮮事情』, 1941, 287면.

경에 처한 농민들을 구제하는 방법으로 간주되었다. 나아가 이런 총독부의 논의는 지금까지 '불평분자不平分子' '부정업자不正業者'라고 나쁜 평가를 받았던 만주의 조선인들이 '훌륭한 황국신민'으로 입증되었다고 설명되었다.[20]

2년 전의 '신문기자'의 회상에서 그가 만주에 이민 가는 농민들을 보면서 '광명'을 찾아내려고 하면서 자신의 "갱생"을 의식한 것은 이러한 총독부의 논의를 그대로 받아들이는 것처럼 보인다. 그러나 여기서 같은 시기의 조선인 지식인의 만주에 대한 인식에 대해 주목하고 싶다. 조관자는 「재만백만동포在滿百万同胞의발전発展을 위為하야 조선朝鮮에온장총리張総理에정묻하는아등我等의서書」『삼천리』, 1937.5[21]에서 조선인 지식인들이 만주에 사는 조선인의 지위 향상에 대해 호소한 것, 또 김동진金東進의 「건국십년建国十年의만주국満洲国과조선인근황朝鮮人近況 — 조선내자본朝鮮内資本의진출進出과인물人物의집산등集散等」『삼천리』, 1940.10에서는 만주 인구의 제3위를 차지하는 조선인들이 국경경비대, 간도특설부대間島特設部隊 등에서 활약하는 것이 자랑스럽게 쓰여진 것에 주목한다. 조관자는 이 글들을 통해 만주의 조선인들의 지위 향상에 대해 호소한 것에 대해 조선인 지식인들이 제국 일본의 영역

---

20 위의 책, 290면.
21 崔麟·金東進·金三民·李晟煥·辛泰嶽·朴栄喆·宋奉瑀·韓相龍·柳光烈·安
    熙済, 「在滿百万同胞의發展을 爲하야−朝鮮에온張總理에呈하는我等의書」,
    『삼천리』, 1937.5.

내에서 자민족의 "국민적 지위"의 향상을 노린 것이었다고 한다.[22] 한편 조관자는 당시의 신문기사[23]를 언급하면서 만주에 사는 조선인 중에 "국가의 집단적인 통제에서 이탈한 생활자나 항일운동가, 즉 '부정업자不正業者' '불령선인不逞鮮人'이 당시 언설공간에서는 '재만조선인문제의 암'이라고 간주되고 있었다"[24]는 것을 지적한다.

따라서 2년 전의 회상에서 '신문기자'가 조선 농민의 만주로의 이민을 "광명"이라고 하면서 자신의 "갱생"을 의식한 것은 당시 국민적 지위 향상의 장소로서 만주를 인식한 조선 지식인들의 논의가 배경에 있었다.

그럼 두 작품의 끝부분에 등장한 '경방단'은 당시 어떤 의미를 가지고 있었을까? 마쓰다 도시히코松田利彦에 의하면 식민지 조선에서 방공체제는 3가지의 단계를 거쳐 정비되었다. 첫 번째 단계로는 "1920년대에서 1930년대 초두에 걸쳐서 조선총독부와 조선군조선주둔 일본군과의 사이에 주로 군사 거점에 관한 방공협정이 체결되었다".[25] 이 시기에는 육해군에 의해 요새 군항 중요도시 등의 방공의 분담을 정한 협정이 체결되었다. 두 번째 단

---

22 趙寬子, 『植民地朝鮮 / 帝国日本の文化連環──ナショナリズムと反復する植民地主義』, 有志社, 2007, p.175.

23 「不正業者五千名抜本塞源的弾圧－在満朝鮮人問題의癌」, 『조선일보』, 1938.1.5.

24 趙寬子, op.cit., p.175.

25 松田利彦, 「戦時期植民地朝鮮における防空体制の構築－警防団を中心に」, 『歴史評論』 820호, 2018.8, p.47.

계는 1930년대 중반부터 1937년에 걸쳐 중일전쟁이 전면화하여 일본 내지에서의 방공법시행1937.10 전후의 시기이다. 이 시기에는 일본 내지와 조선의 주요 도시에서 방공 연습이 실시되어 방호단防護団을 중심으로 한 방공체제가 구축되었다. 세 번째 단계는 1937년 이후 "경찰을 중심으로 방공체제가 정비되어 그 관하의 경방단이 방공과 전시 동원 일반으로 관여하게 되는 시기"[26]였다. 1937년 11월에 조선에서도 방공법이 시행되면서 1937년 12월에 각도의 경찰부 경무과에 방공계防空係가 설치되었다. 그 후 1939년 2월에는 총독부 경무국에 방공담당국으로 방호과가 설치되어 경무국이 각도의 경찰부를 지도하는 중앙집권적 명령계통으로 움직이게 되었다. 나아가 1939년 1월 24일, 일본에서 직령 20호 「경방단령警防団令」[27]이 공포되고 조선에서도 같은 해 7월 3일에 「경방단령」[28]이 공포되어 육군성 계통의 방호단과 내무성 계통의 소방조消防組가 통합이 되어 경방단이 만들어졌다. 경방단은 경찰의 보조 기관으로 방공 훈련이나 경계 경보, 공습 경보 등의 지휘를 했다.[29]

두 작품에서는 '신문기자'가 '올해 봄'에 경성서울에서 방공 연

---

26 Ibid., p.49.
27 일본에서 공포된 「警防団令」의 전문은 警防通信社, 『大日本警防誌』(警防通信社, 1941.12)를 참조.
28 조선에서 공포된 「警防団令」의 전문은 『朝鮮総督府官報』 第3734号, 1939.7.3.(『朝鮮総督府官報(巻121~130)』, 亜細亜文化社, 1987, 35면)을 참조.
29 松田利彦, op.cit., pp.49~51.

습을 지휘하는 '경방단의 반장'을 보고 그 사람이 '백작'이라고 생각했는데 그것은 조선에서 경방단령이 공포된 1939년 7월 이후라고 생각된다. 또한 3년 전의 '신문기자'의 회상에는 '백작'이 아나키스트를 자칭한 것에 대해서 "삼년 전三年前의 일이니까 옛적이라고도 할까"293면 / "3년 전이니까, 아나키스트도 있기는 있었겠지三年前のことだから, アナキストもゐるにはゐたらう", 114면라며 현재와의 상황의 차이가 강조되어 있었다. 1940년 10월에 그때까지의 국민정신총동원조선연맹이 국민총력조선연맹으로 개조되어 신체제운동이 행해지기 시작했던 것을 염두에 두면 두 작품의 '현재'의 시간은 작품들이 발표된 1941년 전후와 거의 같은 시기라고 생각된다.

두 작품의 서술의 흐름과 시대배경을 염두에 두면 두 작품은 1941년 전후라고 생각되는 '현재'에 '신문기자'가 중일전쟁 발발 전후3년 전와 발발 이후2년 전, '작년 여름', '이번 봄'를 회상한 것이라고 할 수 있다. 이하에서는 조선어 작품「유치장에서 만난 사나이」와 일본어 작품「Q백작」에서 '신문기자'와 '백작'의 만남3년 전과 재회2년 전가 어떻게 그려졌는지에 대해 밝히면서 각 작품에서 '신문기자'와 '백작'의 관계성의 변화에 대해 고찰하겠다.

3. 조선어 작품 「유치장에서 만난 사나이」

이 절에서는 조선어 작품 「유치장에서 만난 사나이」『문장』, 1941.2에서의 '신문기자'를 포함한 '우리'와 '백작'의 관계성의 변화에 대해 고찰하겠다.

3년 전의 회상에서 '백작'은 '신문기자'나 다른 구류자와 달리 일관하여 "이상異常한 사나이"289면로 그려져 있다. 제 2절에서 제시한 것처럼 조선의 지방 관리도지사의 아들인 '백작'은 아나키스트를 자칭하면서도 스스로 불온 활동을 하지는 않고 활동을 하는 인물에 접근하다가 거듭 검거되었다. 따라서 '백작'이 유치장에 구류된 경위는 "××사건事件"290면으로 유치장에 구류된 '신문기자'나 도둑을 해서 잡힌 다른 구류자와는 크게 다르다.

또 '백작'의 외모나 행동도 종잡을 수 없는 것으로 그려져 있다. 백작의 외모는 "포로捕虜가 된 달단인韃靼人같이 헤여진 양복洋服에 머리는 장발적長髮賊의 그것같이 길고 더부룩"292면하지만 "얼굴과 몸가짐의 어느 구석엔가 어딘지 모르게 부드러운 즐거움과 상인常人아닌 귀공자풍貴公子風"292면이 감돈다고 하여 유치장의 다른 구류자와는 이질적인 인상을 주는 것처럼 그려져 있다. 나아가 '백작'은 유치장에서의 생활 방식도 독특하다. '백작'은 "누구에게 대對하여서나 제일第一 부접이 좋았고"290면, "호통을 잘 부려 주위周圍사람들을 매우 우습게 혹或은 귀찮게까지 만들기 때문"290면에 "고요한 류치장내留置場内의 암울暗鬱한 공기空氣를 깨뜨리"290면는 존재였다. 예를 들면 '백작'이 간수에게 "탄나상" "포쿠데스요"290면 등 조선어의 특징이 남아 있는 "기이奇異한 발음發音"290면이 섞인 "아주 질겁할만치 황송한 목소리"290면의 일본어로 말을 걸면 다른 구류자들은 "모두 참지못하고 웃고 말았다"290면. 또 자신을 아나키스트로 자칭하는 그는 "엉뚱한 큰 소래"293면로 "이모 방咯 사나이보고라도 말을 걸고 선전宣傳"293면하고 있었다.

이처럼 3년 전의 회상에서 '백작'은 "××사건" 등으로 잡혀 들어간 유치장 사람들에 다가가려고 하면서 자신이 유치장에 구류된 의미를 찾으려고 하는 "이상한 사나이"였다. 그러나 여기서 '신문기자'는 이러한 막연한 존재인 '백작'에 대해 부정적으로 바라보지 않는다. 두 사람은 유치장에서 조선어로 서로 말을 주고받기도 하는데다, '신문기자'가 서류 송청으로 검사국으로 보내지게 되었을 때 '백작'이 "우마꾸 야레요오똑바로 하게나"294면라고 소리를 치면서 배웅한 것을 보면 두 사람은 유치장에서 '동지'로 존재하고 있었다고 할 수 있다.

이러한 3년 전의 '신문기자'와 '백작'의 관계는 '신문기자'가 석방이 되어 "갱생"을 의식하게 된 이후 크게 달라지지만 조선어 작품에서는 두 사람의 관계는 완전히 변한 것으로는 그려지지 않았다. 3년 전에 두 사람이 헤어지는 장면에서의 지문地文을 보면 '신문기자'가 '백작'에 대해 강한 애착을 계속 갖고 있다는 것을 읽어낼 수 있다. 검사국으로 보내지게 될 때 '신문기자'는 그때의 '백작'의 인상에 대해 "그날의 이 가련可憐한 아나키스도의 인상印象이란 나에게 있어 일생一生동안 잊지 못할만치 깊은것이다"294면라고 하면서 지금도 잊을 수 없다고 말하고 있다. 나아가 '백작'의 "우마꾸 야레요오"294면라는 외침에 대해서는 "지금至今도 아직 그 목소리가 내 귀창을 찌르며 들어오는것 같다"294면, "찌르르— 가슴이 미여지는 것같은 느낌이 없이는 그 고함소리를 생각해낼수가 없다"294~295면라고 표현된다. 이렇듯 '지금'의 '신문기자'가 가진 '백작'에 대한 인상은 두 사람의 관계성의 변화에도 불구하고 '신문기자'가 '백작'을 "잊을 수 없는" 존재로서 포착하고 있음을 제시하고 있다.

이어서 '신문기자'는 2년 전의 '백작'과의 재회에 대해 이야기를 시작하는데 이 부분에서도 '신문기자'가 '백작'을 완전히 부정하지 못하는 흔들림을 찾을 수 있다. 그때 작품 무대는 도쿄의 유치장에서 만주로 향한 '부산발 신경행' 열차로 바뀌었다. 그 열차에는 석방된 지 얼마 안 된 '신문기자'와 "만주광야満洲曠野로 이주移住하는 이민군移民群"295면이 같이 타고 있었다. '신문기자'는 이들 "이민군"을 보면서 이하와 같이 생각하고 있다.

나는 그 한모퉁이에 움추리고 있었다. 내 아무것도 생각지 않으

라 과거過去의 일은 과거過去대로 묻어버리고 말리라고 눈을 감은채
였다. 그러나 나는 절망絶望하고 있지는 않았다. 오이려 나는 내 체
내體內에 새 생명生命의 피와 힘이 용솟음치는것을 느끼었다. 그리
구 심지어는 그 주저呪詛받을 풍수해風水害로 말미아마 논 밭 집을
뭉땅 물에 떠워버리니 백성들이 이제부터 새로운 광명光明을 찾아
멀리 광야曠野로 출발出發함을 볼때 나는 더욱더욱 자기自己도 용기勇
氣를 내어 갱생更生치 않으면 안되겠다. 새로운 생명生命을 다시금
찾아 들이지 않으면 안되겠다고 맹세하는것이었다.「유치장에서만난사나
이」, 295~296면

중일전쟁 발발 후에 조선인 지식인의 전향이 늘어나면서 조선
에서 사회주의 운동은 쇠퇴해 갔다.[30] 위에서 인용한 부분에서
도 이전에 "××사건"으로 유치장에 구속된 '신문기자'가 "아무
것도 생각지 않"고 "과거過去의 일은 과거過去대로 묻어버리고 말
리라"고 농민들이 만주에 가는 것을 "새로운 광명光明을 찾아 멀
리 광야曠野로 출발出發"하는 것으로 평가하면서 "새로운 생명生命
을 다시금 찾아 들이지 않으면 안되겠다고 맹세하는" 모습을 확
인할 수 있다. 이러한 '신문기자'의 모습으로는 시대 상황의 변
화에 따라 자신을 제국 일본의 '국민'으로 의식하려고 할 때의

---

30 식민지 조선인 사회주의자의 전향에 대해서는 洪宗郁, 『戰時期朝鮮の転向者
たち―帝国／植民地の統合と亀裂』, 有志舎, 2011를 참조.

조선인 지식인의 흔들림을 읽어낼 수 있다.

한편 이렇게 '신문기자'에게서 볼 수 있는 흔들림은 '백작' 묘사에서는 찾아 볼 수 없다. '신문기자'의 3년 전의 회상과 변함 없이 '백작'은 "이상한 사나이"로 그려진다. '신문기자'와 재회했을 때의 '백작'은 "꺼먼 외투外套에 흰 명주 마후라를 걸친 중中 키의 한 신사紳士"296면로 묘사되며 그 외모는 3년 전과 큰 변모를 이룩했다. 그러나 '신문기자'와 재회한 '백작'은 술에 심하게 취해 있고 '신문기자'를 보고는 "동경東京의 동지同志!"296면라고 외치며 기뻐해서 소란을 피우기 시작하는데 잠시 뒤에는 "두말 안짝으로 유순히 물팍을 모아 세우고"297면 "괴로운듯이 신음呻吟 소리"297면를 내기 시작하는 등 예측하지 못한 행동을 한다. 나아가 열차가 출발할 때 농민들이 작별을 아쉬워하여 "호옴과 차車 속으로부터 일재一齋히 통곡慟哭과 환성喚聲이 천동天動하듯 일어"297면났을 때에는 '백작'은 환장한 것처럼 "에헤헤 에헤헤 웃어 대"297면다가 소리를 지르며 울기 시작했다.

"나두 통곡慟哭을하구 싶어요 큰 소리를 지르며 통곡慟哭을 하고싶어 나는 울기를 좋아하는거야 울기를. 그래서 나는 늘 이 이민열차移民列車에 오르군 하겠지"297면라는 '백작'의 대사에서는 '백작'이 고향으로 향하는 '신문기자'나 만주로 이민하는 농민과 달리 목적지로 향하기 위해 열차를 타는 것이 아니라는 점이 밝혀진다. 이 부분에서 열차로 이동한다는 것이 '신문기자'에게는 과거로부터의 '갱생'을 의미하고 농민들에게는 만주에서의 새로운 생활을 의미한다고 할 수 있다. 한편 3년 전 유치장 사람들에 다가가려고 하는 것에서 의미를 찾았던 '백작'에게 열차는 궁핍하여 만주로 이민하는 조선의 농민들에게 다가간다는 의미가 있었다고 할 수 있다.

이렇듯 2년 전의 회상에서는 '신문기자'가 과거의 일을 잊으려고 하면서 농민들이 만주로 가는 것을 "광명"이라고 간주하고 자신의 "새로운 생명"을 의식하려고 했다. 그런 '신문기자'에 비해 3년 전과 마찬가지로 주저 없이 감정을 표하고 만주로 이민하는 농민들을 보고 한탄하는 '백작'의 입장은 크게 다른 것이었다. 그런데 조선어 작품에서 '신문기자'는 '백작'을 완전히 부정적으로 바라보지 않다는 점에서 특징적이다. 여기서 '신문기자'가 '백작'을 보고 '우리'의 '고독'을 의식한 것에 주목하고 싶다. 농민들이 만주로 이민하는 것을 한탄하는 '백작'을 보고 '신문기자'는 "우리들도 흔히 빠지군하는 절망적絶望的인 고독감孤獨感에 사로잡힌 것을 알았다"297면, "늘 절대絶對의 고독孤獨속에 묻혀 있는것이다"297면라고 생각한다. 여기서 '신문기자'는 '백작'의 한탄에서 "고독"을 읽어내어 그것을 "우리들도 흔히 빠지군하는" 것으로 여긴다. 여기서 '우리'라고 하는 것은 '신문기자'의 이야기를 듣고 있는 그의 친구들을 제시한다고 생각된다. 이 장면에서 '신문기자'는 '백작'의 여러 감정이나 한탄을 자신을 포함한 "우리들도 흔히 빠지군하는 절망적絶望的인 고독감孤獨感"으로 공유하려고 했다.

그 후 농민들의 만주로의 이민을 한탄하는 '백작'은 "에구"298면라는 감탄사나 "에헤헤 에헤헤"298면라는 웃음소리를 섞으면서 '신문기자'나 여러 사람들이 자신에게 "복수復讐"298면를 하고 있다고 호소하게 된다. 그러면 '신문기자'도 발언하기 시작하며 이하와 같은 두 사람의 대화가 이루어진다.

「대체大體 어떻게 된 셈인가」

하고 나는 조끔 캐이듯이 물었다.

「아니 그 그……」

그는 다시 괴로운 소리를 내며 신음呻吟하였다.

「나는 아아 지금 당장 내자신自身으로부터도 복수復讐를 받고 있는 터이야 목줄을 졸라매우구 있는 터이야 희망希望두 없구 즐거움두 없구 슬픔도 없구 그리구 또 목적目的조차 없구…… 아아 나는 이 이민열차移民列車에 탔을때만이 행복幸福인걸 어떻거나. 나는 그들과 같이 울수가 있구 부르지즐수가 있어」

「하나 이 사람들은 희망希望을 부뜰고 가는것이지 슬퍼하러 가는 것은 아닐텐데」

「그게야 아무러문 어때 나는 그냥 그들과 같은 차車로 같은 방향方向으로 간다는것만이 기뻐 죽겠어 그리구 같이 울기두하구 부르짖는 것두 함께 한다는것이 그러나 어떻거까 나는 어떻거까 이 사람들이 국경国境을 넘어 서면 나는 혼자서 되집허 오지 않으면 안되니 나는 그때 생각을하면……」

하고 그는 또 쿨적쿨적 울기 시작始作하였다. 나는더욱 어쩔줄을 몰랐다. 그러나 어쩐지 그의 일이 뜻없이 측은히 생각되어 나도 덩달아 같이 슬퍼하고싶은 생각까지 들었다 물론勿論 냇젖冷靜히 생각하다면 이런 불상한 사람이 어디 있을것인가. 이런 사람이야말로 차츰 멸망滅亡할 인간人間이라고 할것이다. 298면

여기서 '신문기자'와 '백작'은 농민들이 만주로 이민하는 것에 대해 이야기하고 있지만 인용한 부분의 '백작' 대사에는 지금까지 볼 수 있었던 "기이한 발음"이나 웃음소리 "에헤헤 에헤헤"나 감탄사 "에고" 등은 볼 수 없다. 그 때문에 이 인용 부분에 나타난 두 사람의 대사의 말투는 차이가 거의 없다. 또 이 부분에서 '백작'의 대사는 웃음소리나 감탄사 등 특징적인 묘사 대신에 "괴로운 소리"로 조용히 말해지는 것이고, 또 대사 말미에는 침묵을 표현하는 기호 "……"가 보이는 것이 특징적이다.

이 부분에서 '백작'의 대사 말미에 나타난 기호 "……"는 '신문기자'에게서 자신의 행동을 추궁 받았을 때 머뭇거리는 것으로 해석할 수 있다. 상술한 바와 같이 궁핍하여 토지를 떠나게 된 농민들은 일본과 만주로 이민해야만 했다. 열차를 타는 농민들

의 묘사도 "모두들 무던히 피곤疲困한듯 침침沈沈히 잠이 들어 누구하나 까딱하는 기색氣色이 보히지 않았다"295면 등 피로나 망연한 모양으로 묘사되어 있다. 이런 묘사는 불안감을 가지면서도 이민해야 하겠다는 당시 만주로 간 수많은 농민들의 상황을 나타내고 있다. 따라서 여기서 보이는 '백작'의 침묵은 그가 농민들에게 다가가려고 해도 완전히 다가가지 못해 결국에는 혼자 뒤돌아갈 수밖에 없다는, 시대 변화에 혼자 뒤떨어지는 '백작'의 입장을 드러내고 있다.

한편 '신문기자'의 묘사를 보면 '백작'을 둘러싼 '신문기자'의 인식의 흔들림을 찾아 볼 수 있다. '신문기자'가 '백작'과의 대화를 통해 그에게 느낀 인상에 관한 묘사를 보면 '신문기자'는 '백작'에 대해 완전히 부정적으로 간주하지 않는다. '신문기자'는 '백작'과의 대화를 통해 그를 "냉정冷靜히 생각한다면 이런 불상한 사람이 어디 있을것인가. 이런 사람이야말로 차츰 멸망滅亡할 인간人間이라고 할것이다"라고 생각한다. 그런데 '신문기자'는 동시에 "나도 덩달아 같이 슬퍼하고싶은 생각까지 들었다"고 하는데 여기서는 '백작'에 대한 그의 공감을 읽어낼 수 있다. 그것은 '신문기자'가 만주에 가는 농민을 통해 "광명"을 읽어내려고 하면서도 그런 그의 생각에 '백작'의 침묵과 같은 망설임이 포함되어 있었다는 점을 제시한다.

'백작'이 기절하는 것으로 두 사람의 대화가 끝나고 '신문기자'의 2년 전의 회상이 중단되는데 '현재'의 장면에서는 '백작'에 대한 '우리'의 관심이 지속되는 것으로 그려진다. 2년 전의 회상 부분에서 '신문기자'는 계속 한탄하는 '백작'을 보고 "그만 두게 이것이 무슨 짓이람"299면이라고 그를 제지한다. 그러자 '백작'은 "이눔 날드러 가만있으라구"299면라고 말한 뒤 기절해 버린 채 움직이지 않게 되었다. '신문기자'는 쓰러진 '백작'을 보고 "잔인殘忍스럽게도 그만 잘 되었다 인제는 잠이 들것이라구"299면라고 생각하게 된다. 여기서 '현재' 장면으로 전환하게 되는데 '신문기자'는 친구들에게 "그러나 그때 잘되었다고 생각한것에 대對하여 나는 아직도 가슴이 메저린듯한 느낌을 가지는 것이다. 그 일이 이 이년내二年來 나를 얼마나 심甚한 고문拷問에 걸고 있는것일까"299면라고 자신의 죄책감을 표현한다. 나아가 친구축산회사원도 "그래서 어쨌단말인가"299면고 '신문기자'의 이야기를 재촉하는 모습이 삽입된다.

그 후 '현재'에서 화자 등 '신문기자'의 친구들이 2년 전에 '신문기자'가 기절한 '백작'을 열차 안에 내버려 둔 일에 대해 이야기를 나누는 모양이 그려진다. '백작'을 내버려 둔 것에 대해 후회하는 '신문기자'는 그 이후 여러 시기'작년 여름' '이번 봄'에 다양한 곳에서 사람들을 볼 때마다 '백작'을 떠올린다. 우선 그가 '작년 여름'에 강원도 산 속으로 조사를 하러 갔을 때 강이 범람하는 일이 있었다. 그때 뗏목에 탄 2, 3명 중에 "단말미斷末魔의 소리를 내어 부르짖고 있는"301면 "양복洋服입은 사람"301면을 발견하고는, "그것이 왕백작王伯爵이 아니었던가하는 생각"301면을 한다. 또한 '신문기자'는 '이번 봄'에 서울에서 경방단이 방공연습을 했을 때에 본 '경방단의 반장'에 대해서도 "지금至今 생각하면 아모래도 그것이 왕백작王伯爵이었던것 같기도 하다"301면고 생각하고 있다.

이 '현재'의 장면에서 '신문기자'가 '백작'이라고 생각한 인물은 3년 전과 2년 전의 회상에서 등장한 '백작'과 달리 뚜렷한 입장에 있는 인물들이라고 할 수 있다. 우선 '작년 여름'에 산속에서 목격한 '양복입은 사람''재목 상인'은 제국 일본의 삼림 개발에 관여한 인물로 생각된다. 제국 일본에서는 「삼림법森林法」1908이나 「삼림령森林令」1911에 의해 한국 통감부나 조선총독부가 관리했다. 총독부는 「조선임정계획朝鮮林政計画」1926 등을 통해 화전민의 정리 방침을 제시하는 한편 조림 대여 제도를 정하여 지주를 창출하고 일본 재벌이 삼림 경영을 행하게 되었다.[31] 그러나 이 '양복입은 사람'은 산민과 함께 홍수로 떠내려가서 "누아떼와 운명運命을 같이하였다"301면고 그려진 것처럼 목재를 지키려고 산민과 같이 행방불명이 된 인물이다. 이런 점에서 만주로 이민

---

[31] 萩野敏雄,『朝鮮・満州・台湾林業発達史論』, 林野弘済会, 1965, pp.41~65 (萩野敏雄,『アジア学術叢書143 朝鮮・満州・台湾林業発達史論』, 大空社, 2005); 申旼静, 「植民地期朝鮮・江原地域における火田・火田民に関する研究」,『林業研究』62-6, 2009.

하는 농민들을 실은 열차를 탄 채 행방불명이 된 '백작'의 모습과 겹쳐진다.

한편, '이번 봄'에 목격한 '경방단의 반장'이 '백작'이 아니었느냐는 '신문기자'의 이야기를 '우리'가 할 때 '지금'이라는 말이 거듭 쓰인 점에 주목하고 싶다. '신문기자'는 서울에서 본 '경방단의 반장'이 "지금至今 생각하면 모래도 그것이 왕백작王伯爵이었던것 같기도하다"301면고 생각하고 있다. 또 '신문기자' 이야기를 듣고 있던 화자도 "거국일치擧國一致의 체제體制로 맥진驀進에 맥진驀進을 거듭하고 있으니"301면라고 하면서 "지금至今의 우리나라"301면에서 '백작'이 "인제는 생활生活의 목표目標와 의의意義를 얻어 메었는지두 모르지"301면라고 평하고 있다. 제2절에서 논했듯이 경방단은 방공연습을 지휘하는 경찰의 보조 단체이고 사람들을 전쟁으로 동원하는 기능을 했다. 또 경방단원은 "면사무소에서 3~4킬로미터 범위내의 주민에서 선발되었다. 20~30대 성인 남자가 선택되었"[32]기 때문에 지금까지 '신문기자'의 회상에서 여러 곳에서 여러 모습으로 나타난 '백작'의 특징과 크게 다르다. 따라서 정해진 곳에 머물면서 사람들을 전쟁으로 동원하는 데에 협력하는 '경방단의 반장'의 모습을 '백작'과 겹치고자 하는 '신문기자'우리'는 '지금'의 '우리'가 2년 전 회상에서도

---

32 松田利彦, op. cit., p.54.

볼 수 있었던 것처럼 '백작'을 '우리'처럼 흔들림을 가지지 않는 '국민'으로 평가하고자 했음을 읽어낼 수 있다.

그러나 여기서 주목하고 싶은 것은 조선어 작품 「유치장에서 만난 사나이」에서는 '신문기자'와 친구들'우리'이 '백작'에 대한 이야기를 계속 이어가면서 끝난다는 점이다. 끝부분에서는 '이번 봄'에 본 '경방단의 반장'이 '백작'이지 않았나 한다는 '신문기자'의 이야기를 듣고 "모두들 묵묵默默히 그덕이었다"301면. 그런데 '신문기자'는 "한참동안 삐이루잔을 들여다보더니 한숨"301면을 쉰 후 "그리나 그뒤 또 어떤날……"301면이라면서 '백작'에 대한 이야기를 계속하는 묘사로 이야기가 끝난다. 이런 묘사는 '백작'이 앞으로도 여러 곳에서 여러 모습으로 '신문기자''우리' 앞에 계속 나타나면서 '국민'으로서의 흔들림을 주게 되는 것을 암시하고 있다.

이처럼 조선어 작품 「유치장에서 만난 사나이」에서는 작품을 통해 '백작'이 여러 시간에 여러 모습으로 '신문기자''우리' 앞에 계속 등장하는 "이상한 사나이"로 변함없이 그려져 있다. 그런 '백작'의 존재는 중일전쟁 발발 후 아시아 태평양전쟁으로 전개되어 감에 따라 '국민'으로 자신들을 인식해야 할 시점의 '우리' 조선인 지식인의 끝나지 않는 흔들림을 부각시킨다.

4. 일본어 작품 「Q백작」

이 절에서는 일본어 작품 「Q백작」『故郷』, 甲鳥書林, 1942.4에서의 '백작'과 '신문기자''우리'의 관계성의 변화에 대해 고찰한다.

이미 제시한 바와 같이 일본어 작품 「Q백작」에 대해서는 작가 자신이 "역고訳稿"라고 밝히고 있고, 조선어 작품 「유치장에서 만난 사나이」에서 크게 가필/삭제된 부분은 찾을 수 없다. 그러나 두 작품을 비교해 보면 일본어 작품 「Q백작」에는 표현이 바뀐 부분이나 표현이 가필된 부분을 확인할 수 있다. 그래서 이하에는 이러한 가필/삭제된 표현들이 일본어 작품 「Q백작」에 어떤 영향을 주게 되었는지에 대해 논하고자 한다.

조선어 작품과 일본어 작품의 큰 차이는 '백작'이 조선어 작품에서 '왕백작王伯爵'이라고 되었는데 일본어 작품에서는 'Q백작'이 된 점이다. 이것은 이미 선행연구에서 지적되었지만 김사량이 루쉰의 「아Q정전」의 '아Q'를 의식하면서 조선어 작품 「유치장에서 만난 사나이」와 일본어 작품 「Q백작」을 썼음을 보여준다. '아Q'를 의식하면서 '백작'을 작품에 등장시킨 김사량의 문제의식은 두 작품에서 공통되지만 일본어 작품에서는 조선인 이름으로 상상하기 어려운 'Q'로 부름에 따라, 이질적인 존재로서의 '백작'의 특징이 더욱 강조되는 것이라 생각된다.

'백작'은 일본어 작품에서도 일관되게 "이상한 사내不思議な

男"108면로 그려지나. 3년 전의 '신문기자'의 회상에는 "누구와도 허물없이 지내는誰に對しても一等馴れ馴れしい"108면 태도나 조선어 발음의 영향이 남은 일본어"단나 상(たん那さん)", "포쿠(ぼく)", 109면의 "익살스러운 어조ひょうきんな舌廻り", 109면로 "유치장 안의 암울한 분위기를 깨트린留置場内の暗鬱な空氣を破", 108면 존재로 그려졌다. 또 자신을 아나키스트로 자칭하여 "어느 방 가릴 것도 없이 사내들에게 말을 걸고 선전을 해댔다どの房の男にも話をかけて宣傳する", 115면는 것과 동시에 '신문기자'와는 조선어로 말을 서로 주고받는 묘사도 조선어 작품과 공통된다.

여기서는 3년 전의 회상에서 검사국에 송치되어 유치장을 나가는 '신문기자'가 '백작'과 헤어지는 장면에서 '신문기자'가 '백작'에 대해 느낀 점에 대한 묘사에 주목하고 싶다.

その日における,この哀れむべきアナキストの印象は,僕には一生忘れ得ない程悲しいものである。その朝,僕は監房の外に出てほぼ三ヶ月目に靴をはきながらいろいろ支度をしてゐた。彼は他の拘留人達と同様に,鐵格子の扉に身をすり寄せて,僕の顔をぢつと見下ろしてゐるのだ。

「たん那さんに頼んで,煙草でも一服吸ひなよ」と,彼は呟いた。

「ありがとう」

僕は何とはなしに悲しさうになつて,彼の方を見上げた。ちつと

も彼のことが滑稽には思はれないのだ。

〈한국어역〉

　가련한 아나키스트가 그날 남긴 인상은 내겐 평생 잊을 수 없을 정도로 슬픈 것이었다. 그날 아침 나는 감방 밖으로 나가 거의 석 달 만에 구두를 신으며 주섬주섬 채비를 하고 있었다. 그는 다른 구류된 사람들과 마찬가지로 쇠창살 문지방에 몸을 기대고 내 얼굴을 물끄러미 내려다봤다.

　"단나 상한테 부탁해서 담배라도 한 대 피우지 그러나"하며 그는 중얼거렸다.

　"고맙네"

　나는 왜인지 마음이 울적해져 얼굴을 돌려 그를 올려다보았다. 조금도 그가 우스꽝스럽게 보이지 않았다.「Q백작」, 117면

　위에서 인용한 부분에서 '신문기자'가 '백작'과 헤어질 때의 그의 인상에 대해 "잊을 수 없는忘れ得ない" 것이라고 한 것은 '신문기자'가 '백작'에 대해 강한 집착을 계속 가지고 있음을 보여준다. 또 그 후에 이어지는 부분에 나타난 '백작'의 "우마쿠야레요우!うまくやれよう!"118면라는 외침에 대해 '신문기자'는 "지금도 그 목소리가 내 귀청을 파고 들려오는 것만 같다. 그리고 찌르르 가슴이 미어지는 것 같은 느낌 없이는 그 고함을 생각해낼 수 없

다今尙ほその聲が耳朶を突いて聞えるやうである °しかもじ一んと心もそぞろにしづみ込む思

ひなしでは,この叫び聲を懷ひ出すことは出來ないのだ"118면라고 생각하고 있다.

이러한 '백작'을 둘러싼 묘사는 조선어 작품과 같이 일본어 작품

에서도 '신문기자'가 '백작'을 '현재'도 잊을 수 없는 인물로 생

각하는 것으로 해석할 수 있다.

나아가 여기서 주목하고 싶은 것은 위에서 인용한 부분에서

'백작'의 인상에 대한 '신문기자'의 설명에 "슬픈 것悲しいもの""마

음이 울적해서悲しさうに" 등의 슬픔을 나타내는 표현이 거듭 쓰이

면서 '백작'을 "우스꽝스럽게 보이지 않았다滑稽には思はれない"라고

한 점이다. 이것은 아나키스트를 자칭하여 스스로 검거되어 "×

×사건"을 일으킨 '신문기자' 등 유치장의 사람들에게 다가가려

고 하는 3년 전의 '백작'에 대한 '신문기자'의 강한 공감을 제시

한 것이라고 해석할 수 있다.

그러나 이러한 '백작'에 대한 '신문기자'의 강한 공감은 2년

전 회상에서는 달라진다. 2년 전 회상에서는 오히려 '신문기자'

와 '백작'의 입장의 차이가 뚜렷하게 제시된다. 2년 전 '부산발

신경행' 열차 내에서 재회한 '백작'은 "검은 외투에 희고 화려한

비단 머플러를 목에 감은 중키의 한 신사黑いオーヴアに白い派手な絹のマ

フラを首に巻いた中背の紳士"121면라고 묘사되어 유치장에 있었을 때와

는 외모가 많이 달라졌다. 그러나 갑자기 "주위를 아랑곳하지 않

고 다짜고짜 큰 소리로 부르짖었다あたりかまはず大きな聲で唸つた"122면

등 "이상한 사내不思議な男"로서의 특징은 변하지 않은 것으로 그려졌다. 나아가 열차가 출발할 때 만주로 이민하는 농민들이 "일제히 통곡하고 울부짖는 소리가 천지에 진동하듯 터져 나오慟哭や叫喚の聲が動天地鳴りするやうに湧き上"122면자 '백작'은 "무서운 공포激しい恐怖"123면로 두려워하며 "마치 정신이라도 나간 사람처럼 치아를 드러내며 웃어대まるで氣でもふれたやうにえへ,えへと歯をむき出して嗤"123면다가 "갑자기 목소리를 높여 흐느껴 울기 시작했에急に聲を上げて啜り泣き出し"123면고, "나는 울기를 좋아하니까, 그래서 늘 이 이민 열차에 올라타는 거야僕は泣くのが好きなんだよう,それでいつもこの移民列車に乗り込むんだ"124면라고 하면서 한탄했다.

이러한 2년 전의 회상에서의 '백작'의 행동에 대해 '신문기자'는 일관하게 거리를 두려고 한다. '신문기자'는 '백작'과 재회했을 때부터 "다소 조마조마いささかはらはら"122면하면서 '백작'이 만주로 이민하는 농민을 보면서 한탄하는 모습을 "우리도 흔히 빠지곤 하는 절망적인 고독 속에 빠진 것이다. 그렇다, 그건 무시무시한 절망에 틀림없다われわれも時々陥入るやうな絶望的な孤獨感の中に陥ち込んでゐるのだと思つた゜さうだ,それは怖ろしい絶望に違ひない"124면라고 생각한다. 여기서 '신문기자'가 '백작'의 모습을 통해 '우리'의 "고독"을 읽어낸 것은 '우리'가 '백작'의 "고독"에 대해 공감을 표시한 것으로 보인다. 그러나 여기서 '신문기자'는 '백작'이 느끼는 "고독"을 "무시무시한 절망"이라고 하면서 객관적으로 바라보고 있다.

이런 표현들은 '신문기자''우리'와 '백작'의 입장의 차이를 뚜렷하게 나타난 것으로 해석할 수 있다.

나아가 조선의 농민들이 만주로 이민하는 것에 대해 이야기를 하면서 '신문기자'와 '백작'의 거리는 더욱 멀어진다.

「一體どうしたと云ふのだね」

「いや,さうだ」と,彼は再び苦しさうに呻いた。「僕は現に僕自身に復讐をされてゐるんだ。喉をしめられてゐるんだ。欲しいものもねえ,悦びもねえ,樂しみもねえ。望みもねえ。あ——僕はこの移民列車に乗つた時だけ救はれるんだ。僕も彼等と一緒に行くことが出來る。喚くことが出來る」

「だがこの人達には希望がある。悲しむために行くのではない」

「それはどうでもええ,僕にはただ彼等が同じ車で同じ方向に進んで行くといふのが,嬉しくてならねえんだよ。そして泣くのも一緒によ,喚くのも一緒によ。だが僕はどうしよう。僕はどうしよう。この人達が國境を越えてしまふと,一人で引返さねばならねえんだ。その時を思ふと悲しくてならねえ」

それから又しくしくと泣き出したのだ。僕はいよいよ困つてしまつた。だが何だか彼のことが哀れに思はれて同情の念さへ覚えた。むろん,冷淡に考へれば,何といふ困つた男であらう。かういふ人間こそ亡ぶべきだと云はねばなるまい。

〈한국어역〉

"도대체 무슨 소리를 하는 겐가"

"아니 그렇지"하고, 그는 다시 괴로운 듯이 신음했다. "나는 지금 나 자신에게 복수를 당하고 있다네. 목이 졸려지고 있어. 갖고 싶은 것도 없고, 기쁨도 없으며, 즐거움도 없어. 희망도. 아— 나는 이 이민 열차에 탈 때만 구원받는 거야. 나도 그들과 함께 갈 수 있어, 울부짖을 수 있어"

"하지만 이 사람들에게는 희망이 있질 않나. 슬퍼지기 위해 떠나는 것이 아니야"

"그거야 아무려면 어때. 나는 그저 그들과 같은 열차로 같은 방향으로 간다는 것만으로도 기뻐 차서 어찌할 줄을 몰라. 그리고 우는 것도 함께 부르짖는 것도 함께 하니까. 그러나 나는 어쩌란 말이냐. 이 사람들이 모두 국경을 넘어가면 나 혼자서 다시 되돌아오지 않으면 안 되니. 그때를 생각하면 슬퍼져서 어쩔 수가 없다네"

그리고 다시 훌쩍훌쩍 울기 시작했다. 나는 더욱 난처해졌다. 그러나 어쩐지 그가 측은해져서 동정하는 마음마저 느꼈다. 물론 냉담하게 생각하면 이런 곤란한 사내가 어디에 있는가. 이런 사람이야말로 멸망해야 할 유형이라 할 수 있다.「Q백작」, 125~126면

여기서 인용한 것은 '신문기자'와 '백작'이 만주로 이민하는 농민에 대해 이야기를 하는 부분이며 제 3절에서 조선어 작품으

로부터 인용한 부분과 거의 비슷한 내용에 대해 쓰여져 있다. 조선어 작품의 이 장면에 해당하는 부분에서는 '백작'에 대해서 지금까지 볼 수 있었던 그의 웃음소리나 감탄사가 사라지며 두 사람 대사의 말투의 특징에는 거의 차이가 없어졌다. 한편 위에서 인용한 일본어 작품의 부분을 보면 '백작'의 대사에는 "아-あ-"라는 외침이나 표준어와의 차이를 나타낸 "~네에-ねえ"라는 어미 등이 쓰여진다. '신문기자'의 대사는 표준적인 일본어로 표현되어 있기 때문에 두 사람 대사의 특징이 뚜렷하게 제시된다. 나아가 한탄하는 '백작'을 보고 '신문기자'가 "하지만 이 사람들에게는 희망이 있다. 슬퍼지기 위해 떠나는 것이 아니야だがこの人達には 希望がある "悲しむために行くのではない"라고 하며 농민이 만주로 이민을 하는 것을 "희망"이라고 단정하는 것도 두 사람의 입장의 차이를 제시하고 있다고 할 수 있다.

또 일본어 작품「Q백작」에서 농민이 만주로 이민하는 것을 한탄하는 '백작'을 본 '신문기자'는 "그가 측은해져서 동정하는 마음마저 느꼈다哀れに思はれて同情の念さへ覚えた" "곤란한 사내困った男"라고 하면서, "이런 사람이야말로 멸망해야 할 유형이라 할 수 있다かういふ人間こそ亡ぶべきだと云はねばなるまい"라고 부정적으로 단언한다. 나아가 위에서 인용한 부분에 이어지는 부분에서 '신문기자'는 '백작'에게 "그만두게 이게 무슨 꼴인가よせよ,みつともないぢやない か"126면라고 "나무라듯이とがめるやうに"126면 말하며, 한탄하는 '백작'을 강하게 억제한다. 이 부분에서는 '백작'이 한탄하는 것에 대해 "어째서인지 격분하고 있었다何故かいきり立つてゐるのだ"126면라며 '신문기자'가 '백작'을 방관하는 묘사도 볼 수 있다.

이렇듯 "이상한 사내"인 '백작'의 행동은 3년 전의 회상에는 '신문기자''우리'에게는 "슬픈 것" "우스꽝스럽게 보이지 않"는 것으로 표현되었다. 그러나 2년 전 회상에는 "우리도 흔히 빠지곤 하는 절망적인 고독 속에 빠진 것이다"라고 하며 '우리'와 구별된 것으로 제시되어 '백작'은 "곤란한 사내" "멸망해야 할" 사람으로 '우리'와의 입장 차이가 뚜렷하게 나타나게 되었다.

한편, 조선어 작품과 같이 일본어 작품에서도 '백작'에 대한 '신문기자'의 이야기를 듣고 있는 '현재'의 '우리'들의 모습으로부터는 '백작'에 대한 '우리'의 관심도 읽어낼 수 있다. 조선어 작품과 같이 '신문기자'는 '작년 여름'에 강원도의 산속에서 뗏목을 탄 "양복을 입은 사내洋服男"130면 "경성의 어느 젊은 재목상인京城の若い材木商人"131면과 '이번 봄'에 경성서울에서 본 "경방단의 반장警防団の班長"131면이 '백작'이 아니었나 하는 생각을 하고 있다. 그러나 조선어 작품과 달리 이 두 개의 시간/장소에서 목격된 '백작'에 대한 '우리'의 반응은 크게 다르다. 앞에서 말했듯 홍수 때문에 "뗏목 사공과 운명을 같이 했다筏流しと運命を共にした"131면는 "양복을 입은 남자"는 제국 일본의 삼림개발을 하는 입장에 있는 사람인 것 같지만 홍수로 떠내려가 행방불명이 된

점에서는 2년 전에 열차를 탄 채 사라진 '백작'의 모습과 유사한 존재라고 할 수 있다. 그러나 이 "양복을 입은 남자"의 이야기를 할 때 '신문기자'는 "그것이 Q백작은 아니었나 싶기도 하다. 역시 기분 탓일지도 모르지만あれがQ伯爵ではなかつたのかといふ気もする 。やはり 氣のせいだつたのだらう"130면라고 머뭇거리고 또한 '신문기자'의 이야기를 듣고 있던 친구 한 명광고장이은 "아무렴 그게 Q백작일 리가 있겠나まさかそれがQ伯爵でもあるまい"131면라고 하면서 "조용히 부정徐ろに否定"131면한다.

그런데 '이번 봄'에 서울에서 본 "경방단의 반장"에 대해서는 '신문기자'는 "나는 그 남자의 뒷모습밖에는 보지 못했다僕はその男の後姿しか見なかつた"131면고 하면서도 "지금 생각해 보면 아무래도 그게 백작이었던 것 같은 기분이 든다今から思へば、どうも、伯爵だつたやうな氣がする"131면라고 얘기한다. 나아가 그 발언을 받아서 화자인 '나'도 "일정한 방향을 향해 국민을 태운 채로 거국일치 체제를 향해 돌진에 돌진을 거듭一定の方向に向ひ國民を乗せて擧國一致の體制で驀進に驀進"131면하고 있는 지금의 "국가國家"131면에 있어서 '백작'이 "생활 목표나 방향을 획득했는지도 모를 일이이生活の目標や方向をかち得たかも知れない"131면라고 친구들에게 말한다.

이렇듯 일본어 작품 「Q백작」에서는 3년 전부터 현재 시간에 가까워질수록 서서히 '신문기자''우리'가 '백작'과는 다른 입장에 있다는 의식이 뚜렷해졌다고 할 수 있다. '신문기자'는 3년 전의 회상에는 '백작'의 행동에서 "슬픈 것" "우스꽝스럽게 보이지 않"는 것을 읽어냈지만 2년 전의 회상에는 '백작'을 "곤란한 사내" "멸망해야 할" 사람으로 간주했다. 나아가 "이상한 사내"인 '백작'의 행동은 지금 "국가"에서 "경방단의 반장"으로 "생활 목표나 방향을 획득"하며 해결되었다고 쓰여 있다.

조선어 작품과 마찬가지로 일본어 작품도 "그런데 그 이후 또 어떤 날......*だが、それから又或時......*" 132면이라는 '신문기자'의 대사로 끝나는 것은 이질적인 특징을 가진 '백작'이 앞으로도 여러 형태로 '우리' 앞에 나타날 것임을 암시한다. 이것은 '우리'들의 '국민'으로서의 흔들림을 보여주는 것이라고 할 수 있다. 그러나 일본어 작품에서 '신문기자' '우리'는 '백작'에 대한 관심을 가지면서도 2년 전의 회상부터 현재에 걸쳐 서서히 '백작'을 부정적인 존재로 인식하게 되었다는 변화를 볼 수 있었다. 그래서 결국에는 조선어 작품 「유치장에서 만난 사나이」에 비해 일본어 작품 「Q백작」에는 이러한 '우리'들의 흔들림이 보다 막연한 것으로 표현되어 있다고 할 수 있다.

5. 맺음말

이 글에서는 김사량이 거의 비슷한 내용에 대해 쓴 조선어 작품 「유치장에서 만난 사나이」와 일본어 작품 「Q백작」에 주목하여 두 작품에 나타난 표현의 차이가 각 작품에 어떤 영향을 주게 되었는지에 대해 고찰했다. 이 두 작품은 작가 자신이 "역고譯稿"라고 하고 있으며 또 크게 가필된 부분은 없었기 때문에 그동안 두 작품의 표현의 차이에 대해서는 체계적으로 논해진 적이 거의 없었다. 그러나 두 작품을 비교해 보면 '백작'을 둘러싼 '신문기자'우리''의 인식에 대한 묘사에 많은 표현의 차이가 존재한다는 점이 밝혀진다.

우선 조선어 작품 「유치장에서 만난 사나이」에서는 3년 전에 '신문기자'가 만난 "이상한 사나이"로서의 '백작'에 대한 '신문기자'우리'의 공감이나 관심이 작품을 통해 나타난다. 특히 2년 전 회상에는 만주로 이민을 하는 농민들을 보고 한탄하는 '백작'에 대해 '신문기자'는 "냉정冷靜히 생각한다면" "이런 사람이야말로 차츰 멸망滅亡할 인간人間"이라고 하면서도 "덩달아 같이 슬퍼하고싶은 생각까지 들었다"고 하고 있는데, 이처럼 '백작'이 느끼는 고독 등에 대한 '신문기자'우리'의 공감을 볼 수 있었다. 이러한 '신문기자'우리'의 '백작'에 대한 공감은 동시대에 '국민'으로 자신을 의식해야 할 때에 느끼는 '우리'조선인 지식인의 흔들림을 부각시킨다.

한편, 일본어 작품 「Q백작」에서는 조선어 작품과 같이 '신문기자'우리'의 '백작'에 대한 공감이나 관심을 엿볼 수 있었지만 3

년 전과 2년 전의 '신문기자'와 '백작'의 관계성의 변화가 뚜렷하게 드러났다. 일본어 작품의 3년 전의 회상에는 '신문기자'의 '백작'에 대한 공감"우스꽝스럽게 보이지 않았다"을 볼 수 있었는데 2년 전 회상에는 '백작'을 둘러싼 부정적인 인식"곤란한 사내" "멸망해야 할" 사람이 눈에 띄게 된다. 일본어 작품의 결말 부분도 '백작'의 이야기를 계속하는 '신문기자'의 대사로 끝나기 때문에 조선어 작품과 같이 '백작'이 앞으로도 '신문기자''우리' 앞에 여러 형태로 계속 나타난다는 점을 드러내고 있다. 그러나 2년 전의 회상과 결말부분에서 '신문기자''우리'와 '백작'의 입장의 차이가 강조됨으로써 일본어 작품에서는 '우리'조선인 지식인가 '국민'으로 자신을 의식할 때의 흔들림이 조선어 작품보다 더욱 애매하게 나타난다.

두 작품을 비교해 보면 작품을 통해 "이상한 사나이"인 '백작'에 대한 '우리'조선인 지식인의 공감이나 관심이 제시되어 있다는 점, 또 '우리'조선인 지식인가 '국민'으로 자신을 의식할 때 가지게 되는 흔들림이 드러난다는 점에서 공통된다. 그런데 일본어 작품의 후반부에서 '백작'과 '우리'의 입장의 차이가 더욱 강조된 것은 어떻게 생각하면 좋을까?

이것은 단순히 조선인 작가가 조선의 매체에 발표할 때에 더욱 자유롭게 창작할 수 있었다는 것을 의미하는 것은 아니다.[33] 그러나 1941년 2월에 조선어 작품 「유치장에서 만난 사나이」가

게재된 『문장』은 김사량이 일본어 작품 「Q백작」을 탈고한 194
1년 10월³⁴쯤에는 이미 통폐합되어 폐간되었다. 이처럼, 김사량
이 두 작품을 창작하는 사이에 조선인 작가들을 둘러싼 매체 상
황이 많이 변해가고 있었다. 일본어 작품에서 '백작'과 '우리'의
입장의 차이가 작품을 통해 강조된 것은 당시 '제국'의 미디어에
서 일본어로 조선인 지식인의 "갱생전향"에 관한 작품을 발표할
때 김사량이 제국 일본의 국책을 의식하면서 표현을 다시 선택했
음을 의미하는 것은 아닐까. 여기에서 김사량이 제국 매체에 작
품을 발표할 때에 느꼈을 긴장감을 다시 한 번 확인할 수 있다.

본고에서는 김사량의 조선어 작품과 일본어 작품에 나타난 표
현의 차이에 주목하였다. 작품 사이에 나타난 표현의 차이는 조
선인 작가가 발표 언어, 발표 매체, 그리고 독자의 존재를 염두
에 두면서, 작품의 제재와 표현을 신중하게 선택했음을 드러내
고 있다. 작품이 어느 언어로, 어느 매체에 발표되었는지에 주목
해 본다면, '일본어 작가' 김사량 작품에 대한 새로운 해석을 열
어갈 가능성을 발견할 수 있다.

---

33 예를 들면 1920년대의 경우 식민지 조선에서는 사전 검열 제도가 실행되었기
    때문에 사전 검열제도가 없는 일본에서 간행된 조선의 사회주의자들의 출판
    물이 조선으로 유입되어 지하 유통되었다는 일도 생겼다. 한기형, 「법역과 문
    역: 제국 내부의 표현력 차이와 식민지 텍스트」, 정근식·한기형·이혜령·고
    노 켄스케·고영란 편, 『검열의 제국－문화의 통제와 재생산』, 푸른역사,
    2016.
34 金史良, 「跋」, 『故鄕』, 甲鳥書林, 1942.4, p.322. 이 발문을 보면 "쇼와 16년
    10월"이라고 표기되어 있다.

참고문헌

1. 1차 자료

김사량, 「留置場에서만난사나이」, 『문장』, 1941.2.

_____, 「Q伯爵」, 『故郷』, 甲鳥書林, 1942.4.

_____, 『故郷』, 甲鳥書林, 1942.4.

_____, 「해군행」, 『매일신보』, 1943.10.10~23.

_____, 「바다의 노래」, 『매일신보』, 1943.12.14~1944.10.4.

김재용·곽형덕, 『김사량, 작품과 연구』 2, 역락, 2009.

警防通信社, 『大日本警防誌』, 警防通信社, 1941.12.

김동진, 「建国十年의満洲国과朝鮮人近況-朝鮮内資本의進出과人物의集散等」, 『삼천리』, 1940.10.

「不正業者五千名抜本塞源의弾圧-在満朝鮮人問題의癌」, 『조선일보』, 1938.1.5.

「朝鮮人移住対策要目」, 我部政男·広瀬順晧監修, 「国立公文書館所蔵公文別録86」, ゆまに書房, 1997.

朝鮮総督府, 『朝鮮の小作慣習』, 1929.

_____, 『朝鮮事情』, 1941.

『朝鮮総督府官報』 第3734号, 1939.7.3.(『朝鮮総督府官報(巻121~130)』, 亜細亜文化社, 1987)

崔麟·金東進·金三民·李晟煥·辛泰嶽·朴栄喆·宋奉瑀·韓相龍·柳光烈·安熙済, 「在満百万同胞의發展을 爲하야-朝鮮에온張總理에呈하는我等의書」, 『삼천리』, 1937.5.

2. 논문 및 단행본

시라카와 유타카, 곽형덕 역, 「사가(佐賀)고등학교 시절의 김사량」, 『김사량, 작품과 연구』 1, 역락, 2008.

안우식, 심원섭 역, 김사량 연보, 『김사량 평전』, 문학과지성사, 2000.

任明信, 「한국근대정신사 속의 魯迅-李光洙, 金史良 그리고 魯迅」, 『中国現代文学』 30

호, 한국중국근대문학학회, 2004.9.

이재봉, 「김사량의 서사 전략과 조선/일본 사이의 글쓰기-「유치장에서 만난 사나이」를 중심으로」, 『코기토』 84호, 부산대 인문학연구소, 2018.2.

장문석, 「김사량과 독일문학」, 『인문논총』 76권 3호, 서울대 인문학연구원, 2019.

정백수, 『한국 근대의 식민지 체험과 이중언어 문학』, 아세아문화사, 2000.

주약산, 「루쉰과 김사량 소설의 인물 비교 연구-〈阿Q正傳〉과 〈유치장에서 만난 사나이〉를 중심으로」, 『문창어문논집』 50호, 문창어문학회, 2013.12.

최광석, 「金史良文学에 나타난 親日性研究」, 『일본어교육』 36호, 한국일본어교육학회, 2006.

한기형, 「법역과 문역: 제국 내부의 표현력 차이와 식민지 텍스트」, 정근식・한기형・이혜령・고노 켄스케・고영란 편, 『검열의 제국-문화의 통제와 재생산』, 푸른역사, 2016.

홍석표, 『루쉰과 근대 한국-동아시아 공존을 위한 상상』, 이화여대 출판문화원, 2017.

황호덕, 「제국 일본과 번역(없는)정치-루쉰・룽잉쫑・김사량, '阿Q'적 삶과 주권」, 『대동문화연구』 63호, 2008.9.

황호덕, 『벌레와 제국』, 새물결, 2011.

安宇植, 『評伝 金史良』, 草風館, 1983.

任展慧, 『日本における朝鮮人の文学の歴史』, 法政大学出版局, 1994.

大村益夫・長璋吉・三枝壽勝編 譯, 『朝鮮短篇小説選』(下), 岩波書店, 1984.

白川豊, 「佐賀高等学校時代の金史良」, 『朝鮮学報』 147, 朝鮮学会, 1993.4.

_____, 『植民地期朝鮮の作家と日本』, 大学教育出版, 1995.

申旼静, 「植民地期朝鮮・江原地域における火田・火田民に関する研究」, 『林業研究』 62권 6호, 2009.

竹内実, 「恐れの対象としての金史良」, 『金史良全集月報4』, 河出書房新社, 1974.

趙寛子, 『植民地朝鮮/帝国日本の文化連環　ナショナリズムと反復する植民地主義』, 有志社, 2007.

丁貴連, 「「余計者」という知識人と國家: 金史良「留置場で會った男」と獨歩「号外」」, 宇都宮大學外國文學研究會, 『外國文學』 50호, 2001.

丁貴連,『媒介者としての國木田獨歩: ヨーロッパから日本,そして朝鮮へ』,翰林書房, 2014.

萩野敏雄,『朝鮮・満州・台湾林業発達史論』,林野弘済会, 1965.(萩野敏雄,『アジア学術叢書143 朝鮮・満州・台湾林業発達史論』,大空社, 2005)

洪宗郁,『戦時期朝鮮の転向者たち 帝国／植民地の統合と亀裂』,有志舎, 2011.

松田利彦,「戦時期植民地朝鮮における防空体制の構築─警防団を中心に」,『歴史評論』820호, 2018.8.

水野直樹,「朝鮮人の国外移住と日本帝国」『岩波講座世界歴史19 移動と移民』,岩波書店, 1999.

宮崎靖士,「非共約的な差異へむけた日本語文学のプロジェクト──一九四一〜四二年の金史良作品」,『日本近代文学』83호, 2010.11.

제3회 임화학술논문상 수상작

식민지 사회주의 농촌소설에서의 주체와 공동체

『고향』과 『상록수』 겹쳐 읽기

최은혜

식민지 사회주의 농촌소설에서의 주체와 공동체

『고향』과 『상록수』 겹쳐 읽기

최은혜

> 우리는 과거와 같은 직역적 태도를 벗어나서
>
> 가급적 번역 생활의 전철은 다시 밟지 말아야 할 것이다.
>
> ― 이기영, 「창작방법문제에 대하여」

1. '사회주의 농촌소설'로 『상록수』 읽기

농촌계몽운동은 1930년대 초중반의 문화에 광범위한 영향을 미쳤다. 『동아일보』가 주도한 브나로드 운동을 비롯해 『조선일보』의 문자 보급반 운동, 『조선농민』의 야학 운동 등 언론사가 주축이 되어 형성된 '농촌계몽'이라는 기치는 이 시기를 관통하는 주요 의제로서 소설의 창작으로도 이어졌다. 동아일보사가 1931년부터 1935년까지 '학생 하기 브나로드 운동'을 전개하던 시기, 편집국장으로 있던 이광수는『흙』1932.4.12~1933.7.10을 창작했고, 심훈은 '동아일보 창간 15주년 기념 장편소설 특별공모'에 당선된『상록수』1935.9.10~1936.2.15를 연재했다. 이와 같은 이유로 지금까지 이광수의『흙』과 심훈의『상록수』는 민족주의 진영의 브나로드 운동 경향을 대표하는 소설로 그 이름을 나란히 해왔다.[1]

그러나 이 두 소설을 같은 계열로 묶어 이해해온 분류의 방식이 과연 정당한 것인지 발본적인 질문을 던져볼 필요가 있다. '귀농'의 모티프와 "외부인들이 시혜적 자리에서 계몽에 임하는 유형"[2]으로서의 구도가 유사하게 쓰이고 있을지언정 그 세부로

---

1 물론『흙』과『상록수』가 문학사에서 나란히 자리해 오게 된 이유를, 단순히 이들이 브나로드 운동에 앞장서던『동아일보』의 지면을 공유했다는 데서만 찾을 수 있는 것은 아니다.『흙』과『상록수』는 1960년대 초중반 개발과 성장이라는 중요한 국가적 기치 아래, '농촌 근대화'의 이상을 꿈꾸게 했던 텍스트로서 공급됐고, 영화화되기도 했으며, 대중적 인기를 구가했다. 심훈의『상록수』는 5 · 16군사정변 이후인 1961년 신상옥 감독에 의해서 영화화되었는데, 박정희는 "젊은 지식인들이 농촌진흥을 위해 그의 삶을 바친 소재를 다룬 심훈 원작의 영화「상록수」에 깊은 감명을 받"아 "재건국민운동본부를 시찰할 때에도「상록수」와 같은 영화를 만들어 농촌으로 보내도록 하라고 지시"하기도 했다.(「『상록수』에 감동한 박 의장」,『동아일보』, 1962.1.19) 확실히 1960년대『흙』과『상록수』는 개발이라는 지상명제 속에서 국가주의적으로 전유되어 읽힌 바 크다. 이렇게 함께 독해되었던 맥락은 이후에 이들이 한데 묶여 논의되게 하는 데 일정한 영향을 미쳤다고 할 수 있다. 1960년대 개발독재시대에 대중적 감성으로서『흙』이 읽혔던 내용은 다음의 연구 참고. 권보드래, 「저개발의 멜로, 저개발의 숭고―이광수,『흙』과『사랑』의 1960년대」,『상허학회』 37, 2013.
2 김윤식,『이광수와 그의 시대』 2, 솔, 2008, 201면.

들어가면 두 소설은 지향의 측면에서 적잖은 차이를 보이기 때문이다. 『상록수』의 박동혁은 언론사를 주축으로 하는 계몽 운동에 대해 비판적 시각을 교묘히 노출하는데, 이는 동아일보사의 브나로드 운동을 겨냥한 것이기도 했다. ○○일보사 주최로 열린 학생계몽 운동 보고회로부터 시작되는 『상록수』의 첫 장면에서, 연사로 나선 동혁은 계몽운동보다 중요한 것은 '이데올로기의 통일'이라고 주장한다. "높직이 앉아서 민중을 관찰하거나 연구의 대상으로 삼으려 하는 태도를 단연히 버리고" "우리 조선 사람이 제 힘으로써 다시 살아나기 위한 그 기초공사를 해야"[3]한다는 박동혁의 주장에는, 문맹과 리터러시 보유자의 위계를 상정하며 진행된 동아일보의 시혜적 문화운동에 대한 비판이 내재해있다.[4]

이러한 의미에서, 다분히 문화주의적 운동에 입각해 있는 채영신이 결국 죽음을 맞이하게 되는 순간은, 비극적 장엄함을 이끄는 서사의 클라이맥스인 한편으로 지극히 상징적인 장면이다. 『상록수』가 동혁과 영신의 농촌운동이라는 두 축이 반복적으로 교차하는 서사구조를 가진다는 점을 염두에 둘 때, 핵심적인 한 축의 종결은 그 세계의 끝을 보여줌과 동시에 또 다른 남은 세계

---

3 심훈, 『상록수』, 문학과지성사, 2012, 15면. 앞으로 심훈의 『상록수』를 인용할 때에는 본문에 (상:면수)의 방식으로 표기하겠다.

4 이혜령, 「신문·브라로드·소설―리터러시의 위계질서와 그 표상」, 『한국근대문학연구』 15, 2007, 175~176면.

의 가능성을 보여준다. 기독교 계열의 농촌계몽운동을 대표하는 영신의 죽음은 기존의 문화 운동에 종언을 고하는 것과 다르지 않고, 동혁의 서사는 유일한 가능성의 공간으로 향하게 된다. "표면적인 문화 운동에서 실질적인 경제 운동으로 ― "상 : 299라고 되뇌는 박동혁은, 그렇게 '새로운 출발' 선상에 서게 되는 것이다.

영신의 죽음 이후, '경제 운동'의 중요성을 강조하는 동혁은 『흙』의 허숭이 아니라, 오히려 이기영『고향』『조선일보』, 1933.11.15~1934.9.21의 김희준과 닮아있다. 동혁과 희준에게는 민족성의 개조나 문화적 능력의 향상보다 농촌 현실의 구조적 문제를 개선하는 것이 더 중요하다. 그런 의미에서『흙』과『상록수』를 민족주의적 농촌계몽운동 소설의 기수로 놓고, 그 대척점에 적색농민운동의 경향성을 대표하는『고향』을 두던 기존의 문학사적 이해 방식은 재고되어야 한다.『상록수』를 브나로드 운동과의 관계로부터 자유롭게 하고[5]『상록수』와『고향』의 거리를 좁혀 두 소설을 겹쳐 읽어 보는 것, 이로부터 식민지기 사회주의 농촌소설을 바라보는 새로운 독법과 관점을 제시하고자 하는 것이 가능할 수 있지 않을까.

주지하다시피 심훈은 중국에서의 경험을 통해 "사회주의를

---

5 이러한 관점에서 심훈의『상록수』를 동북아시아 촌치운동의 맥락에서 재론하는 연구로는 다음을 참고할 수 있다. 권철호,『심훈의 농촌소설과 동아시아 촌치운동(村治運動)」,『한국근대문학연구』20, 2019.

보편적인 시대정신으로 긍정"하게 되었고[6] 사회주의자가 등장하는 일련의 장편소설들을 창작하면서 『동방의 애인』『조선일보』, 1930.10.29~12.10과 『불사조』『조선일보』, 1931.8.16~12.19 등을 발표했다.[7] 1928년 영화 〈먼동이 틀 때〉를 두고 한설야와 논쟁을 벌인 바, 현실을 망각하고 획일적인 이론 투쟁에만 몰두했다는 점에서 카프를 비판하고 있기는 하지만, 이는 그야말로 "허덕이는 무산대중과는 그네들의 실제생활과 감정이 너무나 상거相距가 먼 것"[8]에 대한 비판이지 유물론이나 사회주의 자체에 대한 비판은 아니었다. 동혁이 지향하는 '경제 운동'은 이런 맥락 위에서 이해되어야 한다. 『고향』의 희준과 『상록수』의 동혁은 유물론자로서 식민지 조선의 농촌운동에 투신하고 있으며, 이 둘을 겹쳐 놓고 봤을 때 비로소 식민지 사회주의 계열의 농촌 서사가 다시 읽힐 가능성이 열린다.[9]

6　한기형, 「서사의 로컬리티, 소실된 동아시아— 심훈의 중국체험과 『동방의 애인』」, 『대동문화연구』 63, 2008, 427면.

7　심훈의 주의자 소설과 12월 테제의 관련성을 밝힌 연구로는, 이해영, 「심훈의 '주의자소설'과 12월 테제」, 『현대문학의 연구』 65, 2018.

8　심훈, 「푸로문학에 직언二三(下)」, 『동아일보』, 1932.1.16.

9　이른바 프로 농촌소설을 대상으로 하는 기존의 연구들은 주로 개별적인 작가나 작품론에 한정되어 진행되어 왔다. 1920년대 최서해, 조명희, 권환 등의 단편들이 언급되기는 하지만 이들이 농촌소설의 범주로서 전면적으로 다루어진 것은 아니었다. 이에 비할 때 이기영의 단편소설과 『고향』은 집중적인 연구의 대상이 되어왔다. 『고향』 연구사의 변화 중 주목할 만한 지점은, 노농동맹론, 농민소설논쟁 등과 같은 코민테른의 지침이나 일본프로문학론 전개 과정과의 관련성 속에서 논구되어오던 경향이 그러한 주입식 영향 관계만으로 환원되지 않는 부분을 설명하는 방향으로 바뀌었다는 것이다. 서구 중심의

주변부 국가에서 사회주의를 논할 때, 농촌의 문제는 이론과 실천에 있어서 주요 화두일 수밖에 없다. 주지하듯 사회주의 사상은 자본주의의 생산력 발전에 기반을 두고 있었던 서양의 역사적 경험과 떼려야 뗄 수 없는 관계를 맺고 있었다. 그렇기에 조선인의 80% 이상이 농민이고 경제의 주요 기반이 농업이라는 주변부적 조건하에서 사회주의 사상을 받아들이기 위해서는 필연적으로 '자기화'된 이해가 수반될 수밖에 없었다. 1930년대에 쓰인 이기영과 심훈의 농촌 소설은, '농촌 운동'을 다룬다는 점에서 이미 주변부 사회주의의 중요한 문제에 가닿고 있을 뿐만 아니라, 식민지 현실에서의 사회주의적 실천 (불)가능성을 타진한다. 특히『고향』과『상록수』는 유물론적 지식인이 농촌 운동에 투신했을 때 마주하게 될 수밖에 없는 곤경과 대안적 가능성이 유사하게 나타남으로써, 식민지에서 서사화된 사회주의 농촌 운동의 재현 문제를 고민할 수 있게 해준다.

이러한 지점에 천착하여, 이 글은 이기영의『고향』과 심훈의『상록수』가 공통적으로 재현하고 있는 지식인주체의 자기 정립과 대안적 함의를 가지는 공동체 존립의 문제에 집중하고자 한

'역사주의적 시간관'에 저항하고자 하는 조선의 '또 다른 시공간관'이『고향』속에 구현되고 있다는 김철, 황종연의 연구나 노동력과 재생산의 문제를 통해 서사의 무의식을 살피고자 하는 손유경의 연구가 대표적이다. 김철, 「프롤레타리아 소설과 노스텔지어의 시공」,『한국문학연구』30, 2006; 황종연, 「문학에서의 역사와 반(反)역사」,『민족문학사연구』67, 2018; 손유경, 「재생산 없는 고향의 유토피아」,『한국문학연구』44, 2013.

다. 사회주의 운동을 논할 때, 주체의 문제는 빼놓고 이야기할 수 없는 요소이기도 하거니와 두 소설에서 모두 공동체의 문제가 주체의 불안전성을 보충하는 의미에서 중요한 역할을 부여받고 있기 때문이다. 2장에서는 귀환 서사의 의미에 대해서 다룬다. 이기영과 심훈의 소설들에는 '귀향'하는 지식인들이 등장한다. 이들 지식인은 도시에서 유물론자로의 형질전환을 경험한 뒤, 합법적이고 현실적인 실천지實踐地를 찾기 위해 고향으로 돌아간다. 3장은 귀향 이후, 운동의 과정에서 지식인들이 주체로서 자기 자신을 정립해 내가는 과정을 살핀다. 지식인들이 농민들을 대상으로 농촌 운동을 이끌어 나가는 서사는 지식인이 자기 자신을 운동가로 위치지우는 서사와 맞물려 있는데, 그 과정은 유심론적인 것을 억압하면서 가능했던 것으로 불안정성을 끌어안고 있었다. 한편, 4장에서는 이렇듯 내재적으로 균열의 요소를 품고 있던 지식인들의 운동이 아포리아에 빠질 수밖에 없었던 외적 조건들을 분석한다. 식민지 사회주의 농촌 문학은 대자본으로서의 일본이 서사화될 수 없었던 사정으로, 적대전선으로서의 부르주아를 재현하는 데 한계를 가지게 된다. 이와 같은 한계는 유물론적 세계관에 의한 운동이 난관에 부딪칠 수밖에 없는 서사적 한계로도 이어진다.

그러나 『고향』과 『상록수』에서 더욱이 주목해야 할 것은, 유물론에 입각한 운동의 아포리아와 주체의 불안정한 자기정립을 대리보충하는 기제가 전통적 농촌공동체의 작동으로부터 만들어진다는 점이다. 이기영과 심훈의 소설에 재현되고 있는 '전자본주의적' 농촌공동체는 유물론적 사유와 맞물리거나 긴장관계를 형성하면서 역사를 만들어가거나 정지시키기도 하는 핵심적인 장소로 기능한다. 5장에서는 대안적 가능성의 공간으로서 농촌공동체가 어떠한 서사적 의미를 발생시키는지 규명해보고자 한다. 그러한 서사적 재현이 어떻게 '중심부의 사회주의'와 변별되면서도 상호영향을 미칠 수 있는 주변부적 가능성을 만들어내는지를 밝히려는 것이, 이 글의 궁극적인 목적이다.

2. 불모지로서의 도시, 실천지로서의 고향

심훈 『영원의 미소』(『조선중앙일보』, 1933.7.10~1934.1.10)의 주요인물인 문선직공 서병식, 신문 배달부 김수영, 백화점 판매원 최계숙은 '어떤 사건'[10]에 연루되었던 전력으로 인해 도시에 발이 묶

---

10 검열을 의식한 탓인지 '그 사건'이 무엇인지는 작품 속에 구체적으로 언급되지 않는다. '○○사건'. '그 사건'으로 표기하기도 하고 "어떠한 사건에 앞장을 섰다가, 자유롭지 못한 곳에서 나온 지 얼마 되지 않았"다는 식의 표현이 반복적으로 등장할 뿐이다. 권철호는 이것을 '학생전위동맹사건'으로 추측한다.(권철호, 「심훈의 장편소설에 나타나는 '사랑의 공동체'」, 『민족문학사연구』 55, 2014, 199면) 조선학생전위동맹은 레닌주의적 지향성을 가지고 제국주의 교육에 저항한다는 민주적 강령을 채택하고 있는 사회주의적 학생조직이다. 이에 대해서는 다음의 연구 참고. 송태은, 「1929년 사회주의 학생비밀결사와 서

인 운동가들이다. 병식이 자살하고 수영과 계숙이 함께 귀향을 하기 전까지 소설의 많은 분량은 이들의 삼각관계를 보여주는 데 집중된다. 그러나 이러한 서사구조 자체보다 주목을 요하는 것은 그것을 떠받치고 있는 정서다. 학생운동에 가담했으나 실패하고 생활을 위해 하릴없이 노동에 투신하는 세 인물들의 무기력. 병식, 수영, 계숙은 모두 학생에서 운동가로서 존재론적 전이를 경험했으나 당국의 감시가 도사리고 있는 도시에서는 더 이상 운동을 할 수 없기에 무기력하다.

계숙은 '그 사건'으로 감옥에 다녀온 뒤 먹고 살기 위해 백화점에서 "하루에 열다섯 시간이나 자본주의 종노릇"[11]을 하지만, 곧 사치에 익숙해져 버리는 자신에게 환멸을 느낀다. "일본 좌익 작가의 소설을 끼고 다니며 틈틈이 읽"영 : 124어도 보지만 달리 할 수 있는 것은 없다. "앞장을 선 병정은 싸움을 해야만 합니다. 그런데 우리는 싸움을 하다 말구 허기가 져서, 밥을 찾지 않았세요? (…중략…) 이 현실에서 밥을 얻어먹으려면, 우리가 싸우려는 상대자 앞에 무릎을 꿇어야만 하니까요."영 : 96라고 말하는 수영의 상황과 마음 역시 다르지 않다. 자신이 직공으로 일하던 ×× 일보가 사상문제로 무기정간을 당한 뒤 자살을 택한 병식의

울지역 학생운동」, 성균관대 석사논문, 2016.
11 심훈, 『영원의 미소』, 글누림, 2016, 96면. 앞으로 심훈의 『영원의 미소』를 인용할 때에는 본문에 (영 : 면수)의 방식으로 표기하겠다.

죽음은, 그렇기에 이 세 청년들이 느끼는 무기력의 끝을 상징적
으로 보여준다.

수영이는 벌써부터 공허한 도회의 생활에 넌덜머리가 나서 제
고향으로 돌아가 농민들과 똑같은 생활을 하며, 농촌운동에 몸을
바칠 결심을 단단히 하고 있었던 것이다. 멀지 않은 장래에 어느
기회에든지 이제까지의 생활을 청산해 버릴 마음의 준비는 하고
있었다. 그것은 병식에게도 말하지 않았던 것이다. 적당한 시기가
돌아만 오면 물론 계숙에게도 저의 주의주장과 실행할 방침까지라
도 토론을 하리라 하고 굳이 침묵을 지켰다.영: 204

이들은 도시에서 "정열이 식은" "산송장"영: 152의 삶을 견디
도록 강요받는다. 그런 삶에서 벗어나기 위해서는 병식처럼 자
살을 선택하거나 다른 방법을 찾아야 했는데, 그와 다른 운동의
돌파구를 모색하고자 한 수영은 도시를 떠나 농촌으로 향한다.
그는 "이제까지의 생활을 청산해 버"리기 위해 도시를 떠나 "농
촌운동에 몸을 바칠 결심을" 하고는 먼저 고향으로 돌아가고, 계
숙 또한 지주의 아들 조경호의 모략을 피해 수영을 따른다. 고향
에 도착해 "상록수처럼 꿋꿋이 버티어 나갈 것"영: 377을 다짐하
는 수영의 말을 통해 짐작할 수 있듯, 심훈의 『상록수』는 『영원
의 미소』 뒤로 이어지는 귀향 직후의 서사라고 할 수 있다.[12]

"'해외 → 국내 → 경성 → 농촌'으로 이어지는" 심훈의 장편소설
들 속 장소의 변화는 "운동의 대의와 실천 전략에 대한 탐색을
거쳐 구체적인 실천의 현장으로서의 농촌과 농민운동의 발견이
라는 여정을 보여"준다.[13]

심훈의 앞선 두 소설을 비롯해, 1930년대 농촌 운동과 관련된

---

12 두 소설은 직접적으로 연작의 형태는 아니지만 농촌에서의 운동이라는 측면에
서 연결해 읽을 필요가 있다. 『영원의 미소』는 도시에서 운동의 실패를 경험
한 인물들이 귀향을 통해 실천의 공간으로서 농촌을 발견하고 농촌운동을 이
끄는 서사를 중심으로 하지만, 마지막 화에서 작가가 부기(附記)를 통해 "이
소설의 골자인 농촌문제를, 수십회 분이나 뺄 수밖에 없었음을 유감으로 생
각"한다고 밝히고 있듯, 농촌에서의 구체적인 운동의 내용은 상당 부분 검열
에 의해 삭제되었다. 이어 심훈은 "동시에 수영과 계숙 또는 '가난고지'의 청
년들이 어떠한 계획으로 어떻게 활동할는지? 그것은 앞으로 몇 해는 기다려
야 할 것"이라며 이 소설이 "봄의 서곡"이 될 것이라고 말하는데, 이는 남녀 학
생 운동가가 농촌을 이끄는 소설 『상록수』의 구도로 연결된다고 할 수 있을
것이다. 실제로 『상록수』에는 『영원의 미소』에 생략된 구체적 농촌운동의 내
용이 서사화되어 있다.
13 박헌호, 「작품 해설─'늘 푸르름'을 기리기 위한 몇 가지 성찰」, 『상록수』, 문
학과지성사, 2005, 446면. 심훈의 첫 신문연재소설 『동방의 애인』(조선일보
1930.10.29~12.10)과 그 이후 『불사조』(조선일보 1931.8.16~12.29)는 검
열에 의해 연재가 중단되었다. 전자는 혁명을 위해 조선을 떠난 두 사회주의
운동가, 박진과 이동렬이 중국을 거쳐 혁명 러시아의 심장 모스크바를 방문하
는 장면에서, 후자는 인쇄직공동맹에 참가했던 인쇄공 흑룡과 그를 돕는 여성
노동자이자 연인인 덕순이 함께 도시에서 구체적인 계급운동을 벌이는 서사
가 전개되어야 할 지점에서 멈춘다. 사회주의와 관련된 구체적인 사상이나 운
동의 내용이 전개되려 할 때마다 소설은 끝을 보지 못했다. 이 두 소설은 정치
적 지향의 내용이 가장 뚜렷한 형태의 대상과 서사로서 구현되지만, 그렇기에
소설 속 운동의 전말을 보여줄 수 없었던 것이기도 했다. 이후 연재 '완결'된
『영원의 미소』와 『상록수』는 검열을 피하기 위한 심훈의 정치적 서사의 전략
이 드러나는 소설이고, 다시 말해 '합법'의 장소에 대한 심훈의 고민이 투영된
소설이기도 하다. 두 소설은 직접적으로 연작의 형태는 아니지만 장소와 관련
된 의미를 독해하기 위해서 연결해 읽을 필요가 있다.

소설에서 '귀향'은 빈번하게 등장하는 서사적 장치이다. 한국근대문학의 대표적 농촌소설로 심훈의 『상록수』와 비견되곤 하는 이광수의 『흙』에서 숭은 도시를 떠나 살여울로 향하고, 이기영 『고향』의 희준은 동경 유학을 마치고 원터 마을에 도착한다. 소설 속 주인공들은 공통적으로 운동을 위해 투신하는 운동가, 혹은 지식인으로, 농촌 운동이 촉발되는 계기는 농민 당사자들이 아닌 의식화된 특정 인물에 의해 마련된다. 도시로부터 고향으로 돌아온 주인공들은 농촌의 현실이 바뀌어야함을 인식하고 이를 위해 귀향을 선택하며 실제로 운동을 행하는 존재들이다.

그러나 심훈과 이기영 소설에서 지식인의 귀향은 도시에서 양반의 딸 윤정선과 결혼하고 변호사가 되어 금의환향하는 숭의 경우와 다르다. 이광수에게 농촌은 "중앙과 지방, 중심과 주변, 서울과 시골이라는 이분법적 공간 위계화 구도 속에서 위치지어진"[14] 공간이며, 문명을 상징하는 도시로부터 계몽의 세례를 받아야 하는 미개의 땅이다. 달리 말해 도시는 문명의 가르침으로 무장한 계몽적 주체로서의 숭을 길러낸 곳이자 조선으로도 등치 가능한 농촌이 따라야 할 규범을 제공하는 공간이다. 『영원의 미소』 속 세 청년의 무기력을 상기해보건대, 이 주의자들은 계몽적 입지를 운동에 투신하는 역할을 부여받고 있을지언정, 이

---

[14] 오태영, 「식민지 조선 청년의 귀향과 전망: 이광수의 『흙』을 중심으로」, 『한국문학연구』 62, 2020, 158면.

들이 경험한 도시와 허숭이 경험한 도시는 다른 의미를 지닌다.

이기영 소설 속 귀향의 장면은 어떠한가. 이기영의 또 다른 농촌 소설인 「홍수」『조선일보』, 1930.8.21~9.3에서도 돈을 벌기 위해 일본에 갔지만 고향으로 귀환하는 박건성이 등장한다.

그는 칠 년 동안의 노동 생활을 회상해 보았다─처음에 방적 공장에 들어갔을 때 감독의 학대와 공장주의 무리한 ××로 쉴 새 없이 노동하는 수천 명 직공의 참담한 생활을! (…중략…)

그러나 그는 언제까지 제단에 오른 조그만 양으로만은 있지 않았다. (…중략…)

일평생 노동한 죄로 일평생 가난해야 한다는 그런 망할 이치가 어디있담!

작년 봄에 일어난 저 유명한 ××사건 때에는 그도 쟁의단의 한 사람으로 열렬히 싸우는 투사가 되었다. 공장에서 쫓겨나기는 물론, '감옥'까지 갔었다.

한번 쫓겨난 그는 다시 공장에 들어갈 수 없었다. 그래 그는 한동안 자유 노동을 해보다가 지난달에 고국으로 나왔다. 그는 고국에 나오고 싶었음이다.

그러니 마을 사람들이 그가 몰라볼 만치 변하였다고 놀라는 것도 무리는 아니다. 그는 과연 ××××로 변하여왔다.

칠 년만에 나오는 고국은 그동안에 얼마나 변하였던가? 강산은

의구하다마는 촌락은 더욱 영락해갈 뿐이었다.[15]

위 인용문은 모친의 병을 고치고 돈을 벌기 위해 자발적으로 일본 ○○방적 공장의 유년 직공 모집으로 일본에 다녀왔던 건성이 동경에서 어떤 일을 겪었는지 회상하는 부분이다. 그는 "감독의 학대와 공장주의 무리한 ××로 쉴 새 없이 노동"했지만 "제단에 오른 조그만 양으로만은 있지 않"기 위해 노동 운동에 투신했던 인물이었으나, '××사건'에 연루되어 감옥에 다녀오고 더 이상 공장에서 일을 할 수 없게 되자 고향으로 돌아온다.

'××사건' 이후 "자유노동"을 하던 건성이 갑자기 "고국에 나오고 싶"었던 이유는 무엇일까. 이미 "열렬히 싸우는 투사"가 되어버린 그에게 생활의 문제를 해결하기 위해 택한 자유노동과 '운동조직화의 불가능성'은 견디기 어려운 조건이었을 것이다. 마치 『영원의 미소』의 수영과 계숙, 그리고 병식이 먹고 살기 위해 다시금 자본주의라는 기계의 한 부품으로 살아갈 뿐, 더 이상 노동조건과 그 토대를 변혁하기 위해 운동을 할 수 없게 돼 무기력에 빠졌던 것처럼. 그렇게 다시 실천의 공간을 찾아 농촌으로 향했듯 말이다.

『고향』의 희준 역시, 일본에 나가면 으레 "좋은 양복에 금테

---

15 이기영, 「홍수」, 『서화(외)』, 범우, 2006, 242면.

안경을 쓰고 금시계 줄을 늘이고"[16] 돌아오겠거니 하는 사람들의 기대와는 전혀 다른 초라한 모습으로 나타난다. 변한 것은 행색뿐이 아니어서, 희준이 '농촌 점경'을 바라보는 소설의 첫 장면에서 고향을 바라보는 그의 시선은 이향 전과 어딘지 달라진 듯 그려진다. 이후 희준은 농촌에서의 노동을 마다하지 않으며 야학이나 청년회를 꾸리고 이끌어가는 데 열심이다. 이를 보건대, 소설에 직접적으로 드러나 있지는 않지만, 희준의 일본 경험이 그를 이전과는 전혀 다른 사람으로 이끌었다는 것을 충분히 유추할 수 있다.

한편, 「원보일명 서울」『조선지광』 78, 1928.5에는 '도시'에 대한 이기영의 생각이 단적으로 드러나 있다. 석봉은 ○○탄광에서 동맹파업에 참여하다가 실직했지만, 그렇다고 마땅히 다른 일을 하지도 않는다. 이 소설의 대부분은 석봉이 신작로를 내기 위해 부역을 하다가 다친 다리를 치료하러 서울에 올라온 나이든 농민 부부를 우연히 만나, 인간 소외나 착취의 구조, 조직화의 필요성 등에 대해 핏대 세워 말하는 장면에 할애된다. "놀고먹는 사람이 노동자와 농민을 착취"하는 상황으로 부터 벗어나기 위해 "소작쟁의"나 "노동자의 동맹파업"을 불사해 "지주와 자본가를 청산"[17]해야 한다는 석봉의 말들이 이어진다.

---

16 이기영, 『고향』, 문학과지성사, 2005, 28면. 앞으로 이기영의 『고향』을 인용할 때에는 본문에 (고 : 면수)의 방식으로 표기하겠다.

그날 노인을 수철리 공동묘지에 장사할 때 호상원이라고는 노파와 석봉뿐이었다. 쓸쓸한 고총 틈바구니에는 새로이 무덤 하나가 늘었는데 마른 잔디 위로는 아직도 첫봄의 찬바람이 불어온다 (…중략…) 노파의 울음 소리가 그 바람 위로 떠오른다. 그리하여 원보는 서울 와서 공동묘지의 한 자리를 차지하고 누웠다. 과연 서울은 그들에게 무엇을 주었던가?[18]

그러나 노인이 노자를 모두 사용해 걸인이 되어 서울의 길바닥에서 죽음을 맞이하기까지, 석봉은 아무것도 할 수 없다. 위 인용문은 노인 '원보'가 죽으며 끝나는 소설의 마지막 부분이다. 이를 보건대 결국 이 소설이 전달하고자 하는 메시지는 "서울은 그들에게 무엇을 주었던가?"라는 맨 마지막 문장으로 수렴된다고 할 수 있다. 석봉의 계몽적 말이 소설의 주를 이루는 것과 달리, 소설의 결말은 노인의 허망한 죽음, 그리고 손 쓸 수 없이 그걸 지켜볼 수밖에 없었던 노인의 아내와 석봉의 참담한 상황을 보여주면서 석봉이 내뱉은 말의 내용과 반전을 이루게 되는 것이다.

서울 수철리현재 옥수동 부근 공동묘지의 쓸쓸한 분위기를 묘사하고 있는 인용문의 장면은, 서울과 죽음공동묘지을 연결하고 있다

---

17 이기영, 「원보(일명 서울)」, 『서화(외)』, 범우, 2006, 208~210면.
18 위의 책, 214면.

는 점에서 상징적이다. 『영원의 미소』병식과 계숙의 친 오라비 최용준이 함께 묻힌 곳 또한 미아리 공동묘지였다. 일본에서 경성으로 돌아오며 "공동묘지다! 구데기가 우글우글하는 공동묘지다!"[19]를 부르짖었던 이인화의 조선에 대한 자기 환멸적 상징을 떠오르게 하는 이 부분은, 그러나 이기영의 다른 텍스트와의 관계 속에서 더욱 적극적으로 독해될 필요가 있다. 계급투쟁의 경험에 입각해 자본주의 시스템에 대해 비판적 시각을 견지하고 운동을 통한 사회주의적 이상을 품고 있던 석봉에게 서울은, 더 이상 실천지로서의 의미를 가질 수 없다.

이처럼 심훈과 이기영 농촌 소설 속 인물들은 도시에서 '사상' 혹은 '운동'과의 만남을 통해 운동가로서의 존재론적 형질전환을 겪게 되지만, 그들에게 도시는 더 이상 운동을 할 수 없는 불모의 공간이다. 귀향의 전사前史로서 도시 운동의 실패가 설정되어 있는 점은 운동이 가능한 현실적 공간에 대한 모색이라는 차원에서 생각해 볼 수 있다. 실제로 서울을 거점으로 1925년 창건된 조선 공산당이 잇따른 검거 속에서 1928년 사실상 강제 해산되었으며 이로 인해 사회주의에 기반한 노동·학생 운동이 움츠러들 수밖에 없는 분위기가 형성되었다. 직업적 혁명가들에 의해 조직된 조선공산당은 조선 사회주의 운동의 전체 흐름과

---

19 염상섭, 「만세전」, 『염상섭 전집』 2, 민음사, 1987, 83면.

밀접한 관련을 맺고 있었고, 그렇기에 이후 당 재건을 위한 다양한 운동들이 치열하게 전개되기는 했지만 그것은 주로 비합법의 영역에 놓일 수밖에 없었다.[20]

소설 속 주의자들이 농촌으로 발걸음을 옮기는 것은 조선에서의 현실적이며 합법적인 실천의 전략을 찾는 지점과도 동떨어져 있지 않았다고 할 수 있다.[21] 문명으로부터 돌아온 허숭의 귀향이 야만을 길들이기 위한 걸음이라면, 수영과 계숙, 희준과 건성의 귀향은 현실적 운동의 공간을 되찾기 위한 시도다. 도시의 운동이 학생을 비롯한 인텔리 중심 노동자 중심성을 띨 수밖에 없

---

20 최규진, 『조선공산당 재건운동』, 독립기념관 한국독립운동사연구소, 2009, 3~23면 참고.

21 한편, 이 시기 사회주의적 농민소설이 창작되었던 외적 배경으로 코민테른의 12월테제, 프로핀테른의 9월테제, 하리코프회의의 일본테제 등 조선 사회주의운동과 밀접한 관계를 맺고 있었던 국제 사회주의운동의 흐름이 '농촌'을 향하고 있었다는 점을 들 수 있다. 1928년 코민테른에서 「조선 농민과 노동자의 임무에 대한 테제」 이른바 '12월테제'를 발표하면서 조선공산당을 필두로 한 조선사회주의 운동의 방향이 "제국주의 타도 및 토지문제의 혁명적 해결"(한대희 편역, 「조선농민 및 노동자의 임무에 관한 테제」, 『식민지시대 사회운동』, 한울림, 1986, 208면)로 모아졌으며, 1930년 프로핀테른의 '9월테제' 및 '10월서신'을 통해 혁명적 노동조합운동과 농민조합운동이 분화되어 '대중조직'의 기반 마련에 운동의 초점이 맞춰졌다. 특히 1930년 11월 '혁명문학 국제국' 주최 하리코프대회에서 결정된 일본테제가 조선의 프로문학인들에게 직접적인 영향을 주었다는 것은 주지의 사실이다. 권환이 농민문학연구회 설치를 권고받은 일본을 위한 결의문을 인용하며 "일본보다도 더 큰 농민층을 가졌으며 또 현재의 조선에는 토지××이 가장 큰 정치적 슬로건의 하나이니까 우리는 농민문학운동에 대해서 더 많은 관심을 가"(권환, 「하리코프대회 성과에서 조선프로예술가가 얻은 교훈」, 『동아일보』, 1931.5.17)져야 한다고 말했던 것은, 조선 농민문학론의 시작점이었다.

었다면 농촌에서의 운동은 인구의 대부분이 농민이었던 조선의 상황에 더 맞닿아 있는 것이기도 했다. 도시에서 획득한 실천에 대한 감각과 계급주의라는 보편의 관점은 농촌에서 더 현실적인 실천으로 번역될 필요가 있었다.

그러나 귀향 이후, 그들의 실천은 얼마나 성공적인 것이었을까. "'고향의 개조'라는 서사전략"이 "식민지 사회에서 사회주의와 근대서사가 결합할 수 있는 '합법적 양식'의 한 형태"[22]를 보여주는 것이라면, 농촌소설에서 합법적 실천과 그 재현의 임계는 어디까지였을까. 임계점에 이르러 소설 속 주의자들은 어떤 선택을 하고, 어떤 태도를 보일까. 그리하여 그들의 무기력은 극복되었을까.

3. 유물론적인 주체 형성과 불안정한 내면

『상록수』는 동혁이 고향인 한곡리에 귀향해 농촌 운동에 힘쓰는 서사와 영신이 기독교 청년회 연합회 농촌 사업부의 특파로 청석골에 가서 농촌 운동을 벌이는 서사가 병렬적으로 교차하며 전개된다. 영신은 주로 글을 모르는 아이들을 모아 문맹을

---

22 한기형, 앞의 글, 441면.

퇴치하는 사업을 벌이는 데 몰두하는데, 그 방식은 철저히 기독
교적 희생정신에 입각해 있다. 그는 "야학의 교장 겸 소사의 일
까지 겹쳐 하고 어린애들에게는 보모요, 부녀자들에게는 지도자
가 될 뿐 아니라, 교회의 관계로 전도부인 노릇도 하고, 간단한
병이면 의사 노릇"^{상 : 116}을, "이따금 재판장 노릇까지도"^{상 : 150}
해낸다. 학교를 짓기 위해 유지들에게 기부금을 모으러 다니는
것도 그의 역할이다. 이렇듯 채영신 혼자만의 봉사에 철저히 의
지해 있는 청석골의 농촌 운동은, 철저히 문화주의적이며 정신
주의적인 성격을 띤다.

소설은 이러한 영신의 운동 방식이 노정할 수밖에 없는 한계
를 드러내 보이는 것을 서슴지 않는다. 모든 것을 홀로 떠안으려
는 영신의 약한 몸은 더욱더 병들어만 간다. 그런 점이 영신의
죽음을 더욱 숭고한 것으로 만들지만, 그렇기에 그의 세계는 사
안을 과학적으로 인식하고 현실적으로 해결하는 것과 거리가 멀
다. 유학으로 인한 영신의 부재는, 그가 혼신의 힘으로 일군 청
석골을 원점으로 되돌려놓는다. "매우 찌들어 보"이고, "정돈이
되지 못하"며 "먼지가 켜켜로 앉도록 내버려"둔 마을의 상태를
보며 영신은 "이걸 어쩌면 이대로 내버려들 뒀을까?"^{상 : 380} 생
각하기도 한다. 그렇게 후반부로 향할수록 영신은 신앙과 과학
사이에서 갈피를 잡지 못하는 태도를 보인다. "무형한 그네들을
믿는 것만으로는 도저히 만족할 수가 없다. (…중략…) 과학을

믿고 싶다!"상:334며 마음속으로 외치는 영신은 종교적 신앙심으로 충만하기만 했던 이전의 모습과 사뭇 다르다. 그리고 그는 곧 죽음을 맞이한다.

"참요, 이것도 하나님의 뜻인가 봐요."

"참, 영신씨는 크리스천이시지요?"

"전 어려서부터 믿어왔어요. 왜 동혁씨는 요새 유행하는 맑스주의자세요?"

"글쎄요. 그건 차차 두구 보시면 알겠지요. 아무튼 신념을 굳게 하기 위해서나 봉사의 정신을 갖기 위해서는 신앙생활을 하는 것도 좋겠지요. 그렇지만 자본주의에 아첨을 하는 그따위 타락한 종교는 믿고 싶지 않아요."상:46~47

입때까지 우리가 한 일은 강습소를 짓고 글을 가르친다든지, 무슨 회를 조직해서 단체의 훈련을 시킨다든지 하는, 일테면 문화적인 사업에만 열중했지만, 앞으로는 실제 생활 방면에 치중해서 생산을 하기 위한 일을 해볼 작정이에요. 언제는 그런 생각을 못 한건 아니지만 외면치레가 아니고 내부적인 문제를 생각하고 또 실행해야 될 줄로 생각해요. (…중략…) 우린 가장 불리한 정세의 지배를 받고 있는 게 사실이니 만큼, 우리 힘으로 할 수 있는 한도까지는 경제적인 사업까지 끈기 있게 할 결심을 새로 하십시다!상:290

영신의 대척점에는 동혁이 있다. 문맹 퇴치에 열을 올리는 영신과 다르게 동혁은 마을의 청년들과 공동답을 지어 그 수익으로 청년회관을 세우거나 고리대금과 장릿벼로 농민들을 어려움에 빠지게 하는 지주 강기천과 맞선다. 소설의 초반, 맑스주의자냐고 묻는 영신에게 동혁은 "차차 두구 보"면 알 일이라며 정확한 답변을 피하지만, 이후 "크리스천"인 영신의 운동 방식과는 확연히 차이를 보이는 실천을 행하면서 그에 대한 답을 우회적으로 들려준다.[23] 동혁은 생산과 생활 등의 "경제적인 사업"과 "실질적인 경제 운동"을 강조하는가 하면, 계급투쟁의 대상을 명확히 하고 적대전선과의 싸움을 이끌어 나간다. 진흥회장을 맡게 된 면협의원 강기천에게 농민들에 대한 고리대금업 금지 및 부당한 부채 탕감, 소작권 이동 금지 등을 내걸었던 것은 동혁이 경제적 구조의 문제에 천착하고 있음을 보여준다.

『고향』의 서사 역시 문화 운동보다는 경제적 문제의 중요성에 더 초점이 맞춰져 있다. C사철이 마을을 가로지르고 제지공장이 들어선 원터 마을의 점경은 농촌에 들어선 경제적 근대화의 도도한 흐름을 보여준다. "세상은 점점 개명해간다는데 인심은 점점 각박해가니 이것이 도무지 무슨 까닭"고:519인지 농민

---

23 조남현은 이에 대해 "박동혁은 심훈의 동반자 작가적 성격에서 유추할 수 있는 것처럼 또 마르크스주의자임을 부정하지 않은 데서 알 수 있는 바와 같이 계급투쟁운동을 핵으로 한 사회주의 농촌운동 방법에 어느 정도 동조한 것"이라고 주장한다. 조남현, 「『상록수』 연구」, 『인문논총』 35, 1996, 32~33면.

들은 점점 가난에 허덕인다. 원터마을 농민들이 겪는 곤궁함은 농민들의 무지 그 자체에서 비롯된 문제라기보다는 식민지 조선의 정치경제적 상황으로부터 파생된 문제다.[24] 물론 야학의 장면이 적잖이 등장하는 만큼 희준이 야학을 통한 문맹 교육에 공을 들이지 않는 것은 아니지만, 『고향』의 서사에서 중요한 것은 문화적 농촌 운동이 아니다. S청년회를 이끌면서 농민들의 조직화를 주도하는 희준이 궁극적으로 관심을 두고 있는 지점은, 그 자신이 농민과 노동자로 거듭나는 것이며, 동시에 그들과 함께 악덕 마름 안승학의 횡포에 맞서거나 소작료 인상에 반대하는 등 농민들이 처한 경제적 조건에 맞서 싸우는 데 있다. 수해로 원터마을이 큰 피해를 입고 소작료를 감액해달라는 요구가 받아들여지지 않자, 희준은 농민들을 조직해 추수를 거부하는 스트라이크를 계획한다.

---

24 일제강점 이후 조선의 농촌에는 토지조사사업을 통해 식민지주제가 정착하면서 근대적 지주계급이 주요한 지배계급으로 자리 잡았으며, 산미증식계획을 통해 일본의 독점자본을 유지하기 위한 물적 기반이 마련되고, 조선식산은행이나 금융조합 등 금융자본이 대거 유입되었다. 이 과정에서 전근대적 지주제와는 양상을 달리한 자본주의적 생산 관계가 형성되어 소작농을 비롯한 농촌 프롤레타리아의 존재가 가시화된다. 그 대부분은 극도의 빈곤에 시달렸다. "1932년 조선총독부 농림국에서 작성한 기밀문서인 『농촌궁민의 실정과 춘궁상태에 있는 농민호수』에 의하면, 1930년 현대 전국 자작농호의 평균 17.6%, 자소작농호의 평균 36.5%, 소작농호의 평균 66.8%가 춘궁상태에 있었다고 한다." 김용달, 『농민운동』, 독립기념관 한국독립운동사연구소, 2009, 168면.

"노동자와 농민은 결국 그들의 이윤을 불리기 위하여 원료를 공급하고 상품을 생산하고 다시 소비 계급으로 자기 자신이 만든 상품을 헐한 품삯을 받은 임금으로 사먹어야만 되는 것 아닌가? (…중략…) 사람은 참으로 왜 사는가? 무엇 하러 사는 것인가? 자고로 성현 군자가 동서양에 적지 않았다고 역사는 말하지 않았는가? 그러나 그들은 인간의 역사가 몇천만 년이 되어오도록 오늘날까지 그들이 이 상하는 낙원을 한 번도 만들지 못하지 않았던가? 그들은 다만 인간성을 해석할 뿐이었다. 문제는 해석에 있는 것이 아니라 세계를 어떻게 변혁하는가에 있는 것이다."고: 534~535

그런 의미에서 마름 안승학의 딸 갑숙이 자신의 계급적 지위를 벗어버리고 노동자로 스스로를 재정립하는 서사는 희준의 '사회주의적' 해결 방식과 같은 방향을 향하고 있다. 아버지를 피해 공장에 들어가고 그의 죄를 대속하기로 마음먹은 갑숙은 더 노골화된 유물론적 언어로 희준의 지향을 대리 표출한다. 이는 두레 장면 이후 음전의 모친을 감동시킨 희준의 연설과도 겹쳐있다. "다시 말하면 노동자나, 농민은 결코 천한 인간이 아니다. 도리어 그들은 모든 사람들을 잘 살게 만드는 훌륭한 역군들이요 또한 그만한 힘을 가지고 있다. 그들이 부지런하면 천하에 못할 일이 없다."고 : 447 그리하여 "문제는 해석에 있는 것이 아니라 세계를 어떻게 변혁하는가에 있는 것이다." 동료 직공의 부당 해고에 맞선 여공들의 스트라이크와 농촌에서의 추수 거부 스트라이크는 병렬적으로 놓여있다.

이처럼 동혁과 희준의 실천 전략은 민족주의적 문화운동의 경향과 변별되면서 자본주의가 침윤한 농촌의 경제적 구조 문제를 지적하고 계급투쟁을 위한 적대전선을 그린다는 점에서 유물론적이다. 귀향 이전, 그들이 도시에서 획득한 마르크스주의 Orthodox Marxism적 감각은 농촌 운동을 하는 데에도 중요한 입각지가 된다. 사적 유물론이 '진보하는 역사'를 전제하듯, 진보에의 믿음은 동혁과 희준을 계속에서 앞으로 나아가게 하는 동력이 된다. 동이 터오는 것을 바라보며 미래를 기약하는 희준, 늘 푸른 상록수처럼 변치 않는 마음으로 운동에 투신할 것을 다짐하는 동혁이 등장하는 소설의 마지막 장면은 진보를 향해 열려 있는 미래를 상정한다. 동혁과 희준은 역사주의를 등에 업은 강한 주체다. 서사 내에서 농민과 노동자를 교화할 자격을 얻게 된 것도 이 때문이다. 『고향』과 『상록수』는 김희준과 박동혁이 운동의 과정에서 자기 자신을 실천적 주체로 정립해나가는 자기교화의 서사이기도 한 셈이다.

그러나 한편으로, 강한 주체라기에 희준과 동혁이 다소 불안정한 내면을 끌어안은 존재처럼 보이는 것도 사실이다. 희준은 농민을 교화하고 그 자신 또한 교화해나가는 계몽적 주체이지만, 『고향』에서 서술상 많은 분량을 차지하고 있는 부분은 희준의 흔들리는 내면과 관련되어 있다. 『상록수』에는 비교적 동혁의 불안정한 내면을 보여주는 대목이 덜 등장하긴 하지만, 때로 그는 심각한 후회를 느끼고 자기비판을 단행한다. 유물론적 세계관에 자신의 신념을 의탁한 그들은 왜 이렇게 불안정한 내면을 표출하는가. 이론과 실천, 환멸과 기대, 본능과 이지 사이에서 끊임없이 내적 번민을 일삼는가. 이와 관련해서 주목해야 할 부분은 종교와 연애에 대한 희준과 동혁의 태도에서 나타나는 이율배반성이다.

두 소설은, 특히 기독교를 비판하는 데 내용의 상당한 분량을 할애한다. 원터마을의 S청년회가 기독교 청년회와 갈등을 겪는 부분에서 은근히 내비친 교회에 대한 비판적 태도는 갑숙의 모친인 유순경의 입을 통해 구체적으로 발화된다. "예수교가 가난한 편인 줄 알았더니 짜장 알고 본즉 그렇지 않"다며 "왼갖 부정한 짓은 교회에서 하고 양털 옷을 입은 이리 떼만 예배당에 모인 것"고: 304이라는 비판은 소설 전체를 관통하는 종교 비판과도 맥락이 닿아있다. 전도를 다녀온 뒤 알 수 없는 임신을 했으나 그것을 철저히 감추는 기독교 전도 부인 최신도의 이야기는 곽첨지의 아들을 권상철의 자식으로 빼돌리고 어느 가난한 모녀를 갈취하는 일심사 중의 이야기와 데칼코마니를 이룬다. 기독교와 불교를 다룬 이 두 이야기는 종교적 믿음이라는 것이 얼마나 기만적인지에 대해 폭로한다.

『상록수』가 종교 비판을 중요한 축으로 삼는 것은 전술한 바와 같다. 농촌 운동에 힘쓰며 동지적 사랑을 나누는 채영신과 박동혁에게도 건널 수 없는 차이가 있었으니, 그것은 종교와 신앙의 문제이다. 영신이 "동혁에게 단 한 가지 불평은 저와 같이 예수를 믿지 않는 것"이지만, 동혁은 이에 굴하지 않는다. "그 하나님 참 감사하군요. 죽도록 일만 한 상급으로 그 몹쓸 병이 나게 하고"상:285라며 비꼬는 동혁은 "자본주의에 아첨하는 그따위 타락한 종교는 믿고 싶지 않"상:47다고 말하는 소설 초반의 태도를 바꾸지 않는다. 물론 심훈의 작은 형 심명섭이 감리교 목사였다는 점을 감안할 때 그가 기독교 친화적인 환경에서 자랐다는 점을 부인할 수는 없지만, 『상록수』에서 드러난 기독교에 대한 비판은 너무도 명백하여 간과할 수 없는 지점이다.[25]

희준과 동혁이 실천적 주체로 자신을 정립해나가는 과정은, 이처럼 신앙과 반反유물론적 믿음을 억누르는 과정이기도 하다.

---

25 기독교적 가치관을 내세우며 빈민운동을 했던 가가와 도요히코(賀川豊彦)와의 관련성을 주장하며 『상록수』를 '기독교 사회주의'라는 개념을 통해 독해하려는 연구들도 존재한다. 특히 김정신은 이런 점에 주목하여 심훈이 "박동혁을 통해서는 마르크시즘이, 채영신을 통해서는 하나님 나라의 건설로 양분되었던 것을 연합시켜 '애(愛)의 기독교사회주의'라는 농촌공동체의 건설을 추구한 점을 보여준다."고 주장한다. 그러나 박동혁이 끝끝내 기독교적 세계관을 받아들이지 않는 모습을 보이는 이상, 그것을 기독교 사회주의에 의한 농촌 공동체 건설로 연결시키긴 어렵다. 『상록수』의 양분된 서사와 채영신의 죽음은 한 세계관의 마지막을 보여주는 것이지 '연합'된 모습으로 모아지지 않는다. 김정신, 「『상록수』와 『死線을 넘어서』에 나타난 영향관계 연구」, 『현대문학이론연구』 74, 2018, 100면.

그러나 이와 동시에 주목해야 할 것은 이들의 유물론적 지향이 지극히 '신앙적'이라는 점이다. 희준과 동혁의 진보에 대한 지향, 그리하여 농촌을 계몽하고 자기 자신 또한 계몽하는 방식은 믿음의 형식을 띠고 있다. 이들이 종교를 부정한다고 비종교적인 것은 아니다. 볼셰비키의 내면성을 분석한 이종영에 따르면 "종교의 한 특징은 두 가지 세계, 즉 지금 여기의 세계와 보다 더 본질적인 또 다른 세계를 설정하는 것"인데, 또 다른 세계로 가 닿기 위해 선택되는 방법이 "실질적인effectif 가능성에 입각해 있지 않"는 한, "또 다른 세계를 설정하는 이념, 즉 볼셰비즘은 종교의 성격을 갖게 된다."[26] 다음 장에서 서술하겠지만, 검열로 인해 계급적 적대전선을 '합법적으로' 설정할 수 없었던 『고향』과 『상록수』의 마르크스주의적 지향은 운동에서의 구체적인 전략과 전술로 연결될 수 없었다. 계급 없는 사회에 대한 유물론적 지향은 가지고 있었지만, 그것의 실현을 현실적으로 타진하지 못하는 한, 희준과 동혁의 지향은 말 그대로 '신념', 믿음의 영역에 놓이게 된다.

한편 희준과 동혁은 사랑과 같은 마음의 작용을 이성과학으로서 억압하려는 태도를 보인다. 희준은 조혼한 아내가 있지만 집안의 권유로 억지로 결혼을 하는 바람에 아내에게 사랑의 감정

---

26 이종영, 『내면성의 형식들』, 새물결, 2002, 169면.

을 느끼지 못한다. 대신 음전이나 갑숙에게 연애를 하고 싶은 감정이나 성적 충동을 느끼는데, 이러한 종류의 감정과 본능은 이지理智 앞에서 철저하게 통제되어야 하는 것들이다.

> 그는 오늘 밤에 별안간 잠자던 생각이 깨어났다. 그놈은 맹수와 같이 맹렬하게 '이지'를 짓밟고 정점에까지 올라가려고 날뛰지 않았던가? …… 아니 그것은 도리어 오랫동안 이성에 눌렸던 본능적 충동이 그런 기회에 해방되려고 날뛴 것이 아니던가. 그야 어느 편이든지 옥희는 위기일발로 위험을 면하였다. 그는 끝까지 자기를 누르고 경호의 최후의 요구를 사절하였던 것이다.고: 678

『고향』이 한편으로는 노동자가 된 갑숙의 의식화 과정을 다루는 서사이기도 하다는 점을 생각한다면, 그가 희준을 사모하지만 "이지적 공포"고: 735를 느끼며 마음에만 담아둔다든가 경호와의 앞날을 약속하면서 "성적 충동도 의식주와 같이 인간의 본능이라 하겠지만 그것이 지금 시대에 있어서는 이와 같은 위험성을 나타낸다"고: 679며 자아비판 한 것은 희준의 경우와 다르지 않다. "역시 옥희를 사랑하지 않는 것이 좋다! 그래야만 내가 정당하게 주의에 사는 사람이 된다"고: 781는 희준의 선언은, 감정이나 본능의 억압이『고향』전체를 가로지르는 기조임을 보여준다. 사정은『상록수』또한 마찬가지여서 동혁 역시 영신에게 사랑을 느끼고 결혼을 약속하지만, 결국 영신이 죽음으로써 좌절된 동혁의 사랑은 운동에의 헌신을 다짐하는 것으로 이어진다.

말하자면, 유물론적 주체의 정립은 '유심론적인 것'의 억압을 통해 이루어진다. 그러나 억압된 것들은 희준과 동혁, 갑숙과 영신에게 불쑥 불쑥 찾아오며 내적 번민을 만들어 낸다. 희준의 마음은 주의와 가정과 연애 사이에서 끊임없이 요동치고 "질투와 같은 야릇한 감정"고∶689을 느끼거나 "억제하기 힘든 충동"고∶698에 시달린다. 방개와 이루어지지 않은 인동의 사랑에 대해 마음 한편으로 통쾌해하기까지 하는 희준은 균열을 품은 주체다. 동혁도 다르지 않다. 김정근과 결혼한다는 영신에게 질투의 감정을 느끼면서도 그것을 동지애로 해석하려 노력하고, 영신을 보기 위해 청석골을 방문했다가 강기천에게 어렵사리 지은 회관과 동지들을 빼앗기게 된 상황에 영신을 만난 것을 후회하기도 한다. 진보적 역사를 위해 희생되어야 하는 마음의 작용은 주체를 뒤흔들고, 때때로 그들이 내면적 경향을 띠게 만든다. 계몽되어야 하는 신앙과 감정 등의 비非과학의 영역은, 오히려 이 주체를 이루는 한 부분으로 존재한다. 이들의 유물론적 역사 인식은 유심론적인 것을 억압하기 때문에 유심론적 계기를 포함하게 된다.

4. 적대전선 재현의 한계와 운동의 아포리아

앞서 살폈듯 심훈과 이기영의 농촌소설에서 도시는 사회주의적 보편의 관점과 투쟁의 필요를 획득할 수 있게 하는 공간으로서 의미를 지닌다. 그러나 바로 그 '(노동) 계급 중심성'으로 인해 식민지 조선에서의 사회주의 운동이 현실적인 의미를 가지지 못할 수 있음을 상징적으로 보여주는 공간이기도 했다. 사회를 정치경제적 관계로 바라보는 관점을 획득하고 세상을 변혁하기 위한 실천이 존재한다는 것을 알게 했던 도시에서의 존재론적 전이로 인해, 오히려 현실적 실천의 공간을 찾아 농촌으로 들어갈 수 있었던 것이다. 그렇다면 『고향』과 『상록수』의 서사 내에서 동혁과 희준의 운동 전략은 구체적으로 어떤 형태를 띠고 있었으며, 얼마나 효과적일 수 있었는가. 동혁과 희준이 공통적으로 적대전선을 상정하고 있었다는 점을 생각할 때, 이러한 질문은 실천의 본거지로서의 농촌에서 '계급' 문제는 어떻게 조선적 상황에 맞게 번역되어 서사화를 거쳤는지, 또 이것이 '실천'의 문제와 어떻게 연결되어 독해될 수 있는지와 관련된 것이기도 하다.

계급은 생산수단의 소유 여부에 따라 노동력을 통해 자본을 증식하는 부르주아와 그것을 팔아 자본 증식에 기여하는 프롤레타리아라는 집단적 범주화와 연결되면서, 사회주의 인식론과 실천론의 기초를 이룬다. 그러나 보편적 집단 범주로서의 계급 개념은, 그것이 구체적으로 실현되는 과정에서 개념상으로 환원되지 않는 여러 실천적 난점을 가지게 된다. 특수성에 의해 규정되는 민족이나 규정 불가능성에 의해 규정되는 대중이라는 또 다른 집합적 주체성들과의 모순 속에서 특정한 관계 정립을 요구받게 되기 때문이다. 이기영과 심훈의 농촌 소설의 계급 관념은 일차적으로 당시 농촌 대중운동의 재현과 관련되어있는 한편으로, 사회주의적 보편이 조선적 상황의 특수성을 어떻게 통과하려 했는지를 서사적으로 보여준다.

『고향』에서 인순이나 갑숙과 같은 여공들이 프롤레타리아 계급으로 설정되긴 하지만, 『고향』과 『상록수』는 기본적으로 소작농을 연대와 투쟁의 주역으로 설정한다. 농민이 인구의 대부분을 차지하는 조선에서 소작농은 프롤레타리아 계급과 비슷한 처지에 놓여있기 때문이다.[27] 소설의 두 지식인은 농민들과 동지

27　1917년 러시아혁명과 마오쩌둥이 이끈 중국혁명 등에서의 핵심적인 화두가 혁명 담당자로서의 농민문제였다는 점은 주지의 사실이다. 자본주의의 구조를 인식하고 변혁하는 주체로서 농민과 노동자가 어떻게 함께 관계될 수 있는지를 해명하는 것은 혁명의 과정에서 중요한 이론적·실천적 문제였다. 레닌이 1905년 혁명 이전 러시아의 농민들에게 『빈농에게』(1903)와 같은 팜플렛을 써서 노농동맹론의 전술을 실천적 자원으로 이용하려 했던 것이나 트로츠키가 '경제의 후진성, 사회형태의 원시성, 문화 수준의 낙후성' 등을 러시아 사회의 특징으로 지적하면서 '불균등결합발전론'을 이론적으로 전개했던 것은 모두 이런 맥락 위에 놓여있었다. 한편, 마오쩌둥은 1920년대 농민들을 규합해 국민당과 맞서는 한편으로 1930년대 항일 통일전선에 기반한 중국혁명의 이론화 작업에 착수하여, 1937년 「실천론」과 「모순론」 등을 집필했다. 마우쩌둥이 「실천론」에서 저마다의 상황에 대한 인간의 인식과 끊임없는 실천을 연결하고, 「모순론」에서 계급적 모순인 "주요 모순"과 "각국의 발전의 불균형

애를 형성하며 농촌에서의 운동을 이끌어 나간다. 그러나 이들 소설의 계급 문제와 관련해 답하기 어려운 것은 연대의 대상이 아니라, 그들의 적대전선에는 누가 있었냐는 데 있다. '식민지'이면서 '농업국'이었던 조선의 객관적 조건하에서, 사회주의 농촌 소설이 적대전선으로서의 부르주아를 합법적으로 재현해내는 것에는 여러 어려움이 따를 수밖에 없었기 때문이다.

자본주의의 잔인한 '마수'는 농촌의 구석구석까지 빈틈없이 침입하였다. 저들 자본가는 '광대'한 농촌을 원료시장과 식료공급지로 만들었다. 그래 그들은 본값도 안 되는 '금새'로 농산물을 모조리 몰아간다. 목화가 그렇고 누에고치가 그렇고 밀 보리 두태며 벼와 쌀도 그런 셈이다.

그래도 부족하여 그들의 '부하'인 부정상인과 불량한 거간들은 그 속에서 또 속여먹기를 예사로 한다. 잠견 공동판매를 할 때 부정사실이 가끔 돌발하지 않는가? 이것은 어쩌다가 폭로되는 것이니까 드러나지 않고 감면같이 속여먹을 수도 얼마든지 있을 것이다. 그들은 근량을 속이고 품질을 속이고 값을 깎아서 어리숙한 농민들을 온갖 부정한 짓으로 속여먹는다는 그것이 훌륭히 합법적으

적 상태에 따라 기인되는"(모택동, 「실천론」, 『모택동선집』 1, 범우사, 2001, 381면) 부차적 모순의 전환 가능성을 논했던 것은 계급주의라는 보편적 이념이 항일(抗日)을 위해 농민을 주체로 내세워야 했던 중국적 특수성을 어떻게 '실천적으로' 통과할 수 있는지를 '이론적으로' 설명하기 위함이었다.

로 행하여진다. (…중략…)

그것은 흉년이 드나 풍년이 드나 노동을 하나 안 하나 굶주리기는 일반인 것처럼 흉년이 들면 소작료도 모자란다. 풍년이라도 소작료와 각항 무리 꾸럭을 치르고 나면 역시 남는 것이 별로 없다. 설령 남는 것이 좀 있다 해도 그것이 돈이 되지 않았다. 가을이 되면 모든 빚쟁이는 성화같이 조른다. 또는 각항 세금도 바쳐야 한다.

그런데 신곡이 나오면 곡식금이 별안간 뚝 떨어진다. 흉년이 들어도 곡식금만은 오르지 않는다. 그래서 그들은 빚 얻어 장리 얻어 먹고 지은 곡식을 헐가로 팔아버리지 않으면 안 되는 것이다. 일년 내 쌀농사를 지어서는 죄다 팔아버리고 다시 만주 좁쌀을 비싼 금으로 사먹어야 한다. (…중략…)

그런데도 근래에는 그 정도가 점점 심해간다. 이것을 불경기라 하고 긴축정책 때문이라 한다. 그러나 왜 '불경기'가 오고 긴축정책을 쓰지 않으면 안 된다는 것이냐? 산업합리화니 돈이 귀해졌느니 하지마는 왜 돈이 귀하고 산업합리화를 하지 않으면 안 되느냐 말이다! 돈이 귀하다 하지마는 있는 데는 더미로 쌓이지 않았는가? 은행에는 지전 뭉치가 금궤 속에 잔뜩 갇히어 애쓰는 '불경기'에 불가하다.[28]

---

28 이기영, 「홍수」, 앞의 책, 244~245면.

인용문은 「홍수」의 건성이 고향으로 돌아온 직후, 식민에 의해 유입된 자본주의가 식민지 농촌에 어떤 영향을 미치고 있으며 그것이 어떤 방식의 생산 관계를 만들어내는지, 그 메커니즘을 서술한 부분이다. 해당 부분은 소설적 형상화를 통해서가 아니라 서술자의 말을 통해 농촌의 문제를 제시하고 있는데, 이는 식민지 조선의 농촌에 대한 작가 이기영의 생각을 거의 그대로 옮겨 놓은 것에 가깝다고 할 수 있다. 이에 유념할 때, "저들 자본가"로 지칭되고 있는 부르주아 계급이 조선인을 말하는 게 아니라는 점은 특기할만 한다. '저들 자본가'가 누구인지 특정되고 있지는 않지만 "'광대'한 농촌을 원료시장과 식료공급지로 만들었다"는 것을 단서로 삼자면, 이는 일본인 자본가, 혹은 일본 제국주의 그 자체를 의미한다고 할 수 있을 것이다.

농민들은 '저들'이 형성해놓은 시스템 속에서 상인들의 거짓에 넘어가고 높은 소작료를 갚지 못해 장리 빚을 내 빚쟁이들에게 시달리며 각종 세금에 허덕이는 존재들이다. 인용문의 서술에 따르면 그가 염두에 두는 농민은 일부 자작농과 소작능 등의 빈농, 그리고 농촌 프롤레타리아라고 할 수 있다. 이기영 농촌소설에 등장하는 대부분의 농민들이기도 한 이들은, 생산수단을 소유하지 않아 자신의 노동력을 파는 존재로서의 프롤레타리아 계급의 개념과 교차하며 접점을 형성한다. 그리고 그 대타항에는 조선의 지주나 마름이 아닌, 일본인 자본가, 더 넓게는 일본 제국주의가 위치해 있다. 실제로 이기영은 다른 소설에서도 이러한 인식을 노출하는 표현을 심어놓곤 한다. 예컨대 "지주와 자본가인 지배계급의 압박과 착취가 없는 새 세상을 만들"기 위해 "특히 우리 조선과 같은 나라에서는 왜놈의 기반에서 해방되어야만 식민지 노예를 면할 수 있"[29]다는 것을 연결하는 식이다.

그러나 인용문과 같은 서술은 예외적이어서, 실제 소설에서 자본가 계급으로서 일본이 서사의 전면에 등장하는 경우는 거의 없다. 당시의 어느 작가라도 그러했듯 검열을 염두에 둔 처사였을 것이다. 서술은 저러하지만 결국 「홍수」에서 야학과 공동성의 확인으로 농민들의 의식화에 성공한 건성이 싸우는 대상은 조선인 지주이며, 더욱이 식민지 최고의 리얼리즘적 성취를 담아냈다고 평가되는 『고향』에서는 중간수탈자인 마름 안승학과의 대립 관계가 부각될 뿐이다. 이렇듯 식민지 조선에서의 근본적 착취 구조의 계급적 맥락이 소설 속에 명료하게 드러날 수 없다면, 이들 계급이 적대전선을 어떻게 구축하고 있는지를 통해 우회적으로 번역된 계급 인식과 형상화 방식을 살펴보는 것이 필요하다.

이 소설들이 계급 투쟁의 적으로 그리고 있는 집단은, 부르주

---

29 이기영, 「제지공장촌」, 위의 책, 224면.

아 계급의 개념적 정의를 참고하거나 현실적 지주 계층의 모습을 떠올린대도, 어딘지 불완전하다. 그 적대의 집단은 소유한 토지생산 수단을 통해서 자본의 무한 증식을 목적하는, 즉 자본가로 유비될 수 있는 지주와는 영 거리가 멀기 때문이다. 생산 수단을 소유하고 있지만, 그들의 행위는 자본 증식을 위한 일련의 시스템적 기반을 통괄하는 근대적 부르주아와는 다소 다르다. 백성을 못살게 굴어 쌀과 돈을 빼앗아오는 악덕한 탐관오리나 개인적 명예와 영달을 위해 악착같이 돈을 모으고 절약하는 구두쇠의 얼굴을 하고 있다.

안승학은 아침에 일어나면 우선 화초를 건사하는 것이 날마다 하는 것 일과였다. 월계장미, 복단, 백일홍, 석류화 같은 것, 수선화, 파초, 난초, 백합 같은 것도 있었다.

그 뒤로는 세수를 하고 나서 갑출이가 깨었으면 그와 함께 노는 것이었다. 어떤 때는 책상 앞에 앉아서 맹자를 펴놓고 읽기도 하였다. 그런 때는 그는 정자관을 쓰고 앉아서 끄덕이는 것이다. (…중략…)

안승학은 기미년 인산 때에 새로 지은 고운 북포 두루마기와 건을 쓰고 일부러 서울까지 올라가서 망곡을 한 일이 있었다. 아침을 먹고 나면 (…중략…) 장부를 펼쳐 놓고 모든 세음조와 장부를 계산하는 것이다.

그럴 때는 으레 방문을 꼭 처닫고 혼자 가만히 숨도 크게 쉬지 않

고 수판질을 했다. 그리고 거기에 조그만 아라비아 숫자를 써넣는 것이다. 고 : 249~250

　기천이는 면협의원이요, 금융조합 감사요, 또 얼마 전에는 학교비 평의원이 된 관계로 명장이 나와서 한곡리도 진흥회라는 것을 만들어서, 그 회장이 되도록 운동을 해보라고 권고를 하고 갔다. 기천은 명예스러운 직함 하나를 더 얻게 된 것은 기쁘나, (…중략…)
　워낙 기천이가 대를 물려가며 고리대금과 장릿벼로, 동리 백성의 고혈을 빨아서 치부하였고 (주독으로 간이 부어서 누운 강도사는 지금도 제 버릇을 놓지 못한다. 당장 망나니의 칼에 목이 베지려고 업혀가는 도둑놈이 포도군사의 은동곳을 이빨로 뽑더라는 격으로, 여전히 크게는 못 해도 박물장수나 어리장수에게 몇 원씩 내주고 오 푼 변으로 갚아 모아서는 기직자리 밑에다가 깔고 눕는 것이 마지막 남은 취미다. 몇 해 전까지도 아들만 못지않게 호색을 해서 주막의 갈보 행랑계집 할 것 없이 잔돈푼으로 낚아 들여서는, 대낮에 사랑 덧문을 닫기가 일쑤더니 운신을 못 할 병이 든 뒤에야 그 버릇만은 놓을 수밖에 없게 되었다) 저 혼자 사람의 뼈다귀인 것처럼 양반 자세가 대단해서 적실인심을 한 터이라. 상 : 202~203

　『고향』의 안승학과 『상록수』의 강기천과 아버지 강도사는 각기 다른 두 소설에서 투쟁의 대상이 되는 인물들이지만, 위 인용문을 살피건대 그 모습은 일면 비슷한 구석이 있다. 소작료와 고리대를 이용해 원터마을과 한곡리의 농민들을 직접적이고 표면적으로 착취하는 인물로 등장하는 이들은, 그러나 그것을 감추어 허례적 명예 뒤로 숨기고자 하는 이중성을 가진다는 점에서 유사하다. 본래 출신 성분이 미천했으나 시세에 빨리 적응해 부를 축적한 데다 지주 민판서의 지적도를 조작해 마름이 된 안승학은, 마치 자신이 양반인 양 행세한다. "아침에 일어나면 우선 화초를 건사"하는가 하면, 정자관을 쓴 채 "맹자를 펴놓고" 양반 행세를 하지만 장부를 펴고 수판질을 할 때면 그 모습을 감추고자 하는 모습을 보인다. 강도사와 그 아들 강기천도 안승학과 다르지 않아서 면협의원이나 금융조합 감사 따위의 직에 명예를 느끼며 "저 혼자 사람의 뼈다귀인 것처럼" 살아간다.

　결론적으로는 이러한 이중적 성격으로 인해 그들은 스스로 몰락의 길을 걷게 된다고 할 수 있다. 적대전선의 몰락은 운동의 결과라기보다는 자기 자신의 성격적 결함으로부터 기인한다. 예컨대 원터 마을의 홍수로 소작료를 감해달라는 소작농들의 요구를 안승학이 받아들일 수밖에 없었던 것은, 가족사에 흠을 남기고 어렵사리 쌓은 자신의 명예가 실추되는 것을 용납할 수 없었던 그의 성격에 근본적인 이유가 있었다. 그에게는 소작료 감하로 발생하는 불이익이나 농민들의 요구에 굴복했다는 점보다 딸 갑숙이 근본 없는 경호와 연애하고 있다는 사실을 세간에 알리는 게 더 어려웠던 것이다.[30] 마찬가지로 매독에 걸렸다는 것을 알리지 못해 끙끙대다가 민간요법에 기대고 수은중독에 걸려 갑작스레 죽은 강기천의 경우에도 체면치레와 명예 실추에 대한 두려움이 원인으로 작용했다.

이들은 자산을 가졌으나 자본을 증식시키려는 철저함을 가진 인물들이 아니다. 오히려 그런 원칙보다는 마음의 지배를 받고 무력하게 무너져 버리는 나약한 인물이라고까지 할 수 있을 것이다. 그런데 문제는, 투쟁의 적 '조선 농촌의 부르주아'로 지목되는 이들의 이중성으로 인해 오히려 농촌에서 행해지는 운동의 결과들이 애매한 성격을 띠게 된다는 데 있다. 개념적으로는 부르주아가 아니지만 쟁의 서사 속에서 그들을 조선 농촌의 부르주아의 자리에 위치 지을 수 있다면, 투쟁의 결과로서 그 결말은 실패와 다르지 않기 때문이다. 반복하건대 엄밀히 말해 서사의

---

30 흔히 갑숙과 경호의 관계로 안승학을 위협하는 '고육지책'에 의해 마무리 되는 『고향』의 결말 부분은 이 소설의 한계로 지적되곤 한다. "쟁의에서의 승리여부가 문제인 것이 아니라 궁극적으로는 대응 주체 및 대응 방법의 현실성이 더 중요함을 상기할 때, 이러한 해결방식은 농민들을 다시금 대상적 존재로 복귀시키는 것에 다름아니"기 때문이다.(김윤식, 「작품해설—식민지 현실의 총체적 탐구와 리얼리즘의 새로운 형식—『고향』론」, 『고향』, 문학사상사, 1994, 18면) 이렇듯 고육계에 의지한 쟁의의 성공이라는 결말의 한계를 인정한다고 하더라도, 더 나아가서 주목해야 하는 것은 '적대전선'에 있는 안승학이 이미 스스로 몰락할 수밖에 없는 성격적인 결함을 가지고 있다는 점이다. 고육계는 한계를 가지나마 희준과 갑숙, 그리고 농민들의 전략처럼 보이지만, 안승학의 성격적 결함이 전제되지 않고는 성공할 수 있는 전략이기도 하기 때문이다.

끝에서 그들의 역할이 사라지게 되는 것은 그 자신의 '자발적 몰락' 때문이지 결코 동혁과 희준의 실천에 따른 것이 아니다. 식민지 조선에서 유물론적 주체의 운동을 재현한다는 것은 운동의 아포리아 상황을 전제하는 것일 수밖에 없다.

사실상 유물론적 주체인 희준과 동혁의 농촌 운동은 반면 성공만을 거둔 것이다. 조선의 자본주의화에 개입해 있는 일본이 서사화되지 못하는 식민지 상황에서, 적대전선의 재현은 안승학이나 강기천 같은 인물에 머물 수밖에 없다. 그럴 때, 이들 지식인들이 지향하는 과학적 역사 인식과 그 혁명적 전략은 온전한 의미를 획득하기 힘들다. 마르크스주의에 입각한 계급투쟁은 식민지 조선의 농촌 서사에서 성공적으로 재현되기 어려운, 불완전한 면을 가진다. 달리 말해, 이는 서구의 경우를 보편으로 상정하는 '중심부의 마르크스주의'적 전략이 조선의 농촌에서 어떤 굴절을 겪게 됨을 의미한다. 그 굴절이 함의하는 바를 파악하는 것은 식민지 조선에서 마르크스주의가 '자기화'되어 전유되는 방식을 밝히는 것과 다르지 않다.

5. 농촌공동체, 대안적 가능성의 시공간

디페시 차크라바르티는 그의 대표적인 저서 『유럽을 지방화

하기』에서 "비유럽적인 생활 세계들의 맥락에서 정치적 근대성
을 개념화함에 있어서 유럽의 특정한 사회적·정치적 범주들이
지닌 능력과 제한을 탐구"[31]하려는 목적을 가지고, 역사1History1
과 역사2History2라는 범주를 설정한다. 역사1이 '자본'이라는
추상적 범주 설정에 의해 논리적으로 정립되는 역사를 의미한다
면, 역사2는 '자본'의 논리를 내재화하지 않고 "자본 논리의 재
생산에 부합하지 않는 다른 관계들"의 역사를 지칭한다. 자본의
관념은 '자본주의적 생산양식으로의 이행'이라는 서사를 중심에
두고 '보편적인 역사'로 참칭되는 역사1을 만들어 내는데, 역사
2는 그러한 추상적 관념으로 포섭되지 않는 "인간으로 존재하
는" 구체적인 방식들로서 "자본 논리의 재생산에 부합하지 않는
식으로 실행"된다.[32]

　희준과 동혁이 지향하는 가치는 자본주의적 생산양식을 전제
하고 '그 다음'을 기약함으로써 역사1의 역사주의적 인식에 기
반을 두고 있다고 할 수 있다. 그러나 앞서 살폈듯, 진보적 역사
주의의 관념은 유심론적 작용을 억압함으로써 그 자체로 균열을
품고 있을 뿐만 아니라, '식민지'이자 '주변부'적 조건 하에서 불
안전한 서사적 재현으로 존재할 수밖에 없었다. 자본주의 시스

31　디페시 차크라바르티, 김택현·안준범 역, 『유럽을 지방화하기』, 그린비,
　　2014, 77면.
32　「자본의 두 역사」, 위의 책, 121~165면 참고.

템 아래 있으면서도 그 역사를 온전히 내재화하지 못했던 식민지 조선에는, 그럼으로 인해 오히려 역사1이 포착하지 못하는 또 다른 역사의 방식이 도사리고 있었다. 미리 강조컨대, 『고향』과 『상록수』는 역사1에 의해 지양될 수 없는 역사2의 가능성 또한 포함하고 있다는 점에서 중요한 의미를 지니는 '식민지 사회주의 농촌 소설'이다.

이기영과 심훈의 농촌 소설에서 '농촌공동체'의 문제는 유물론에 기반한 지식인의 자기 정립 서사 못잖게 핵심적인 쟁점을 제기한다. 흔히 마르크스주의에서 농촌공동체는 '전자본주의적' 사회 형태의 일부분으로 다루어지기 때문에 진보적 역사의 흐름 속에서 지나쳐야 할 시공간으로 이해된다. 그러나 차크라바르티가 지적하고 있듯, '전pre'이라는 접두어는 역사주의적 시간에서 단순히 연대기적 전사前史만을 의미하지 않는다. 전자본주의적인 것은 "자본의 시간적 지평 안에 존재하지만 그러면서도 동일하게 세속적이고 동질적인 달력에 있는 것이 아닌 다른 시간을 제시함으로써 이 자본의 시간의 연속성을 무너트리는 어떤 것으로 상상"[33] 될 수 있다. 그런 의미에서 이기영과 심훈의 농촌 소설 속에서 적극적으로 다루어지는 '전자본주의적' 농촌공동체는 유물론적 사유와 맞물리거나 긴장관계를 형성하면서 역사를 만들

---

33 위의 책, 202면.

어가거나 정지시키기도 하는 핵심적인 장소로 기능하게 된다.

나뭇갓을 베고 나서 추수를 앞두고 잠시 일손을 쉴 동안에 젊은
이들은 그들을 따라와서 장난치고 농담을 붙였다. 넓은 들 안에 벼
이삭은 황금빛으로 익어가는데 그들은 유쾌하게 청추淸秋의 하룻
날을 보내었다. 남자들은 상수리를 털어주고 누가 많이 줍나 '저르
미'를 하였다. 그것으로 묵을 쑤고 떡을 해서 그들은 서로 돌려주
며 먹었다. 그때는 그들에게도 생활이 있었다. 그들의 생활에는 시
詩가 있었다.

그런데 그렇던 숲이 부지중 터무니도 없어지고 따라서 그들에게
도 지금은 아무도 없지 않은가! 참으로 어느 틈에 그렇게 되었는지
꿈과 같지 않은가? 단지 남은 것이라고는 쉴 새 없는 노동이 끝장
없는 가난을 파고들 뿐 지금 그들은 모두 그날 살기에 눈코 뜰 새
가 없었다.

가물에 물 마르듯 그들의 생활은 바짝 말랐다.고:195~196

한때, 원터 마을의 "생활에는 시詩가 있었다." 봄에는 새가 울
고 진달래 꽃 피는 숲 안에서 아낙들은 빨래를 하고 사내들은 천
렵을 했으며, 가을에는 아람이 벌어진 밤송이와 상수리를 털었
다. 『고향』 내에서 이러한 원터의 생활공간을 대표하는 인물은
바로 김선달이다. 위 인용문은 『고향』의 12장 「김선달」에서 "술

잘 먹고 시조 한 장 부르고 노름 잘하던 김선달이""호강으로 잘
지냈"고∶194던 시절을 회고하는 과정에서 서술된 부분이다. 김
선달은『고향』에서 매우 독특한 지위를 갖는 인물이다. 그는 희
준의 아비뻘 되는 세대의 인물이지만, 희준과 쟁의를 주도하는
동지이기도 하고 희준이 미묘하게 공감하는 어른이기도 하다.

그럼에도 불구하고 소설에서 형상화되는 그 둘의 성격은 너무
도 판이하다. 필연적 역사 인식에 따라 쟁의를 주도하는 희준과
달리 김선달의 지향은 지극히 유토피아적인데, 이를 테면 그는
노름꾼도, 도적놈도, 종도 없는 사회에서 모두가 동등하게 노동
하는 어느 지상낙원에 대한 꿈을 꾸는 인물이다. "노동이 끝장
없는 가난을 파고들"고, "모두 그날 살기에 눈코 뜰 새가 없"게
된 원터 마을에서 김선달은 "원터 사람들의 행복에 대한 기억 혹
은 유토피아적 동경을 대표"[34]한다. 이는 자본주의의 이행을 '과
학적'으로 목적하며 '역사주의적'으로 미래를 지향하는 희준의
방식과는 사뭇 다르다. 김선달은 희준으로 대표되는 진보적 대

---

34 황종연, 앞의 글, 205면. 황종연은 김희준과 김선달이 "계급 투쟁에 있어서 동
지 관계이지만 그들의 정치학"이 결코 "동일하지 않"음을 지적한다. "김희준
이 근대적 시간 관념과 함께 도입된 대역사의 이성을 대표한다면, 김선달은
그곳에 세시문화의 파편과 함께 잔존하고 있는 신명을 대표한다"는 것이다.
나아가 그는 "소설 저자가 그들에게 대결할 기회를 주었더라면, 김선달은 필
연의 인식으로부터 혁명을 구상하는 김희준에 맞서서 자유의 발양으로부터
혁명을 주장했을 것"(205면)이라는 상상을 펼치기도 한다. 이 글은 이와 같은
황종연의 지적에 크게 빚지고 있다. 역사1의 세계관과 연결되는 김희준과 다
르게 김선달은 역사2의 가능성을 보여주는 인물이다.

역사의 흐름에 부합하면서도, '시가 있는 생활'을 추억하며 근대의 시간을 멈춰 그것을 반성하게 하는 계기를 마련하기도 한다.

이튿날 아침에 집집마다 한 명씩 나선 두레꾼들은 농기를 앞세우고 안승학의 구례논부터 김을 맸다. "깽무갱깽, 깽무갱깽, 깽무갱, 깽무갱, 깽무갱깽……." (…중략…)

그들은 머리에 수건을 질끈 동이고 꽁무니에는 일제히 호미를 찼다. 쇠코잠방이 위에 등거리만 걸치고 허벅다리까지 드러난 장딴지가 개구리를 잡아먹은 뱀의 배처럼 불쑥 나온 다리로 이슬 엉긴 논두렁 사이를 일렬로 늘어서서 걸어간다. 그중에는 희준이의 하얀 다리도 섞여서 따라갔다.

두레가 난 뒤로 마을 사람들의 기분은 통일되었다. 백룡이 모친과 쇠득이 모친도 두레 바람에 회해를 하게 되었다. 인동이와 막동이 사이도 옹매듭이 풀어졌다.고:324

김선달이 역사2의 가능성을 상징적으로 보여주는 인물이라면, 『상록수』와 『고향』에 공통적으로 등장하는 '두레'는 농촌공동체의 대안적 가능성을 보여주는 장면이다. 특히 원터마을의 두레 장면은 이미 문학사적으로 중요하게 주목받아온 바 크다. 두레를 시작하자 "그 속에 들어서는 누구보다도 김선달이 대장이다. 그는 젊어서 걸립패를 따라다니며 많이 놀아본 경험이 있으니만큼 상쇠도 잘 치고 그 방면에 익숙하였다."고:316 두레는 콩밭에 소를 풀었다며 싸움이 붙었던 백룡이 모친과 쇠득이 모친을 화해시키고, 방개를 두고 악감정을 나눴던 인동이와 막동이의 매듭을 풀어준다. 전통적 두레를 통해 마련된 '통일된 기분', '공동체적 기분'은 노동을 일종의 놀이처럼 만들어 준다. 희준은 두레를 통해 비로소 야학이나 청년회 조직과 같은 일이 아닌, 농촌에서의 현실 노동에 실질적으로 참여하게 된다. 이 경험을 통해 그는 "내 살을 꼬집어서 남의 아픈 사정을 알랬다고 자기가 직접으로 육체적 노동의 고통을 당하고 보니 그전에 놀고 먹던 허물"고:328을 뉘우칠 수 있게 된다. 일렬로 늘어선 두레패에 "희준의 하얀 다리도 섞여서 따라"가면서, 희준은 추상화된 '노동' 관념이 아닌 실제 노동을 경험하게 되는 것이다. 이처럼 두레 장면에는 계몽 주체와 전통 주체가 "상호 대리보충 관계를 맺으면서"[35] 함께 존재한다.

한편, 『고향』의 두레 장면은 주체의 측면에서뿐 아니라, 서사적 기능의 측면에서도 중요한 의미를 형성해낸다. 두레를 통해 얻은 수익이 원터 마을을 덮친 수해를 복구하는 데 쓰이면서, 농민들이 노동쟁의로 나아갈 수 있는 한 발판을 마련해주기 때문이다. 마을에 수해가 닥쳐도 소작료를 감해줄 생각이 없는 안승

---

35 디페시 차크라바르티, 김택현·안준범 역, 앞의 책, 262면.

학의 횡포 속에서 농민들을 구원해주는 한 줄기 빛은 두레를 통한 결과물이다. 그런 의미에서 『고향』의 두레 장면은 단순히 세시 풍속을 재현하기 때문에 중요한 것이 아니다. '두레'로 재현/대표representation되는 농촌공동체는 조선의 식민지적 조건 속에서 아포리아에 빠질 수밖에 없는 운동의 방식에 대안적 가능성의 공간이 될 수 있기 때문에 중요하다.

> 여러 해 별러오던 농우회 회관을 지으려고 오늘 저녁에 그 지경을 닦는 것이다.
> 자자손손이 대를 물려가며 살려는 만년주택을 짓기 시작하는 것과 조금도 다름이 없는 생각으로, 자기네들이 웅거할 회관을 지으려는 것이다.
> 달구질 소리가 들리자, 야학을 다니는 아이들과 동네 사람들이 하나둘씩 모여든다. 아직도 이 시골에는 누구나 집을 지으면 터 닦는 날과 새를 올리는 날은 품삯을 받지 않고 대동이 풀려서 일을 보아주는 습관이 있어서, 회원들 외에 어른들과 아이들이 벌써 수십 명이나 들러붙었다.
> "에에 헤에라, 지경요—."
> "에에 헤에라, 지경요—."상: 185

『상록수』의 한곡리에서 농우회 회관을 만들 수 있었던 것은 이 마을에 남아 있는 공동체적 관습 때문이었다. "아직도 이 시골에는 누구나 집을 지으면 터 닦는 날과 새를 올리는 날은 품삯을 받지 않고 대동이 풀려서 일을 보아주는 습관"이 남아 있었기에 "한 달 하고도 보름"상 : 188만에 농우회 회관을 지을 수 있었다. 이들을 자발적으로 움직이게 하는 것 또한 『고향』과 마찬가지로 '공동체적 기분'에 있었다고 할 수 있다. 동혁도 희준처럼 계몽 주체이면서 동시에 농촌공동체에 남아있는 세시풍속을 통해서 노동에 참여할 수 있게 되는데, 『상록수』에서 역시 그렇게 역사1과 농촌공동체의 전통이 서로 대리보충의 관계를 맺는 장면들이 여러 차례 등장한다.

이들이 힘을 모아 지은 농우회 회관은 이를 진흥회관 삼아 진흥회장이 되고자 했던 강기천이 빼앗고자 한 장소이기도 하다. 주지하듯 1929년 대공황에 잇따른 농업공황의 여파로 소작쟁의가 증가하고 혁명적 농민조합의 조직을 골자로 하는 농민운동이 거세지자 우가키 가즈시게宇垣一成 총독은 1930년대 일제 농정의 기조를 이전과 달리했다. 착취를 노골화했던 1910~20년대의 경제정책을 넘어서 '갱생'과 '자력구제'의 이데올로기를 통한 문화적 차원의 재생산이 이루어지기 시작했던 것이다.[36] 대표적으

---

36 예컨대 "조선총독부는 '발전'에 상응하는 태도로 근면윤리를 강조 하였고, 빈곤 문제의 극복 방향으로 제시하였다. '근면'은 노동력을 극단으로 활용하고 이윤을 추구하는 태도를 의미하였으며, '나태'는 근면윤리에 부합하지 않는 생활태도와 조선인의 사회 관계 전반을 비판하는 포괄적인 맥락에서 쓰였다. 한편 식

로 강기천이 가담했던 농촌진흥운동은 농촌을 조직해 개별 농가의 갱생을 독려하는 교화적 성격을 띠었으나, 이는 결국 세계 자본주의의 극점에 있는 제국주의적 생산의 유지를 위한 체제 포섭 전략과 다름없었다. 이런 점을 염두에 둘 때, 농촌공동체에 의해 자발적으로 만들어지고 이들이 끝끝내 지키고자 했던 농우회관은 제국주의에 의한 근대화 이데올로기에 저항하는 상징으로도 읽힐 수 있다.

이와 유사하게 한곡리에서 동혁이 힘쓰고 있던 일 중 하나는 청년 농민들과 함께 직접 공동답을 짓는 일이다. 공동답의 운용 원리는 자본주의의 사적 소유 방식과 달리 법인격을 가지지 않은 마을이 농지를 소유하는 방식에 의한다. 그런 의미에서 벌써 반자본주의적 성격을 가지는 제도라고 할 수 있을 것이다. 오래 전부터 농촌에 남아있던 재래 풍속인 공동답은 『상록수』의 서사에서 사실상 큰 의미를 지니게 된다. 강기천에게 마을 사람들이 진 빚을 갚기 위해 활용하는 것이 공동답이기 때문이다. 동혁은 공동답을 통해 삼 년 동안 벌어들인 돈과 닭과 돼지를 쳐서 모은 것 등을 이용해 마을 사람들의 빚을 갚는다. 마치 『고향』의 두레가 그러했듯, 『상록수』에서의 공동답은 식민지 조선에서 아포리

민권력은 대공황으로 인한 체제 위기를 경과하면서 사회사업의 제도화보다 사회교화의 이름으로 근면윤리를 더욱 보급하였다." 예지숙, 「호혜에서 근면으로 －일제시기 구빈윤리의 등장」, 『개념과 소통』 22호, 2018, 211면.

아에 빠질 수밖에 없는 역사1의 공간에 대안적 시공간을 만들어 내는 역할을 하고 있다.

이처럼 『고향』과 『상록수』에 등장하는 농촌공동체의 풍속은 진보적 시간관에 입각한 농촌계몽 서사에 반하는 반역사적인 순간을 나타내면서도 그 역사를 함께 만들어 간다. 황종연이 지적한 것처럼 『고향』과 『상록수』의 두레나 공동답 등이 등장함으로 인해 "소설의 서사는 식민지 조선 농촌이라는 국지에 대역사가 남길 법한 행로의 평탄한 연대기에 이르지 못"[37]하지만, 한편으로 그 연대기는 평탄하지 못할지언정 멈춰진 것은 아니다. 이들 소설에서 재현되고 있는 농촌공동체의 문제는 식민지적 상황에서 마주할 수밖에 없는 아포리아에 맞서 결정적인 서사적 모멘트를 만들어 내면서 대안적 근대의 시공간을 향해 열려 있다. 자본주의와 제국주의에 대한 반항이라는 측면에서, 진보적 운동이 처한 아포리아에 대한 대응이라는 측면에서, 『고향』과 『상록수』는 식민지 사회주의 문학으로서 농촌 소설이 가질 수 있는 한 가능성을 제시한다. 이것이 바로 『고향』과 『상록수』를 겹쳐 읽어야 할 이유다.

---

37 황종연, 앞의 글, 209면.

참고문헌

1. 1차 자료

『동아일보』, 『경향신문』

심 훈, 『영원의 미소』, 글누림, 2016.

_____, 『상록수』, 문학과지성사, 2012

이기영, 『서화(외)』, 범우, 2006.

_____, 『고향』, 문학과지성사, 2005.

염상섭, 「만세전」, 『염상섭 전집』, 2 민음사, 1987.

2. 논문 및 단행본

권보드래, 「저개발의 멜로, 저개발의 숭고-이광수, 『흙』과 『사랑』의 1960년대」, 『상허학회』 37, 2013.

권철호, 「심훈의 장편소설에 나타나는 '사랑의 공동체'」, 『민족문학사연구』 55, 2014.

_____, 「심훈의 농촌소설과 동아시아 촌치운동(村治運動)」, 『한국근대문학연구』 20, 2019.

김용달, 『농민운동』, 독립기념관 한국독립운동사연구소, 2009.

김윤식, 「작품해설-식민지 현실의 총체적 탐구와 리얼리즘의 새로운 형식-『고향』론」, 『고향』, 문학사상사, 1994.

_____, 『이광수와 그의 시대』 2, 솔, 2008.

김정신, 「『상록수』와 『死線을 넘어서』에 나타난 영향관계 연구」, 『현대문학이론연구』 74, 2018.

김 철, 「프롤레타리아 소설과 노스텔지어의 시공」, 『한국문학연구』 30권, 2006.

박헌호, 「작품 해설-'늘 푸르름'을 기리기 위한 몇 가지 성찰」, 『상록수』, 문학과지성사, 2005.

손유경, 「재생산 없는 고향의 유토피아」, 『한국문학연구』 44권, 2013.

송태은, 「1929년 사회주의 학생비밀결사와 서울지역 학생운동」, 성균관대 석사논문, 2016.

오태영, 「식민지 조선 청년의 귀향과 전망: 이광수의 『흙』을 중심으로」, 『한국문학연구』 62, 2020.

예지숙, 「호혜에서 근면으로 – 일제시기 구빈윤리의 등장」, 『개념과 소통』 22호, 2018.

이종영, 『내면성의 형식들』, 새물결, 2002.

이해영, 「심훈의 '주의자소설'과 12월 테제」, 『현대문학의 연구』 65, 2018.

이혜령, 「신문·브라로드·소설 : 리터러시의 위계질서와 그 표상」, 『한국근대문학연구』 15, 2007.

조남현, 「『상록수』 연구」, 『인문논총』 35, 1996.

최규진, 『조선공산당 재건운동』, 독립기념관 한국독립운동사연구소, 2009.

한기형, 「서사의 로컬리티, 소실된 동아시아 – 심훈의 중국체험과 『동방의 애인』」, 『대동문화연구』 63, 2008.

한대회 편역, 「조선농민 및 노동자의 임무에 관한 테제」, 『식민지시대 사회운동』, 한울림, 1986.

황종연, 「문학에서의 역사와 반(反)역사」, 『민족문학사연구』 67권, 2018.

모택동, 「실천론」, 『모택동선집』 1, 범우사, 2001.

디페시 차크라바르티, 김택현·안준범 편, 『유럽을 지방화하기』, 그린비, 2014.

초출 일람(논문 게재 순)

- 황지영, 「3·1운동의 경험과 심훈의 대중」, 『구보학보』 22, 구보학회, 2019.8.
- 이종호, 「3·1운동 이후, 염상섭의 미디어 활동과 운동의 방략 — 『신생활』, 『동명』을 중심으로」, 『한국연구』 5, 한국연구원, 2020.10.
- 홍승진, 「양차 세계대전과 임화 비평의 데칼코마니 — 평론집 『문학의 논리』를 중심으로」, 『비평문학』 74, 한국비평문학회, 2019.12.
- 최병구, 「프로문학의 감성과 여성, 공/사 경계 재구축의 구조 — 강경애 문학을 중심으로」, 『구보학보』 23, 구보학회, 2019.12.
- 서영인, 「박화성 문학과 여성서사」, 제12회 임화문학 심포지엄, 2019 — 프로문학과 여성작가, 2019.10.12.
- 류진희, 「'여성-프로-작가', 해방기 여성 사회주의의 등장과 사회주의 여성작가론의 곤란」, 제12회 임화문학 심포지엄, 2019 — 프로문학과 여성작가, 2019.10.12.
- _____, 「혁명하는 여성들의 서사적 입지 — 『혁명적 여성들』(배상미, 소명출판, 2019)을 읽고」, 『상허학보』 51, 상허학회, 2020.6.
- _____, 「해방기 여성대중의 부상과 여성봉기의 재현」, 『여성문학연구』 51호, 한국여성문학회, 2020.12.
- 최은혜, 「1920년대 초반 식민지 조선의 역사적 유물론 인식」, 『민족문화연구』 90, 고려대 민족문화연구원, 2021.2.
- 김학중, 「기원과 이식 — 근대초극론에 대한 대항으로의 '이식' 개념을 중심으로」, 『한국언어문화』 73, 한국언어문화학회, 2020.12.
- 高橋梓, 「김사량의 이중언어작품에 나타난 표현의 차이에 대한 고찰 — 「留置場에서 만난사나이」(조선어), 「Q伯爵」(일본어)를 중심으로(金史良の二言語作品における表現の差異をめぐる考察 — 「留置場で会った男(留置場에서만난사나이)」(朝鮮語), 「Q伯爵」(日本語)を中心に」, 『言語·地域文化研究』 20호, 東京外国語大学大学院総合国際学研究科, 2014.1.
- 최은혜, 「식민지 사회주의 농촌소설에서의 주체와 공동체, 『고향』과 『상록수』 겹쳐 읽기」, 『현대문학이론연구』 85, 현대문학이론학회, 2021.6.